L'HÉRITIER DU SECRET

DU MÊME AUTEUR
CHEZ POCKET

CHRISTIAN LABORIE

L'HÉRITIER DU SECRET

PRESSES DE LA CITÉ

Ce livre est une œuvre de fiction. Les noms, les personnages, les lieux et les événements sont le fruit de l'imagination de l'auteur ou utilisés fictivement. Toute ressemblance avec des personnes réelles, vivantes ou mortes serait pure coïncidence.

ISBN : 978-2-266-29474-4
Dépôt légal : janvier 2020

Avertissement

Ce roman est une fiction. Si l'auteur a pris quelques libertés avec la géographie, certains événements et les quelques personnages ayant vécu à l'époque et qu'il a mis en scène, les faits auxquels il se réfère ont été transcrits avec la volonté de rester fidèle à la vérité historique.

Généalogie des Rochefort et des Rouvière

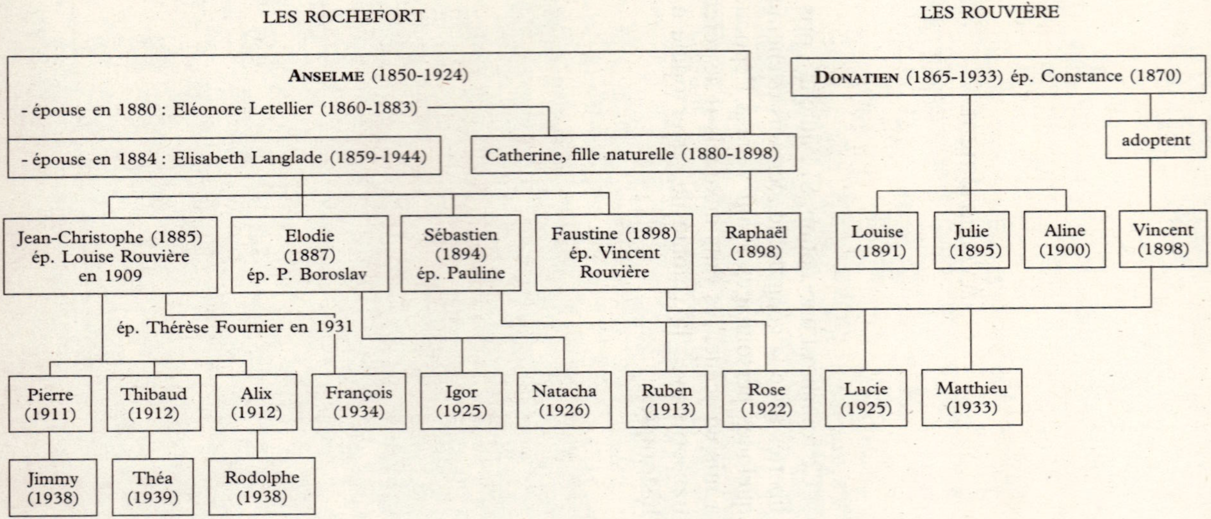

Première partie

ANGOISSE

1930-1933

1

Alexandre Muller

Paris, automne 1930

Alexandre Muller s'apprêtait à se rendre à son travail. Comme chaque matin, il s'était réveillé avec les premiers rayons du soleil et avait flâné dans son appartement, le temps de se préparer un café et d'en apporter un au lit à Gina, la jeune femme qui partageait sa vie et son toit.

Dehors, les rues s'animaient à peine. Paris grelottait malgré la saison. Les garçons de café mettaient en place leurs terrasses, dans l'attente des premiers clients. La circulation commençait à s'activer et les lève-tôt avaient déjà pris possession des trottoirs et des rames de métro.

Alexandre aimait cette ambiance fébrile de la capitale au petit matin, quand soudain tout se remet en marche après quelques heures de léthargie nocturne. Il n'était pas un homme de la nuit et n'appréciait pas les sorties qui se terminaient souvent à l'heure où les travailleurs se lèvent.

Depuis plus de cinq ans, il gérait une galerie d'art située rue de Vaugirard et avait connu un rapide succès, les expositions qu'il y organisait ayant toujours suscité de bonnes critiques dans la presse spécialisée parisienne. La peinture n'était pas la passion de sa vie, mais il avait su saisir quelques années plus tôt une opportunité qui l'avait extrait d'un anonymat dans lequel il finissait par étouffer. De plus, sa rencontre avec Gina l'avait définitivement éloigné de son passé qu'il traînait derrière lui comme une mauvaise compagne.

Artiste peintre dont la notoriété commençait à s'affirmer, Gina Lambertini, d'origine italienne, avait été lancée par Alexandre Muller quelques années auparavant. Ses œuvres surréalistes devaient être exposées dans sa galerie pendant les trois derniers mois de l'année, le vernissage étant prévu pour le samedi 4 octobre. Alexandre y avait invité tout le gotha parisien ainsi que des journalistes de la capitale et de province. Il redoutait les critiques à l'égard de Gina. Les femmes devaient encore se battre pour faire valoir leur place dans un monde où le mérite et la gloire étaient essentiellement l'apanage de la gent masculine.

Sûr du talent de Gina, Alexandre se montrait pourtant particulièrement soucieux depuis plusieurs jours, craignant que son amie n'obtienne pas le succès escompté. Il ne pouvait concevoir que des spécialistes à la dimension internationale puissent, en l'espace d'une heure ou deux passées dans sa galerie et d'un article dans un quotidien ou une revue culturelle, détruire le travail de toute une année. Chaque vernissage qu'il mettait sur pied lui demandait en effet des mois d'efforts. Le choix de l'artiste, de ses œuvres, la date à fixer, les personnalités à inviter, tout était préparé, calculé après maintes réflexions. Il ne laissait jamais rien au hasard. Du succès de Gina dépendait celui de sa galerie. Son nom lui était associé comme s'ils étaient unis par le mariage. Son échec serait donc également le sien. Sur cette exposition, il jouait non seulement sa renommée mais encore son avenir de galeriste.

Gina finissait de se préparer dans la salle de bains. Quand elle fut enfin prête, comme tous les matins avant de partir, elle descendit chercher *Le Figaro* dans leur boîte aux lettres et le lui déposa sur la table du salon sans s'attarder davantage.

— A ce soir, mon chéri, lui lança-t-elle sans prendre le temps de venir l'embrasser. Je file vite à l'atelier, je suis en retard. Passe une bonne journée.

— A ce soir, mon amour, lui répondit-il en saisissant son journal.

Avant de se rendre à sa galerie, Alexandre Muller avait l'habitude de boire une dernière tasse de café dans le calme et de jeter un œil sur les titres.

Il s'installa confortablement dans un fauteuil, avala une première gorgée de son nectar préféré, ouvrit son quotidien. Son regard se porta immédiatement sur un titre de la page des faits divers : *Un industriel nîmois tente de mettre fin à ses jours.*

Un de plus ! songea-t-il, perplexe.

Depuis que la crise économique sévissait dans l'Hexagone, le nombre de suicides parmi les hommes d'affaires malchanceux n'avait cessé d'augmenter. On ne comptait plus les faillites, les dépôts de bilan dans tous les secteurs d'activité. Les patrons d'entreprise, les banquiers, mais aussi les gros exploitants agricoles avaient vu leurs biens se fragiliser rapidement alors que d'aucuns avaient certifié de manière péremptoire que le pays échapperait au terrible fléau venu d'Amérique l'année précédente.

Alexandre allait tourner la page quand son attention fut attirée par la photo et le nom du malheureux suicidaire : Jean-Christophe Rochefort.

Il écarquilla les yeux, puis demeura sans réaction…

Sa compagne rentra à l'appartement plus tôt que prévu, vers quinze heures. Elle venait d'achever la dernière toile qu'elle avait l'intention d'exposer.

Quand elle introduisit sa clé dans la serrure, elle trouva bizarre que la porte d'entrée ne soit pas fermée à double tour. Elle pensa qu'Alexandre avait dû, par mégarde, la claquer simplement derrière lui.

Aussi fut-elle surprise de le découvrir assis dans le salon, à la même place que lors de son départ.

— Que fais-tu là ? Tu n'es pas allé à la galerie ?

— Euh non. Et toi, d'où viens-tu ?

— Voyons, tu sais bien d'où je viens !

— Non, je t'assure, je l'ignore.

— Tu te moques de moi, Alex !

— D'où viens-tu ?

— Si c'est une plaisanterie, elle n'est pas drôle. Je viens de l'atelier. J'y vais tous les jours, enfin ! Qu'est-ce que tu as ?

Gina trouvait l'attitude d'Alexandre étrange.

— Tu te sens bien ?

— Oui, très bien. D'où arrives-tu comme ça ?

— Ah ! mais je viens de te le dire.

Alexandre ne bougeait pas de son fauteuil. La présence de Gina ne paraissait pas le perturber, mais il ne lui témoignait aucune attention particulière. En temps ordinaire, il se serait empressé d'aller l'embrasser tendrement. Son regard semblait éteint. Devant lui, sur la table du salon, le journal qu'il avait consulté était encore déplié.

— Est-ce que j'ai mangé ? demanda-t-il tandis que Gina venait de disparaître dans la cuisine.

— Je ne sais pas. En tout cas, il n'y a pas d'assiette sale sur la table. En revanche, tu as bu ton café. La tasse est dans l'évier.

— Ah bon !

— Tu ne t'en souviens pas ?

— … Non.

— Tu as bu aussi une bière et un apéritif. Les verres sont avec la tasse. Qu'est-ce qui t'a pris ? Ce n'est pas dans tes habitudes de boire de l'alcool, seul, et à midi ! Tu as eu une visite ?

— Non, pas que je sache.

— Pas que tu saches ! De ça non plus, tu ne te souviens pas ! Voyons, chéri, qu'est-ce qu'il y a ? C'est une plaisanterie ou bien tu déraillles complètement ? C'est l'alcool qui te rend comme ça ?

— Dis-moi, est-ce que j'ai mangé ?

A répéter sans cesse les mêmes questions, Gina comprit qu'Alexandre ne plaisantait pas. Son esprit semblait troublé. Quelque chose d'anormal s'était passé depuis la matinée. Aurait-il fait une attaque cérébrale ?

Elle s'enferma discrètement dans le bureau, saisit le téléphone et composa le numéro de son médecin.

— Docteur Mayen ? Je vous appelle au sujet d'Alexandre. Il me semble très perturbé depuis que je suis rentrée de l'atelier… Il n'arrête pas de me poser les mêmes questions… Non, il n'a pas l'air malade… Seulement ces questionnements étranges. Comme s'il avait oublié ce qu'il a fait dans sa journée. De plus, il n'est pas allé à la galerie, ce qui n'est pas dans ses habitudes… Oui… Attendez, je vais le lui demander.

Gina déposa le combiné. Se rendit à nouveau dans le salon. Alexandre n'avait pas bougé.

— Dis-moi, chéri, quel jour on est aujourd'hui ?

— Euh… je ne sais pas. Pourquoi ?

— Tu ne connais pas la date d'aujourd'hui ?

Alexandre réfléchit.

— Non, je ne vois pas du tout…

— Nous sommes le 13 septembre.

— Alors c'est mon anniversaire !

— J'allais te faire une surprise… Tu peux me rappeler le jour exact où tu es né ?

Alexandre se troubla. Tenta d'esquiver.

— Pourquoi me demandes-tu cela ?

— Pour rien. Comme ça. Alors, dis-moi.

— Mais tu sais bien que je suis né le 13 septembre 1899. Pourquoi cette question ?

— Ce n'est pas grave. Pardonne-moi.

Alexandre ne releva pas l'inquiétude de Gina à son égard.

Celle-ci repartit dans le bureau. Reprit le téléphone.

— Allô, docteur… Oui, il se souvient bien de sa date de naissance. En revanche, il n'a pas pu me donner celle d'aujourd'hui… Que je vous l'amène pour que vous l'examiniez ? Tout de suite ! D'accord. Le temps de lui demander de s'apprêter et d'arriver chez vous.

Gina retourna auprès d'Alexandre et sans le brusquer lui proposa :

— Lève-toi de ton fauteuil, chéri. Habille-toi.

— Pour aller où ?

— Voir le médecin.

— Le médecin ! C'est ça ta surprise ?

— Ecoute-moi. Fais ce que je te dis.

Alexandre obéit docilement. Il se chaussa, enfila une veste et un imperméable en bougonnant.

— Je ne suis pas malade, quand même ! Je vais bien. Qu'est-ce qui te prend ?

Il suivit Gina sans marquer d'opposition.

Sur le trottoir, juste en face de chez eux, elle héla un taxi.

— 15, rue de Vaugirard, annonça-t-elle au chauffeur. Chez le docteur Mayen.

Alexandre monta à l'arrière du véhicule sans se faire prier.

— Je ne suis pas malade, ne cessait-il de répéter.

Le jeune médecin ausculta Alexandre avec beaucoup d'attention. Lui posa des tas de questions sur ce qu'il avait fait depuis le début de la matinée.

En aparté, il expliqua à Gina :

— Votre compagnon me semble avoir fait une amnésie partielle, antérograde, une perte de mémoire soudaine, brève et transitoire[1]. C'est la pathologie de la mémoire la plus fréquente observée en neurologie. La personne a subitement un gros trouble de fixation. Son cerveau n'imprime plus toutes les nouvelles informations qu'il reçoit, ce qui explique qu'elle pose en permanence les mêmes questions : Pourquoi je suis là ? Qu'est-ce que je fais ? D'où viens-tu ? En général, ce phénomène s'observe surtout chez les sujets âgés de plus de cinquante ans. Votre compagnon fait exception.

1. Connue aujourd'hui en neurologie sous le nom d'ictus amnésique.

— Qu'est-ce qui a pu déclencher ce trouble ?

— A ce jour, la cause reste inconnue. Cela arrive souvent chez des individus anxieux ou fatigués intellectuellement. Etait-ce le cas ?

— Ces derniers jours, Alexandre s'inquiétait beaucoup à propos de l'exposition de mes toiles qu'il prépare. Et depuis pas mal de temps, la moindre contrariété le chagrine. A ses yeux, rien ne va jamais comme il faut.

— Quoi qu'il en soit, tranquillisez-vous. C'est une pathologie tout à fait bénigne, sans conséquence. Néanmoins je vais l'envoyer à l'hôpital pour des examens complémentaires. Mais je suis certain de mon diagnostic.

— Alors, nous pourrions éviter l'hôpital.

— Dans ce cas, surveillez-le. Normalement, tout devrait rentrer dans l'ordre d'ici demain au plus tard. La perte de mémoire ne dure jamais plus de vingt-quatre heures. La plupart du temps, cela passe au bout de quelques heures seulement. Que votre compagnon se repose pendant une ou deux semaines. Si cela perdure, prévenez-moi. Nous devrons le faire hospitaliser. Je vais lui prescrire un tranquillisant et un sédatif. Ça l'aidera à dormir et à reprendre ses esprits.

Dès son retour chez lui, Alexandre alla se coucher, comme le lui avait recommandé le docteur Mayen. Gina lui expliqua à demi-mot ce qu'il lui était arrivé. Il ne parut pas s'en émouvoir. Mais il continuait à poser sans cesse les mêmes questions.

Le lendemain, à son réveil, il eut l'impression de renaître à la vie. Quelque chose s'était passé à son insu, mais il ne se souvenait pas quoi.

Lorsqu'il vit apparaître Gina à son chevet, il ne fut pas étonné de se trouver encore au lit à une heure où, d'ordinaire, il était déjà au travail dans sa galerie d'art.

— Tout va bien, lui expliqua-t-elle. Détends-toi. Les médicaments t'ont fait dormir. Ça ne peut que te faire du bien.

— J'ai été malade ?

Et Gina de lui expliquer sa perte de mémoire.

— Je ne me souviens de rien, avoua-t-il.

— Tu ne te souviens pas de ta journée d'hier ?

— Non. Seulement du moment où tu m'as laissé, c'était… voyons, aux environs de neuf heures, comme d'habitude.

— Qu'as-tu fait après mon départ ?

Alexandre tentait en vain de mettre de l'ordre dans ses idées.

— La dernière chose qui me revient à l'esprit, c'est d'avoir ouvert le journal. Après… c'est le trou noir.

— Tu ne te rappelles pas avoir bu ton café, puis de la bière et même un apéritif ?

— Non.

— Pas plus qu'être allé chez le médecin avec moi ?

— Tu m'as emmené chez le docteur Mayen ?

— Oui. Au beau milieu de l'après-midi, une fois rentrée de la galerie.

— Aucun souvenir…

— Ce n'est pas grave. Surtout, ne cherche pas et ne t'inquiète pas. Le médecin m'a certifié qu'il n'y aurait pas de séquelles. Un peu de fatigue, tout au plus. Il faudra te reposer pendant les semaines à venir.

Alexandre écouta les conseils de sa compagne et, ce jour-là, ne sortit pas de chez lui.

Les heures défilaient sans qu'il s'en aperçoive. Gina l'avait laissé, comme la veille, lui conseillant de l'appeler s'il se sentait bizarre.

Alexandre avait l'esprit perturbé par ce qui lui était arrivé. Certes, il n'avait aucune idée de ce qu'il avait fait au cours de la journée précédente. Et il voulait bien admettre qu'il ne le saurait jamais. Mais des flashs apparaissaient maintenant devant ses yeux. Des images qui ne lui étaient pas étrangères et qui semblaient resurgir du tréfonds de sa mémoire, d'une mémoire engloutie dans un abîme d'où il émergeait petit à petit.

Une grande explosion. Un bruit d'enfer. Une gerbe de lumière. Un jaillissement d'étincelles. Un souffle qui l'avait soulevé de terre comme un fétu de paille… Puis, plus rien. Le calme absolu. Le néant. Comme une béatitude au-dessus de l'horreur.

Il avait beaucoup de mal à comprendre à quoi correspondaient ces images venues d'ailleurs, d'un au-delà qui ressemblait à un cauchemar. Tout s'entremêlait dans sa tête.

Contrairement à ses habitudes, il prit une douche froide, pensant que c'était peut-être un remède au mal.

Qu'est-ce qui m'arrive ? s'inquiéta-t-il.

Il avait beau tenter de percer le mystère de ses réminiscences plus que troublantes, il ne parvenait pas à mettre un nom sur le lieu où ses souvenirs le ramenaient ni à leur accoler une date.

Alexandre devait se rendre à l'évidence. Il ne pourrait plus dissimuler longtemps son passé à Gina. Celle-ci ne connaissait rien de la vie qu'il avait menée avant leur rencontre. Lorsqu'elle lui posait des questions à ce sujet, il esquivait toujours, prétextant que ce qu'il avait été dans sa jeunesse ne présentait rien de très intéressant et qu'il n'avait plus de famille. Il s'était inventé quelques faits marquants – même sa date de naissance –, afin qu'elle se satisfasse des réponses évasives qu'il lui fournissait quand sa curiosité devenait trop pressante. Mais il sentait bien depuis quelque temps que son comportement l'intriguait de plus en plus. Cette amnésie partielle n'était-elle pas le résultat de ce qui annihilait sa mémoire depuis des années ?

Il n'avait jamais avoué à quiconque qu'en réalité il souffrait d'une amnésie bien plus profonde que celle qui l'avait touché la veille. Il ne connaissait pas ses origines, ni son vrai nom ni son âge. Depuis maintenant douze longues années, depuis qu'il s'était un jour réveillé – ou plutôt qu'il avait repris conscience de lui-même –, il semblait être un autre homme. Un homme sans passé. Venu de nulle part. Portant un nom d'emprunt.

Qui était donc Alexandre Muller ?

Depuis ce jour, il vivait dans la hantise de découvrir la vérité. Il craignait que sa mémoire ne se réveille subitement à la suite d'un choc, d'une rencontre, d'un événement fortuit. Et d'apprendre que l'homme qui se cachait derrière l'apparence qu'il donnait aux autres, à Gina qu'il aimait sincèrement, ne soit pas aussi respectable que celui qui dirigeait avec brio la Galerie Alex Muller.

Le vernissage des œuvres de Gina Lambertini était prévu à dix-huit heures, ce samedi 4 octobre. Alexandre s'était rendu le premier à la galerie, tôt en début d'après-midi, dans l'intention de régler les derniers détails et de surveiller la mise en place du buffet d'honneur pour lequel il avait fait appel au meilleur traiteur et au meilleur caviste. Gina devait le rejoindre peu avant l'arrivée des premiers invités pour les accueillir avec plus de spontanéité. Elle craignait de devoir attendre et de s'angoisser inutilement. Elle était si pointilleuse qu'elle n'aurait pas pu s'abstenir de revoir l'emplacement d'une toile, l'éclairage d'une autre, la composition d'un ensemble. Si elle faisait entière confiance à Alexandre qui, ne cessait-elle d'affirmer, connaissait très bien son travail, elle s'alarmait de son état. Elle le surveillait discrètement, veillant à ce qu'il ne s'en aperçoive pas, contrôlait ses faits et gestes pour savoir s'il ne tremblait pas ou s'il ne parlait pas tout seul, comme quelqu'un qui perd peu à peu la conscience de lui-même.

Rien de tel ne s'était passé, à son grand soulagement.

Quand elle entra dans la salle d'exposition, Alexandre était en train de déplacer un tableau. Malgré le bruit de la porte et celui de la circulation du dehors qui s'engouffra aussitôt à l'intérieur, il ne broncha pas, continuant à s'affairer.

— Alex ! fit Gina pour attirer son attention.

Elle voulait lui faire la surprise de sa tenue choisie pour l'occasion.

Plongé dans son monde, il ne répondit pas.

— Alexandre, mon chéri, tu m'entends ? Je suis là. Regarde-moi et dis-moi comment tu me trouves.

Juché sur son escabeau, Alexandre se retourna enfin, parut s'étonner, dit :

— Mais… pourquoi tu t'évertues à m'appeler Alexandre ?

— Comment veux-tu que je t'appelle ?

Il fronça les sourcils. Dévisagea Gina comme s'il la voyait pour la première fois. Elle crut qu'il admirait sa tenue : une longue robe noire en satin qui lui fuselait le corps et dévoilait généreusement ses épaules sur lesquelles se déployait sa belle chevelure auburn.

— Alors, poursuivit-elle, comment tu me trouves ?

N'obtenant pas de réponse, elle insista :

— Alex ! Je te parle.

— Mais… je ne m'appelle pas Alexandre. Mon nom est… Raphaël. Oui… c'est ça… Je m'appelle Raphaël Simon.

2

Les miraculés

Nîmes / Anduze, 1931

En ce début d'année, la cité d'Auguste ne faisait pas exception. La morosité se lisait sur tous les visages et la plongeait dans une sorte de langueur. Si les dirigeants d'entreprise prenaient la crise de plein fouet les uns après les autres et ne savaient plus comment réagir pour sauvegarder ce qui pouvait l'être encore, les classes défavorisées n'étaient pas mieux loties. Le chômage sévissait, la misère sociale s'accroissait, les queues s'allongeaient devant les soupes populaires et les bureaux de bienfaisance. Or le pire n'était pas arrivé. La France n'avait pas subi la récession en même temps que la plupart des pays du continent. Préservée par sa monnaie, dévaluée quelques années plus tôt par Poincaré, elle en avait retardé son déclenchement. Mais les experts se montraient unanimes : plus dure serait la chute.

Les Etablissements Rochefort avaient été parmi les premiers touchés. Depuis le début du siècle, une partie de leurs transactions s'effectuait avec l'Amérique. Or celle-ci s'était repliée sur elle-même, pratiquant une politique économique protectionniste afin de limiter les importations. De plus, leurs capitaux comportaient des avoirs américains, pas toujours très fiables. Aussi furent-ils contaminés par le fléau moins d'un an après son déclenchement en octobre 1929.

Leur gestion par Jean-Christophe Rochefort, l'aîné de la famille, avait montré de graves lacunes qui avaient mis, avant l'heure, l'avenir de la société en péril. En outre, le conseil d'administration lui avait reproché ses comptes financiers obscurs, des investissements hasardeux, des pratiques paternalistes inadaptées, un autoritarisme exagéré qui entretenait de mauvaises relations avec l'ensemble du personnel. L'expert-comptable, Robert Mazaudier, avait averti Jean-Christophe que ses usines tournaient à perte. Mais celui-ci n'avait pas cru que la crise l'abattrait. Contraint de puiser dans sa trésorerie, dont une partie avait été dissimulée en Suisse, il finit par se rendre à l'évidence : il courait lui aussi à la faillite. Aux abois, réduit à quémander à ses créanciers des reports de paiement, il ne trouva bientôt plus de ressources pour sauvegarder ce qu'il pensait pouvoir préserver.

Désavoué par son entourage, jugé sévèrement par sa famille, il perdit tout espoir et tenta de mettre fin à ses jours. Sauvé *in extremis* par sa mère Elisabeth, qui le découvrit à moitié mort, pendu dans la chambre de son défunt mari, Anselme, le fondateur de la société, il fut ramené à la vie par miracle mais demeura paraplégique.

Condamné au fauteuil roulant pour le restant de ses jours, Jean-Christophe Rochefort reprit peu à peu le dessus. Mais il perdit de sa superbe et accepta, non sans réticences, de s'en remettre à son frère cadet, Sébastien, qui lui avait promis de l'aider à redresser leur entreprise. Lui qui s'était toujours désintéressé des usines familiales et du monde des affaires en général, s'était entendu avec ses sœurs Faustine et Elodie pour exiger un audit afin de redéfinir l'avenir des Etablissements Rochefort.

Faustine coulait des jours heureux à Tornac, dans la propriété viticole de son mari Vincent, le fils adoptif de Donatien et Constance Rouvière. Le Chai de La Fenouillère était reconnu pour la qualité de ses vins et rivalisait déjà avec les grands domaines de la région. De toute la fratrie, elle était, par son tempérament, la plus proche de Sébastien, celle qui, la première, avait osé défier l'autorité paternelle et était parvenue à épouser l'amour de sa vie rencontré à l'âge innocent de l'enfance. Sa sœur Elodie, quant à elle, apparemment plus docile et plus effacée, avait surpris toute sa famille le jour où elle avait décidé de suivre en Russie, malgré tous les dangers, l'homme dont elle s'était éprise, Ivan Federovitch, un révolutionnaire bolchevik, partisan de Lénine.

Trois enfants rebelles sur quatre, il n'en avait pas fallu davantage à Anselme Rochefort pour faire de son fils aîné Jean-Christophe – qui lui ressemblait et avait toujours affiché les mêmes ambitions – son digne successeur, son véritable héritier. Mais Jean-Christophe, par son geste de désespoir, avait montré combien il n'avait pas la force de caractère de son père.

— Aurais-tu l'intention de me seconder ? demanda alors Jean-Christophe à Sébastien. A part entière ?

— A part entière, non ! Je suis devenu journaliste et écrivain. Je tiens à le rester. Mais je crois que tu as besoin de mon aide… Je suis un Rochefort, n'est-ce pas ?

Elisabeth se réjouit de voir sa famille réconciliée et réunie. Elle redoutait que ses deux fils s'éloignent l'un de l'autre. Pourtant Jean-Christophe avait toujours été attentif au destin de son jeune frère, de neuf ans son cadet. Il l'avait souvent soutenu à l'époque où, encore adolescent, celui-ci se heurtait à leur père. Il l'avait pris sous sa protection en le faisant sortir de chez les jésuites d'Avignon où Anselme l'avait consigné jusqu'à l'obtention de son baccalauréat. Certes, les deux frères avaient un tempérament et un caractère opposés et surtout n'avaient pas les mêmes valeurs morales en dépit d'une éducation identique très rigoureuse. Mais ils s'étaient toujours montrés solidaires l'un de l'autre.

Elisabeth craignait toutefois que l'entente familiale ne dure pas. Elle s'en était confiée à Constance Rouvière, la belle-mère de Faustine, qui lui rendait visite chaque fois qu'elle venait se reposer à Anduze dans la propriété familiale des Rochefort, le Clos du Tournel.

— Je ne me fais pas d'illusions. Dès que mon fils aîné aura repris de l'assurance, il ne se laissera pas dicter sa conduite par son frère. De plus, celui-ci ne s'intéressera pas longtemps aux affaires de la famille. Il a souvent critiqué son père d'appartenir à la classe possédante. Ses idées l'ont toujours porté du côté des opprimés. On ne le changera plus. Il tient de moi, en somme !

— Sébastien poursuit une brillante carrière dans le journalisme. Et il est devenu un écrivain reconnu. Il a un destin tout tracé. Dans ce monde incertain, c'est peut-être mieux pour lui.

— Vous avez sans doute raison. Mais le nom des Rochefort est associé à l'entreprise que mon mari a contribué à développer à la suite de son propre père. Moi-même, par ma dot, j'ai participé à ma façon à sa réussite. Croyez-moi, ce serait un gros malheur pour nous tous si, à cause des erreurs de Jean-Christophe, tout cela devait prendre fin.

— Il ne faut pas penser au pire. La crise économique finira bien un jour. Alors un monde nouveau naîtra, différent de celui que nous connaissons. Mon mari affirme que, de temps en temps, la société a besoin d'un grand nettoyage. C'est sans doute ce qui est en train de se passer. Il suffit de tenir le cap en attendant que la tempête s'apaise.

— Nous avons déjà subi les affres d'une guerre atroce. Nous étions sortis d'affaire. J'ai peur que cette seconde secousse n'engendre de plus terribles fléaux. Qu'adviendra-t-il après cette catastrophe qui fait trembler le monde entier sur son piédestal ?

Elisabeth Rochefort ne se montrait pas très optimiste quant à l'avenir. Avec l'âge, elle avait appris à se méfier des emportements trop intempestifs et des faux espoirs. Réaliste, elle n'avait plus aucune confiance en ceux qui détenaient fût-ce une once de pouvoir, surtout les grands dirigeants. D'aucuns n'avaient-ils pas proclamé, alors que la crise commençait à sévir : « La prospérité est au coin de la rue[1] » ?

— Vous devriez être sereine maintenant que tous vos enfants vous entourent.

---

1. Déclaration du président Hoover quelques jours avant le fameux jeudi noir du 24 octobre 1929.

— Certes, ma chère. De ce point de vue, je remercie la providence de m'avoir épargné les terribles souffrances de ces mères qui ont perdu un, voire plusieurs, de leurs enfants. Voyez-vous, je suis veuve. C'est le sort qui attend la plupart d'entre nous, puisque nous vivons plus longtemps que nos maris. Néanmoins je ne peux m'empêcher de m'inquiéter. Je ne suis qu'une mère comme les autres !

Elisabeth Rochefort ne se renfermait pas sur elle-même. Elle avait le sens de la famille et avait toujours montré dignité et grandeur d'âme dans l'adversité. Elle n'évoquait jamais le drame qui l'avait marquée trois décennies plus tôt, le décès tragique de Catherine, la fille adoptive de son mari. Sans rechigner, elle avait considéré cette enfant issue d'un autre lit comme la sienne. Elle l'avait élevée sans jamais dévoiler à ses propres enfants qu'elle n'était pas leur sœur. Elle avait étouffé ses remords lorsque Catherine, enceinte à dix-huit ans, était morte en couches dans le secret. Elle s'était tue enfin quand Anselme avait exigé d'abandonner le bébé dans un orphelinat. Cette tragédie avait profondément ébranlé ses convictions religieuses. Mais Elisabeth n'avait jamais trahi son devoir d'épouse et s'était toujours comportée comme une grande dame fidèle à sa parole et à ses engagements. A ses yeux, la douleur ne s'exposait pas au grand jour.

La présence de sa famille à ses côtés, surtout depuis que sa fille Elodie était revenue miraculée – elle aussi – d'un long périple dans l'enfer soviétique, constituait son meilleur rempart contre la morosité et l'abattement. Entourée des siens – quatre enfants et huit petits-enfants –, elle ne pouvait nier qu'elle était une femme comblée à l'automne de sa vie. A soixante et onze ans, elle tenait encore salon à son domicile nîmois de la rue Dorée – l'hôtel des Cordeliers –, et s'occupait avec la même ardeur que par le passé de ses œuvres caritatives. Si elle ne se mêlait pas des affaires familiales laissées par son mari à sa mort, elle n'en demeurait pas moins informée et ne se privait pas d'émettre un avis quand elle le jugeait nécessaire.

Aussi Elisabeth Rochefort était-elle toujours considérée comme le pilier de cette famille de tisserands qui avait su, dès le début du siècle, donner ses lettres de noblesse à la célèbre toile de Nîmes, que tout le monde connaissait à présent sous l'appellation *denim*.

Elodie Rochefort était rentrée dans le giron familial après treize années passées en Union soviétique. On la considérait comme la seconde miraculée de la fratrie. Agée de quarante-trois ans, mariée et mère de deux enfants, elle avait été jadis une jeune fille déprimée, voire maladive. Le décès de Catherine l'avait beaucoup affectée pendant son adolescence. Elle s'était assimilée à sa sœur au point d'en adopter la personnalité. L'attitude de son père Anselme à son égard n'avait pas favorisé son épanouissement. Se sentant reléguée, peu aimée, elle s'était réfugiée dans un silence morbide et dans l'anorexie. Malgré la présence et l'affection de sa mère ainsi que de ses frères et sœurs, elle avait beaucoup souffert de ce mal récurrent et ne dut son salut qu'à sa rencontre avec l'homme de sa vie qui, malheureusement, mourut pendant les soubresauts de la révolution russe dans laquelle il l'entraîna.

Ivan Federovitch, d'origine noble, avait épousé les thèses bolcheviques et ne croyait plus en l'avenir de l'aristocratie russe.

Lorsque Lénine prit le pouvoir en 1917, il décida de rentrer dans son pays natal afin de se joindre au grand mouvement historique qui était en train de bouleverser l'échiquier mondial et le destin de l'humanité. Elodie n'hésita pas longtemps quand il lui demanda de le suivre. Ne se sentant pas à sa place dans l'univers forgé par son père, elle osa affronter ce dernier comme elle ne l'avait jamais fait auparavant, et annonça son départ pour la Russie alors que l'Europe était plongée dans la guerre. Rochefort vitupéra, menaça, lui interdit de revoir Ivan.

Au bout d'une semaine de réclusion pendant laquelle elle se claquemura à nouveau dans le silence, Elodie enfreignit l'injonction paternelle et s'enfuit pour rejoindre celui qu'elle aimait éperdument.

Commença alors une épopée tumultueuse qui passa par tous les stades de l'espérance et de la désillusion.

Elodie n'était pas une aventurière et n'avait pas le tempérament de sa sœur Faustine. Sa fragilité ne l'aida pas à surmonter les terribles écueils qui l'attendaient. Si sa fuite avec Ivan vers la Russie, par l'Italie, l'Autriche, puis les Etats d'Europe centrale, ne posa pas d'énormes difficultés, celles-ci débutèrent dès l'instant où ils se retrouvèrent sur le territoire russe, en plein chaos.

La guerre s'achevait pour les Russes, Lénine une fois au pouvoir ayant signé une paix séparée avec l'Allemagne. Mais la population souffrait de tous les maux qu'un conflit armé peut engendrer dans un pays ravagé par la famine, les privations et les épidémies. Ayant toujours vécu dans un monde privilégié, sans avoir à se soucier du quotidien, la jeune Rochefort comprit très vite que ses nouvelles conditions d'existence seraient bientôt insupportables. Néanmoins, elle fit confiance à Ivan. Celui-ci ne cessait de la réconforter et de lui certifier que la situation de sa patrie s'améliorerait dès la paix revenue.

La famille Federovitch était connue dans l'entourage de Nicolas II. Igor, le père d'Ivan, qui portait le titre de duc impérial, avait reçu les honneurs du tsar. Quand celui-ci fut déchu par les bolcheviks, il avait rejoint le général tsariste Alekseïev dont l'armée fut battue dans le sud du pays au printemps 1918.

A son arrivée à Petrograd, en pleine ébullition, Ivan apprit la mort de son père, tué par les gardes rouges venus en renfort à Rostov et à Taganrog pour aider les soulèvements ouvriers. Il ne montra pas sa douleur devant Elodie. Igor Federovitch faisait partie de ceux qu'il combattait. Néanmoins, il ne put s'empêcher d'aller rendre visite à sa mère, Natacha, en résidence surveillée dans sa riche demeure de banlieue, dans l'attente qu'un tribunal populaire statue sur son sort.

Les problèmes commencèrent alors à s'accumuler. Ivan eut beau affirmer qu'il n'appartenait plus à cette caste aristocratique dont il était issu, et prouver qu'il avait fui son pays – comme Lénine – afin d'échapper à la tyrannie du régime tsariste, il ne put convaincre les camarades membres de la toute nouvelle Tcheka, la future police politique, de la sincérité de ses propos. Assimilé à un Russe blanc – après la mort de leur père, ses frères avaient rejoint les troupes du général

Krasnov –, il fut soupçonné d'être un agent infiltré au service de la contre-révolution. Arrêté, Ivan fut arbitrairement enfermé dans une prison de sa ville, dans l'attente de son jugement.

Elodie se trouva vite désemparée dans un monde qui lui était totalement étranger. Elle n'avait aucun recours. En outre, elle craignait qu'en prenant le parti d'Ivan pour justifier sa présence et son innocence, elle ne fasse que le mettre davantage en péril.

Elle demeura à Petrograd de longs mois, témoin de tous les grands événements qui s'y déroulaient depuis que les bolcheviks avaient conquis le pouvoir et s'étaient débarrassés de leurs ennemis intérieurs, les mencheviks et les socialistes révolutionnaires de gauche. Une sanglante guerre civile commençait. A la suite du traité de Brest-Litovsk signé avec l'Allemagne, les coalisés de l'Entente mirent la Russie sous embargo et débarquèrent des troupes pour empêcher une victoire totale allemande à l'est. Elodie sentit alors peser sur elle toutes les suspicions, dans un pays qui, soudain, était devenu l'ennemi du sien.

Elle s'était discrètement renseignée sur ce qu'il advenait d'Ivan. Elle n'avait obtenu que des réponses évasives. Son compagnon avait été transféré à Moscou où le gouvernement était parti s'installer.

Elle décida de se rendre dans la nouvelle capitale. Ivan devait y être jugé par le tribunal des soviets.

C'est alors qu'elle pensa faire appel à un proche d'Ivan, Pietr Boroslav, qui, lui aussi, avait mis tous ses espoirs dans la révolution, n'ayant jamais voulu quitter le pays en plein désarroi.

Ivan lui avait donné son adresse au cas où elle se retrouverait seule et démunie. « On ne sait jamais ce qui peut m'arriver », lui avait-il dit sans songer qu'effectivement il se verrait abandonné par ceux qu'il considérait comme ses amis politiques.

Elodie ne parlant que quelques mots de russe, il lui était difficile de se faire comprendre. De plus la méfiance régnait partout, en particulier dans les grandes villes où les soviets détenaient tous les pouvoirs. Aussi prit-elle maintes précautions pour approcher Pietr. Elle ignorait s'il était du côté du gouvernement en place ou s'il faisait partie de ceux que ce dernier éliminait par vagues successives.

A sa demande, Pietr vint témoigner en faveur de son ami d'enfance. Il parvint à convaincre les juges qu'Ivan, malgré ses origines, n'avait jamais trahi la cause de la révolution, et qu'il avait même couru de gros risques en rentrant dans sa patrie encore en guerre.

Ivan fut innocenté et son honneur rendu.

Par la suite, il n'eut de cesse de se mettre au service du nouveau pouvoir. Il y avait tant à faire dans un pays exsangue, attaqué de toutes parts, de l'intérieur comme de l'extérieur, par les forces impérialistes. Soutenant davantage Trotski que Lénine, il fut néanmoins nommé commissaire du peuple pour l'ardeur qu'il démontrait à galvaniser les foules et les faire adhérer aux thèses communistes.

C'était l'époque où, avec Elodie, il vécut de grands espoirs.

Mais les rêves des révolutions de Février et d'Octobre s'étaient éloignés. La société, durement meurtrie, était épuisée et à nouveau soumise au pouvoir. Après la défaite des Blancs à la fin de 1920, la paix ne revint vraiment que l'année suivante, après l'écrasement des révoltes agraires.

La guerre civile terminée, et devant l'impasse du « communisme de guerre » et l'effondrement de l'économie, Lénine décida un retour limité et provisoire au capitalisme de marché en instituant une nouvelle politique économique, la NEP.

A leur manière, Ivan, Pietr et Elodie participèrent activement à l'application des mesures insufflées par Lénine. Ils s'efforcèrent de faire comprendre aux masses paysannes que le communisme n'était pas leur ennemi, que l'avenir n'était pas l'exploitation des uns par les autres, mais la fraternité, la solidarité, l'entraide et le partage. Parfois ils semblaient prêcher dans le désert, tant les paysans se montraient opposés à la mise en commun des terres et des outils de production. Les plus riches d'entre eux leur témoignaient même beaucoup d'hostilité, ce qui poussait Ivan à affirmer que le jour où Lénine serait remplacé par un homme plus dur que lui, la violence se répandrait à nouveau à travers le pays.

Comme sa mère, qu'elle suivait jadis dans ses tournées au service des pauvres de sa bonne ville de Nîmes, Elodie considérait sa mission comme une œuvre caritative auprès des plus démunis. Le spectacle auquel elle assistait parfois en visitant certaines fermes éloignées des grandes villes était pitoyable. Les enfants travaillaient dans les champs aux côtés des adultes, amaigris par la malnutrition. La plupart étaient illettrés, comme leurs parents, et présentaient souvent des signes de maladies difficiles à identifier. La misère régnait. Les idées révolutionnaires n'avaient guère touché les esprits en profondeur et se heurtaient à la résistance des plus nantis, ceux qu'on appelait déjà les koulaks.

Ivan lui expliquait que leur situation changerait dès lors que le communisme serait pleinement appliqué. Mais que, pour l'instant, une pause était nécessaire afin de ne pas effrayer les moins convaincus et de laisser du temps au temps pour transformer les mentalités. Elodie ne demandait qu'à le croire.

Ils vécurent d'intenses moments de bonheur et d'exaltation, où tout était permis, où leurs rêves semblaient se concrétiser sous leurs yeux, où la société semblait prendre les couleurs de l'espérance.

Ils n'assistaient pas aux machiavéliques machinations politiques et aux sombres collusions qui se tramaient dans les coulisses du pouvoir.

Leur désenchantement fut à l'aune de leurs illusions. Lorsque, à la mort de Lénine, Staline se rendit maître du Kremlin, les purges s'aggravèrent. Tous ceux qui ne suivaient pas à la lettre les directives du Petit Père des peuples furent soupçonnés de comploter contre lui. La Tcheka, devenue toute-puissante, procédait à des arrestations arbitraires par milliers. Les prisons regorgeaient de détenus politiques qui attendaient leur jugement. Les déportations vers la Sibérie se multipliaient.

N'ayant jamais dissimulé son attachement aux thèses de Trotski, Ivan fut bientôt inquiété pour ses prises de position. On lui reprocha de colporter dans les campagnes des idées contraires à la révolution. Il fut vite démis de ses fonctions de commissaire du peuple et assigné à résidence à Moscou. Son ami Pietr Boroslav fut accusé des mêmes griefs. Puis ce fut au tour d'Elodie dont la nationalité française jeta sur elle la suspicion d'être un agent étranger au service de l'impérialisme occidental.

Le tribunal les condamna tous les trois à la déportation dans un camp sibérien, situé à plus de mille kilomètres de l'Oural, près de Tomsk sur les bords de l'Ob.

— Nous ne sortirons pas vivants de cet enfer ! s'était alors écriée Elodie qui voyait d'un coup toutes ses attentes d'une vie meilleure s'évanouir.

Elle se retint de pleurer, songeant à sa famille. Dans son cœur, la nuit venait de tomber. Une nuit sans fin.

Dans leur prison sibérienne, au beau milieu de la taïga, il n'y avait pas de barreaux aux fenêtres de leurs cellules ; d'ailleurs il n'y avait pas de cellules. La distance et le froid constituaient à eux seuls les meilleurs remparts pour les empêcher de s'échapper.

Contraints de travailler du matin au soir, ils ne nourrissaient pas d'autres espoirs que de se lever le lendemain, signe qu'ils étaient encore vivants. Leurs conditions d'existence étaient pires que celles des moujiks. Harassés par le labeur, sous-alimentés, mal soignés lorsqu'ils tombaient malades, ils étaient condamnés à une mort certaine.

Contrairement à toute attente, Elodie résista mieux qu'Ivan à cet enfer. Les mauvais traitements de la part de ses geôliers eurent raison de son compagnon. Celui-ci mourut au cours du deuxième hiver de leur déportation. Elodie se retrouva seule en compagnie de Pietr. Sa détresse fut à l'image de l'amour qu'elle portait à Ivan. Avec lui, elle perdait le sel de sa nouvelle vie, celle qu'elle avait librement choisie en dépit des interdictions de son père et de la peine qu'elle avait infligée à sa mère en quittant le toit familial.

Le camp, où ils étaient assignés à résidence et où ils supportaient leur calvaire, était trop éloigné de toute voie de communication pour qu'ils puissent penser s'en échapper. Pourtant, un jour, Pietr annonça à Elodie son intention de braver l'impossible.

— Qu'avons-nous à craindre ? lui dit-il pour la persuader de l'accompagner. De toute façon, si nous restons ici, nous ne ferons pas de vieux os. Je ne veux pas finir comme Ivan, anéanti par la tâche, et disparaître comme si je n'avais jamais existé. Je veux vivre, dussé-je prendre le risque de périr dans le froid sibérien ou dans les glaces d'un fleuve que je tenterai de traverser pour regagner ma liberté.

Elodie, découragée et trop attristée par la fin tragique de son compagnon, ne suivit pas Pietr dans sa folle aventure.

— Je préfère demeurer auprès de la dépouille d'Ivan. C'est ici qu'il est enterré. C'est ici que je mourrai. Je veux reposer à ses côtés quand mon tour viendra.

Pietr Boroslav ne parvint pas à convaincre Elodie.

Quand il fut sur le point de la quitter, trop éplorée pour écrire elle-même, elle lui dicta une lettre destinée à sa famille[1] :

Chers parents, à vous aussi mes frères
et ma tendre sœur.

Lorsque vous recevrez cette lettre, peut-être ne serai-je plus de ce monde. Je suis tellement affaiblie que je n'ai pas la force de prendre moi-même la plume. Aussi ai-je recours aux bons soins de notre camarade

1. Voir, du même auteur, *Les Rochefort.*

Pietr Boroslav, ami fidèle et dévoué, pour vous transmettre enfin de mes nouvelles. Depuis tout ce temps, vous devez vous demander ce que votre fille est devenue. Sans doute me croyez-vous morte ? Que d'événements se sont passés depuis que je vous ai écrit la dernière fois pendant notre séjour à Leningrad – c'est ainsi que les Soviétiques ont rebaptisé Saint-Pétersbourg, mais vous devez le savoir ! Je ne parviendrai pas à tout vous raconter dans une seule lettre.

J'ai vécu pendant tout ce temps une aventure exaltante et terrifiante à la fois aux côtés d'Ivan Federovitch qui fut et restera toujours mon grand amour, celui que l'être cherche à obtenir dans l'adversité, pense avoir atteint et qui lui échappe pour qu'il poursuive sans relâche sa quête de l'impossible. L'existence que nous avons menée ensemble a été remplie de joies intenses, d'espoirs démesurés, de soif d'idéal, mais aussi de terribles tourments, d'immenses déceptions et de profonds regrets. Comment pourrais-je vous décrire l'exaltation de tous ces gens qui, comme Ivan, comme moi – après avoir compris et épousé leur cause –, ont cru que tout était possible, qu'il suffisait de quelques décrets pour que le mot communisme devienne réalité, une réalité tangible, synonyme de bonheur pour le peuple ? Les bolcheviks ont imposé la dictature du prolétariat de sorte que les nantis ne puissent plus confisquer aux masses laborieuses le fruit de leur travail, que nul ne puisse plus s'enrichir sur le dos des autres, et que chacun puisse jouir enfin des bienfaits de l'existence sans être privé de rien. Comme ces idées étaient généreuses et nous galvanisaient ! Ivan était un être enthousiaste, toujours prêt à se sacrifier – n'a-t-il pas oublié ses nobles origines pour épouser la cause du peuple et de la révolution ? Tant que Lénine tenait les rênes du pays, tout nous semblait possible. Mais depuis un an et demi, depuis que le camarade Staline l'a remplacé après sa mort prématurée, la dictature du prolétariat s'est aussitôt transformée en dictature personnelle. Ivan avait le tort de soutenir les thèses du camarade Trotski, ennemi juré de Staline. Il fut très vite chassé du poste qu'il occupait comme commissaire du peuple. Je l'ai suivi dans son exil en Sibérie où la misère et la maladie ont eu raison de sa santé déjà précaire. Nous y avons vécu dans un camp de travail, à piocher durement la terre comme jadis les moujiks. L'origine sociale d'Ivan a joué contre lui. On l'a accusé de trahir la révolution, traité d'ennemi du peuple, lui qui a tant sacrifié pour le bonheur du peuple russe ! On a voulu l'anéantir sans attenter à sa vie, l'éliminer sans l'abattre, comme pour mieux le faire souffrir. Jusqu'à son dernier jour, Ivan a cru à son idéal et n'a jamais compris comment le régime qu'il appelait de ses vœux a pu ainsi se retourner contre lui au point de le condamner sans appel et le vouer à une fin tragique.

Ivan est mort. De froid. De faim. De fortes fièvres et de mauvais traitements. J'ai vécu son terrible désarroi à ses côtés. Je l'ai accompagné jusqu'au bout de son calvaire. Comment et où en ai-je trouvé le courage et la force, moi la fille fragile de la famille ? Dans l'amour qu'Ivan me donnait chaque jour et que je lui rendais en retour sans compter. Quand père lira ces lignes, j'espère qu'il me pardonnera de vous avoir abandonnés simplement parce que mon cœur guidait mes pas. Rien n'est plus noble que l'amour à mes yeux !

Aujourd'hui, je suis seule dans ce village – peut-on appeler cela un village ? – perdu au milieu de la taïga. Vous reverrai-je un jour ? Je crains que non. Je vis comme une misérable paysanne ; je suis devenue une misérable paysanne qui n'a même pas le droit de quitter le lieu où on l'a assignée à résidence. Mon unique compagnon était l'ami d'Ivan : Pietr Boroslav. Il a réussi à s'échapper d'ici, emportant cette lettre que je lui ai dictée avant son départ et qu'il m'a promis de poster en lieu sûr dès qu'il le pourra. J'ignore où il désire se rendre. Il porte toute ma confiance et tous mes espoirs, pour que vous appreniez que votre fille Elodie est encore vivante en ce 20 octobre 1924 et qu'elle ne vous a jamais oubliés.

Je pense à vous tous les jours que Dieu m'accorde de vivre sur cette terre de rédemption. J'espère vous revoir, mais il faudrait un miracle ! Je sais pouvoir compter sur les prières de maman afin que ce miracle arrive.

Votre fille qui vous aime.

Elodie

Pietr dissimula la lettre dans sa veste, embrassa Elodie avec affection et s'enfuit au bénéfice d'une nuit sans lune, non sans avoir, au préalable, longuement étudié l'itinéraire qu'il allait emprunter.

Elodie lui avait tu qu'elle portait en elle le fruit de son amour et que telle était surtout la raison de son renoncement.

L'année suivante, elle mit au monde un petit garçon qu'elle appela Igor. Ses conditions de vie s'améliorèrent légèrement. On lui permit de travailler moins afin qu'elle puisse s'occuper de son enfant. Elle était devenue une vraie paysanne. Ses mains étaient calleuses, ses ongles noircis par la terre, son visage trahissait son extrême fatigue et des cernes creusaient ses traits. Mais la présence de son fils lui redonnait courage et éloignait ses idées sombres.

De nombreux mois plus tard, elle bénéficia d'une mesure de clémence. On la libéra sous prétexte qu'on n'avait pas fait la preuve de sa culpabilité. En tant que ressortissante française, elle fut invitée à se rendre à Moscou afin de procéder aux formalités de son retour en France.

Elle y fut à nouveau assignée à résidence dans l'attente de son sort. Les procédures étaient interminables pour ceux qui, soi-disant, bénéficiaient des bonnes grâces du régime. Staline soufflait le chaud et le froid. Elle logeait dans un appartement collectif où elle se sentait étroitement surveillée par ses colocataires. Sans grandes ressources, elle vivait des subsides qu'on lui octroyait « généreusement ». Son enfant ne manquait de rien, là était l'essentiel à ses yeux.

Le temps s'écoula. Lentement. La promesse qu'on lui avait faite semblait être tombée aux oubliettes. Quand, un soir, devant elle, dans l'embrasure de la porte, apparut Pietr Boroslav.

Sans prononcer une seule parole, sans verser une seule larme, ils se précipitèrent dans les bras l'un de l'autre.

Les effusions passées, Elodie fut la première à s'étonner :

— Comment peux-tu être là ? Je n'en crois pas mes yeux !

— C'est une longue histoire. Je te la raconterai en détail plus tard. En deux mots, je m'en suis sorti.

— C'est ce que je constate, en effet.

— Les relations, ça sert. Tu peux t'en douter. Même dans un régime communiste, on parvient à corrompre des gens bien placés. Tu t'en es rendu compte par toi-même.

— J'ai été relâchée grâce à ton intervention ?

— Il faut croire, puisque tu es là, saine et sauve.

A partir de ce jour béni, Pietr et Elodie ne se quittèrent plus, au point qu'ils entamèrent ensemble un chemin qu'Elodie avait amorcé avec Ivan et dont Pietr prit le relais. Ils s'unirent pour le meilleur et pour le pire. Un an après leur mariage naquit une petite fille, qu'ils appelèrent Natacha en souvenir de la mère d'Ivan. Ainsi Elodie avait marqué dans sa chair son immense amour pour l'homme qui lui avait permis de devenir une femme libre.

Dans son esprit, elle était surtout une femme miraculée.

Il leur fallut patienter encore quatre ans pour obtenir le droit de quitter l'Union soviétique. En novembre 1930, alors que la famille Rochefort était réunie au grand complet à Anduze, Elodie et Pietr Boroslav frappèrent à la porte du Clos du Tournel.

Quand Sébastien ouvrit sans se douter de qui il pouvait s'agir, Elodie, précédant Pietr, annonça simplement :

— Je reviens vivre parmi vous. Si vous voulez encore de moi… Je vous présente mon mari, Pietr Boroslav et mes enfants, Igor et Natacha.

3

Nouveau départ

Automne 1931

Jean-Christophe Rochefort poursuivait sa convalescence au Clos du Tournel à Anduze. Sa mère avait insisté pour qu'il ne demeure pas seul à Nîmes, entouré de ses domestiques, dont Henri, son chauffeur, au service de la famille depuis des lustres. Néanmoins il se rendait régulièrement dans ses usines afin de vérifier si tout était en ordre. La crise sévissait encore dans le pays et son entreprise était loin d'être hors de danger malgré l'action engagée par son frère Sébastien. Il avait pris conscience de l'erreur gravissime qu'il avait commise en tentant d'attenter à ses jours. Un passage à vide, affirmait-il comme pour se disculper.

En réalité, Jean-Christophe ne tenait pas à avouer ses faiblesses. Il ne voulait pas le reconnaître, mais il n'avait pas la force de caractère de son défunt père Anselme qui, lui, quand la tempête soufflait sur le navire, tenait bon la barre et écartait tous ceux qui entravaient la conduite de ses affaires.

Réduit à se déplacer en fauteuil roulant, il profitait de la situation pour attendrir son entourage et jouait de son infirmité pour soutirer les faveurs ou le consentement de ceux qui, en temps normal, se seraient opposés à ses décisions. Ainsi parvint-il à obtenir de son conseil d'administration de surseoir à la fermeture de ses unités de production de tissus fins qu'il avait créées peu avant le début de la grande crise économique.

— Lorsque la conjoncture sera meilleure, avait-il plaidé, ce sera un secteur de pointe que nous serons heureux d'avoir conservé. Nous devons nous adapter et réduire notre part de fabrication de serge de coton. La toile de Nîmes, qui a fait la grandeur de nos Etablissements et la gloire de mon père, ne doit plus être notre principale source de revenus. Même si, comme j'en ai l'intention, nous devons réfléchir à la confection d'un pantalon à l'image des jeans américains. Le pantalon de travail en denim connaît un énorme succès aux Etats-Unis. Il nous reste à le commercialiser sur le continent européen. La compagnie Levi Strauss a perdu depuis longtemps son exclusivité sur les jeans. Nous devons en profiter. J'ai donc la ferme intention, dès que nos ressources financières nous permettront de supporter un nouvel emprunt, de monter une nouvelle chaîne de fabrication de vêtements qui rivaliseront avec les *blue jeans*[1] américains. Néanmoins, à côté de cela, nous ne devons pas négliger les autres secteurs de la confection, ceux qui appartiennent davantage au domaine du textile de luxe ou de la lingerie fine, comme la rayonne, la percale ou le satin.

---

1. L'appellation commerciale « blue jeans » est apparue en 1920.

Les membres du conseil d'administration furent étonnés de retrouver un Jean-Christophe Rochefort au mieux de sa forme. S'il n'y avait eu le fauteuil roulant dans lequel il se déplaçait, nul n'aurait soupçonné ce qu'il lui était arrivé. Ils lui accordèrent à nouveau quitus, non sans se souvenir que, jadis, Anselme Rochefort, lui aussi, avait mis ses usines en difficulté et exigé des efforts et des renoncements à son personnel pour redresser sa situation.

Fort de son succès, Jean-Christophe rentra à Anduze plus serein que jamais. En cours de route, il osa même s'entretenir avec son chauffeur à propos de sa vie privée.

— Je peux bien vous l'avouer, Henri. Depuis mon divorce, j'ai plusieurs fois songé à me remarier.

— Vous remarier, monsieur !

Henri connaissait les frasques sentimentales de son patron. Il le conduisait souvent à ses rendez-vous galants en ville, ou à la campagne dans ses repaires de débauche qu'il n'avait jamais cessé de fréquenter depuis sa jeunesse, à l'époque où il ne se gênait pas pour tromper son épouse, Louise Rouvière.

— Pourquoi pas ? Je suis peut-être cloué dans un fauteuil roulant, mais, entre nous, je ne suis pas impuissant. Je pourrais encore satisfaire bien des femmes.

— Je n'en doute pas, monsieur.

— Alors, mon brave Henri, nous allons nous mettre en chasse.

— Comment cela, monsieur ? Vous voulez dire que vous me demandez de vous aider à trouver la femme qui pourrait devenir votre future… ?

— Vous m'avez bien compris, Henri. Et je compte sur votre discrétion, n'est-ce pas ? Rien ne doit sortir de votre bouche.

— Cela va de soi, monsieur… Qu'attendez-vous de moi ?

— Vos amis chauffeurs et majordomes de grandes familles doivent certainement côtoyer quelques âmes esseulées qui espèrent encore le prince charmant. Questionnez-les. Proposez-moi des noms. Des pères qui souhaitent marier leurs filles à tout prix. Il s'en trouvera bien une qui me conviendra.

— Quelles devront être ses qualités, monsieur ?

— Elle devra être riche, belle et intelligente. Quel intérêt aurais-je à épouser en secondes noces une héritière ruinée ?

— Je vais faire appel à mes connaissances, monsieur. Je ne manquerai pas de vous tenir informé. Cela ne devrait pas être très difficile ni très long.

Quelques semaines plus tard, Henri fit part à son patron du fruit de ses recherches. Il avait plusieurs propositions à lui faire. Il profita de ce que la maison du Clos du Tournel fût vide – Elisabeth Rochefort était en visite chez ses voisins les Rouvière – pour lui parler dans le secret de son bureau.

— J'ai trois candidates, monsieur. Deux sont veuves et seraient prêtes à s'entretenir immédiatement avec vous et à examiner vos conditions.

— Des veuves ! Hmm ! Pas folichon, ce que vous me proposez là, Henri. Des femmes qui auront déjà leurs idées sur tout et qui ne seront plus de première jeunesse… Mais bon, dites-m'en plus.

— L'une est la veuve d'un notaire. Elle est âgée de trente-sept ans et n'a pas de biens personnels. Mais son mari lui a légué son étude et tous ses placements financiers. C'est une fortune qu'on peut estimer à plusieurs millions.

— Est-elle jolie ?

— Pas vraiment. C'est là que le bât blesse. Elle est assez… enveloppée.

— Alors, laissons tomber. Passons à la suivante.

— L'épouse d'un gros négociant de Beaucaire. Il possédait une entreprise de chalands sur le Rhône pour le transport fluvial des pondéreux en direction de Marseille. Son affaire marchait très bien.

— Marchait, dites-vous ?

— La crise l'a atteint à son tour. Juste avant sa mort, il était en redressement judiciaire.

— Mais ce ne sont pas des canards boiteux que je vous ai demandé de chasser, Henri ! Vous vous moquez de moi !

— Je vous ai parlé de cette femme, car, contrairement à la précédente, elle est très jolie. D'une beauté qui ne vous laisserait pas indifférent. Elle est du genre… comment dire ? Un peu typée, si vous voyez ce que cela peut signifier. Libanaise d'origine, sans doute. La peau mate, de grands cheveux bruns qui lui tombent sur les épaules. Et jeune de surcroît.

— Quel âge a cette perle ?

— La trentaine, à peine passée.

— Ce n'est pas si jeune que cela.

— Je croyais que trente ans, ce serait pour vous un bain de jouvence.

— Vous êtes bien impertinent, Henri ! Et la troisième ?

— Je gardais le meilleur pour la fin.

— Vous auriez pu aller droit au but.

Henri sourit.

— La troisième, monsieur, est comme vous le souhaitiez, jeune, belle, intelligente et, ce qui ne gâche rien, riche et unique héritière de son père.

— Bigre, c'est le gros lot ! Je vous écoute, ne me faites pas attendre davantage.

— Elle s'appelle Thérèse Fournier. Elle est la fille d'un petit industriel de Ganges, un certain Edgar Fournier. Elle a vingt-huit ans et ne demande qu'à épouser l'homme qui saura la séduire. C'est du moins ce que j'ai appris.

— Quel genre d'entreprise dirige son père ?

— C'est là que cela devient intéressant pour vous, monsieur. Edgar Fournier possède une entreprise de bonneterie.

— Il faut se renseigner sur l'état de sa trésorerie.

— Je n'ai pas attendu, monsieur. L'affaire paraît saine, malgré un léger repli dû à la crise. Certes, elle n'est pas à la taille des Etablissements Rochefort, mais dans son domaine, elle est très bien placée. Je peux affirmer qu'il s'agit d'une opportunité.

— Alors il faut absolument organiser un rendez-vous avec cet Edgar Fournier et s'arranger pour que sa fille soit présente ce jour-là.

— Vous ne m'en voudrez pas, monsieur, mais j'ai anticipé votre réaction. Je me suis douté que votre choix se porterait sur cette troisième personne. Aussi ai-je déjà prévu une entrevue avec monsieur et mademoiselle Fournier, sous le prétexte d'un entretien d'affaires.

— Ah, mon cher Henri, vous aussi vous êtes une perle ! Je ne pourrai jamais me passer de vos services.

Sans prévenir sa famille, Jean-Christophe Rochefort entama ses premières démarches en vue de rompre son célibat. Par un mariage de raison, il escomptait ainsi consolider son entreprise fragilisée par la crise.

Après plusieurs entrevues avec Edgar Fournier en compagnie de sa fille, il atteignit son but. Thérèse Fournier ne vit aucune objection, en effet, à épouser un homme de plus de dix-huit ans son aîné, paraplégique de surcroît. La jeune femme était une intrigante qui promettait de rester à jamais célibataire tant elle se montrait directive avec ses prétendants. En réalité, les affaires de son père souffraient du fait de la crise. Les mauvaises langues affirmaient même que Thérèse Fournier avait rabattu de sa superbe et accepté de se marier avec un infirme uniquement pour assurer la survie de l'entreprise familiale.

A l'automne 1931, un an après sa tentative de suicide, Jean-Christophe redonnait donc un sens à son existence en se mariant en secondes noces avec l'héritière de la maison Fournier.

Il tomba vite sous le charme de cette femme sulfureuse. Thérèse était à l'opposé de sa première épouse, qui s'était souvent heurtée à lui au nom d'une éthique qui n'était pas la sienne à l'époque. Louise, en effet, lui avait imposé des enfants quand il songeait davantage à sa carrière et à ses conquêtes féminines ; elle s'était toujours montrée conciliante, presque consentante, douce et attendrissante, même au plus fort de leurs querelles. Cela avait fini par l'exaspérer.

Avec Thérèse, Jean-Christophe comprit immédiatement le parti à tirer d'une telle union. Pour cela, en effet, il avait besoin de s'appuyer sur une personne déterminée, jeune, et prête comme lui à se battre contre l'adversité et les difficultés du moment.

Thérèse Fournier avait l'attrait des femmes maîtresses de leur destin. Jolie sans être belle, féminine, mais de taille à relever tous les défis et à affronter l'hostilité de la gent masculine, elle semblait avoir été engendrée pour seconder un Jean-Christophe Rochefort diminué physiquement, mais à l'ambition intacte.

Le handicap de ce dernier ne l'avait pas rebutée.

En vérité, par cette union, Thérèse Fournier escomptait réaliser une bonne affaire en sauvant son patrimoine de la faillite ou de la vente forcée. Son père quant à lui s'était réjoui de marier enfin sa fille, même si son futur gendre était condamné au fauteuil roulant et n'était plus de la première jeunesse. Il connaissait son passé pour le moins houleux, ses mauvaises fréquentations et ses déboires. Dans la haute société, les bruits couraient vite.

Néanmoins, il avait condescendu à entreprendre les démarches pour que sa fille rencontre Jean-Christophe Rochefort.

— Par cette alliance, nous sauvons nos entreprises respectives en les rendant solidaires et plus compétitives, avait-il argué devant Jean-Christophe. Et, en prime, vous retrouvez une épouse dévouée qui vous accompagnera fidèlement dans votre vie.

A cent lieues de se douter des tractations de Jean-Christophe, Faustine et Vincent, mariés depuis le 27 décembre de l'année précédente, vivaient heureux avec leur fille Lucie, âgée de six ans, dans leur petite propriété du Chai de La Fenouillère à Tornac.

Jean-Christophe n'avait jamais admis d'avoir été placé devant le fait accompli par son père Anselme. Ce dernier, par testament, avait donné ses terres du Clos du Tournel d'Anduze à Vincent, considéré à l'époque comme l'enfant de Catherine, sa défunte fille adoptive. Vincent avait refusé cette part d'héritage et l'avait abandonnée à Faustine. Toutefois, il redoutait encore, après des années d'accalmie, qu'un jour son beau-frère trouve le moyen de déposséder sa sœur pour mieux se venger de lui.

Vincent s'était lancé à corps perdu dans la vigne qu'il affectionnait depuis sa tendre enfance. Dans le respect de la parole donnée à son père adoptif, Donatien Rouvière, il avait replanté tout son vignoble en cépages nobles. Faustine déployait ses talents artistiques au service de la diffusion des différents nectars qu'ils commercialisaient, élaborant elle-même les étiquettes, les dépliants de vente et les affiches de publicité. Au moment des gros travaux dans les vignes, elle n'hésitait pas à prêter main-forte aux ouvriers du domaine, comme elle aimait le faire dans sa jeunesse, à l'époque où tous les prétextes lui semblaient bons pour aller retrouver Vincent dans les terres de son père.

Lorsqu'ils pensaient à ce qu'ils avaient vécu au cours des années précédentes, Vincent et Faustine remerciaient le ciel de les avoir réunis pour la vie. Certes, Vincent entretenait toujours des relations plus que tendues avec Jean-Christophe, mais Faustine le rassurait quand il manifestait la crainte que tout ce qu'ils avaient édifié ensemble puisse être remis en question.

Maintenant que Jean-Christophe, à quarante-six ans, passait pour le patriarche de la famille, personne ne semblait plus lui tenir tête. Pas même Sébastien qui, vivant à Paris la plupart du temps, accaparé par ses écritures et ses reportages, se désintéressait à nouveau de ce qui pouvait advenir de la fortune des Rochefort.

Aussi, en regardant l'étendue de son vignoble, Vincent pensait-il que le nouveau départ qu'il avait amorcé avec Faustine depuis leurs retrouvailles et leur mariage devait absolument être consolidé par la venue au monde d'un héritier qui porterait son nom, un garçon en qui, comme son père adoptif, il mettrait tous ses espoirs et à qui il transmettrait un jour tout son savoir-faire.

La nouvelle année approchait. Le ciel se montrait anormalement clément pour la saison. La douceur régnait sur les collines et répandait des fragrances de fleurs comme au printemps, alors que le froid et la neige auraient dû plonger le pays dans une lente léthargie. Etait-ce le signe annonciateur de lendemains plus enchanteurs ?

Vincent se forçait à y croire.

La nuit du réveillon de Noël, après avoir passé la soirée en compagnie de sa famille et de sa belle-famille réunies pour l'occasion, il enveloppa Faustine de ses bras, l'enlaça et lui susurra à l'oreille :

— Si nous donnions un petit frère à Lucie ?

Faustine sourit, le caressa tendrement, l'embrassa.

— J'allais te le demander, lui répondit-elle.

Elisabeth Rochefort se montrait toujours très digne en dépit des tourments qu'elle avait traversés. Elle n'avait jamais désavoué son défunt mari, même à l'époque où ce dernier s'intéressait davantage à ses usines qu'à elle-même et à leurs enfants. Elle avait soutenu sa famille aux pires moments, lorsque celle-ci semblait vulnérable et malgré la certitude que rien ne lui serait épargné, sachant rappeler les plus téméraires ou les plus récalcitrants à la raison. Elle en était devenue le pivot. Son éducation rigoureuse, sa foi indéfectible, sa générosité naturelle et son dévouement sans faille lui avaient valu bien des éloges de la part de tous ceux qui la côtoyaient. L'évêque de Nîmes lui-même la tenait en haute considération et lui était infiniment reconnaissant pour les œuvres caritatives dont elle s'occupait encore à plus de soixante-douze ans. Sa présence à Nîmes ne passait jamais inaperçue. En visite chez les pauvres de sa paroisse, ou présente aux réceptions données par le préfet, le maire ou l'archevêque, elle se montrait partout où elle jugeait devoir se trouver pour défendre une cause, une personne, une proposition. Anselme l'avait toujours laissée faire, estimant qu'elle était plus à sa place dans ses actions de charité que dans la gouvernance de son entreprise. Cependant, Elisabeth aurait pu exiger de lui de la tenir au courant, voire de l'associer à la gestion de ses usines. N'avait-elle pas apporté lors de leur mariage une part importante des capitaux qui avaient permis de renflouer les Etablissements Rochefort déjà en perdition ? En réalité, en femme versée sur le sort des déshérités, elle n'avait jamais souhaité s'intéresser à ce milieu des affaires et de la finance qu'elle jugeait particulièrement matérialiste, froid et déshumanisé. En dépit de son rang, elle lui préférait l'univers des pauvres, même si – elle ne le reniait pas – elle appartenait à celui des riches.

Lasse de devoir sans cesse consolider ce qui contribuait à faire de sa famille une grande famille, avec ce que cela impliquait de malentendus, d'oppositions, de renoncements, de différends, de disputes, de réconciliations, elle avait envie de se retirer du monde afin de savourer les dernières années qui lui restaient. Elle avait conscience qu'à son âge la mort pouvait survenir d'un moment à l'autre. Si elle ne la craignait pas, comme toute bonne chrétienne, elle ne souhaitait plus se disperser entre sa famille et ses obligations morales.

— Je suis huit fois grand-mère, annonça-t-elle le soir du réveillon de la nouvelle année. La famille Rochefort s'est beaucoup agrandie. J'aspire à présent à me tenir au plus près de mes enfants et de mes petits-enfants. Je veux voir grandir mes petits-fils et mes petites-filles sans devoir me partager.

— Sans compter, maman, que nous espérons bien vous offrir un neuvième petit-enfant l'année prochaine, ajouta Faustine incapable de garder son secret plus longtemps. Vincent souhaite un fils afin de donner un héritier au Chai de La Fenouillère.

Jean-Christophe retint son souffle. Thérèse, son épouse, poussa son fauteuil roulant vers la cheminée afin de le détourner de la conversation.

— Et vous, Thérèse ? lui demanda Elisabeth. N'auriez-vous pas les mêmes intentions ? Je sais bien que Jean-Christophe n'est plus ce qu'on peut appeler un jeune homme. Mais vous, vous êtes jeune. Vous pourriez aussi aspirer à devenir mère. Certes, mon fils a déjà trois enfants d'un premier lit, mais aujourd'hui il n'est pas rare que les hommes remariés soient à nouveau pères. C'est le monde moderne, après tout !

Tous regardèrent Elisabeth avec effarement.

Jean-Christophe ne broncha pas.

Faustine arbora un large sourire et s'apprêtait à répondre à sa mère quand Sébastien lui coupa la parole :

— J'en suis un bon exemple. Tu n'as pas à craindre les critiques de la famille. J'ai déjà tracé le chemin. D'ailleurs, notre père ne nous désavouerait pas non plus. Notre lignée comprend des familles… comment dire… recomposées. Mère a raison d'affirmer que c'est sans doute la modernité qui veut cela.

— Nous n'avons pas encore envisagé une telle éventualité, précisa Thérèse en ramenant Jean-Christophe au cœur de la discussion. N'est-ce pas, mon chéri ? Mais nous avons le temps d'y penser. Nous ne sommes mariés que depuis quelques mois. Rien ne presse. En attendant, je considère les enfants de Jean-Christophe comme les miens, vous pouvez en être assurée.

Faustine devinait que sa mère n'en avait pas encore terminé. Elle voulut faire diversion, mais Elisabeth s'approcha de ses petits-enfants. Ils s'étaient regroupés par fratries autour de la cheminée : les enfants de Jean-Christophe, Pierre, Alix et son jumeau Thibaud, âgés de vingt et dix-neuf ans ; ceux d'Elodie, Igor et Natacha, âgés de six et cinq ans ; ceux de Sébastien, Ruben et Rose, âgés de dix-huit et neuf ans ; Lucie enfin, la fille de Faustine, du même âge que son cousin Igor.

— Venez vers moi, leur dit-elle. Je ne suis qu'une vieille dame un peu austère à vos yeux. Mais, à présent, je désire que vous ne voyiez plus en moi l'épouse de votre grand-père Anselme dont vous ne vous souvenez sans doute plus. C'était un homme très autoritaire, pas toujours facile à vivre… C'était une autre époque ! J'estime qu'il faut savoir tourner la page. Aussi, aujourd'hui, j'aimerais que vous m'appeliez mamie. Oui… c'est cela… je voudrais être une mamie pour vous, grands et petits. C'est pourquoi j'ai décidé de me retirer définitivement au Clos du Tournel. Je quitte Nîmes. Je ne séjournerai plus à l'hôtel des Cordeliers. Ma place est ici. Vous viendrez me voir quand vous le souhaiterez. Je vais être une grand-mère à part entière et vous choyer le temps qu'il me reste à vivre.

— Mamie, répliqua Alix. Vous avez encore une belle vie devant vous. Nous espérons bien profiter de vous longtemps.

— Puisse Dieu t'entendre, ma petite !

— En attendant, intervint Sébastien pour détendre l'atmosphère, nous allons sabler le champagne pour fêter la nouvelle année et le nouveau départ de la famille Rochefort.

— Oui, ajouta Elisabeth, buvons à la santé de tous les héritiers d'Anselme, présents et à venir.

4

Retour sur le passé

1931

Depuis qu'Alexandre Muller avait partiellement perdu la mémoire, il n'avait eu à déplorer aucun autre malaise. Tout était rentré dans l'ordre. Son médecin, après l'avoir revu en consultation, lui avait signifié qu'il n'avait aucun souci à se faire quant aux suites possibles de l'incident. Seule une grosse fatigue l'accabla pendant près de trois mois, accompagnée d'une forme larvée de lassitude pour tout ce qui touchait à son activité professionnelle. Aussi avait-il fermé sa galerie pendant cette période, le temps de retrouver ses repères et sa foi en son travail. Gina demeurait auprès de lui, toujours attentive à ses moindres réactions, guettant toute récidive éventuelle, soucieuse malgré les assurances du docteur Mayen.

Elle ne s'était pas inquiétée outre mesure de la remarque d'Alexandre quant au nom et au prénom qu'il avait avoué porter, et mettant cette aberration sur le compte de l'amnésie transitoire, elle ne lui en parla plus et finit même par oublier l'incident.

Mais Alexandre, lui, continuait à être la proie de ce qu'il prenait pour des hallucinations. Ce prénom – Raphaël – et ce patronyme – Simon – lui semblaient totalement étrangers. Il ignorait lui-même d'où il les avait sortis. Peut-être de ma mémoire engloutie ? se disait-il avec une pointe d'ironie, mais non sans craindre un brusque retour vers une terre inconnue.

Sans en parler à sa compagne, il cherchait à savoir comment sa perte de mémoire antérograde, comme l'avait pompeusement définie son médecin, avait bien pu se déclencher. Il avait beau fouiller son esprit pour y dénicher le moindre détail, il ne trouvait pas trace d'un seul fait qui pût le mettre sur la piste de ce qui avait provoqué son accident cérébral. Tous les jours, il cherchait à se remémorer cette matinée. En vain. Le docteur Mayen s'était d'ailleurs montré formel : « N'essayez pas de vous rappeler ce que vous avez fait durant cette période, vous n'y parviendrez jamais. »

Alexandre cependant insistait, car il avait l'impression que, pour la seconde fois, on lui avait volé une partie de sa vie. Certes, cela n'avait pas duré plus d'une douzaine d'heures. Mais, il en était intimement persuadé, en trouvant la cause de ce qui avait déclenché cette amnésie partielle, il apprendrait peut-être ce qui avait provoqué son amnésie profonde, celle qui l'empêchait de se souvenir de sa propre existence avant qu'il ne reprenne conscience… quelque part en Allemagne, dans un petit village du Wurtemberg au sein d'une famille qui lui était complètement inconnue et qui l'appelait Alexandre.

Cet épisode de sa vie, il n'en parlait jamais. Pour lui comme pour tous les grands amnésiques, être privé de son passé, c'était comme s'il n'avait pas vécu, comme si on l'avait dépossédé du bien le plus précieux qu'un être humain puisse revendiquer : sa personnalité. Il réalisait parfaitement que ce nom d'Alexandre Muller n'était peut-être pas le sien, qu'un autre homme existait derrière lui.

Mais qui ?

Aussi tous ces flashs, qui lui traversaient l'esprit depuis le jour du vernissage de l'exposition consacrée aux œuvres de Gina, le perturbaient beaucoup. Il n'était pas parvenu à leur donner un sens. Chaque fois qu'il faisait des efforts de mémoire, cela lui provoquait une terrible migraine.

Il ne cessait pourtant de se repasser la scène, convaincu qu'il finirait par se souvenir : Gina l'avait laissé comme chaque matin dans le salon ; il allait prendre un dernier café avant de se rendre à la galerie – au reste, il l'avait bu, comme en témoignait la tasse dans l'évier de la cuisine ; donc il s'était levé après l'avoir terminée ; puis il s'était servi un verre d'apéritif et, étrangement, une bière, qu'il avait sortie du réfrigérateur ; pourquoi et dans quel ordre avait-il ingurgité ces deux boissons ? Il ne le comprenait pas. Sans doute machinalement, sans se souvenir de ce qu'il avait fait juste avant… Mais la quantité d'alcool qu'il avait absorbée ne pouvait être incriminée, cela ne représentait pas grand-chose ! Alors… un choc thermique ? C'était peu probable. Il s'était douché la veille, selon son habitude ; il avait horreur de se doucher le matin. De plus, il n'aurait jamais pris une douche froide !

Il avait beau chercher toutes les raisons qui pouvaient, selon les explications du docteur Mayen, avoir déclenché son accident cérébral, aucune ne lui semblait justifiée.

Un jour pourtant, il eut un déclic : *Le Figaro* ! Il l'avait feuilleté tout en savourant son café ! Là devait se trouver la cause de l'incident.

Pourquoi n'y avoir pas pensé plus tôt ? se dit-il. Quelque chose devait y être relaté qui a dû me choquer !

Le fait s'était produit le jour de son anniversaire, le 13 septembre. S'il ne s'en souvenait plus, Gina le lui avait plusieurs fois confirmé.

Tout heureux d'avoir trouvé une piste, il lui demanda de l'accompagner jusque dans les bureaux du quotidien.

— Pourquoi n'y avons-nous pas songé plus tôt ? lui dit-il sur un ton de reproche.

— Le médecin t'a conseillé de ne pas chercher à comprendre, lui opposa-t-elle. Pourquoi insistes-tu ?

— Je ne me souviens pas de ce que j'ai fait tout le temps de mon amnésie, mais j'en découvrirai peut-être la véritable cause.

— Ça ne te rendra pas la mémoire.

— Qui sait ?

Gina accompagna Alexandre au *Figaro*. Ils demandèrent à consulter les archives récentes du quotidien et firent sortir le numéro paru le 13 septembre 1930.

Ils s'attablèrent dans la salle de lecture.

Alexandre parcourut scrupuleusement toutes les rubriques du journal, jusqu'aux petites annonces et les encarts publicitaires. Sur le moment, rien n'attira spécialement son attention.

A ses côtés, Gina le surveillait discrètement afin de percevoir la moindre réaction susceptible de l'alarmer. Si quelque chose l'intrigue, craignait-elle, il peut encore avoir un malaise. Telle était en réalité la raison du peu d'empressement qu'elle avait montré jusqu'alors pour tenter de répondre à son attente. Alexandre en effet la pressait de questions sur ce qui avait bien pu se passer ce jour-là.

Il scruta une deuxième fois l'ensemble du journal. Examina attentivement les photos, les titres à la une, le nom des personnes citées. Quand un article finit par l'interpeller.

— Regarde, dit-il à Gina en pointant du doigt la photo de Jean-Christophe Rochefort. J'ai comme l'impression que je connais cet homme.

— Ce n'est qu'une impression ?

— Je ne sais pas.

— Tu vas finir par fatiguer ton esprit à vouloir à tout prix chercher à comprendre. Il n'y a rien à comprendre ! Tu as perdu partiellement la mémoire. C'est un incident sans gravité, le médecin te l'a confirmé. N'y pense plus.

Alexandre relut l'article consacré à la tentative de suicide du patron des Etablissements Rochefort de Nîmes.

Ce soir-là, il ne saisit pas ce que sa découverte signifiait réellement pour lui. Mais il se dit que c'était une piste.

— En tout cas, affirma-t-il une seconde fois depuis le jour du vernissage, j'ai l'intime conviction que mon vrai nom est bien Raphaël Simon.

— Ça te reprend !

Cette identité commençait à le perturber. Pour quelle raison, en effet, lui revenait-elle sans cesse à l'esprit comme une idée fixe ? Il était convaincu qu'elle appartenait à l'homme qu'il était avant son amnésie totale.

Depuis qu'il s'était installé à Paris, neuf ans auparavant, il n'avait jamais recherché les gens qui l'avaient hébergé en Allemagne. Les Weber l'avaient accueilli pendant trois ou quatre ans, le temps de sa convalescence. Auprès d'eux, il avait vécu simplement, travaillant les terres de leur exploitation. Ils ne lui avaient jamais parlé de ce qui lui était arrivé. Au reste, il ne le leur avait jamais demandé, ignorant qui il était, d'où il venait et ce qu'il faisait chez eux, de surcroît, dans un pays qui lui semblait étranger. Les Weber lui avaient toujours caché la vérité. Aussi Alexandre avait-il vécu chez eux sans savoir pour quels motifs il s'y trouvait. Il n'avait jamais fait le lien entre sa présence sous leur toit et un fait antérieur qui aurait pu expliquer son amnésie. Pendant longtemps, il était resté dans un état de demi-conscience qui avait fait penser qu'il demeurerait à jamais diminué. Régulièrement, il se rendait dans un hôpital, y rencontrait des médecins qui lui donnaient l'impression de prendre soin de sa santé. Il en repartait avec une liste de médicaments. Jusqu'au mois suivant. En fait, il ne réalisait pas qu'on le suivait pour ses troubles mentaux.

Son état, pourtant, s'était petit à petit amélioré.

Un jour, une femme – probablement une assistante sociale, croyait-il encore – était venue le voir pour lui signifier qu'il allait être rapatrié en France, son pays d'origine. Il ne se souvenait même pas d'y être né. On le reconduisit à la frontière sans autre forme de procédure. C'était au printemps de l'année 1922. On lui avait remis des papiers au nom de Muller Alexandre. Ces derniers faits, il se les rappelait parfaitement, ainsi que son séjour dans le village de Magstadt, dans le Wurtemberg, chez les Weber. Mais au-delà de cette période, c'était le trou noir. Jamais il n'était parvenu à savoir ce qui s'était passé dans sa vie qui aurait pu l'extraire du néant dans lequel il était plongé.

Désorienté, il s'était rendu à Paris, comme on le lui avait conseillé. Avec le pécule qu'il avait gagné chez les Weber, il put se loger modestement dans le quartier de la gare de l'Est où il avait débarqué. Puis il trouva des petits emplois qui lui permirent de survivre. Pour meubler son temps libre et se divertir, il s'était inscrit dans un atelier pour artistes peintres amateurs. Il s'était toujours demandé d'où lui était venue cette envie. Il éprouvait sans doute le besoin de s'exprimer, d'extérioriser ce qui se dissimulait dans le tréfonds de sa mémoire défaillante. Il se surprit lui-même à montrer un talent certain à son professeur qui vit en lui un élève doué. En l'espace de quelques mois, il maîtrisait les pinceaux comme un artiste chevronné et faisait preuve d'une imagination qui dépassait tout ce que son maître avait découvert avant lui.

Si la peinture n'était pas spécialement une passion pour Alexandre, elle lui permit de faire par la suite des connaissances riches d'intérêt. Fréquentant les salles d'exposition et les galeries d'art, souvent en compagnie de son mentor, il finit par rencontrer le propriétaire d'une galerie qui cherchait un directeur lui-même artiste peintre. Sur les recommandations de son professeur, Alexandre obtint ainsi la place qu'il occupait à présent et qui l'avait propulsé en quelques années dans le monde restreint des grands galeristes parisiens.

Personne ne lui avait jamais demandé ce qu'il faisait auparavant, ni son maître, ni le propriétaire de sa galerie, ni Gina. Sur son passé, il demeurait muet, ne tenant pas à devoir expliquer ce qui le faisait encore souffrir intérieurement. Il s'efforçait d'ailleurs d'oublier qu'il était quelqu'un d'autre avant d'être le directeur reconnu de la célèbre Galerie Alex Muller.

Mais, maintenant que le doute sur son identité s'était emparé de son esprit, rien n'était plus comme avant. Chaque soir, quand il s'endormait aux côtés de Gina, il se demandait qui était ce mystérieux Raphaël Simon.

Lorsqu'il prononçait son nom devant sa compagne, celle-ci lui répliquait :

— Tu as dû entendre parler de cet individu à la radio quand tu as fait ton accident cérébral. Tu l'as mémorisé sans t'en rendre compte.

— Je n'écoutais pas la radio.

— Comment peux-tu l'affirmer ? Tu ne te souviens de rien.

— J'en suis certain. Ce nom me vient de plus loin.

Alexandre ne tenait pas à polémiquer avec Gina. A force d'insister sur ces étranges réminiscences, ne risquait-il pas de dévoiler ce qu'il lui avait toujours dissimulé ?

Il ne persista pas, mais se jura de tout mettre en œuvre pour savoir si ce Raphaël Simon avait bien existé.

Plusieurs mois s'écoulèrent. Alexandre préparait une exposition d'un peintre espagnol peu connu, tandis que la situation en Espagne devenait de plus en plus tendue. Le roi Alphonse XIII venait d'abdiquer et la République d'être proclamée le 14 avril 1931. Le peuple s'était révolté à Madrid et dans plusieurs grandes villes contre l'Eglise et ses représentants. Or, les œuvres de Diego Garcia faisaient l'éloge du monarchisme et de la religion catholique dans son pays.

— Je me demande si j'ai raison de continuer à vouloir exposer les toiles de Diego, s'interrogeait-il devant Gina qui avait émis un doute sur le talent du jeune peintre.

— A mon avis, tu ferais mieux de l'annuler. En ce moment, les monarchistes espagnols ne sont pas en odeur de sainteté. Si encore tu exposais des œuvres de Picasso ! Là, je suis sûre que tu aurais un monde fou dans ta galerie. Lui au moins est en accord avec ce qui se passe dans son pays.

— Tu as sans doute raison. Je vais t'écouter et préparer une exposition sur l'art abstrait, avec des peintres comme Fernand Léger, Vassily Kandinsky ou Otto Freundlich, de l'Académie moderne. Et je ne désespère pas d'y amener Picasso lui-même.

— C'est une excellente idée. Je vois que tu reprends goût à ton travail. J'ai craint un moment que ton accident ne t'en ait détaché.

— C'est ce qui m'est arrivé, en effet. Je reconnais que je n'avais plus envie de me lancer dans de grands projets. Mais ça va mieux maintenant.

Sa nouvelle exposition se tenait depuis plusieurs semaines et connaissait un vif succès. A son grand contentement, il avait obtenu l'accord des trois peintres de l'Académie moderne, qu'il avait mentionnés à Gina, ainsi que des toiles de Jean Gorin et de Willi Baumeister. Il n'était pas parvenu néanmoins à exposer des œuvres de Picasso, ce dernier n'ayant pas répondu à sa demande.

Chaque jour, il se rendait à sa galerie, l'esprit accaparé par l'événement qu'il y avait créé. Depuis qu'il exerçait sa profession de galeriste, c'était la première fois qu'il présentait autant de chefs-d'œuvre dans une même exposition. Il avait reçu les compliments du président du conseil municipal de Paris et d'un député, ainsi que du directeur général des Beaux-Arts du ministère de l'Instruction publique. Des artistes reconnus, de grands écrivains, des membres influents du monde de la culture s'étaient empressés de se rendre à ce que les médias spécialisés de l'époque n'avaient pas hésité à annoncer comme l'événement culturel le plus important avec l'exposition coloniale[1].

Au bout de quelques semaines, les visiteurs se faisant moins nombreux, Alexandre ferma sa galerie le matin. Août écrasait la ville sous une chaleur accablante. Les Parisiens avaient déserté la capitale. Comme chaque année, le mois d'Auguste était plus calme que les autres. Aussi, sans se mettre totalement au vert, avait-il décidé de s'accorder un peu de repos.

Un après-midi, il reçut la visite d'une jeune fille qui se présenta sous le nom d'Alix Dubreuil. Elle étudiait l'art contemporain à la Sorbonne, parallèlement à une licence d'histoire. Inscrite aux Beaux-Arts, elle peignait depuis de nombreuses années et profitait des

1. Exposition coloniale, mai-novembre 1931.

vacances d'été pour tenter de reproduire les œuvres célèbres qu'elle aimait.

— Mes professeurs m'ont recommandé de m'adresser à vous, lui dit-elle pour justifier sa démarche. Comme beaucoup d'étudiants en art, je peins souvent des toiles connues. C'est un excellent exercice pour acquérir la maîtrise des différentes techniques picturales. Jusqu'à présent je n'ai choisi que des toiles classiques. Au mieux, j'ai copié des impressionnistes, comme Van Gogh, que j'adore, ou Monet. Maintenant j'aimerais reproduire des peintres modernes. Voilà pourquoi je suis venue vous voir.

— Vous avez bien fait, mademoiselle, lui répondit Alexandre. En ce moment, j'expose des artistes contemporains issus du mouvement cubiste.

Il fit découvrir avec un réel plaisir son exposition à l'étudiante, non sans s'attarder sur les toiles de Fernand Léger qui avaient sa préférence.

Alix Dubreuil demanda l'autorisation d'installer son chevalet dans l'une des salles de la galerie, promit de se faire discrète au cas où il y aurait des visiteurs, et se mit à peindre sans attendre.

Elle revint chaque jour à la même heure, toujours aussi assidue. Alexandre constata rapidement son talent.

— Votre travail est d'une telle justesse ! la complimenta-t-il un jour, alors qu'elle s'acharnait à reproduire une toile de Fernand Léger peinte en 1914, *Le Réveille-matin*. On s'y méprendrait.

— Oh, je dois encore beaucoup progresser ! Tout ce que je fais n'est que pâle imitation. Le réel talent réside dans la création personnelle. La copie n'est que de la technique.

— Certes, mais il n'est pas donné à tout le monde de copier à la perfection des œuvres comme celles auxquelles vous vous confrontez. Des élèves ont fini par surpasser leurs maîtres. Au point qu'il est parfois difficile, voire impossible, de savoir à qui attribuer certains chefs-d'œuvre.

De jour en jour, une grande connivence s'établit entre Alexandre et la jeune fille. Alexandre en oubliait de fermer sa galerie à l'heure normale. Gina s'en étonna. Il ne lui en avoua pas la raison. Elle ne savait pas qu'il avait autorisé un peintre amateur à s'exercer dans ses murs. Il prétexta du travail en retard et commença à lui mentir sans prendre réellement conscience que la présence d'Alix lui faisait un bien fou.

Avec elle, il écartait ce qui lui tenaillait l'esprit depuis des mois. Cette obsession de savoir qui était Raphaël Simon. Pour un peu, il en aurait oublié son nom et tout ce qui lui rappelait son amnésie profonde.

Un soir, avant de le quitter, alors qu'ils discutaient des pseudonymes de certains peintres et écrivains, Alix lui confia :

— Je peux bien vous le dire, maintenant qu'on se connaît un peu, je ne m'appelle pas Alix Dubreuil.

Alexandre s'assombrit.

Il faillit lui répondre : « Moi non plus, je ne m'appelle pas Alexandre Muller ! »

Il se ravisa.

Elle poursuivit :

— Mon vrai nom est Alix Rochefort.

Alexandre s'étonna immédiatement. Il se souvint de l'article du *Figaro*.

— Rochefort ? Comme les Rochefort de Nîmes, les industriels du textile ?

— Oui, fit Alix. C'est ma famille. Vous la connaissez ?

5

Rencontres

1932

Une année nouvelle commençait. Jean-Christophe Rochefort s'étonnait que, face aux difficultés économiques qui perduraient dans le pays, alors que le reste du monde semblait sortir de la crise, les politiques en soient encore, par la procédure parlementaire, à entretenir dans une inconscience totale une instabilité préjudiciable à la reprise des affaires. Seul Aristide Briand avait suivi un programme sur plusieurs années ; mais sa démission était définitive. Le nouveau cabinet Tardieu, après l'échec de Laval et de Painlevé, rassemblait la plupart des ministres des cabinets précédents.

— On prend les mêmes et on recommence ! maugréait Rochefort. La brièveté de ces gouvernements fantoches enlève toute crédibilité aux gouvernants. Ce chassé-croisé suscite d'ailleurs dans la presse des commentaires acerbes. Après, on s'étonnera que, face aux mesures d'urgence qu'il faudrait appliquer avec rigueur, le pays traîne à se redresser.

Jean-Christophe Rochefort s'était installé dans l'appartement de ses parents, rue Dorée à Nîmes, après le départ définitif de sa mère pour le Clos du Tournel. Il y vivait en compagnie de Thérèse qui veillait sur lui comme sur un convalescent, ce qui avait le don de l'exaspérer. Il sentait trop sa présence derrière lui et, la lune de miel passée, il s'était rapidement rendu compte que sa nouvelle épouse était plus attirée par ses affaires que par sa seule personne. Il évitait toutefois de lui faire des remarques, car il avait besoin d'elle pour amadouer son beau-père. Uni par mariage aux usines Fournier de Ganges, il avait l'intention, en effet, de les racheter purement et simplement afin de mieux pouvoir les contrôler.

Après de longues tractations pendant lesquelles il dut, une fois de plus, démontrer la justesse de son choix dans une période risquée, il obtint en la matière l'accord de son conseil d'administration. Sa décision d'investir quand les autres s'affaiblissaient finit par convaincre la majorité de ses commanditaires, dont un certain nombre avaient été préalablement conviés – en aparté – à appuyer ses propositions.

Fort de son succès, Rochefort décida presque aussitôt de lancer un grand plan de licenciement dans les usines de son beau-père et en attribua la charge à l'homme de confiance d'Edgar Fournier. Un homme qui portait un masque de cuir à cause d'une grave blessure de guerre.

Le soir de leur première rencontre, à l'hôtel des Cordeliers, la relation entre les deux hommes prit soudain une étrange tournure. Rochefort n'avait pas relevé le nom du protégé de son beau-père quand celui-ci le lui avait présenté quelques mois plus tôt, au moment où ils avaient conclu l'accord définitif de rachat. Quand l'homme au visage masqué lui avoua qu'il avait été sous son commandement pendant la guerre, Jean-Christophe rétorqua aussitôt qu'un lieutenant avait tellement de soldats sous ses ordres qu'il lui était difficile, voire impossible, de se rappeler le nom de chacun d'eux. Alors son subordonné lui expliqua qu'il se trouvait en compagnie de son beau-frère, Vincent Rouvière, lors de la fameuse bataille du Chemin des Dames, le 27 mai 1918.

Il insista.

— Soldat Raphaël Simon, mon lieutenant. J'opérais sous vos ordres en Picardie.

Rochefort se cabra.

Cet épisode de la guerre ne lui avait pas laissé de bons souvenirs. Ne portant pas son beau-frère dans son cœur, il l'avait laissé pour mort sur le champ de bataille.

Néanmoins, intrigué, il écouta attentivement son interlocuteur. Quand celui-ci eut terminé l'évocation de leur passé commun dans les tranchées, il se rassura. A la fin du repas, le récit qu'il venait d'entendre lui parut tellement surprenant qu'il leva son verre à l'opportunité qui leur avait permis de se rencontrer à nouveau.

Jean-Christophe avait décidé de se reposer sur son fils Pierre, l'aîné de ses trois enfants, pour le seconder. Comme son père avant lui, il ne souhaitait pas lui confier une trop grande responsabilité au sein de l'entreprise. Mais il tenait à surveiller ce Raphaël Simon de près pour se tenir au courant des intentions de son beau-père et lui imposer son premier objectif : développer la soie synthétique – la rayonne – dans ses usines de Ganges. Le vieux patron, en effet, s'était toujours opposé à ce textile qui n'avait, à ses yeux, ni la noblesse ni les qualités de la soie naturelle pour la fabrication des bas dont il était l'un des plus gros producteurs de la région.

L'année précédente, Pierre l'avait rejoint à Nîmes après ses études. Il n'avait pas manifesté le souhait de s'attarder sur les bancs de l'université, contrairement à son frère et à sa sœur, Thibaud et Alix, les jumeaux de la famille. A peine sa licence de droit en poche, il avait annoncé à sa mère, Louise, qu'il souhaitait aller vivre chez son père, à Nîmes, afin de suivre les pas de ses aïeux paternels dans la grande industrie.

— Mon père a succédé à mon grand-père Anselme qui, lui-même avait succédé à son père, Charles-Honoré. Nous sommes issus d'une longue lignée d'industriels. J'aimerais la perpétuer. En devenir le digne héritier. Un jour, pèrc aura besoin de moi auprès de lui. Thibaud, comme notre oncle Sébastien, a déjà averti qu'il ne tenait pas à assurer cette charge. C'est pourquoi je pars m'installer à Nîmes.

En réalité, la raison qui motivait Pierre n'était pas son désir de seconder son père. Le jeune Rochefort ne se sentait pas spécialement prédisposé à prendre si vite en main les rênes des Entreprises Rochefort. Volage, comme son grand-père et son père avant lui, il aurait préféré poursuivre des études en dilettante pendant encore plusieurs années, plutôt que d'endosser à vingt et un ans des responsabilités qu'il jugeait déjà trop lourdes.

Mais, depuis que sa mère s'était remariée avec Alain Dubreuil, un journaliste, ami de son oncle Sébastien, il se refusait à vivre sous le même toit que son beau-père.

Au fil des années, il s'était aigri devant une telle situation. Aussi, Jean-Christophe l'ayant quelque peu sollicité après sa paralysie, il avait attendu l'obtention de sa licence pour annoncer à sa mère qu'il quittait le logis.

Louise s'était alors étonnée :

— Je n'ignore pas tes raisons profondes. Tu te sépares de moi à cause de ton beau-père. Or tu vas aller vivre sous le même toit que ta belle-mère ! J'avoue ne pas comprendre.

Pierre ne se laissa pas fléchir. Il ne revint pas sur sa décision.

Quand son père lui promit de l'associer à la gestion de son entreprise, il se réjouit encore plus de son choix.

— Je vous seconderai, père, avait-il déclaré dans le bureau directorial qui l'attendait. Vous pouvez compter sur moi.

Le jeune Rochefort ne mit pas longtemps à prendre ses marques dans l'entreprise familiale. Dès lors, il nourrit de grandes ambitions, sachant son père diminué par son handicap.

C'était compter sans Thérèse, la nouvelle épouse de Jean-Christophe.

Tous les deux étaient animés des mêmes intentions. Se faire une place dans les Etablissements Rochefort. Si cela était parfaitement légitime pour Pierre, la position de Thérèse semblait plus trouble. La jeune femme devrait donc composer avec son beau-fils pour espérer hériter un jour d'une part des biens de son mari.

Alix Rochefort, quant à elle, suivait les traces de sa tante Faustine. Comme elle, elle avait un talent incontestable pour tout ce qui touchait à l'art, spécialement la peinture. A dix-sept ans, elle avait brillamment réussi son baccalauréat et s'était aussitôt inscrite à la faculté de lettres de Montpellier en vue de passer une licence d'histoire en parallèle à des études artistiques qu'elle comptait poursuivre jusqu'à l'obtention d'un diplôme qui lui permettrait de travailler dans les musées ou les galeries d'art. Sa mère Louise ne s'était pas opposée à un tel choix, même si elle était consciente qu'elle risquait d'être déçue de ne pouvoir concrétiser son rêve d'adolescente.

— Les places dans le milieu de l'art sont rares, lui avait-elle signifié.

Alix ne s'était pas découragée.

A dix-neuf ans, elle était montée à Paris afin d'achever ses études à la Sorbonne et d'être plus près de tout ce qui se passait dans le monde artistique. La présence de son oncle Sébastien dans la capitale lui permit de convaincre sa mère, très protectrice, de la laisser s'éloigner.

— Tu vas me quitter, toi aussi ! lui avait-elle dit en évitant de montrer sa tristesse. Tu vas beaucoup me manquer. Après ton frère Pierre, voilà ton tour.

— Pierre n'est pas loin.

— Pierre est à Nîmes. Toi, maintenant, à Paris. Où donc Thibaud décidera-t-il de partir lui aussi ?

— Tu n'es pas seule, maman. Tu as Alain. Ton mari est à tes côtés.

— Je ne t'adresse aucun reproche, ma chérie. Je sais pertinemment que l'on ne doit pas retenir ses enfants. On ne les a pas faits pour les garder éternellement auprès de soi, n'est-ce pas ?

Louise n'avait pas toujours été heureuse dans sa vie de couple. Ses années en qualité d'épouse de

Jean-Christophe Rochefort représentaient pour elle une sorte de gâchis, plus qu'une erreur de parcours. Quand elle y repensait, elle s'en voulait encore d'avoir cru à ses paroles enjôleuses, d'avoir été séduite par sa prestance. Elle avait beaucoup souffert de ses infidélités, s'était sentie avilie, trahie. Maintenant qu'elle avait retrouvé le bonheur dans les bras d'Alain Dubreuil, elle aurait souhaité effacer de sa mémoire cette période malheureuse de sa vie mais n'y parvenait pas. D'autant plus que le choix de Pierre d'aller rejoindre son père la ramenait, à présent, vers les années sombres de sa jeunesse.

Alix s'était installée chez son oncle Sébastien. L'appartement de ce dernier possédait une chambre libre. Il avait accueilli sa nièce sans sourciller, trop heureux de faire plaisir à Louise avec laquelle sa femme Pauline avait noué des liens très étroits au moment de sa rencontre avec Alain Dubreuil.

— C'est un peu grâce à moi que ta mère a connu ton beau-père, lui rappela-t-il quand elle débarqua chez lui. Pauline et elle se sont liées d'amitié alors que j'étais bien loin d'ici.

— Oui, je sais, en Indochine, n'est-ce pas ? Toute la famille est au courant de cet épisode de ta vie.

Sébastien n'avait jamais dissimulé aux siens ce qu'il avait vécu au début des années 1920, après son départ en Asie du Sud-Est. Envoyé par son journal, *L'Aurore*, pour couvrir les événements qui secouaient l'Indochine, il avait peu à peu épousé la cause des indépendantistes. Il en oublia sa mission… et Pauline dans les bras d'une jeune Annamite, Hoa Mi. Menacé d'arrestation par la police coloniale française, il emmena celle-ci dans sa fuite, d'abord à Hong Kong, puis en Polynésie. De leur amour naquit Thu Suong, *Rosée d'automne* en vietnamien, qu'il appela Rose à son retour en France quatre ans plus tard, après la mort de Hoa Mi, victime d'une maladie endémique.

Rose se tenait derrière Alix. Son regard rencontra celui de Pauline qu'elle considérait comme sa mère. Elle sourit. Jamais celle-ci n'avait tenu rigueur à Sébastien de son infidélité. Elle l'avait attendu toutes ces années. Et lorsqu'il réapparut, en compagnie de Rose, elle lui ouvrit à nouveau son cœur et prit son enfant pour le sien. Ruben, qui était né avant le départ de son père, vit naturellement Rose comme sa sœur. Depuis, la famille de Sébastien vivait soudée dans un amour profond et indéfectible. Certes, Pauline souffrait des absences de son mari – ils avaient fini par se marier. Ce dernier la laissait seule plusieurs fois par an pour assurer des reportages. Mais elle ne le montrait pas, trop fière d'être la femme d'un brillant journaliste et d'un grand écrivain.

Sébastien et Pauline incarnaient aux yeux d'Alix l'image même du bonheur, d'une vie réussie dans l'amour et le respect de l'autre. Rose, par sa beauté eurasienne, étant le trait d'union entre deux cultures, le symbole de la tolérance et de la diversité, qu'elle-même avait décidé de défendre tout au long de son existence.

Alix s'était inscrite aux Beaux-Arts et, pendant ses moments de liberté, elle allait copier des tableaux de maîtres dans les musées de la capitale. Le Louvre ne comptait plus ses visites. Elle y passait de nombreuses heures à tenter de percer le secret d'un Titien, d'un

Véronèse ou d'un Michel Ange, quand ce n'était pas d'un Renoir ou d'un Monet.

Elle s'était habituée à la vie parisienne et ne regrettait pas d'avoir quitté Montpellier où résidaient sa mère et son beau-père. Mais ses parents lui manquaient, surtout son jumeau, Thibaud, avec qui elle vivait une relation fusionnelle. Jamais le frère et la sœur, en effet, ne s'étaient séparés. Et si leur aîné, Pierre, avait pris ses distances sans montrer le moindre regret, tous deux étaient demeurés très attachés à leur mère Louise et à celui en qui ils voyaient leur véritable père, Alain Dubreuil.

Lasse de peindre des toiles classiques, Alix voulut se lancer dans l'art abstrait. Le cubisme connaissait une grande vogue depuis que Picasso lui avait donné ses lettres de noblesse. Elle en parla à son professeur des Beaux-Arts qui l'encouragea à sortir des sentiers battus.

— Pour trouver votre style, lui conseilla-t-il, ne vous focalisez pas sur ce qui est conventionnel. Vous savez ce que disait Vlaminck ? « Je ne vais jamais au musée, j'en hais l'odeur, la monotonie. Je déteste le mot "classique". » Aussi ne puis-je que vous inciter à visiter les galeries d'art plutôt que de vous cantonner aux musées. Vous y découvrirez des artistes plus contemporains, plus modernes, parfois même insolents, qui dérangent les esprits étriqués.

Alix suivit son conseil. Il la dirigea alors vers la Galerie Alex Muller.

— Je connais bien Alexandre Muller. Il a été mon élève voilà quelques années. A l'époque, je donnais des cours dans un atelier privé pour artistes amateurs. Quand je l'ai vu peindre la première fois, j'ai été immédiatement saisi par son talent. Pourtant, il n'avait jamais tenu un pinceau de sa vie. A vingt-cinq ans, il découvrait la peinture.

— Pour quelles raisons s'est-il mis à peindre si tard ?

— Je l'ignore. Quand vous le connaîtrez, vous vous apercevrez vite qu'Alexandre Muller est un homme assez taciturne. Il ne parle jamais de lui. Vous ne saurez jamais ce qu'il pense ni ce qu'il faisait avant d'être ce qu'il est devenu aujourd'hui grâce à mon intervention.

— Votre intervention ?

Alix commençait à trouver la conversation intéressante. Cet Alexandre Muller l'intriguait. Son professeur lui en parlait à demi-mot comme s'il cachait un secret que lui seul détenait et qu'il ne tenait pas à dévoiler.

— Cet homme me semble bien mystérieux, reconnut-elle. Et vous lui avez fait confiance ?

— Oui. Je ne sais pas pourquoi, mais quelque chose me poussait à l'aider. Il me paraissait désemparé ou plutôt… comment vous dire ? Détaché de ce monde. Dans ce qu'il peignait – car très vite il a peint des œuvres personnelles –, il exprimait beaucoup de détresse. J'ai compris qu'il avait sans doute beaucoup souffert dans sa vie antérieure.

— Que peignait-il ?

— Oh ! c'était très peu figuratif. Ses toiles étaient un jaillissement de couleurs, toujours très vives. Une explosion de lumière. Il s'agissait parfois d'objets en flammes. Oui, cela ressemblait à un incendie, ou à un embrasement. En tout cas, lorsqu'il peignait, il donnait l'impression de revivre des choses cachées au fond de lui. Il extériorisait certainement des sentiments enfouis dans son âme et qu'il ne parvenait pas à exprimer autrement.

Alix fut immédiatement attirée par le personnage d'Alexandre Muller.

— Certains peintres sont de grands tourmentés, releva-t-elle, voire des schizophrènes. Leur talent n'en est pas moins réel !

Elle décida de se rendre à la Galerie Alex Muller dès le lendemain.

Quand il vit entrer la jeune Alix dans son antre, Alexandre éprouva une sensation étrange. Le visage de sa visiteuse ne lui semblait pas inconnu.

Aussi, quand, plusieurs semaines après leur rencontre, elle lui annonça que son nom n'était pas Alix Dubreuil mais Alix Rochefort, une petite lueur se fit jour dans son esprit.

Alix, pas plus que son frère Thibaud, n'entretenait de bons rapports avec son père. Jean-Christophe ne s'était jamais beaucoup intéressé à ses enfants. Mais condamné au fauteuil roulant, il comprenait à présent la nécessité de se reposer sur autrui. Aussi s'était-il rapproché de Pierre, le seul à ses yeux à avoir le tempérament de ses ancêtres, ceux qui avaient créé la lignée dont il s'enorgueillissait.

— Il en faut un par génération ! se justifia-t-il un soir, devant sa jeune épouse. Moi, j'ai succédé à Anselme Rochefort. Pierre me succédera un jour. L'un de ses enfants en fera autant après lui. C'est ainsi que se perpétuent la tradition et le patrimoine familial, en un mot l'héritage. Il faut surtout éviter le morcellement. Pierre est devenu raisonnable en acceptant de me rejoindre. Il me ressemble. J'ai fait comme lui, à son âge. Après quelques années sur les bancs de la faculté, je n'ai pas hésité à venir seconder mon père dans ses affaires. Il m'a envoyé aux Etats-Unis à l'époque. J'y ai fait mon apprentissage. J'ai l'intention de demander la même chose à mon fils.

— Tu vas l'envoyer en Amérique ? s'étonna Thérèse.

— Parfaitement. Pour qu'il aille prospecter le marché américain, celui de la concurrence. Dans le domaine du jean, il faut être présent là où les enjeux sont les plus importants. J'ai donc décidé de créer une filiale des Entreprises Rochefort de l'autre côté de l'Atlantique. Mon père commercialisait de la toile de Nîmes avec la compagnie Levi Strauss. Ce n'est pas suffisant. Je veux m'implanter sur le sol américain, monter une unité de fabrication pour y vendre directement nos produits. Je chargerai Pierre de préparer le terrain.

— Est-il au courant de tes intentions ?

— Pas encore. Il vient seulement de rejoindre la société. Il faut lui laisser le temps de s'accoutumer à ses nouvelles responsabilités. Dans un an, un an et demi, quand il aura trouvé sa place et qu'il se sera fait accepter par le personnel et surtout par nos commanditaires, je le lancerai dans la bataille. Je suis sûr qu'il fera du bon travail. Il est ambitieux. Il n'a pas froid aux yeux. Il réussira. Son succès sera aussi le mien. Et d'ici là, la crise sera vraiment derrière nous. D'ailleurs, aux Etats-Unis, l'économie est déjà repartie.

Thérèse n'avait pas songé que son mari mettrait si tôt son fils aîné dans la course à sa succession. Car, dans son esprit d'intrigante, il s'agissait bien de sa succession. En l'épousant, elle avait imaginé qu'elle parviendrait à contrôler la direction de sa société, et que, dans son état, il se reposerait surtout sur elle.

Pierre avait donc rejoint le domicile de son père à Nîmes et s'était rapidement adapté à ses nouvelles obligations. Vivre sous le même toit que sa belle-mère ne semblait pas le gêner. Dans l'hôtel des Cordeliers, il occupait le logement qu'Anselme Rochefort avait fait aménager pour son fils lors de son premier mariage.

— Tu suis mes traces, lui avoua Jean-Christophe, le jour de son installation. Je me revois dans cet appartement quand j'y ai emménagé avec ta mère. C'était juste après notre voyage de noces à Venise, si mes souvenirs sont bons. De l'eau est passée sous les ponts depuis. Ta mère ne s'est jamais plu ici. Elle est issue de la terre. Nous ne lui convenions pas. Elle n'était pas à sa place dans une famille de notre rang. Après réflexion, c'était une erreur de mon père d'avoir voulu à tout prix nous marier. Notre union était d'avance vouée à l'échec.

— Vous ne l'aimiez pas ?

— Je n'ai jamais dit cela. Au début, si, bien sûr je l'ai aimée. Mais, vois-tu, ta mère ne supportait pas mes absences. Or, tu t'en rendras compte par toi-même, notre travail nous accapare beaucoup.

Pierre n'était pas dupe. Le travail n'était pas la seule cause des absences de son père. Il se souvenait très bien d'avoir entendu des conversations, voire des disputes, entre ses parents. Cela le chagrinait beaucoup à l'époque. Sa mère avait montré beaucoup de patience devant les infidélités de son mari.

Il fit mine d'approuver les remarques de son père et lui promit de se montrer à la hauteur de sa tâche.

— Un jour, ajouta Jean-Christophe, c'est toi qui dirigeras notre entreprise.

Dans le salon, Thérèse ne disait mot, mais, en son for intérieur, elle pensait qu'il lui faudrait vite établir une stratégie afin de neutraliser le fils avant que le père ne lui assure sa totale succession.

6

Confidences

Depuis leur première rencontre, Alix et Alexandre semblaient ne plus pouvoir se passer l'un de l'autre.

La jeune fille éclairait la vie d'Alexandre, comme si sa seule présence lui suffisait à retrouver peu à peu des marques qu'il semblait avoir perdues à jamais. A ses côtés, il se sentait plus serein, plus ouvert sur le monde qui l'entourait, moins craintif de découvrir un passé qu'il appréhendait d'affronter. Il ne pouvait s'expliquer la raison de ce bien-être et se méfiait de ses propres sentiments. Son cœur battait plus fort chaque fois qu'elle franchissait le seuil de sa galerie. Mais il refusait de reconnaître qu'il était en train de tomber amoureux de sa jeune stagiaire. J'ai au moins douze ans de plus qu'elle, se disait-il pour se raisonner. Elle n'est pas faite pour un homme de mon âge !

Il s'était bien gardé de parler de cette rencontre à Gina. Toutefois, elle trouvait son compagnon en de meilleures dispositions et se disait que l'accident cérébral dont il avait été victime lui avait permis, finalement, de devenir plus sûr de lui, moins frileux dans ses projets. Alexandre, en effet, ne cessait de lui parler de ses futures expositions et montrait un dynamisme au travail qui l'étonnait.

— C'est la crise qui t'a rendu morose, lui dit-elle un soir qu'il l'avait invitée au restaurant. Certains hommes d'affaires ne s'en sont pas remis et ont attenté à leurs jours, d'autres ont fait une dépression nerveuse. Toi, tu as décidé d'oublier la vie pendant quelques heures.

Gina devait se rendre à l'évidence, l'empressement d'Alexandre à son égard se relâchait. Elle mit ce changement de comportement sur le compte de ce qui lui était arrivé et s'évertua à ne pas y penser.

De son côté, Alix semblait se plaire en la présence d'Alexandre. Elle aimait en lui son côté à la fois chaleureux et taciturne, qui dénotait une grande pudeur, qualité qu'elle appréciait chez un homme. Devant elle, il ne faisait jamais étalage de ses connaissances, même s'il la conseillait, lui parlait de ses goûts, lui indiquait ses préférences. Parfois, il osait lui prendre le pinceau des mains pour corriger un détail, une perspective, parfaire une forme, un dégradé, un estompage. Mais il ne lui imposait pas son point de vue. Il respectait sa façon d'interpréter l'œuvre dont elle s'inspirait. Car, de plus en plus, plutôt que d'imiter, de tenter de copier à la perfection, elle se lançait dans un travail de reproduction personnel et finissait toujours par présenter une création originale.

Un matin, alors qu'elle lui avait demandé l'autorisation de venir à la galerie, il s'était muni d'une copie de l'article paru dans *Le Figaro* – obtenu grâce à un ami qui travaillait à la rédaction du journal –, dans l'intention de la questionner sur sa famille. Il espérait que des détails lui permettraient d'apprendre si, dans une vie antérieure, il aurait pu croiser cet industriel nîmois qui avait essayé de se suicider. Il ignorait encore que Jean-Christophe Rochefort était le père d'Alix. Celle-ci ne s'était pas étendue sur les siens après lui avoir dévoilé sa véritable identité. Et Alexandre ne l'avait pas questionnée.

— Cela vous ennuierait-il de m'expliquer pourquoi vous vous êtes présentée sous le nom de Dubreuil ? lui demanda-t-il avant de lui montrer l'article.

Alix se troubla.

— Je ne voulais rien vous dissimuler, monsieur Muller. Je n'avais aucune mauvaise intention. Vous pouvez me croire.

— Je ne vous reproche rien, Alix. Je souhaitais seulement savoir pourquoi vous vous êtes présentée sous le nom de Dubreuil, alors qu'en réalité vous vous appelez Rochefort.

— Je n'aime pas parler de ma famille. Mais puisque vous m'y contraignez, je vais vous expliquer.

— Ne vous sentez pas obligée. Oubliez tout cela.

Il prit ses mains dans les siennes.

Elle le regarda dans les yeux, lut dans ses pensées. Balbutia :

— Je… je ne vous cache rien, Alexandre. Ma mère s'est remariée avec un homme qui s'appelle Alain Dubreuil. J'aime mon beau-père comme s'il était mon père. C'est pour le remercier que j'utilise son nom. C'est lui qui nous a élevés, mon frère et moi.

— Mais vous portez toujours officiellement le nom de Rochefort, n'est-ce pas ?

— Oui, c'est exact. Mais, quand ça m'arrange, je préfère dire que je m'appelle Dubreuil.

Alexandre hésitait à montrer l'article du *Figaro* à Alix. Il sentait qu'elle dissimulait une blessure qui la rendait fragile. Il percevait en elle une profonde tendresse, une grandeur d'âme qui l'émouvait. Il la trouvait tellement jolie qu'il ne pouvait détacher ses yeux des siens. Elle, de son côté, le regardait avec tant d'innocence qu'il n'osait faire un geste de crainte que le charme ne soit trop brutalement rompu.

Il lâcha lentement ses mains. Releva sa frange sur son front, lui caressa le visage. Alix ferma les paupières. Se laissa faire. Quand elle ouvrit les lèvres pour s'exprimer, il posa un index sur sa bouche :

— Ne dites rien, Alix. Je veux seulement que vous sachiez…

— Oui ?

— Non… rien. Je… je voulais vous montrer un article de journal dans lequel il est question d'un certain Jean-Christophe Rochefort.

Alix écarquilla les yeux. S'étonna :

— Jean-Christophe Rochefort ! Mais c'est mon père.

— Je l'avais deviné.

— De quoi s'agit-il ?

Alexandre réfléchit. L'article n'allait-il pas raviver de mauvais souvenirs dans l'esprit de sa jeune protégée ?

— Finalement, je ne sais pas si je dois vous le montrer. Il ne peut que vous faire du mal.

— Montrez-le-moi, s'il vous plaît. Vous me paraissez bien mystérieux !

Alexandre s'exécuta.

Alix lut le compte rendu. Elle semblait découvrir l'événement dont son père était le principal intéressé.

— Cette tragédie nous a tous beaucoup touchés, avoua-t-elle quand elle eut terminé. Mais, à présent, c'est une histoire ancienne. D'ailleurs, depuis, mon père s'en est très bien remis, malgré sa paraplégie et le fauteuil roulant auquel il est rivé jusqu'à la fin de ses jours. Il s'est même remarié. Avec une femme beaucoup plus jeune que lui.

Le ton d'Alix s'était brutalement durci.

— Vous lui en voulez ?

— Je ne lui en veux plus. Mais, à l'époque, j'ai trouvé son geste déplorable. Il n'a pas songé aux dégâts qu'il pouvait occasionner dans son entourage. Certes, ma mère et lui étaient déjà divorcés. Mais, par cet acte, il a prouvé qu'il n'aimait pas ses enfants. Nous le pensions déjà, mais pas à ce point.

— Il faut savoir pardonner, Alix.

— Je lui ai pardonné. Mes frères également. Même ma mère lui a témoigné beaucoup de compassion pendant sa convalescence. Elle a effacé de son cœur tous les ressentiments qu'elle pouvait encore nourrir. Mais pas dans sa mémoire, j'en suis sûre. Rien ne s'oublie.

— Détrompez-vous, Alix.

Alexandre se sentait prêt à parler de son amnésie. La jeune fille lui paraissait tellement perturbée qu'il eut pitié de sa souffrance intérieure. Il l'invita dans le petit salon privé de la galerie.

— Venez. Nous allons boire un verre. Ça nous détendra. Je vous expliquerai ensuite la raison pour laquelle j'ai relevé cet article du *Figaro*.

Alix suivit Alexandre. Son cœur se serrait dans sa poitrine. Elle n'osait se l'avouer, mais Alexandre ne lui était pas indifférent. Elle était tombée sous son charme dès le premier jour. Elle lui trouvait tant de charisme, tant de gentillesse, tant d'élégance aussi, qu'elle ne pouvait s'empêcher de penser que la femme qui partageait sa vie avait beaucoup de chance. Cette idée la travaillait nuit et jour, et ne faisait qu'exacerber l'attirance qu'elle éprouvait pour lui. Elle s'en défendait, estimant qu'elle n'avait pas le droit de se mettre en travers d'un couple qui s'aimait, mais c'était plus fort qu'elle. Elle espérait qu'Alexandre ne s'apercevrait jamais des sentiments qu'elle nourrissait pour lui. Toutefois, elle devait se l'avouer, elle ne parvenait pas à prendre la décision qui eût été la plus raisonnable : ne plus revenir à la galerie.

Alexandre déposa *Le Figaro* sur la table basse du salon, alla ouvrir une petite commode, en sortit deux coupes et une bouteille de champagne.

— Buvons à notre rencontre, proposa-t-il.

Alix ne réagissait pas. Intimidée.

— Lorsque j'ai lu cet article du *Figaro*, commença Alexandre, j'ai été pris d'un malaise. J'étais seul à la maison. Mon amie était partie à son atelier de peinture selon son habitude. Quand elle est rentrée vers trois heures de l'après-midi, j'avais perdu la mémoire immédiate.

Et Alexandre d'expliquer en détail son accident cérébral et ses suites, y compris ce nom de Raphaël Simon qui hantait son esprit.

— J'ai fini par comprendre que c'est le nom et la photo de votre père qui ont déclenché cette perte de mémoire. Quelque chose en moi s'est bloqué. Quoi ? Je l'ignore encore. Mais je veux absolument en trouver la raison. Jusqu'à ce que je vous rencontre, je ne pensais plus à ce nom de Rochefort. J'avais promis à Gina de ne plus y prêter attention. Cela me perturbait trop, disait-elle. Mais depuis que nous nous connaissons, je ne pense plus qu'à ça à nouveau. Vous êtes la fille de celui à cause de qui mon cerveau a implosé, si je puis dire. Quand je vous ai vue entrer dans la galerie, la première fois, vous m'avez rappelé quelqu'un. Sur le moment, je n'ai pas compris… La photo de votre père. Dans le journal. C'était la photo…

Alexandre s'interrompit, hésita, reprit :

— Alix, accepteriez-vous de m'aider ?

Il était prêt à avouer à la jeune fille que sa mémoire était en bien plus piteux état que ce qu'il lui avait laissé entendre.

Alix ne répondait pas. Il crut à une fin de non-recevoir.

— Je ne veux pas vous ennuyer avec mes problèmes. Je comprends que cela puisse vous gêner. Jean-Christophe Rochefort, pour moi, est un inconnu. Pour vous, il s'agit de votre père. Je ne sais pas ce que nous pourrions découvrir en fouillant dans notre passé commun… Si nous avons un passé commun !

Alexandre s'était levé. Alix vint le rejoindre. S'approcha de lui. A son tour elle lui caressa le visage.

— Embrassez-moi, lui dit-elle en fermant les yeux.

Une larme perla sur sa joue.

Alexandre effleura ses lèvres.

— Je vous aime, lui susurra-t-il dans le creux de l'oreille.

Alors Alix s'abandonna et promit à Alexandre de l'aider à revenir sur le chemin de sa mémoire.

— Je veux te dire, ajouta-t-il, je n'ai aucun souvenir de ce que j'ai vécu avant mes vingt ans. Tu es la seule maintenant à le savoir.

Alix prit le visage d'Alexandre dans ses mains. Posa ses lèvres sur ses yeux.

— Je serai ta lumière dans les ténèbres. Là où tu iras, j'irai et éclairerai ta voie.

L'automne s'éternisait en tièdes langueurs et commençait à dépouiller les arbres de leurs ors. La capitale n'échappait pas à la règle. Dans les parcs, les allées gravillonnées étaient parsemées de feuilles mortes que le vent balayait sur son passage et amassait contre les bancs publics désertés par les amoureux de l'été. Alix aimait particulièrement cette morne saison où tout s'étiole lentement, où la nature s'éteint en un doux frémissement pour mieux se préserver des froidures de l'hiver. C'était pour elle une palette vivante aux couleurs chaudes.

Elle pensait souvent à ses Cévennes et à sa famille. A Tornac près d'Anduze, plus qu'à Montpellier où elle avait vécu toute son adolescence, se trouvaient ses vraies racines, celles de ses ancêtres maternels, les Rouvière. Chaque fois qu'elle y retournait, elle passait auprès de ses grands-parents de longs moments à évoquer la jeunesse de sa mère aux côtés de ses tantes Julie et Aline. Elle connaissait dans les moindres détails l'histoire romanesque et rocambolesque de Vincent et de Faustine, la sœur de son père. Romantique comme de nombreuses jeunes filles de son âge, elle invitait souvent Constance, sa grand-mère, à lui raconter comment ceux-ci s'étaient rencontrés et comment ils s'étaient aimés en dépit des obstacles que son grand-père Anselme Rochefort avait dressés entre eux. Constance s'étonnait toujours que sa petite-fille ne s'intéresse pas davantage aux anecdotes qui avaient présidé au mariage de ses parents. Certes, elle-même avait déploré, après coup, que cette union n'ait pas duré, et s'était même reproché d'avoir incité sa fille aînée à épouser un homme issu d'un autre milieu que le sien. Mais, croyait-elle à tort, un enfant devrait s'interroger sur ce qui avait amené son père et sa mère à s'aimer ! Car là était le commencement de sa propre existence.

En réalité, Alix ne souhaitait pas connaître les motivations qui avaient poussé ses parents à se marier. Leur séparation suffisait à sa peine. Aussi, lorsqu'elle pensait à sa famille, était-ce surtout à ses grands-parents Rouvière, dont elle se sentait la plus proche, à la terre de ses aïeux maternels, celle que son grand-père Donatien avait travaillée toute sa vie et qu'il avait en partie remise à Vincent, son digne successeur. Comme Faustine avant elle, elle se promenait avec plaisir dans les vignes quand, après les vendanges, les ceps répandent encore de doux effluves de mou et de sucre, quand, dès l'arrivée du printemps, les premières floraisons exhalent dans la nature des parfums de pollen et de miel.

Son installation dans la capitale ne l'avait pas éloignée des siens. Au contraire, plus elle se plongeait dans la vie parisienne, plus elle éprouvait le besoin de venir se ressourcer au pays de son enfance. Au reste, elle aimait aussi peindre les paysages qui lui étaient familiers. Elle imaginait très bien les crêtes du mont Aigoual, les plateaux du mont Lozère ou les terrasses des vallées cévenoles. Enfant, elle passait souvent ses vacances d'été dans la propriété de son grand-père paternel, près de La Bastide. Les Taillades avaient vu la naissance de l'amour de Faustine et de Vincent, alors jeunes enfants. C'était pour elle un endroit presque mythique, chargé d'émotion, d'évocations. Elle en avait réalisé un grand tableau qu'elle avait offert à sa tante et à son oncle en souvenir de leur merveilleuse idylle.

Lorsque Alix évoquait son pays, elle ne trouvait pas de mots assez forts, à son goût, pour dépeindre la splendeur et la majesté des paysages qui habitaient son cœur et son esprit.

— J'aimerais t'emmener sur ces lieux qui ont bercé mon enfance, avoua-t-elle à Alexandre, un jour de confidences. Te faire découvrir mes montagnes dans leur austère beauté, leur splendeur sauvage. Te faire passer par tous ces chemins qu'empruntent les troupeaux quand ils montent à l'estive. Te faire dormir à la belle étoile au bord d'un torrent, quand la voûte céleste s'illumine de mille feux et t'emporte dans un monde où les ténèbres n'existent pas, où tout ton être est transporté vers l'éternité.

— Je comprends pourquoi tu aimes peindre, dit Alexandre. Je suis certain que tu deviendras une grande artiste.

Entre le maître et l'élève, l'amour de la peinture ne faisait qu'exacerber leurs sentiments. Ils se sentaient si proches l'un de l'autre qu'ils avaient l'impression de se connaître depuis longtemps.

Alexandre ne pouvait plus se passer de la présence d'Alix.

Alix ne trouvait plus de raison d'être qu'en présence d'Alexandre.

Gina commençait à s'inquiéter. Depuis plusieurs mois, Alexandre lui paraissait de plus en plus distant. Elle ne le lui avait jamais reproché. Elle refusait de le presser de questions. Ils formaient un couple que d'aucuns auraient qualifié de moderne. Elle-même appréciait trop sa liberté pour exiger de son compagnon des explications sur chacun de ses faits et gestes. Ils vivaient ensemble. Ils s'aimaient. Mais ils avaient toujours su garder leurs distances pour ne pas empiéter sur la vie de l'autre. Voilà pourquoi ils n'avaient pas d'enfants. Toutefois, dès le début de leur relation, ils étaient convenus de tout se dire, de ne jamais rien dissimuler qui pût nuire à leur amour. Aussi ne comprenait-elle pas, à présent, les raisons de la froideur apparente dont témoignait Alexandre à son égard.

— Tu me caches quelque chose, Alex. Je sens bien que tu n'es plus le même depuis quelque temps.

Alexandre ne tenait pas à confesser à sa compagne que son cœur s'emballait chaque fois qu'il voyait Alix. Entre eux, il ne s'était encore rien passé d'irréparable, mais rien ne serait plus comme avant. Maintenant qu'il avait avoué à la jeune étudiante qu'il l'aimait et qu'elle n'avait pas repoussé ses avances, il lui semblait renaître de ses cendres. Il n'éprouvait aucune crainte désormais à découvrir qui il était vraiment.

Ce soir-là, il s'arma de courage. Reconnut :

— J'ai rencontré quelqu'un. J'en suis éperdument amoureux.

Gina ne broncha pas. Avec une grande élégance, elle se tourna vers lui. Planta son regard dans le sien avec tendresse. Dit :

— Je veux que tu sois heureux, mon chéri. Tu es seul à savoir ce que tu dois faire. Je ne peux… je ne veux pas te retenir contre ton gré. Qui est cette femme ? Je la connais ?

Alexandre se troubla. Tout raconter, c'était reconnaître qu'il lui avait menti depuis l'origine de leur relation, qu'il était amnésique profond, qu'il n'était sans doute pas celui qu'elle croyait… Des années de mensonges.

Mais Gina se montrait tellement digne dans cette situation scabreuse qu'il décida de ne rien lui cacher.

— En réalité, il s'agit d'une jeune étudiante que j'ai rencontrée à la galerie, il y a plusieurs mois. Elle a vingt ans. Elle s'appelle Alix Rochefort. Elle est la fille de cet homme qui a tenté de mettre fin à ses jours et qui a fait l'objet de l'article du *Figaro*. Tu te souviens ?

— Parfaitement. Comment oublier !

— Elle fait les Beaux-Arts et vient régulièrement à la galerie pour peindre.

— Qu'espères-tu d'une liaison avec une fille bien plus jeune que toi, Alex ? Y as-tu sérieusement réfléchi ?

— Je n'ai que trente-deux ans. Je ne suis pas encore vieux !

— Certes, mais, à son âge, on aime les relations éphémères, sans lendemain. On ne pense pas toujours aux conséquences. Je crains qu'elle ne te fasse souffrir, Alex.

— Avec elle, je vais retrouver mon passé. Celui que j'ai perdu quand j'avais vingt ans. J'en suis persuadé.

— Qu'est-ce que tu racontes ? Je ne comprends pas.

Alexandre temporisa de longues secondes, se concentra. Puis il expliqua dans le détail ce qui lui était arrivé une douzaine d'années plus tôt. Son séjour en Allemagne, l'hôpital, les Weber, son retour en France en 1922. Son installation à Paris et le parcours qu'il y avait réalisé depuis.

Quand il eut terminé, Gina s'étonna :

— Pourquoi m'as-tu caché tout cela ? J'aurais pu t'aider. Ensemble, nous aurions peut-être trouvé le moyen de te faire recouvrer la mémoire. Il ne manque pas de grands médecins à Paris. Tu ne me faisais pas confiance ?

Alexandre n'osait avouer combien il était tombé sous le charme d'Alix. Il éprouvait pour elle une attirance inexplicable. Elle était devenue sa raison de vivre, sa muse. Quand il la regardait peindre, discrètement dissimulé derrière une sculpture ou dans l'embrasure d'une porte, il la dévorait des yeux, se mettait à rêver, regrettait de ne plus avoir vingt ans.

— Tu l'aimes ! lui répliqua Gina sans récrimination.

Elle le laissa un instant seul, alla se servir à boire dans le salon, lui apporta un verre de scotch.

— Je n'ai pas envie que nous nous disputions. Alors je vais partir. Cela vaut mieux. Dans ton cœur, il ne peut y avoir de la place pour deux. Il est donc préférable que nous en restions là. Nous aurons connu de bons moments ensemble, n'est-ce pas ?

Alexandre ne disait mot. Il ne souhaitait ni lui faire mal ni être la source d'un conflit. Il aimait encore Gina.

Ce soir-là, Alexandre Muller prit conscience qu'il refermait une longue parenthèse de sa vie.

7

Deuil

Cévennes, 1933

L'année nouvelle commençait dans la douleur. La famille Rouvière était plongée dans le deuil. Jamais malade, Donatien s'était éteint à l'âge de soixante-huit ans, laissant sa femme Constance éplorée. Il ne se plaignait jamais même si, comme la plupart des gens de son âge, il souffrait de rhumatismes ou de courbatures liés au temps ou au travail. Tous, autour de lui, pensaient qu'il ferait un vieillard solide, que rien ne parviendrait à l'ébranler.

La malchance en décida autrement.

Donatien travaillait toujours les terres de son exploitation. L'hiver, il s'occupait surtout à des tâches d'entretien, de rangement, de réparation. Il prêtait souvent la main à son fils Vincent dans son chai, afin de préparer la dernière cuvaison. Il fallait nettoyer les bouteilles qui serviraient au printemps, ainsi que les petits tonneaux de commercialisation. Le plus important demeurait les labours en vue des semis de mars-avril. En cette saison pourtant froide, la terre, rarement gelée en profondeur, restait humide et ne présentait aucune difficulté à être retournée par le brabant tiré par son tracteur. Donatien passait pour un agriculteur aisé. Dans ses hangars, il ne manquait pas d'engins modernes. On y trouvait côte à côte tracteur, herse, faucheuse, moissonneuse, ensileuse…

Par un matin de janvier, alors que le soleil resplendissait dans un ciel d'azur, il décréta qu'il était temps d'aller labourer le serre, une terre située à la cime d'un coteau surplombant La Fenouillère. La parcelle était en jachère depuis deux ans. Sur les conseils de Vincent, Donatien s'était mis dans l'idée d'y planter de nouveaux ceps au printemps dans le but d'accroître le domaine du Chai de La Fenouillère. Tout ce qu'il entreprenait depuis plusieurs années n'avait qu'un seul objectif : renforcer la notoriété de son fils. Aussi, quand il le pouvait, il lui concédait une terre qu'il n'exploitait plus ou lui donnait une machine dont il prétendait ne plus avoir besoin.

Constance l'avait prévenu qu'un fort vent était annoncé à la radio dans tout le Midi et qu'il ferait mieux de ne pas sortir, d'attendre que le calme revienne. Mais, quand Donatien avait une idée dans la tête, rien ne pouvait l'arrêter.

— Ce n'est pas une petite bise qui va m'empêcher d'aller labourer, lui dit-il pour la rassurer.

— Si tu prends froid, il faudra appeler le médecin et tu ne seras pas plus avancé.

— Je n'en ai pas pour longtemps. A midi, je serai rentré. Ne t'inquiète pas.

Comme d'habitude, il n'écouta pas les conseils de sa femme et partit dans ses terres dès que le soleil fut assez haut au-dessus de l'horizon. Il mit en marche son nouveau tracteur qu'il se faisait un plaisir d'utiliser depuis qu'il l'avait acquis quelques mois plus tôt, y arrima sa charrue et, tel un enfant fier de son jouet, fila droit vers le serre.

Pesant près de deux tonnes, l'engin était puissant et lourd. Donatien n'en maîtrisait pas encore tout à fait les quatre roues motrices. Confiant dans cette nouvelle technologie, il se lança dans sa terre, persuadé que la pente ne lui opposerait aucun problème. Il avait fièrement vanté les qualités d'un tel système de traction à Vincent et croyait qu'il pouvait passer partout sans hésiter, surmontant le moindre obstacle.

Mal lui en prit. Le soc de son brabant enfoncé dans le sol, il ne mesura pas avec exactitude le degré d'inclinaison du terrain. Selon son habitude, il attaqua celui-ci en devers, perpendiculairement à la pente. Le premier sillon tracé, il ne vit pas le danger arriver. Quand il dut faire demi-tour, emporté par son élan, déséquilibré par une forte bourrasque, il ne put empêcher la machine de glisser vers l'aval. Les deux roues en amont se décollèrent aussitôt le virage amorcé. Donatien n'eut pas le temps de rectifier sa trajectoire. Le tracteur se renversa sur lui, l'écrasant de tout son poids. Coincé sous la masse de métal, le malheureux ne fut pas tué sur le coup. Sa jambe droite saignait abondamment, l'artère fémorale ouverte. Il eut beau appeler à cor et à cri malgré la douleur qui le tenaillait, personne ne l'entendit. Le froid eut bientôt raison de sa résistance. Se vidant de son sang, Donatien expira lentement, dans une solitude qui lui était familière mais qui, ce matin-là, lui parut hostile et lui fut fatale.

Quand Constance s'inquiéta de ne pas le voir rentrer aux environs de midi, elle avertit son fils Vincent. Celui-ci arriva trop tard sur le lieu du drame. Donatien s'était éteint. Son visage arborait un petit sourire, comme celui d'un enfant qui s'est endormi, son jouet dans les bras.

Aussitôt prévenue, Alix n'hésita pas un instant. Elle expliqua à Alexandre qu'elle devait se rendre à Tornac pour les funérailles de son grand-père et lui demanda de l'accompagner. Celui-ci s'étonna.

— Je ne connais pas ta famille ! objecta-t-il. Je ne me sentirai pas à l'aise parmi les tiens.

Alix insista.

— Je t'en prie. Ne me laisse pas affronter seule la douleur qui m'accable. Mon chagrin est si grand d'avoir perdu mon grand-père ! J'aurais tant souhaité le revoir avant qu'il ne parte. Je m'en veux de ne pas être descendue pour Noël. Si j'avais su !

Alix, en effet, avait préféré rester à Paris pour préparer un examen des Beaux-Arts qui lui octroierait en cas de réussite un diplôme très utile pour son avenir.

— Tu rencontreras mon père, Jean-Christophe Rochefort. Vous pourrez ensemble essayer de vous souvenir de ce qui vous unit peut-être l'un à l'autre.

Alexandre ne se sentait pas prêt. Il lui fallait encore du temps, tenter d'apprendre, par ses propres moyens, la raison pour laquelle il avait vécu en Allemagne.

Il déclina la proposition d'Alix. Celle-ci, déçue, ne lui en tint pas rigueur.

— Je te comprends, lui dit-elle, en se faisant câline. C'est trop tôt. Plus tard, quand tu te sentiras mieux, tu m'accompagneras, n'est-ce pas ?

— Promis. Je suis vraiment désolé.

Pendant le trajet, Alix pensa à son grand-père et ne vit pas le paysage défiler. Elle réfléchit à l'attitude à adopter face au malheur qui accablait les siens. Elle voulait faire honneur à Donatien en évitant de sombrer dans une tristesse qui ne ferait qu'accroître le chagrin de tous. Elle se souvenait de ce qu'il lui avait fait promettre le jour de ses dix ans, alors qu'il l'avait emmenée, à son tour, avec son frère Thibaud, à l'estive sur le mont Lozère : « Dans la vie, il ne faut pas s'apitoyer sur soi-même, il faut se montrer aussi fort que ces rochers qui surplombent cette bergerie. Jure-moi de ne pas pleurer quand viendra le jour où je partirai au ciel rejoindre mes aïeux. » Elle avait promis, Alix, sans très bien comprendre pourquoi son grand-père lui avait demandé un tel effort sur elle-même.

Lorsqu'elle arriva à Tornac, à La Fenouillère, domicile de ses grands-parents maternels, toute la famille était réunie. Les Rouvière étaient très entourés. Constance, dans ses habits de deuil, s'efforçait de se montrer digne, sans parvenir à dissimuler ses larmes. Ses filles la consolaient mais ne pouvaient, elles non plus, cacher leur tristesse. Louise, la mère d'Alix, accompagnée d'Alain, son second mari, avait pris les choses en main et accueillait les premiers visiteurs – les plus proches voisins – qui avaient appris la douloureuse nouvelle et qui venaient rendre un dernier hommage au disparu. Aline et Julie, ses sœurs, trop éplorées, restaient à l'écart, soutenues par leurs conjoints. Vincent s'occupait des formalités avec les pompes funèbres.

Alix déposa sa valise dans l'entrée et se jeta dans les bras de sa grand-mère. Celle-ci l'embrassa chaleureusement et la convia à se recueillir devant la dépouille de son grand-père, dans sa chambre.

— Il repose en paix. Il ne souffre plus, à présent. Tu verras comme son visage est serein.

Alix s'approcha de sa mère, l'étreignit longuement, lui demanda de l'accompagner. Louise obtempéra, non sans cacher son émotion.

— Sois forte, maman, l'encouragea Alix. Grand-père n'aurait pas souhaité tant de larmes. Il disait que la mort n'est qu'un passage vers une autre vie. Une vie meilleure dans un monde toujours ensoleillé, où les esprits ne connaissent ni le temps ni la souffrance.

Dans une pièce voisine, les Rochefort semblaient tenir un conseil de famille. Sébastien, Jean-Christophe, Elodie et Faustine faisaient corps autour de leur mère Elisabeth. Quelque chose paraissait les préoccuper, qui n'avait pas de rapport avec le drame des Rouvière.

Alix s'approcha d'eux, salua son père, son oncle et ses tantes, embrassa sa grand-mère.

— Que se passe-t-il ? finit-elle par leur demander, intriguée. Vous complotez dans votre coin ?

Faustine prit sa nièce à part et lui expliqua :

— Une histoire qui nous perturbe à un moment plutôt inopportun.

— De quoi s'agit-il ? C'est à propos de mon grand-père ?

— Non, ça n'a rien à voir.

— Je peux savoir ?

— Oh, ce n'est rien. Un individu qui se fait appeler Raphaël Simon. Ton père semble le connaître. C'est un intrigant qui le dérange dans ses affaires. Il vient de nous en parler et nous demande de ne pas ébruiter l'affaire. Ça ne te concerne pas.

Alix sursauta. Parut décontenancée. Pâlit.

— Ça ne va pas, ma chérie ? s'inquiéta sa tante.

— Ce n'est pas grave. Ça va passer. J'ai dû prendre froid dans le train. Et puis, je ne me fais pas à l'idée de la disparition de grand-père.

Les obsèques de Donatien Rouvière eurent lieu deux jours plus tard. Sa dépouille fut conduite au temple d'Anduze où toute la famille et ses amis se rassemblèrent pour l'occasion. Après la cérémonie, d'une grande sobriété comme c'était l'usage chez les protestants, le pasteur vint rendre visite aux Rouvière à La Fenouillère. Constance avait élevé ses filles et son fils adoptif dans la foi de ses parents et de son mari. Pour autant, celui-ci ne pratiquait pas assidûment. Le pasteur, un homme très ouvert, ne lui avait jamais tenu rigueur de ses absences au temple le dimanche matin. Il lui était reconnaissant, au contraire, d'y avoir emmené Vincent lorsque ce dernier, pourtant baptisé catholique par les sœurs de la Charité qui l'avaient recueilli juste après son abandon, avait demandé à ses parents adoptifs de le prendre avec eux au culte dominical.

— Votre mari était un brave homme, reconnut-il. Je ne vanterai jamais trop ses mérites. Il a éduqué ses enfants dans le droit chemin et entretenait avec ses petits-enfants des relations plus que chaleureuses. Dieu sait récompenser les siens. Ne vous enfermez pas dans la douleur. Vivez à présent pour ceux qui restent et qui attendent tant de vous.

Constance ne se laissait pas submerger par le chagrin. Mais elle devait reconnaître que, sans son mari, elle se sentait perdue.

Louise fut la première à lui proposer de demeurer auprès d'elle après les funérailles.

— Rien ne m'attend vraiment à Montpellier. Comme Sébastien Rochefort, Alain est très pris par son journal. Il s'absente souvent plusieurs jours d'affilée quand il part en reportage. Ah, les hommes, ils ont le beau rôle !

Constance s'inquiétait. Qui, à présent, allait tenir La Fenouillère ? Son époux était indispensable à la ferme, même s'il n'effectuait plus autant de travail qu'avant. Certes, Donatien avait revendu les bêtes de son étable depuis plusieurs années et ne se consacrait plus qu'au minimum, pour s'occuper, affirmait-il, non sans une pointe d'autodérision. « Les vieux ne doivent pas rester à ne rien faire, répétait-il chaque fois qu'un membre de sa famille lui conseillait de se reposer. Je ne vais quand même pas me mettre à la pétanque. Ce n'est pas à mon âge que je vais commencer. D'ailleurs, le travail n'a jamais tué personne. Aussi longtemps que je tiendrai debout, ne me parlez pas de retraite. »

En vérité, Donatien exécrait cette idée. Il ne voulait pas en entendre parler. A ses yeux, c'était bon pour les hommes de la ville qui travaillaient dans les bureaux ou dans les usines, et qui attendaient chaque mois leur salaire et, à la fin de leur vie, cette oisiveté tant miroitée. En fait, interrogeait-il souvent, narquois, combien de temps profitaient-ils de cette période soi-disant heureuse et tant méritée, tous ces gens qui, parfois, lui signifiaient gentiment qu'à son âge il ferait mieux d'apprécier les années qui lui restaient à vivre ?

Louise avait déjà songé à l'avenir du domaine. Elle prit sa mère à part dans le salon et, à l'abri des oreilles indiscrètes, lui dit :

— Si mes sœurs et Vincent ne s'y opposent pas, je viendrai m'installer auprès de toi. Ainsi, tu ne seras pas seule dans la maison. Je t'aiderai à la tenir en ordre. Quant aux terres que papa entretenait encore, je suis sûre que Vincent s'en chargera. Tu vois, tu n'as aucun souci à te faire.

— Mais tu n'es plus habituée à la vie à la campagne, ma chérie, lui objecta Constance. Depuis ton premier mariage avec le fils Rochefort, tu es devenue une dame de la ville.

— Je demeure paysanne dans l'âme, maman. Tu ne l'ignores pas. De plus, les enfants partent les uns après les autres de la maison. Je vais me retrouver bien seule moi aussi.

Constance s'étonna.

— Tu as un mari. Et il te reste Thibaud !

— Il a l'intention d'aller en Allemagne afin de perfectionner son allemand. Il veut enseigner les langues vivantes après sa licence. Je ne peux pas le retenir.

— Quand doit-il partir ?

— Il ne devrait déjà plus être parmi nous. La mort de papa a retardé son départ. Il prendra bientôt la route d'Heidelberg. Il a obtenu son inscription à l'université de cette ville. De plus, il m'a confié vouloir se mettre en relation avec une branche lointaine des Rochefort, installée près de Stuttgart. Des ancêtres de son grand-père paternel se seraient exilés en Allemagne à l'époque de Louis XIV. Il te l'expliquera mieux que moi. Je l'ignorais jusqu'à ce qu'il m'en parle. Il faut dire que son père ne m'a jamais tenue au courant de sa famille… Mais le plus important n'est pas là. Je dois convaincre Alain de venir s'installer ici et d'abandonner notre appartement de Montpellier. Cela n'est pas gagné d'avance.

— Vincent sera très heureux de retrouver sa sœur. Ça lui fera le plus grand bien. En ce moment, je le trouve particulièrement soucieux. Je n'en connais pas la raison, mais il se passe quelque chose avec les Rochefort.

Constance, pas plus que Louise, n'était au courant des manigances du directeur des usines Fournier que Jean-Christophe avait nommé, Raphaël Simon. Celui-ci posait problème à son nouveau patron. Depuis qu'il lui avait affirmé avoir été sous ses ordres pendant la guerre en compagnie de son beau-frère Vincent, Jean-Christophe s'interrogeait : où l'homme au masque de cuir voulait-il en venir ? Il en avait parlé à demi-mot à Vincent sans trop s'étendre et avait jeté le trouble dans son esprit.

Ce dernier se réjouit quand Louise l'informa de son intention de s'installer à La Fenouillère.

— Tu veilleras sur Faustine ? lui demanda-t-il. Dans son état, elle appréciera que sa belle-sœur s'occupe d'elle.

Faustine en effet attendait un second enfant pour le début de l'été. Personne n'était encore au courant. Louise s'en étonna.

— Voudrais-tu me dire que ta femme est enceinte ?

— Oui. Et ce sera un garçon, j'en suis persuadé. Un petit frère pour Lucie.

Un heureux événement en chassait un mauvais.

La lumière pénétra à nouveau dans les familles Rochefort et Rouvière, une nouvelle fois unies.

Alix reprit le chemin de la capitale après avoir passé une quinzaine de jours dans sa famille. Attristée, elle rentrait la tête pleine de questions.

Faustine lui avait parlé de ce Raphaël Simon qui travaillait pour son père en tant que directeur des usines Fournier. Cet homme, portant un masque, comme elle l'avait entendu au cours d'une conversation surprise entre deux portes, pouvait-il être Alexandre Muller ? Celui-ci jouait-il donc un double jeu ? Comment pouvait-il se trouver tantôt à Paris, tantôt dans les Cévennes, et exercer deux activités si différentes ? Dans quel but ?

Plus elle songeait à cette éventualité, plus elle devait reconnaître que cela paraissait tout à fait rocambolesque. Pourtant, ce masque ! Pourquoi se dissimuler le visage ? L'homme s'appelait bien Raphaël Simon. Il portait le même nom que celui auquel Alexandre faisait allusion. Pourquoi celui-ci affirmait-il être Raphaël Simon depuis qu'il avait lu l'article relatant la tentative de suicide de son père ?

Elle avait beau chercher des réponses plausibles à ses questions, Alix pouvait seulement admettre que ce qu'elle venait de découvrir semblait très étrange.

Aussitôt arrivée à Paris, elle retourna voir Alexandre avec la ferme intention de lui apprendre ce qu'elle avait entendu.

Il régnait dans la capitale une douceur inhabituelle. Dans les parcs, les plantes frémissaient déjà comme à l'approche du printemps. Février avait chassé prématurément les derniers froids de janvier et auréolait les arbres d'une lumière magique. Alix était sensible aux changements de saison. Elle aimait les demi-teintes, les tons pastel, tout ce qui participait à la naissance ou au lent endormissement de la nature.

Sans passer par chez elle, elle se rendit directement à la galerie d'Alexandre.

Celui-ci était en train de préparer une exposition de jeunes talents très prometteurs. Sans l'avoir avertie – il voulait lui en faire la surprise –, il avait accroché certaines de ses toiles dans l'une des trois salles de sa galerie.

Il ne s'attendait pas à la voir revenir si vite. Elle lui avait affirmé qu'elle resterait dans sa famille trois ou quatre semaines, afin d'accompagner les siens en cette période de deuil.

Quand il la vit entrer, il s'étonna de son air renfermé. Il crut sur le moment que le chagrin la terrassait encore.

Elle ne lui laissa pas le loisir de lui adresser le premier la parole.

— Qui es-tu vraiment, Alexandre Muller ? le questionna-t-elle sur un ton qu'il ne lui connaissait pas.

Interloqué, Alexandre ne répondit pas immédiatement. Parut se troubler.

— Alexandre Muller ou Raphaël Simon ? poursuivit-elle. Ou les deux à la fois.

— Je ne comprends pas. Pourquoi me demandes-tu cela si brutalement ? Je te croyais encore dans ta famille. Mais je suis heureux de te revoir. Je voulais te faire une surprise. Tant pis.

— Tu ne m'as pas répondu, Alexandre. Qui es-tu ?

— Voyons, ma chérie. Tu es à peine arrivée que tu m'assailles de questions bizarres ! Qui je suis ? Tu le sais très bien. Que se passe-t-il ? Tu me parais si perturbée !

Alix alla s'asseoir dans le petit salon au fond de la galerie. Au passage, elle remarqua ses toiles sur un mur.

— C'est le cadeau que je souhaitais t'offrir, lui avoua Alexandre. C'est trop tard.

Alix ne put retenir son émotion. Elle s'approcha d'Alexandre, se hissa sur la pointe des pieds, l'embrassa au coin des lèvres. Il s'enivra de son parfum. La serra dans ses bras. Lui chuchota, comme pour se faire pardonner :

— Tu m'as manqué, mon amour. Je suis tellement heureux que tu aies avancé ton retour. Je ne peux plus me passer de toi.

Il enfouit son visage dans sa longue chevelure brune, se perdit dans un paradis de voluptés. Elle se laissa séduire comme lors de leur premier baiser. En oublia les questions qui la taraudaient.

Les effusions passées, elle se reprit.

— Mon père a rencontré un homme qui prétend s'appeler Raphaël Simon. Il l'a nommé directeur des usines qu'il a rachetées à son beau-père. Que dis-tu de cela ?

Alexandre demeurait perplexe.

— J'ignore pourquoi ce nom me hante, répondit-il. Si je le savais ! Alix, il faut m'aider à y voir plus clair. Je suis persuadé que cet homme, que ce soit moi ou un autre, a joué un rôle dans ma vie… celle d'avant.

Alix avait déjà réfléchi à certaines éventualités. Elle s'était abstenue jusqu'à présent de faire part à Alexandre de ses supputations, ne tenant pas à embrouiller davantage son esprit. Elle estimait que lui seul devait retrouver le chemin de sa mémoire.

— Ecoute-moi. Tu m'as expliqué que tu as vécu en Allemagne pendant plusieurs années sans savoir au juste ce que tu y faisais, qu'on t'y soignait. Tu ne te souviens pas très bien pour quelle raison. Ça n'a pas d'importance. Tu es rentré en France en 1922...

Alexandre se demandait à quelles conclusions voulait en arriver Alix.

— Tu n'as pas pensé que tu aurais pu être un ancien prisonnier de guerre, amnésique, qu'on aurait gardé en Allemagne jusqu'à sa rémission ?

Alexandre n'avait jamais osé avouer qu'il y songeait depuis longtemps. Il n'avait pas souhaité remuer ciel et terre pour renouer avec ce passé qui faisait naître toujours d'étranges sensations. Qu'avait-il à y gagner ?

— Que fais-tu de ce Raphaël Simon que ton père aurait rencontré à la guerre ?

Alix hésitait à révéler le fond de sa réflexion. Dans le train qui la ramenait vers Paris, elle avait imaginé avec horreur qu'Alexandre aurait pu avoir une double personnalité : à Paris, Alexandre Muller, le célèbre galeriste ; dans les Cévennes, auprès de son père, Raphaël Simon, l'homme au masque de cuir. Les voyages en train lui auraient permis aisément de faire des allers-retours sans éveiller l'attention. Gina, avant elle, ne devait pas exiger de son compagnon les détails de sa vie, puisqu'ils formaient un couple moderne, au dire d'Alexandre lui-même. Si ces suppositions lui paraissaient farfelues, elle ne les avait pas totalement écartées.

Devant l'insistance d'Alexandre, elle préféra biaiser.

— Une idée me vient à l'esprit. J'espère que tu ne t'y opposeras pas.

— Je t'écoute.

— Nous allons nous rendre en Allemagne, dans le village où tu as vécu. Nous y retrouverons les gens chez qui tu logeais. C'est la première étape qu'il nous faut suivre si tu veux refaire surface. Mon frère Thibaud doit se rendre sous peu à Heidelberg pour ses études. Il se fera un plaisir de nous accueillir et de nous aider. Il parle parfaitement l'allemand.

— Moi aussi… enfin, un peu. Je me débrouille.

— J'oubliais… Alors, qu'en dis-tu ?

Alexandre était dubitatif.

— Je n'aime pas ton idée.

Alix crut comprendre qu'il se sentait pris au piège. A son propre piège. Pourquoi refuser ce qu'il aurait déjà dû entreprendre s'il avait eu la ferme intention de retrouver trace de son passé ?

— L'Allemagne est devenue un pays totalitaire, ajouta-t-il comme pour se disculper. Le national-socialisme a triomphé aux élections de janvier. Hitler a obtenu le pouvoir. Les Allemands ne savent pas ce qu'ils font en se jetant dans ses bras. Les violences dans les rues se multiplient et font courir un grave danger à tous ceux qui n'épousent pas leurs idées. Je ne comprends pas pourquoi ton frère est parti dans un pays dirigé par un fou.

— Thibaud ne doit pas penser comme toi. C'est l'affaire des Allemands, pas des Français.

Alexandre réfléchit. Voyant Alix désemparée, il finit par se laisser convaincre.

— Nous partirons en Allemagne dès que l'exposition que j'ai préparée pour toi sera terminée. En avril.

Alix se reprit.

— Je commençais à douter de toi. Pardonne-moi.

Il l'enserra dans ses bras. Ferma les yeux. Se laissa emporter dans les eaux troubles de sa mémoire engloutie.

Deuxième partie

TENAILLES
1933

8

Recherches

En ce début d'année 1933, la tension internationale commençait à inquiéter les milieux d'affaires et les hommes politiques. Hitler à peine nommé chancelier du Reich, les informations en provenance d'Allemagne annonçaient des jours sombres. Un mois après son installation à la tête du pays, une ordonnance d'urgence mettait fin aux libertés civiques et individuelles des citoyens allemands. Peu après, l'incendie criminel du Reichstag[1] donnait aux nazis l'occasion de procéder à l'élimination des communistes avant les élections du 5 mars. Un peu partout la terreur nationale-socialiste, exercée par les sections d'assaut – les SA – secondées par les forces spéciales – les SS –, faisait régner une atmosphère de délation et de peur à travers tout le pays. Dès lors toute opposition au nouveau régime devenait illusoire.

Thibaud était arrivé en Allemagne quelques semaines après l'appel d'Hitler à la Chancellerie par le président

1. 27 février 1933.

Hindenburg. Il connaissait la situation du Reich qui avait beaucoup souffert de la crise économique et d'une inflation inimaginable au cours de la décennie précédente. Il ne mésestimait pas non plus la rancœur d'une partie de la population allemande à l'égard de la France qui avait imposé les traités de 1919 et exigé de lourdes réparations de guerre. Le slogan *L'Allemagne paiera* demeurait encore dans nombre d'esprits.

Aussi craignait-il de recevoir un mauvais accueil à son arrivée sur le sol germanique. Si l'on ne pouvait le taxer de communisme, ses idées allaient à la gauche socialiste, comme son oncle Sébastien.

Ce dernier l'avait averti avant son départ :

— On ne peut présager des réactions d'Hitler. Cet homme est imprévisible. Il mettra sans doute son pays au pas afin de le redresser. C'est un démagogue. Il promet tout à tous et fait croire qu'il ne veut que la paix. Moi, je suis persuadé qu'il trompe son monde. Le jour où l'Allemagne se réveillera, il sera trop tard. N'étale pas tes opinions devant les Allemands que tu côtoieras. Cela vaudra mieux. Si l'on te demande ce que tu penses, affirme ne pas faire de politique, sinon tu risques d'être renvoyé en France sans autre forme de procédure.

En outre, Thibaud se doutait que les membres de cette famille Rochefort, qu'il espérait rencontrer, ne devaient pas se montrer favorables aux forces de gauche. C'étaient de gros industriels, tout comme son père et son grand-père Anselme, mais dans un autre secteur très important, la métallurgie.

A la faculté de Montpellier, il avait obtenu des précisions à leur sujet en entreprenant des recherches à propos de l'émigration des protestants français dans les pays du Refuge. Après sa licence, il voulait préparer un diplôme d'études supérieures en langue germanique sur ce thème. Il découvrit par hasard l'existence de cette famille Rochefort installée à Stuttgart depuis plus de deux cents ans. Renseignements pris auprès de son père, il eut la confirmation qu'un de ses ascendants, un certain Barthélemy Rochefort, avait émigré en Allemagne après la révocation de l'Edit de Nantes par Louis XIV en 1685. Il avait pu remonter la lignée, documents à l'appui, jusqu'à 1662, date de naissance de ce Barthélemy, ferronnier de son état, dont un frère, Isaac, plus jeune de cinq ans avait, lui, abjuré afin d'éviter les galères. Isaac Rochefort, devenu ce qu'on appelait alors un « nouveau converti », était donc l'ancêtre le plus anciennement connu des Rochefort de France.

Si l'une des deux branches, la sienne, avait fait fortune dans le textile – la soie d'abord, la serge de coton ensuite –, l'autre, la germanique, s'était enrichie dans le travail du métal. Au XXe siècle, il s'agissait d'une grande famille de la sidérurgie allemande.

Jean-Christophe ne s'était jamais intéressé à la généalogie, pas plus que son père Anselme. Si tous deux avaient connaissance de la présence d'une lointaine famille au-delà du Rhin, ils n'avaient jamais éprouvé l'envie de savoir s'il existait encore des survivants.

— Tout cela est de l'histoire ancienne, prétendait Anselme quand quelqu'un de son entourage abordait le sujet.

Lorsque Thibaud avait annoncé aux siens le fruit de ses recherches, il n'avait obtenu que l'oreille complaisante de son oncle Sébastien. Cependant, à vingt et un ans, dégagé de toute obligation militaire à cause d'une insuffisance cardiaque décelée tardivement, il avait très envie de profiter de ses jeunes années. Epris de voyages, de découvertes, de rencontres, il souhaitait voir du pays, comme il disait lui-même pour se justifier.

Louise, sa mère, ne l'avait pas retenu, sachant qu'il serait vain de tenter de le dissuader.

Dès son arrivée, il s'installa dans la ville d'Heidelberg, célèbre pour ses universités et pour avoir été un des hauts lieux de la Réforme protestante. La cité avait accueilli Martin Luther en 1518. Bien qu'en partie détruite en 1689 lors du sac du Palatinat par l'armée de Louis XIV, elle était restée un foyer actif du protestantisme allemand. C'est aussi pour cette raison que Thibaud avait choisi cette ville. Plus que les autres membres de sa famille, il avait la foi chevillée en lui et fréquentait assidûment le temple depuis que, alors qu'il était encore enfant, sa mère Louise l'avait initié à la religion de ses propres parents. Inscrit en troisième année d'allemand, il côtoyait sur les mêmes bancs des étudiants natifs du pays qui préparaient un examen équivalent à la licence française. Parallèlement, il espérait rassembler le plus de documents possible sur l'immigration des protestants français à l'époque du Roi-Soleil, en vue de son futur diplôme.

Il trouva à se loger chez une vieille dame, veuve de guerre, dont les revenus ne lui permettaient pas de vivre décemment. Augusta Schmidt ne parlait pas un mot de français et se montrait peu volubile. Quand Thibaud se présenta à elle, envoyé par le bureau de la faculté, elle ne put réprimer sa méfiance.

— Vous êtes français ! s'indigna-t-elle. J'avais pourtant demandé qu'on ne m'adresse que des étudiants allemands. Je ne porte pas les Français dans mon cœur. Ils sont responsables de la mort de mon mari.

En guise d'entrée en matière, cette réplique refroidit Thibaud, qui se souvint tout à coup de la remarque de son oncle.

— La France et l'Allemagne sont devenues amies, madame Schmidt, répondit-il pour amadouer sa logeuse. Je vous promets de vous donner satisfaction.

Augusta Schmidt emmena son hôte jusqu'à sa chambre et lui fit ses recommandations en ce qui concernait le règlement auquel elle soumettait, sans exception, ses jeunes pensionnaires.

— Pas de filles dans la chambre. Pas de bruit, surtout après huit heures du soir. Vous ôterez vos souliers en bas de l'escalier pour ne pas salir. Pas de cuisine ; vous prendrez vos repas dans la salle commune. Un garde-manger vous est réservé. Enfin, pas de réunions avec vos camarades ; si vous recevez vos amis, que ce soit l'un après l'autre. Je n'ai pas envie que l'on surveille ma maison à cause de vos fréquentations.

Thibaud comprit que la vieille Augusta se méfiait et vivait dans la crainte de la délation. Pourtant, depuis son arrivée, il n'avait rien perçu d'anormal ni dans les gares, ni dans les trains qu'il avait empruntés, ni dans les rues de la cité universitaire qu'il avait déjà arpentées pour se dégourdir les jambes et prendre la température de son nouveau lieu de vie. Rassuré, il s'était dit que son oncle avait une fausse idée de ce qui se passait dans ce pays d'outre-Rhin. Certes, le régime totalitaire se mettait en place, il l'avait lu dans les journaux, mais rien ne venait, dans le quotidien, corroborer ce que la presse avait relaté. On exagère toujours, pensa-t-il sur le moment.

Les premiers jours qui suivirent son installation se déroulèrent sans incident. Etendue sur les deux rives du Neckar, Heidelberg semblait vivre hors du temps, riche de son passé, fière de son architecture. Le centre historique plongeait le visiteur dans une ambiance studieuse. Les facultés de droit et de sciences humaines, en effet, étaient hébergées dans d'anciens bâtiments situés dans la vieille ville. Ses rues moyenâgeuses, ses façades remarquables, l'église du Saint-Esprit, le Pont-Vieux datant de 1788, le château en partie détruit, lui conféraient une atmosphère de tranquillité et d'humanité qui plut immédiatement à Thibaud. De l'autre côté du Neckar, en face du château, le Chemin des philosophes longeait la cité et offrait aux flâneurs un panorama de carte postale.

— Je vais me sentir très bien ici, annonça Thibaud à sa logeuse après quelques jours, quand il eut terminé son premier tour de ville. Je comprends que les étudiants y excellent. C'est comparable à Cambridge et Oxford.

La vieille dame ne lui répondit pas. En elle, la méfiance était plus forte que son désir de parler à un étranger.

Fin avril, lorsque Alix annonça son arrivée, Thibaud se trouva très embarrassé. Augusta Schmidt lui avait bien spécifié de ne recevoir aucune fille dans sa chambre et pas plus d'un visiteur à la fois. Il ne pouvait quand même pas laisser sa sœur à la porte dans une ville qu'elle ne connaissait pas et au milieu de gens dont elle ne parlait pas la langue.

Alix lui avait écrit qu'elle ne viendrait pas seule, sans préciser l'identité d'Alexandre. Elle avait préféré lui faire la surprise. Entre eux régnait la plus grande confiance. Elle ne doutait pas de son accueil.

Thibaud se réjouissait de la voir. Il demanda à sa logeuse si elle disposait d'une autre chambre et ne lui cacha pas qu'il s'agissait de sa sœur et de son compagnon. Augusta hésita, mais, à force d'argumenter, Thibaud obtint ce qu'il voulait.

— Ils prendront la chambre à côté de la vôtre, lui précisa-t-elle. Le locataire m'a fait faux bond et vient de nous quitter. Mais les consignes sont pour eux les mêmes que pour tout le monde. Ne l'oubliez pas.

Alix et Alexandre débarquèrent à Heidelberg par un train du soir. Les rues étaient désertes. La nuit déjà tombée. Ne sachant pas où se trouvait l'adresse que lui avait indiquée son frère, Alix proposa à Alexandre de s'attabler dans une *Gasthaus*[1] et d'appeler un taxi.

Leurs valises à la main, ils regardaient autour d'eux afin de repérer les lieux quand ils entendirent un martèlement de bottes, puis des cris gutturaux. Alexandre crut entendre des injures. Ils se retournèrent, attendirent que les bruits se précisent. Ils avancèrent de quelques pas jusqu'au coin de la rue, aperçurent un attroupement d'hommes armés, portant un uniforme de couleur brune, la casquette enfoncée sur la tête.

— Des soldats, reconnut Alexandre. Ou plutôt des miliciens. Ce doit être ces fameux SA.

1. Auberge.

— Que disent-ils ? s'inquiétait déjà Alix.

— Je ne sais pas. Je ne comprends pas bien. Il me semble qu'ils maltraitent quelqu'un.

Ils n'osèrent s'approcher. Mais ils se rendirent compte, malgré l'obscurité, qu'un pauvre bougre tentait en vain d'éviter les crosses des miliciens. Ceux-ci le rouaient de coups, le poussaient du pied, riaient de lui en le frappant. Le malheureux, terrassé, ne pouvait leur résister tant ils s'acharnaient.

— C'est un Juif, reconnut Alexandre. J'ai entendu le mot *Juden*.

— Ne restons pas là. J'ai peur.

Ils n'eurent pas le temps de s'éloigner, l'un des SA les apostropha.

— Vous là-bas ! Venez ici.

— Il nous appelle, traduisit Alexandre. Il faut lui obéir.

Ils s'approchèrent de la scène affligeante qui se déroulait à quelques pas. Sous le halo d'un réverbère, ils virent au sol un homme, les vêtements déchirés, couvert de sang, recroquevillé, la tête entre les mains pour se protéger.

— Vous voyez ce qu'on fait aux Juifs, poursuivit le milicien. Vous n'êtes pas juifs au moins ?

— Qu'est-ce qu'il dit ? demanda Alix, apeurée.

Alexandre lui traduisit les paroles du milicien et s'adressant à ce dernier :

— Nous sommes français. Nous allons rendre visite au frère de mon amie qui étudie dans cette ville.

— Suivez-nous, fit l'homme en les tenant en joue pendant que ses collègues continuaient à s'acharner sur leur victime qui ne bougeait plus.

Dépités, Alix et Alexandre s'exécutèrent.

— Où nous emmènent-ils ? s'inquiéta Alix.

— Je l'ignore. A leur quartier général, sans doute. Pour vérifier notre identité.

Abandonnant leur proie sur place sans se préoccuper de savoir si elle vivait encore, les SA conduisirent Alexandre et Alix vers une sorte de poste de police. A l'intérieur, quatre jeunes hommes en treillis militaires jouaient aux cartes en riant grassement des blagues qu'ils se racontaient. Quand ils virent entrer leurs camarades, l'un d'eux s'esclaffa :

— Alors, la chasse a été bonne ? Vous nous amenez d'autres pigeons à plumer.

Alix demanda à Alexandre de traduire. Celui-ci lui glissa quelques mots à l'oreille.

Le chef de la bande expliqua à ses comparses qu'ils venaient d'achever un sale *Juden* et qu'ils ramenaient deux *Franzosen* pour vérification d'identité. Ses paroles n'échappèrent pas à Alexandre qui rassura aussitôt Alix.

— Ils vont nous relâcher. Nos papiers sont en règle. Ils ne peuvent rien nous reprocher.

L'un des joueurs se leva et s'en prit à Alexandre dans un français approximatif :

— Qu'est-ce que vous complotez avec votre petite amie, sale espion ?

Alexandre n'eut pas le temps de lui répondre qu'il le poussait devant lui avec force. Il trébucha et se retrouva propulsé dans les bras des autres acolytes. Ceux-ci éclatèrent de rire, le bousculèrent à leur tour.

Alix prit peur.

— Laissez-le ! s'insurgea-t-elle, en essayant de s'interposer. Il n'a rien fait. Nous sommes français, nous venons rendre visite à mon frère qui est étudiant dans votre ville.

L'un des hommes la menaça de son revolver, l'obligea à s'asseoir sur une chaise derrière un bureau, tandis qu'Alexandre était emmené dans une pièce voisine.

— Il n'arrivera rien à votre ami, mademoiselle, lui signifia celui qui baragouinait un peu de français. Si vous êtes en règle, nous vous relâcherons. Montrez-moi vos papiers.

Complètement tétanisée, Alix obéit puis se mura dans le silence.

Au bout de quelques minutes qui lui parurent interminables, un gradé vint l'avertir :

— Vous pouvez repartir, mademoiselle, lui dit-il en lui redonnant sa pièce d'identité.

— Et mon ami ? s'inquiéta-t-elle.

— Nous le gardons un peu plus. Le temps de vérifier certains détails.

Il la prit fermement par le bras et l'invita à sortir.

Alix se retrouva seule, dehors, par une nuit sans lune et froide.

Elle ne savait où aller. Désemparée, elle entra dans la *Gasthaus* qu'Alexandre avait repérée avant leur arrestation. A l'intérieur, des hommes buvaient de la bière et discutaient bruyamment dans une atmosphère enfumée. Personne ne prêta attention à sa présence. Il faisait bon et une odeur de viande rôtie, de chou et de pomme de terre embaumait toute la salle. Elle se dirigea vers le comptoir, interpella l'aubergiste en français :

— Excusez-moi, je ne parle pas l'allemand. Pourriez-vous m'indiquer où se trouve cette rue ?

Elle souligna du doigt l'adresse de son frère qu'elle avait inscrite dans un carnet.

L'homme sourit. Appela un client de sa grosse voix.

Celui-ci s'approcha d'Alix et lui demanda dans un très bon français :

— Que faites-vous si tard dehors, mademoiselle ? Ce n'est pas très prudent… Où devez-vous vous rendre ?

Il consulta le carnet.

— Ce n'est pas très loin d'ici. Je vous y amène, si vous voulez.

Alix se sentit rassurée et suivit son bienfaiteur dans les rues de la vieille cité, sa valise à la main.

— Vous ne devriez pas vous attarder seule dans la ville après le coucher du soleil, insista-t-il. Les SA font des rondes pour débusquer les Juifs. Il leur arrive souvent de s'en prendre à d'honnêtes citoyens quand ils sont éméchés.

— Ils ont retenu mon ami dans leurs locaux. J'ignore pourquoi. Nous venions de débarquer à la gare. Nous sommes français, nous n'avons rien à nous reprocher.

— Oh, vous vous apercevrez rapidement qu'il ne faut pas avoir fait grand-chose pour devenir suspect à leurs yeux… Mais je parle trop… Tenez, nous sommes arrivés. Je vous laisse. Vous ne risquez plus rien à présent.

Alix remercia l'inconnu qui ne s'était pas présenté et n'eut pas le temps de réagir qu'il était déjà loin.

Elle sonna à la porte. Attendit une bonne minute, puis crut reconnaître la voix de son frère.

Quand la porte s'entrouvrit, elle ne retint pas sa joie ni ses larmes.

— Thibaud ! Mon Dieu, comme je suis heureuse de te revoir !

Les premières effusions passées, Thibaud convia Alix dans sa chambre et s'étonna.

— Tu es venue seule ? Ton ami ne t'a pas accompagnée ?

— On s'est fait arrêter à notre arrivée. Des SA, je crois. Ils nous ont emmenés au poste de police. Ils ont gardé Alexandre. Je ne sais pas pourquoi.

Thibaud s'assombrit. Mais ne voulant pas affoler sa sœur, il tenta de minimiser l'incident.

— Ils le relâcheront dès qu'ils s'apercevront qu'ils n'ont rien contre lui.

Ils passèrent la soirée à se poser mutuellement des questions. Thibaud, sur Alexandre qu'il ne connaissait pas, sur leur relation et les liens qui les unissaient. Alix, sur les Allemands qu'il avait déjà rencontrés, sur les études qu'il venait d'entreprendre, sur la situation du pays qui l'inquiétait.

Ils finirent par s'alarmer de ne pas voir arriver Alexandre.

Tard dans la nuit, ils décidèrent d'aller se coucher.

Alix ne put trouver le sommeil.

Au petit matin, Alexandre n'était toujours pas là.

9

Manigances

Les événements se précipitaient. Les turbulences n'affectaient pas seulement la scène internationale. La famille Rochefort tout entière était ébranlée par les affirmations du soi-disant Raphaël Simon. Ce dernier s'était révélé n'être qu'un maître chanteur qui s'appelait en réalité Sylvain Lafarge. Il avait été également compagnon d'armes des deux victimes du chantage qu'il pratiquait au détriment des Rochefort : Vincent Rouvière et le véritable Raphaël Simon, dans le but de s'approprier la part d'héritage que Vincent avait reçue à la mort d'Anselme Rochefort.

Depuis que toute la vérité avait été faite sur cette affligeante affaire, Jean-Christophe Rochefort avait repris le cours de son existence comme si de rien n'était.

— Personne ne peut nuire aux Rochefort, proclamait-il devant Thérèse, après avoir enterré définitivement ce qu'il qualifiait d'incident mineur. L'essentiel n'est-il pas que nos Etablissements redeviennent le fleuron de l'industrie textile nîmoise ?

— N'est-ce pas déjà le cas ?

— J'ai la ferme intention de donner une nouvelle orientation à notre production. Il faut aller de l'avant, être moderne, dans le siècle, comme on dit. Aussi, maintenant que ton père n'a plus les moyens de contrecarrer mes objectifs en s'accrochant au passé de son entreprise, je souhaite créer une ligne de vêtements féminins dont les bas seront le fleuron.

Thérèse faisait grise mine, consciente que son mari allait bouleverser ses plans.

— Finies la soie et les vieilleries. Notre usine de Ganges va se lancer exclusivement dans la rayonne. C'est l'avenir de la bonneterie. Quant à notre toile de Nîmes, elle nous permettra de nous singulariser de nos concurrents. Comme je l'ai déjà annoncé à mon conseil d'administration il y a plus d'un an, je veux être le premier à fabriquer des pantalons de loisirs, comme les Américains. Le jean deviendra, j'en suis persuadé, le vêtement que tout le monde portera un jour, sous toutes ses formes. Et pour aller jusqu'au bout de mes pensées, j'espère transformer les usines Rochefort en une grande entreprise de confection qui nous distinguera partout en France.

— N'est-ce pas un peu prématuré d'envisager un tel tournant ? s'inquiéta Thérèse qui se méfiait des envolées de son mari.

— A mon âge, il ne faut pas remettre à plus tard les projets que l'on a en tête. L'avenir appartient à ceux qui montrent de l'audace, toujours plus d'audace !

— Tu n'es pas vieux, Jean-Christophe. Sinon je ne t'aurais pas épousé. D'ailleurs, tu pourrais encore être père. Depuis que nous sommes mariés, n'as-tu pas songé à avoir un autre descendant ?

— Désires-tu que je te fasse un enfant ? C'est de cela que tu parles ? J'en ai déjà trois. Et Pierre est là pour assurer la relève. Il le sait. Nous en avons discuté. Pourquoi penser à un autre enfant qui, étant donné mon âge, arriverait bien tardivement ?

— Tu n'as que quarante-huit ans, mon chéri. Quant à moi, il me plairait de goûter aux joies de la maternité. Tu ne peux me refuser ce bonheur !

Jean-Christophe n'avait jamais songé à une telle éventualité. En épousant Thérèse, il n'avait visé que le rachat de l'usine Fournier afin d'accroître son potentiel de production et consolider son capital mis à mal par la grande crise.

En réalité, Thérèse n'avait jamais accepté de voir son patrimoine familial absorbé par une grosse entreprise. Certes, elle avait voulu cette union et consenti à épouser le patron des Etablissements Rochefort. Elle pensait alors préserver de la disparition le bien dont elle était l'unique héritière, tout en gardant le contrôle de l'usine paternelle. A ses yeux, son père s'était laissé spolier sans réagir, croyant que son homme de confiance, le faux Raphaël Simon, serait capable de veiller au grain. Maintenant, il était trop tard pour faire marche arrière. L'entreprise Fournier appartenait aux Etablissements Rochefort. Jean-Christophe en était le seul patron, le seul à pouvoir en définir les orientations et en assurer la destinée.

Elle s'était donc mis en tête d'avoir un enfant, ce qui, somme toute, pensait-elle à juste titre, était parfaitement légitime. Un autre héritier, afin de pouvoir assurer la pérennité des Fournier et, surtout, de tenir sa place.

Elle voyait d'un mauvais œil l'importance que Jean-Christophe voulait donner à son fils Pierre. Quand ce dernier sera seul à la tête des Etablissements Rochefort, songeait-elle, il ne me sera plus possible de revendiquer la moindre part sur l'héritage de mon propre père. La fortune des Fournier sera absorbée par celle des Rochefort.

Aussi Thérèse ne prenait aucune précaution, afin de tomber enceinte. Elle faisait tout pour attirer son mari dans ses bras, le soir, dans l'intimité de leur chambre et même, après le repas de midi, quand il se reposait avant de rejoindre son bureau.

A cent lieues de se douter de ce que sa belle-mère manigançait, Alix se faisait du mauvais sang.

Thibaud lui soutenait qu'elle avait tort de s'inquiéter. Les nazis se montraient très tatillons sur l'identité des étrangers. Il ne cessait d'affirmer pour la rassurer que, si son ami était en règle, s'il n'avait rien à se reprocher, il serait libéré dans les quarante-huit heures.

— Une garde à vue, ici comme chez nous, en France, ne dure pas éternellement. A moins qu'Alexandre ne fasse l'objet d'une mesure d'expulsion, je ne vois pas ce qu'ils pourraient lui signifier pour le retenir en détention.

Alix n'avait pas encore parlé à son frère du passé un peu trouble de son ami. Elle ne put se retenir davantage.

— Je dois t'apprendre une chose que tu ignores. Alexandre ne sait pas qui il est vraiment.

Thibaud s'étonna. Demanda de plus amples explications.

Alix expliqua :

— Alex est amnésique depuis qu'il a vingt ans. Les plus anciens de ses souvenirs remontent à une époque où il vivait en Allemagne dans une petite commune du Wurtemberg, chez des paysans du nom de Weber. C'est la raison pour laquelle nous sommes ici. Pour les retrouver et les questionner.

— Il parle allemand ?

— Oui. Il se débrouille. Pourquoi ?

— Es-tu sûre qu'il n'est pas allemand ? Où l'as-tu rencontré exactement ?

— A Paris, dans sa galerie d'art, je te l'ai dit hier soir.

— En réalité, tu ne sais pas grand-chose de lui.

Alix dut reconnaître cette vérité.

— A quoi songes-tu ?

— Qui peut nous certifier qu'il n'est pas un Allemand qui aurait fui son pays et que les nazis auraient dans leurs fichiers ? Si c'est le cas, je crains fort que nous ne puissions lui venir en aide.

Alix était effondrée.

— Non, c'est impossible, se reprit-elle. Alexandre ne m'a pas menti. Quand il a affirmé qu'il était amnésique, je l'ai cru… et je le crois encore. Il y a quelque temps, il a même fait une sorte de rechute, moins grave, qui lui a permis de retrouver le nom qu'il pense avoir porté jadis.

— Quel nom ?

— Raphaël Simon.

— Raphaël Simon ! s'étonna Thibaud. Le nom de l'homme qui a voulu faire chanter notre famille ! De cet usurpateur d'identité. Je ne comprends plus rien !

— Il ne s'explique pas cette réminiscence. Ce nom lui est revenu en mémoire sans qu'il sache pourquoi. Lui-même ignore qui est ce Raphaël Simon.

Thibaud se souvenait très bien des explications fournies par Sébastien et par Vincent au moment du dénouement de cette lamentable affaire.

— Ce Sylvain Lafarge est aujourd'hui sous les verrous. Donc, effectivement, il ne peut s'agir d'Alexandre. Le vrai Raphaël Simon est notre oncle Vincent Rouvière. Pour toute la famille, c'est une affaire entendue. Quant à l'enfant abandonné par notre grand-père au décès de sa fille adoptive, Catherine, d'après les recherches de Sébastien, confirmées par le ministère de la Guerre, il est bel et bien mort au combat en 1918. Il n'y a aucun doute sur ce point.

— Tout cela est juste. Mais où veux-tu en venir ? Je finis par ne plus rien comprendre moi-même.

— Je veux signifier par là que ton Alexandre ne peut en aucun cas être Raphaël Simon. A moins qu'il s'agisse d'un homonyme. C'est tout à fait possible. Il ne doit pas exister qu'un seul Raphaël Simon en France.

Les explications de Thibaud ne satisfaisaient pas Alix. Pour elle, Alexandre gardait enfouie en lui, et malgré lui, une autre vérité. Mais plus elle réfléchissait, plus elle craignait de devoir affronter l'irrémédiable.

— Nous ne pouvons pas rester ainsi à nous poser des questions sans agir pour Alexandre, finit-elle par opposer à son frère. Qu'avons-nous à perdre à aller voir les SA qui l'ont arrêté ?

— Voyons. Toi, ils t'ont relâchée sans histoire, après vérification de tes papiers. Pourquoi n'ont-ils pas agi de la même façon avec Alexandre ? Que peuvent-ils lui reprocher ? Ayant vécu en Allemagne, ici il n'est pas un inconnu. Il y a un passé. Il est sans doute fiché quelque part… Que faisait-il chez ces Weber ? Pourquoi n'y est-il pas retourné depuis son arrivée en France ? Il pourrait être allemand, ce qui expliquerait qu'il parle allemand.

— Il n'en connaît que les rudiments.

— Son amnésie aurait pu occasionner un oubli partiel de sa langue maternelle. Ça doit arriver quand on a subi un violent traumatisme cérébral. S'il est allemand, son passé, celui dont il ne se souvient plus, joue peut-être en sa défaveur. Voilà pourquoi les SA le retiennent. Va savoir !

Thibaud avait beau retourner les questions dans tous les sens, il ne parvenait pas à convaincre sa sœur qu'il était plus prudent d'attendre afin de ne pas risquer de se mettre eux-mêmes en danger.

Il finit par céder et promit à Alix de l'accompagner dans l'antre des loups dès le lendemain matin.

Quand ils entrèrent au quartier général des SA, ils se sentirent immédiatement mal à l'aise. La présence d'hommes en uniforme, le fusil chargé, prêt à toute intervention d'urgence, leur fit froid dans le dos. On les conduisit devant un gradé dans ce même bureau où Alix avait dû patienter deux jours plus tôt. Le chef du commando n'était pas l'homme auquel elle avait eu affaire. Celui qui les invita à s'asseoir paraissait plus correct que ceux qui s'étaient occupés d'elle et d'Alexandre. Toutefois son air suffisant et son regard glacial firent immédiatement mauvaise impression à Thibaud.

— Prenez place, les convia l'officier en allemand. Je ne parle pas votre langue, vous voudrez bien m'en excuser. Vous traduirez ce que je vous dirai à la demoiselle.

— Alix est ma sœur. Elle est arrivée à Heidelberg avant-hier en compagnie de son ami, Alexandre Muller. Pourriez-vous nous renseigner au sujet de ce dernier ? Vos hommes l'ont arrêté à peine débarqué du train. Depuis, nous n'avons plus de nouvelles.

Le SA respira profondément. Se dégagea du bureau derrière lequel il avait pris place. Fusilla Alix du regard.

Celle-ci sentit qu'elle perdait ses moyens.

— Qu'êtes-vous venue faire en Allemagne, mademoiselle ?

Thibaud s'empressa de traduire.

— Explique-lui la vérité, murmura-t-elle à son frère. Ne lui cache rien. Dis-lui ce que je t'ai appris à propos d'Alexandre.

Thibaud s'exécuta.

L'homme ne parut pas satisfait.

— Pourquoi votre ami est-il revenu alors qu'il avait été remis à son pays en 1922 ? C'est un espion envoyé par votre gouvernement ! Il affirme effectivement qu'il a perdu la mémoire et qu'il a vécu à Magstadt. Nous n'avons trouvé aucune trace de son passage dans cette petite commune. Votre ami ment, mademoiselle... Mais il finira par nous dire la vérité. Quant à vous, je ne saurais que vous conseiller de vous en aller le plus vite possible, avant que nous ayons des choses à vous reprocher et que nous soyons obligés de vous arrêter à votre tour...

Thibaud traduisait au fur et à mesure.

Alix se liquéfiait à vue d'œil.

— Faites bien comprendre à votre sœur, monsieur Rochefort, que la nation allemande n'a pas besoin de la présence de parasites sur son territoire. La petite demoiselle est venue chercher des ennuis en compagnie de ce monsieur Muller. Qu'elle s'en aille avant qu'il ne soit trop tard. Nous nous occupons de son ami. Quand nous connaîtrons tout de lui, s'il n'a rien à se reprocher, alors nous le libérerons. Nous n'avons pas l'habitude de nous acharner sur des innocents. Mais, s'il nous a caché quelque chose, il apprendra à respecter l'Allemagne de notre Führer. Nous savons faire parler les plus coriaces.

Thibaud n'osa insister. Il signifia à sa sœur qu'il n'obtiendrait rien de plus et qu'il valait mieux s'en aller.

Alix ne se résignait pas. Mais elle était totalement désemparée.

Plusieurs jours s'écoulèrent. Ils ne savaient comment aller aux nouvelles. Thibaud se rendait chaque matin à la faculté pour y suivre ses cours, dans l'espoir qu'à midi, Alexandre soit de retour.

Alix ne sortait pas de sa chambre, ruminant de funestes pensées, persuadée qu'il se passait des horreurs dans les geôles des SA. De temps en temps, elle descendait dans la pièce commune où les pensionnaires de la maison prenaient leurs repas, souvent les uns après les autres. Mais ne parlant pas un mot d'allemand, elle ne pouvait communiquer avec personne.

Le cinquième jour, ils s'apprêtaient à aller se coucher quand quelqu'un frappa vigoureusement à la porte d'entrée en bas de l'escalier.

Interpellé par le bruit, à une heure où, d'habitude, le silence prenait possession de la ville, Thibaud se pencha par la fenêtre de sa chambre et aperçut un homme, recroquevillé sur lui-même, tambouriner à en perdre haleine.

— Qui est-ce ? s'inquiéta Alix.

— Je l'ignore. D'ici, je ne distingue pas bien. Mais il a l'air mal en point.

Alix pensa immédiatement à Alexandre.

— Ça s'est mal passé, supposa-t-elle. Ils ont dû le brutaliser.

Thibaud descendit ouvrir sans perdre un instant.

Sur le seuil de la porte, Alexandre, le visage ensanglanté, les yeux tuméfiés, les mains autour de ses côtes comme pour retenir des cris de douleur, ne prononça qu'une parole :

— Ils ne m'ont pas eu. Je suis toujours debout.

10

Une famille allemande

Tandis qu'aux Etats-Unis Franklin Roosevelt s'affirmait dans ses récentes fonctions présidentielles[1] et affrontait la crise en détaillant tous les points de son programme de redressement, le New Deal, l'Allemagne, avec Hitler, s'enfonçait dans la nuit. Le processus de l'« ordre moral », engagé par les nazis, s'accélérait dans l'indifférence totale des démocraties voisines. Toute la vie publique était passée sous le contrôle d'organisations appartenant au parti national-socialiste. De nouvelles mesures discriminatoires interdisaient aux Juifs tout poste à responsabilité et exigeaient la démission des fonctionnaires, des professeurs, des hommes de loi, des médecins, des artistes non aryens. Partout dans le pays une véritable chasse aux sorcières était impitoyablement organisée.

Dans son usine métallurgique de Stuttgart, Hermann Rochefort évitait de commenter l'actualité. Dans sa situation, il préférait ne pas divulguer ses opinions

---

1. 4 mars 1933.

afin de ne pas nuire aux intérêts de son entreprise. Ultraconservateur depuis toujours, comme ses ancêtres avant lui, il avait approuvé l'élection du président Hindenburg à la tête de l'Etat, huit ans plus tôt. Comme lui, vétéran de la Première Guerre, il pensait que son pays ne retrouverait la grandeur et la puissance de l'époque lointaine de Bismarck que s'il était dirigé avec autorité par un militaire à la poigne de fer. Le vieux maréchal, pilier de l'ordre ancien, le « vainqueur de Tannenberg », lui inspirait confiance, car il ne s'en laissait pas conter par la rue et encore moins par la mouvance socialiste qui agitait les masses ouvrières au détriment du travail.

Comme la plupart des capitalistes allemands, Hermann Rochefort avait été effrayé pendant la dernière campagne présidentielle par les positions d'Adolf Hitler à propos de l'économie, et s'était rangé ouvertement derrière Hindenburg et von Papen. Ce dernier, issu de l'aristocratie de Westphalie, avait épousé la fille d'un industriel de la Sarre et entretenait de bonnes relations avec les patrons, les grands propriétaires fonciers et les officiers de la Reichswehr. Certes, la politique de Hindenburg laissait planer le doute sur sa capacité à maintenir le pays dans la droite ligne, surtout depuis que le parti national-socialiste était devenu majoritaire. Tributaire des socialistes et des catholiques qui avaient été ses principaux opposants au cours de son précédent mandat, il avait fini par leur céder en appelant Hitler à la Chancellerie.

Néanmoins, Hermann Rochefort faisait toujours confiance au vieux lion de quatre-vingt-six ans, protestant comme lui de surcroît, pour contenir les velléités d'un agité qu'il méprisait.

— Cet Hitler n'est qu'un petit caporal imbu de pouvoir, avouait-il en aparté à ses confrères industriels. La présidence de Hindenburg demeure la meilleure garantie que la Constitution soit respectée et que le Reich fasse partie du concert des grandes nations, ajoutait-il comme pour justifier son attachement à l'ordre ancien.

Dans le cercle de ses proches – amis et famille –, personne n'osait le contredire. Ce que Hermann Rochefort affirmait passait pour la raison même. Nul n'aurait jamais imaginé fréquenter des gens de gauche, encore moins des révolutionnaires comme il s'en était levé sur les barricades de Berlin au lendemain de la défaite de 1918, quand le péril rouge avait failli emporter la jeune démocratie allemande à peine sortie de l'œuf.

Hermann Rochefort n'était pas nostalgique du passé, de cette période où le Reich était dirigé par le Kaiser. Il acceptait, non sans réticence, les changements, les évolutions lentes, les adaptations. Ce qu'il exécrait, c'était d'être mis devant le fait accompli, sans pouvoir agir selon ses opinions. Aussi se méfiait-il d'Adolf Hitler qui, à ses yeux, trompait tout le monde, à commencer par les membres de sa propre classe sociale. Les patrons de l'industrie allemande, en effet, semblaient faire un peu vite allégeance au nouveau maître du Reich. Hermann le soupçonnait de vouloir inféoder les chefs d'entreprise du pays en les alléchant par sa politique antisyndicale, anticommuniste et antisémite.

Son épouse, Hilde Rochefort, était issue de la grande bourgeoisie prussienne. Protestante comme lui, elle était d'apparence austère, mais faisait abstraction de ses convictions lorsqu'elle devait résoudre au sein de la société de son mari un conflit lié à la religion. Certes, celui-ci embauchait plus volontiers des protestants, mais il ne se privait pas des meilleurs éléments catholiques de sa ville quand ils venaient lui demander du travail. Dans la période difficile que le pays avait traversée au cours de la décennie précédente, il n'avait pas hésité à se débarrasser de certains ouvriers jugés non productifs ou trop subversifs et à les remplacer par de plus chevronnés de toutes obédiences et de toutes confessions. Hilde conseillait toujours son mari et osait intervenir pour soutenir la cause d'une famille dans le besoin, sans se préoccuper de son appartenance syndicale, politique ou confessionnelle.

Ses deux enfants, Lukas et Romy la comblaient de joie. Ils étaient sa plus grande richesse, et peu lui importait, au fond, l'aisance dans laquelle elle vivait grâce à la réussite de son époux. L'essentiel, pour elle, était la famille soudée qu'elle avait forgée année après année, dans le constant souci d'assurer aux siens une bonne éducation et un avenir prometteur. Aussi redoutait-elle à présent les vicissitudes et les tourbillons dans lesquels son pays semblait plonger. Les débordements de la rue, les pogroms dont étaient déjà victimes les Juifs lui faisaient craindre le pire. Elle se méfiait des groupes paramilitaires qui, au nom de la raison d'Etat, agissaient en toute impunité et rendaient parfois l'atmosphère irrespirable. Ses origines la tenaient éloignée de cette violence perpétrée sur son prochain. Rien ne justifiait à ses yeux l'intolérance, la discrimination, la domination des faibles par les plus forts.

Elle avait donc mal accepté l'inscription de son fils aux Jeunesses hitlériennes l'année précédente. Elle n'approuvait pas qu'on puisse se laisser endoctriner aussi aveuglément. Elle avait signifié son désaccord à Lukas, mais l'avait laissé libre de son choix. Celui-ci avait voulu la rassurer.

— Nous formons l'élite future de notre grande nation en marche vers son destin. La jeunesse ne doit pas manquer ce rendez-vous avec l'avenir. Après ce que nous avons subi dans les années vingt, nous devons tous participer au redressement de la patrie. C'est à ce prix que les autres nations du monde nous respecteront.

— Et tu penses que ton monsieur Hitler est l'homme providentiel pour effectuer cette mutation d'envergure !

— Je l'espère. Il est d'origine modeste. Il s'est battu pendant la Grande Guerre. Il comprend les aspirations du peuple allemand.

— Si tu le dis !

Hilde ne désirait pas polémiquer avec son fils. Elle souhaitait qu'il se rende compte par lui-même qu'il était illusoire de croire au miracle et d'attendre tout d'un homme capable de mener son pays à la catastrophe.

Hermann Rochefort, lui, se montrait plus circonspect. En industriel pragmatique, il préférait prendre son temps pour juger.

— Il doit multiplier les expériences pour être en mesure de choisir, avait-il argué afin de rassurer son épouse. Aux Jeunesses hitlériennes, il apprendra la fraternité, la solidarité, le sens de l'effort, le sentiment patriotique. Ça ne peut pas lui faire du tort.

Hilde ne contredisait jamais son mari. Elle avait trop foi en lui pour s'opposer à ses décisions ou à ses recommandations.

— Si tu approuves notre fils, alors, je lui fais confiance. Mais je dois reconnaître que je ne suis pas rassurée. Dieu merci, Romy ne suit pas le même chemin que son frère ! Avec elle, je me sens plus sereine. Elle étudie sagement sans se mêler aux turbulences qui secouent notre pays. Il est temps que la tempête se calme et que nous retrouvions la tranquillité. Depuis la fin de la dernière guerre, j'ai l'impression que nous n'avons pas encore obtenu la paix. Nous vivons une drôle d'époque !

Depuis l'arrivée d'Adolf Hitler au pouvoir, jamais Hermann Rochefort n'avait été contacté par les autorités du pays. Son usine de Stuttgart produisait de l'acier essentiellement commercialisé en Allemagne. Il n'avait que quelques clients à l'étranger, en France surtout, mais cela ne représentait pas le dixième de son chiffre d'affaires. Depuis le début de la crise, ses bénéfices s'étaient amoindris d'un tiers, ce qui l'avait obligé à restructurer ses unités de production et à licencier une partie de son personnel. Aussi l'interdiction des syndicats décidée par le nouveau gouvernement national-socialiste ne lui avait-elle pas spécialement déplu. Dans les périodes de troubles sociaux précédentes, il avait dû composer, faire des concessions qui, affirmait-il, avaient beaucoup affaibli sa puissance de rebond dans une conjoncture où les grands groupes s'imposaient sans vergogne.

Mi-avril, il reçut la visite d'un représentant du ministère de l'Economie, et crut qu'on venait lui signifier l'intégration de son usine dans une société telle que Krupp dont les dirigeants avaient immédiatement prêté allégeance au nouveau régime. Il avait appris par la presse la volonté du gouvernement d'organiser les entreprises industrielles en cartels afin de les rendre plus puissantes et plus concurrentielles sur le marché mondial. La politique décidée par le Führer en vue de moderniser le pays devait favoriser tous les secteurs de l'économie. Parmi ces grands travaux, la militarisation allait mobiliser la production d'acier ainsi que toutes les ressources naturelles et réclamerait un effort de tous les partenaires.

Le ministère avait donc envoyé un émissaire auprès de Hermann Rochefort afin de lui demander – en réalité, d'exiger – sa collaboration au grand dessein du Reich. L'intégration du complexe industriel devait passer par l'adhésion des puissantes familles chrétiennes qui avaient réalisé la première révolution industrielle dans la Ruhr au siècle précédent. Il en faisait partie.

— Notre Führer a besoin de gens comme vous, déclara le représentant du ministre de l'Economie Alfred Hugenberg[1]. Vous êtes issu d'une élite et vous avez toujours œuvré à la grandeur de la nation allemande. Notre ministre sait de quoi il parle. Lui-même a occupé différents postes de direction dans les secteurs de la banque et de la métallurgie. Nous comptons donc sur votre collaboration pour travailler de concert avec le nouveau Reich. L'effort de la nation doit venir de toutes ses composantes et surtout de ceux qui, comme vous, en constituent les forces vives.

Hermann Rochefort était mis devant le fait accompli. Il se sentait pris au piège.

1. 1865-1951, homme d'affaires et homme politique allemand, chef du Parti national du peuple allemand (DNVP), ministre de l'Economie du premier cabinet d'Adolf Hitler en 1933.

Sur le moment, il fit bonne figure et laissa repartir son interlocuteur avec la promesse qu'il veillerait à ce que son entreprise réponde aux attentes des autorités. Il ne broncha pas lorsqu'on lui demanda de signaler systématiquement tout élément de son personnel jugé subversif et de renvoyer les Juifs sans préavis.

— Notre nation a besoin de faire place nette, termina le représentant du ministère. Il y va de la supériorité de la race allemande. Tous les fleurons de notre économie doivent être débarrassés de leurs parasites.

Hermann Rochefort avait beau se réjouir de la présence autour du nouveau maître de la Chancellerie de membres du DNVP, parti soutenu par de nombreux industriels, il n'avait pas approuvé l'alliance de ce dernier avec le parti national-socialiste en 1931. Fervent protestant, il condamnait l'antisémitisme virulent des nazis.

Alors il mit en garde son fils Lukas dont le tempérament le poussait parfois vers un extrémisme radical. A dix-neuf ans, le jeune Rochefort se montrait très exalté.

— La jeunesse d'aujourd'hui ne peut se contenter de demi-mesures, répliquait-il à son père quand ce dernier tentait de tempérer son ardeur. Nous formons une grande nation. Nous devons le clamer haut et fort afin qu'on nous respecte. Adolf Hitler est le seul à ce jour à porter cet espoir dans le cœur de tous ceux qui aspirent au retour de la puissance allemande.

— Tu rêves donc d'une revanche ! s'inquiétait Hilde, qui évitait par ailleurs de prendre part aux discussions politiques entre son fils et son mari.

Plus le temps s'écoulait, plus elle craignait que son pays ne puisse faire l'économie d'une terrifiante reprise en main de la part de ceux qui s'étaient hissés au plus haut niveau du pouvoir.

— Nous n'avons rien à craindre du parti national-socialiste, se justifiait Lukas. Il ne fait qu'exprimer tout haut ce que la majorité des gens pense tout bas. Il parle sans détour et en appelle au bon sens du peuple. Même les partis de gauche se sont discrédités pendant la crise. Aucun n'a été capable de proposer de véritables solutions aux problèmes qui ont anéanti notre pays et dont souffrent aujourd'hui les plus démunis. Quand Adolf Hitler s'adresse au peuple, celui-ci l'écoute car personne d'autre ne tient le langage de la vérité. De plus, il sait rassurer la classe dirigeante. Il est convaincu que la reconstruction du pays ne peut passer que par une politique ambitieuse de grands travaux qui mettra à contribution tous les secteurs de l'économie. Roosevelt, aux Etats-Unis, ne fait-il pas la même chose ?

— Tu ne peux quand même pas comparer ces deux hommes qui sont aux antipodes l'un de l'autre ! s'insurgea Hilde, dont la fibre démocratique demeurait intacte.

— Père devrait se réjouir que notre pays soit dirigé par un homme comme le Führer. La visite du représentant du ministère de l'Economie prouve combien le gouvernement le tient en considération.

Hermann Rochefort laissait son fils développer ses idées. Mais au fond de lui, il craignait que son allégeance inavouée ne marque en réalité une collaboration forcée au nouveau régime et la fin de sa liberté d'entreprendre, voire de sa liberté individuelle.

Lukas ne demeurait chez ses parents que pour les vacances universitaires et un ou deux week-ends par mois. Le reste du temps, le jeune Rochefort étudiait le droit à la faculté d'Heidelberg dans l'intention de devenir avocat. Il s'y était lié à un professeur de droit pénal qui avait ses entrées au parti et qui l'avait poussé à s'inscrire aux Jeunesses hitlériennes. Kurt Feuerbach était devenu son mentor et avait une grande influence sur lui. C'était un petit homme sec, dépourvu de charisme, au regard noir, dont les lunettes cerclées qu'il portait très près des yeux lui donnaient un faux air d'intellectuel sans états d'âme. Il lui avait demandé de repérer tous les étudiants juifs qui se singularisaient par leurs compétences et d'établir une liste de ceux qu'il fallait protéger des excès des paramilitaires de la SA. C'est du moins ce qu'il prétexta en lui confiant cette tâche qui, sur le moment, parut à Lukas quelque peu insolite. Néanmoins il lui obéit sans sourciller.

Peu après avoir fourni à son maître l'objet de sa requête, il s'étonna de ne plus voir sur les bancs des amphithéâtres ceux qu'il avait mentionnés. Il s'en ouvrit à Kurt Feuerbach. Celui-ci lui répondit :

— Vos camarades ne sont pas des éléments très fiables. Le parti a été d'avis qu'ils aillent s'inscrire dans une autre faculté. Ici, à Heidelberg, nous visons l'excellence. En réalité, tous ces étudiants juifs ne sont pas à la hauteur de nos espérances.

Sans le vouloir, Lukas Rochefort venait de participer au début de l'épuration de la célèbre université d'Heidelberg. Très vite, des raisons politiques et racistes furent invoquées pour exclure des étudiants et des membres du personnel, juifs mais aussi communistes ou simplement mariés à des Juifs ou à des opposants au régime. Il n'avait pas conscience de l'engrenage dans lequel il se laissait happer. Très enthousiaste quand il évoquait l'avenir de son pays, il agissait de bonne foi et trouvait une justification à ses actes dans le bonheur du peuple allemand.

Quand il rentrait chez lui, à Stuttgart, il était surpris de ne pas rencontrer toute la compréhension qu'il espérait auprès des siens. Il évitait de heurter son père de front. Il le respectait trop pour s'opposer à lui. De plus, son éducation, toute teintée des préceptes de la religion réformée, lui interdisait de dénigrer son prochain et de le condamner pour son appartenance à une autre religion. Les protestants issus de l'exode, comme l'était sa famille paternelle, savaient mieux que quiconque ce que signifiaient les mots intolérance et persécution. Ses lointains ancêtres, originaires des Cévennes françaises, n'avaient-ils pas échappé à l'absolutisme de Louis XIV en s'exilant dans ce pays du Refuge qu'était la Prusse ? Comme bon nombre d'Etats souverains de l'Europe du Nord, l'Allemagne passait à l'époque pour une terre de tolérance et de liberté. Aussi, quand Hermann Rochefort lui rappelait cette criante vérité, Lukas préférait-il ne pas polémiquer.

Sa sœur Romy n'hésitait pas à lui signifier son devoir filial. A dix-sept ans, elle avait déjà des idées bien arrêtées et affirmait des opinions en totale opposition avec les convictions de son frère. Tous deux s'aimaient beaucoup. Une grande complicité les unissait depuis leur tendre enfance. Lukas n'avait jamais cessé de protéger sa sœur quand, à l'école ou dans les associations qu'ils fréquentaient dans leur ville, certains garçons la pressaient d'un peu trop près. Il n'hésitait pas à faire usage de ses poings pour la faire respecter. Et il n'était pas rare qu'il revînt à la maison avec un œil au beurre noir ou une égratignure au visage.

— Tu t'es encore battu dans la cour de récréation ! s'insurgeait alors sa mère en le morigénant pour la forme, fière de constater que son fils prenait la défense de sa jeune sœur.

Lukas avait le sens de la famille. Il n'acceptait pas les critiques formulées à l'encontre des siens, notamment au sujet de leur appartenance sociale. Être le fils d'un industriel était parfois difficile à assumer quand, dans sa propre classe, ses petits camarades étaient issus pour la plupart de milieux défavorisés. Hermann Rochefort, en effet, avait toujours insisté pour placer ses enfants dans les mêmes écoles que ceux du peuple. Il réprouvait la distinction par l'éducation. Pour lui, l'égalité commençait sur les bancs de l'institution scolaire.

Après un bref séjour dans sa famille, Lukas revint à Heidelberg pour reprendre ses cours. Il se rendit aussitôt à la bibliothèque universitaire pour emprunter des documents en vue de préparer un exposé. Il remplit une fiche destinée au bibliothécaire et s'installa à une table de travail dans l'attente de ses ouvrages. Autour de lui, des étudiants travaillaient en silence. La plupart lui étaient familiers. Au bout de quelques minutes, le bibliothécaire l'appela :

— Monsieur Rochefort, vos livres vous attendent.

Lukas se leva et s'approcha du comptoir de prêt.

Deux rangées derrière lui, un garçon d'une vingtaine d'années sursauta, le regarda, étonné.

Lukas ne le remarqua pas et reprit sa place.

— Tu t'appelles Rochefort ? lui demanda l'étudiant, interloqué.

— Oui. Pourquoi ? On se connaît ?

— Non…

— Et toi, quel est ton nom ? Tu es en quelle discipline ? Je ne t'ai jamais vu ici !

Le jeune homme écarquilla les yeux. Bredouilla :

— Je… j'étudie l'allemand. Je suis français… Moi aussi je m'appelle Rochefort… Thibaud Rochefort.

11
Liens de famille

Alexandre fut retenu dans les locaux des SA pendant plus de cinq jours. Soumis au régime sec, il vit ses forces diminuer rapidement. Les interrogatoires se succédèrent sans interruption. D'abord dans le calme, puis de façon plus musclée. L'officier du quartier général avait demandé à deux de ses hommes d'obtenir par n'importe quel moyen les renseignements qu'il souhaitait tirer de son prévenu.

Alexandre insista sur sa nationalité française pour échapper aux violences de ses tortionnaires et expliqua ce qu'il était venu faire en Allemagne. Après vérification par les services de police, nulle trace de sa présence dans le pays, au début des années vingt, ne fut trouvée. En revanche, son nom à consonance germanique sema le doute dans l'esprit de ses inquisiteurs. Ils étaient persuadés qu'il était un agent allemand au service d'un parti ennemi du Reich et introduit à Heidelberg pour fomenter une révolte d'étudiants ou d'universitaires.

— Avouez que vous êtes communiste, ne cessaient d'aboyer les hommes qui l'interrogeaient.

Alexandre avait beau leur affirmer le contraire, qu'il n'était venu que pour aller à la recherche de son passé, il ne parvenait pas à les convaincre.

Très vite, ils en arrivèrent à la violence physique. Après l'avoir ligoté sur sa chaise, ils le rouèrent de coups, lui crachèrent au visage, l'injuriant tantôt en allemand, tantôt dans un français très approximatif. Alexandre se taisait. Puis ils le menacèrent de procéder à des expériences dont il se souviendrait longtemps et auxquelles il ne pourrait résister indéfiniment.

— Si vous vous obstinez, ajouta le chef du groupe, un certain Hans Liebermann, on vous offrira un séjour à Dachau. Vous connaissez cette jolie petite ville ? Sur l'initiative du commissaire à la police de Munich, Heinrich Himmler, un camp vient d'y être ouvert pour se débarrasser de toute la vermine de votre espèce. Vous n'y ferez pas de vieux os… Vous feriez mieux d'avouer pour qui vous travaillez.

Le tortionnaire semblait s'amuser. Mince dans son uniforme au plus près du corps, les cheveux courts, le visage glabre, les yeux perçants comme ceux d'un aigle, il se montrait d'une arrogance glaciale. Rien dans son regard ne témoignait d'une once d'humanité. Avec lui, Alexandre comprit qu'il ne s'en tirerait pas.

Il n'était déjà plus que l'ombre de lui-même quand, le lendemain, un homme en civil arborant un brassard de la police le fit sortir de sa cellule. Complètement abattu, il crut sur le moment que l'heure de son transfert à Dachau avait sonné.

Il se vit alors signifier sans autre explication qu'on n'avait rien contre lui et qu'il était libre. Il pouvait donc rejoindre sa compagne.

— Ne vous mêlez pas des affaires qui ne vous concernent pas, lui conseilla seulement son sauveur, dont la prestance et le regard le démarquaient des autres. Prenez cet incident pour un simple avertissement.

Il n'eut pas la force de demander qui était ce dernier ni pourquoi, soudain, les SA avaient changé d'avis à son sujet. Avaient-ils reçu des ordres de leur hiérarchie ? Ou était-ce une ruse pour mieux le surveiller et le confondre à la première occasion ?

Estimant qu'il était préférable de ne pas chercher à savoir, il ne dit mot. Il fut jeté dehors comme un chien qu'on chasse à grands coups de pied. Il s'affala sur le trottoir au beau milieu d'une foule qui le dévisageait avec suspicion. Il reprit ses esprits après de longues heures, assis contre le tronc d'un arbre, se soulageant des douleurs qui lui transperçaient le corps en se massant les côtes de ses mains tuméfiées, incapable de se relever.

Quand la nuit tomba, se sentant plus fort, il parvint à se redresser. A grand-peine, il se dirigea vers un kiosque de presse.

Il sortit de sa poche le carnet dans lequel il avait inscrit précieusement l'adresse de Thibaud et s'adressa au marchand de journaux.

— Vous êtes à deux pas, lui répondit ce dernier en lui indiquant du doigt le prochain carrefour. Vous prenez la première à droite, puis la seconde à gauche et vous y serez.

L'homme avait remarqué ses blessures au visage et la difficulté avec laquelle il s'était exprimé. Il sortit de son kiosque. Baissa sa devanture derrière lui.

— Je vais vous y conduire, proposa-t-il. Vous êtes tombé dans leurs griffes, n'est-ce pas ? Ne dites rien. J'ai compris… Tranquillisez-vous, avec moi, vous êtes dans de bonnes mains. Vous ne risquez rien.

Parvenu sur le seuil d'Augusta Schmidt, son bienfaiteur l'abandonna, non sans avoir frappé à la porte. Dans la rue, seuls les chats errants se partageaient les trottoirs et cherchaient dans les poubelles des reliefs de repas.

— Je vous laisse. Il est tard, ajouta le brave homme. Je ne voudrais pas me retrouver nez à nez avec une de ces patrouilles de chiens galeux.

Alexandre puisa en lui ses dernières forces pour se confondre en remerciements. Puis il attendit qu'on vienne lui ouvrir.

Quand Thibaud apparut devant lui, il s'écroula.

Le lendemain, Alix fut d'avis de rentrer en France le plus vite possible.

— Dès que tu iras mieux, dit-elle à Alexandre. Ce pays est trop dangereux. Je ne m'y sens pas bien… Et toi, Thibaud, qu'attends-tu pour faire de même ? Maman doit s'inquiéter si elle lit les journaux. Tu penses bien qu'Alain doit être au courant de ce qui se passe ici et le lui a raconté.

Thibaud n'avait pas songé à une telle éventualité. Il tenait à poursuivre ses études en Allemagne et à retrouver les ancêtres de sa famille.

— Je comprends ton appréhension. Mais je ne peux m'en aller. Je suis arrivé il y a seulement quelques mois, ce serait idiot d'abandonner si vite. Vous n'avez pas eu de chance. Il ne faut pas s'affoler.

Alexandre partageait l'avis de Thibaud.

— De deux choses l'une, ajouta-t-il, pour convaincre Alix. Ou bien je suis français et j'ai été amené en Allemagne pour une raison que j'ignore et que j'aimerais élucider ; ou bien je suis allemand et j'ai tout un vécu dans ce pays que je dois connaître pour redevenir l'homme que j'étais avant mon amnésie.

— Qui peut nous certifier, appuya Thibaud, que tu n'as pas été l'objet d'une erreur médicale ? Tu aurais pu perdre la mémoire profonde à la suite d'un traitement mal approprié. Ce qui expliquerait tes visites chez les médecins, ce dont tu affirmes te souvenir.

— J'irais même plus loin ; n'aurais-je pas été victime d'une expérience médicale qui aurait tourné court ? Allez savoir ! Après la guerre, on s'est servi des grands blessés pour tenter des expérimentations et faire avancer la science et la médecine.

Alix ne parvint pas à convaincre Alexandre de renoncer à ses recherches.

— Je regrette de t'avoir entraîné dans ce bourbier, reconnut-elle. Je commence à craindre qu'on se soit jetés dans la gueule du loup.

— Je vous aiderai, tempéra Thibaud qui trouvait sa sœur trop défaitiste. L'Allemagne est en train de tourner le dos à la démocratie. Ce n'est pas une raison pour la fuir comme la peste.

— La peste brune l'a déjà contaminée. Et nous sommes venus nous empêtrer dans ses filets. Mais puisque vous êtes d'accord tous les deux, je ne peux que m'incliner. Dès qu'Alexandre se sentira mieux, nous nous rendrons à Magstadt où il a séjourné.

— Je vous y accompagnerai, proposa Thibaud.

Une semaine s'écoula. Alexandre se remettait lentement.

Un soir, Thibaud rentra chez lui tout excité.

— Devinez qui j'ai rencontré à la fac !

Le matin même, n'ayant pas cours, il avait décidé de visiter les locaux de la Vieille Université, la *Domus Wilhelmina*, construite au XVIIIe siècle et ainsi nommée en l'honneur de Jean-Guillaume de Neubourg-Wittelsbach, prince-électeur du Palatinat. Chaque fois qu'il en avait l'occasion, il flânait dans les bâtiments qui avaient fait la notoriété de l'université. Ceux-ci étaient tout imprégnés d'histoire et livraient aux curieux leurs secrets d'alcôve tout en les emmenant sur les rivages d'une époque où les Lumières mettaient la terre germanique au centre du monde. Sur le retour, il s'était arrêté à la bibliothèque universitaire pour y emprunter quelques ouvrages en allemand sur le Refuge des protestants français à l'époque de Louis XIV.

Devant le peu de réaction d'Alix et d'Alexandre, il insista.

— Alors, ça ne vous intéresse pas de savoir avec qui j'ai parlé ?

— Si, bien sûr, finit par répondre Alix la première. A te voir, je suppose que ce n'est pas une mauvaise rencontre. Tu as l'air très cnthousiaste !

— Je suis tombé sur Lukas Rochefort, un de nos lointains cousins, étudiant en droit.

Alix crut qu'il plaisantait.

— Lukas Rochefort ! Es-tu certain qu'il s'agit d'un membre éloigné de notre famille ?

— Je n'en ai aucune preuve pour l'instant. Mais nous avons discuté ensemble pendant plus d'une heure.

D'après ce qu'il m'a appris sur ses origines, il y a de grandes chances que nous soyons apparentés.

— Si c'est le cas, tes recherches vont s'en trouver grandement facilitées. Que font ses parents ?

— Figure-toi que son père est également industriel, comme le nôtre.

— Dans le textile ?

— Non. Et c'est là que ça se précise. Souviens-toi de ce que je t'ai expliqué. Nos ancêtres, peu après la révocation de l'Edit de Nantes, ont échappé aux dragonnades. L'un en abjurant sa foi et en devenant catholique…

— Un nouveau converti, oui, je sais. C'est comme ça qu'on les appelait. Il s'agit d'Isaac Rochefort, celui qui est à l'origine de notre lignée.

— L'autre, Barthélemy, a fui et s'est réfugié en Allemagne dans la région de Stuttgart. De son métier…

— Il était ferronnier, cela aussi, tu me l'as déjà appris.

— Eh bien, figure-toi que les ascendants de Lukas Rochefort ont toujours travaillé dans la métallurgie. Si ce n'est pas une coïncidence, je ne m'appelle pas Rochefort ! Pour moi, il n'y a aucun doute : la famille de Lukas descend de Barthélemy Rochefort, le frère d'Isaac, notre propre ancêtre.

Alix ne put que reconnaître le bien-fondé des explications de son frère.

— Que comptes-tu faire à présent ?

— Lukas m'a invité dans sa famille à Stuttgart. Je lui ai dit que tu étais là encore pour quelques jours. Si cela t'intéresse, tu pourrais m'accompagner, ainsi qu'Alexandre. Nous poursuivrons vos recherches en même temps. J'ai vu sur la carte que Magstadt ne se trouve pas très loin de Stuttgart. Qu'en penses-tu, Alexandre ?

Celui-ci n'était pas intervenu dans la discussion entre le frère et la sœur. Leur histoire de famille ne le concernait pas.

Il accepta néanmoins la suggestion de Thibaud.

— Dès que tu te sentiras mieux, conclut ce dernier, nous prendrons la route pour Magstadt, puis nous irons rendre visite à nos cousins allemands.

Alexandre, secoué par sa mésaventure, avait à nouveau l'esprit traversé par des visions cauchemardesques. Toujours des images de flammes, d'intenses lumières qui l'aveuglaient. Un vacarme d'enfer qui l'assourdissait. Puis, plus rien. Le calme absolu. Une impression de plénitude et de sérénité qui confinait à l'au-delà. Il se réveillait parfois en pleine nuit, en sursaut, transpirant, haletant, comme s'il revenait d'un monde irréel, peuplé de personnages fantasmagoriques, bardés de métal, crachant le feu. Il évitait de bouger afin de ne pas alarmer Alix, couchée à ses côtés, tentait de faire le vide en lui, de chercher au plus profond de son être le moindre détail susceptible de le remettre sur le chemin de sa mémoire. En vain.

A la mi-mai, Lukas Rochefort convia Thibaud dans une *Gasthaus* de la vieille ville où se réunissaient de nombreux étudiants. Sur le moment, il ne fit pas attention aux propos de certains qui lui semblèrent particulièrement exaltés. La bière coulait à flots et les esprits étaient échauffés. Dans l'atmosphère enfumée et le brouhaha, il ne distingua pas nettement les paroles de Lukas qui, monté sur une table, haranguait ses camarades.

— Le national-socialisme, s'époumonait-il, est l'avenir de l'Allemagne. Tous ceux qui s'opposent à lui sont les ennemis de notre nation. Nous devons les combattre par tous les moyens. Il faut d'abord éradiquer la vermine juive et communiste. Notre Führer l'a très bien démontré dans son livre *Mein Kampf* que tout bon citoyen allemand devrait avoir lu. Ce livre doit devenir notre nouvelle Bible. *Sieg Heil ! Sieg Heil !*

— *Sieg Heil !* répondit une grande partie de ceux qui écoutaient l'orateur, en levant le bras droit en signe de salut de la victoire.

Choqué, Thibaud comprit qu'il était tombé en pleine réunion de propagande nazie. Il préféra ne pas s'attarder. Il s'apprêtait à sortir quand il s'entendit interpeller :

— Eh ! Thibaud, Thibaud Rochefort ! Ne t'en va pas. Reste donc avec nous.

Il se retourna. Mal à l'aise, il se ravisa.

— Approche-toi ! poursuivit Lukas. Nous allons boire à la santé du Führer.

Thibaud rejoignit le groupe de Lukas et accepta la chope que l'un de ses amis lui tendait déjà. L'ambiance était devenue bon enfant. Les étudiants rassemblés ressemblaient à tous les étudiants que Thibaud avait pu croiser en France et en Allemagne.

Après avoir ingurgité trois bocks de bière en leur compagnie, se sentant un peu éméché, il avertit Lukas de son intention de rentrer chez lui.

— Il se fait tard, ma sœur doit s'inquiéter de ne pas savoir où je suis à une heure pareille. Nous nous reverrons un autre jour.

Thibaud hésitait déjà à poursuivre ses investigations. Son lointain cousin n'était pas du genre fréquentable si l'on avait, comme lui, des idées de gauche.

Lukas ne lui permit pas d'hésiter longtemps.

— Comme je te l'ai dit, il faut absolument que tu fasses la connaissance de ma famille à Stuttgart. J'ai averti mon père de ta présence ici à Heidelberg. Il souhaite te voir ainsi que ta sœur. Je rentre chez moi le week-end prochain. Je passerai vous prendre en voiture chez ta logeuse samedi, en début de matinée.

Thibaud temporisa.

— C'est que j'ai promis à l'ami de ma sœur de l'amener à Magstadt afin d'y retrouver des gens qu'il a connus il y a quelques années.

— Qu'à cela ne tienne, nous nous y arrêterons en cours de route.

Thibaud finit par accepter. Après tout, se dit-il pour se conforter, ce que j'ai vu à l'auberge ne signifie peut-être rien de bien méchant.

En rentrant chez lui, il s'apprêtait à traverser la place de l'Université quand il aperçut un attroupement autour d'un grand feu qui dégageait une épaisse fumée noire. Il s'en approcha. Se mêla à la foule. Des étudiants et des professeurs de l'université discutaient et riaient, tandis que d'autres jetaient dans les flammes des livres empilés sur la chaussée[1].

1. Autodafé à Heidelberg le 10 mai 1933.

— Que faites-vous ? demanda-t-il à l'un d'eux, intrigué.

— Nous brûlons tous les livres interdits.

— Les livres interdits ! Lesquels ? s'offusqua Thibaud en découvrant dans les mains de son interlocuteur un exemplaire du roman *Les Buddenbrook*, qui avait valu à son auteur, Thomas Mann, le prix Nobel de littérature en 1929.

— Tous les auteurs de ces livres sont décadents, répliqua le jeune étudiant. Nous devons nous débarrasser de leurs œuvres afin de faire place nette dans nos bibliothèques et dans les librairies.

Poursuivant son programme d'uniformisation intellectuelle, le pouvoir nazi s'en prenait maintenant aux élites du monde culturel et scientifique du pays. De nombreux universitaires, des artistes, des cinéastes, des écrivains, des philosophes, des académiciens de renommée internationale étaient mis à l'écart. Leurs œuvres faisaient l'objet d'autodafés savamment orchestrés par les SA, parfois avec la complaisance des autorités locales.

— C'est absurde ! osa s'insurger Thibaud. Vous n'avez pas le droit.

Le jeune étudiant le repoussa sans ménagement.

— Qui es-tu pour nous dicter notre conduite ? Un ennemi de l'ordre nouveau ? Un sale Juif ?

Thibaud allait en venir aux mains quand il se sentit happé par-derrière.

— Ne reste pas là ! lui cria Lukas Rochefort qui l'avait rejoint dans la foule déchaînée.

Surpris, Thibaud obtempéra et suivit Lukas à l'écart.

— Qu'est-ce que tu fiches au milieu de tous ces types ? T'as envie de te faire étriper ?

Revenu de sa stupéfaction, Thibaud remercia Lukas de lui être venu en aide et lui demanda de plus amples explications.

Chemin faisant, Lukas attira son attention sur une inscription au-dessus de l'entrée principale de la nouvelle université.

— Regarde, il faut que tu comprennes bien ce qui se passe dans notre pays. Rien ne sera plus jamais comme avant.

Thibaud leva les yeux. Lut : *Dem deutsche Geist.*

Au-dessus de l'inscription, perché sur un socle à même la façade, entre deux fenêtres étroites tout en hauteur, un aigle aux ailes déployées, symbole du nouveau régime nazi, avait remplacé la statue d'Athéna, patronne des Sciences.

— Tu vois, ajouta Lukas, auparavant sur ce fronton il était écrit : *Dem lebendigen Geist*, *A l'esprit vivant* ; maintenant tu peux lire : *A l'esprit allemand.* Tu saisis la différence ? Ce que tu as vu tout à l'heure, c'est le symbole du renouveau. Tous les livres que nous brûlons sont considérés comme non allemands, c'est pourquoi le parti demande à tous les libraires de ne plus les vendre et aux bibliothèques de s'en débarrasser.

— Brûler les livres est une ignominie, un acte antidémocratique, un non-sens ! Vous détruisez une partie de votre propre patrimoine, de votre culture.

— Pour progresser, il faut un grand nettoyage. Savoir se délester de ce qui encombre la marche vers l'avant.

Thibaud jugea inopportun d'entamer une polémique. Il allait laisser Lukas pour rentrer chez lui quand ce dernier lui rappela :

— N’oublie pas, je te prends samedi prochain en bas de chez toi, avec ta sœur et son ami.

— Je n’avais pas oublié.

12

Plan machiavélique

Thérèse Rochefort ne mesurait pas ses efforts pour tomber enceinte. Elle s'ingéniait par tous les moyens à faire succomber son mari qui prenait ses sollicitations pour des preuves d'amour de plus en plus marquées. Il s'en félicitait et s'en trouvait intimement flatté.

Elle ne lui avait plus reparlé de son intention d'avoir un enfant. Elle estimait qu'il ne fallait pas le perturber avec cette éventualité. Jean-Christophe n'en avait pas manifesté la moindre envie depuis qu'elle avait abordé le sujet. Mais force lui était de constater que ses efforts étaient infructueux.

Aussi se posait-elle de terribles questions sur sa propre personne. Puisque son mari avait eu trois enfants de son premier lit, elle finit par croire que le problème venait d'elle et non de lui. Je suis stérile, se disait-elle.

Elle n'avait qu'une seule amie à qui se confier. Laure Atger avait fait toutes ses études secondaires avec elle au lycée d'Alès et l'avait suivie à la faculté des lettres de Montpellier jusqu'en licence. Puis leurs destinées avaient pris des voies divergentes, mais elles ne s'étaient jamais perdues de vue.

Depuis son mariage avec Jean-Christophe, se sentant quelque peu isolée à Nîmes dans l'hôtel particulier des Cordeliers, Thérèse s'était rapprochée de son amie d'enfance. Laure était devenue une brillante professeure de lettres classiques, au lycée Feuchères de Nîmes. Célibataire, elle s'entourait souvent de jeunes hommes distingués qui lui faisaient une cour empressée et sur lesquels elle jouait de ses charmes avec une effronterie non dissimulée. Elle fréquentait les cafés à la mode où sa présence ne passait jamais inaperçue. Toujours élégamment vêtue, elle aimait mettre en valeur la perfection de ses formes et la beauté de son visage. Ses yeux d'un bleu pervenche lui conféraient une douceur dans le regard qui ne laissait personne indifférent. Sa belle chevelure blonde, savamment déployée sur ses épaules, dissimulait une cicatrice qu'elle portait sur la joue, très près de l'oreille gauche. Elle n'avait jamais fourni à Thérèse l'explication de cette blessure. Mais d'aucuns affirmaient qu'un de ses amants, jaloux et contrarié, lui avait porté une estafilade avec un couteau de cuisine pour se venger de son infidélité.

Laure n'était pas la mieux placée pour conseiller Thérèse. Elle n'avait jamais connu la maternité ni, au reste, une liaison durable. Mais elle s'exprimait avec tellement d'à-propos et de conviction que, lorsqu'elle prenait la parole, tout le monde était subjugué et tombait sous son charme.

— Ecoute-moi bien, ma chérie, confia-t-elle à Thérèse, un soir qu'entre filles elles s'étaient accordé une sortie au restaurant. Ton mari a beau être le plus viril des hommes malgré son infirmité, tu ne m'enlèveras pas de l'idée que ce qu'il a subi lui a peut-être ôté certaines fonctions. Si tu vois ce que je veux dire. Si j'étais à ta place, je prendrais un amant.

Autour de leur table, les hommes n'avaient d'yeux que pour elles. La conversion des deux femmes en amusait plus d'un. Thérèse s'aperçut que l'un d'eux la fixait bizarrement. N'ayant pas l'habitude de se laisser aborder sans avoir été présentée, elle le dévisagea jusqu'à ce qu'il détourne le regard.

— Notre conversation donne des idées à ces messieurs de la table d'à côté, dit-elle à son amie.

— Ne leur prête pas attention. Je les connais ; ils sont inoffensifs. Juste des dragueurs invétérés.

— Prendre un amant ! poursuivit Thérèse. Figure-toi que j'y avais pensé. Mais c'est quand même un peu osé. Imagine que le bonhomme, par la suite, révèle tout à mon mari quand je l'aurai quitté. Par vengeance ou par dépit.

Laure, qui n'était jamais à court d'arguments, réfléchit quelques secondes.

— Alors, si tu ne veux courir aucun risque, choisis un amant dans ton proche entourage. De sorte qu'il lui sera impossible de trahir votre liaison sans provoquer un scandale qui l'éclaboussera lui aussi.

— Dans mon entourage !

— Oui, dans la propre famille de ton mari. Quelqu'un qui ne t'est pas indifférent et que tu ne laisserais pas de marbre. Réfléchis, tu dois bien pouvoir trouver chaussure à ton pied, comme on dit. Et si tu tombes enceinte, la situation sera si encombrante pour lui qu'il préférera se taire plutôt que d'encourir les foudres de Jean-Christophe, voire de tous ses proches.

— Tu penses à quelqu'un en particulier ?

— Je ne connais pas ta belle-famille. Mais il y a peut-être en son sein un beau-frère, un cousin, je ne sais pas moi, qui pourrait faire l'affaire. Non ?

La proposition de Laure étonnait tellement Thérèse que, sur le moment, elle ne sut que lui répondre.

— J'y réfléchirai, lui dit-elle. J'avoue qu'une telle solution ne m'était pas venue à l'esprit.

Le mois de mai resplendissait dans un éclaboussement de lumière et un jaillissement de couleurs. Des ciels d'un bleu de porcelaine, des ramures aux reflets d'argent, des prairies regorgeant de fleurs multicolores, des vents chargés de parfums. L'air se remplissait de pépiements d'oiseaux. Déjà les chemins de la montagne appelaient les premiers troupeaux vers l'estive. De longs fleuves de laine serpentaient dans les collines, laissant derrière eux l'écume de leur passage. De Tornac, d'Anduze, de Durfort ou de Lasalle, tout un peuple de bergers redonnait vie aux Cévennes endormies par l'hiver en quittant le bas-pays pour les hautes terres de Lozère ou de Margeride.

Chez les Rouvière, la transhumance était aussi importante que les vendanges, même si la première activité de La Fenouillère était la vigne. Vincent avait toujours gardé un petit troupeau, comme son père Donatien avant lui. Il se souvenait du premier jour où ce dernier l'avait emmené à l'estive. Il avait dix ans à l'époque. Il s'était fait une fête de se préparer au grand voyage. A La Bastide, sur le mont Lozère, il avait fait la connaissance de Faustine dont le père, Anselme Rochefort, possédait un vieux mas, Les Taillades.

Thérèse ne connaissait pas cette propriété venue de son mari. Il ne l'y avait jamais invitée. Jean-Christophe n'appréciait pas la solitude des vastes espaces battus par le vent, arides l'été et glacials l'hiver. La terre âpre de Lozère était à ses yeux le domaine d'une paysannerie rude, peu évoluée, habituée à des conditions d'existence dignes du Moyen Age. Contrairement à son père, il n'éprouvait pas le besoin de s'y ressourcer, le temps de faire le vide et de retrouver le tonus nécessaire à la poursuite de ses affaires. Aussi fut-il étonné lorsque Thérèse lui demanda de l'amener à La Bastide pour y passer quelques jours.

— Cela nous fera le plus grand bien, prétexta-t-elle. L'air doit y être vivifiant en cette saison. Et nous y rencontrerons le troupeau de ton beau-frère Vincent. Il estive non loin des Taillades.

Thérèse savait que Jean-Christophe ne portait pas Vincent Rouvière dans son cœur.

— Il serait temps que vous fassiez la paix tous les deux. En vous retrouvant là-haut, ce serait l'occasion de vous reparler, ainsi qu'avec ta sœur Faustine. Je crois qu'elle l'accompagne pendant quelques semaines, au début de la transhumance.

— Je ne suis pas fâché avec ma sœur. Nous nous parlons. Quant à son mari… c'est de l'histoire ancienne. Pourquoi remuer le passé ?

— Je ne désire pas remuer le passé. Seulement réconcilier la fratrie.

Thérèse biaisait pour parvenir à ses fins.

Jean-Christophe lui résistait.

— En mai, sur le mont Lozère, il ne fait pas encore très chaud. Pourquoi veux-tu que nous allions nous enterrer si loin ? Il y a une éternité que je n'y suis pas monté. D'ailleurs la maison est fermée depuis des lustres. Elle doit être glaciale. Ton idée me semble tout à fait saugrenue. Et puis, on s'y ennuiera à mourir. Là-haut, on ne voit que des vaches et des brebis.

— On pourrait demander à Pierre de nous y accompagner. On n'aura même pas besoin de prendre ton chauffeur. Je suis sûre que ton fils se fera un plaisir de nous y conduire.

Jean-Christophe ne montrait pas beaucoup d'enthousiasme. L'idée de s'éloigner de ses usines et de rester coupé du monde pendant plusieurs jours ne le tentait pas.

Cette idée avait été suggérée à Thérèse par son amie Laure.

« Quand tu auras choisi l'homme qui deviendra ton amant, lui avait-elle expliqué, invite-le avec sa femme dans un endroit où vous serez seuls tous les quatre. Entre membres de la même famille, il n'y aura aucune barrière entre vous. Vous vivrez ensemble pendant plusieurs jours. Ce qui créera automatiquement une certaine connivence. Par nécessité. Il faudra bien que vous supportiez vos nouvelles conditions d'existence. Il faut établir une sorte de huis clos. Tu me comprends. Une situation exceptionnelle. »

Thérèse avait réfléchi. Elle ne souhaitait pas emmener dans cette aventure n'importe quel membre de sa belle-famille. Quitte à prendre un amant, se dit-elle, autant que ce soit quelqu'un de jeune et d'influençable. Seul Pierre, le propre fils de son mari, lui était venu à l'esprit. Il était plutôt beau garçon – ce qui ne gâchait rien –, célibataire – ce qui faciliterait la rupture. Il avait huit ans de moins qu'elle. Là, néanmoins, résidait sa crainte d'être éconduite. Voudrait-il d'une liaison avec une femme plus âgée que lui ? De plus, oserait-il tromper son père ? A bien y réfléchir, cette histoire aurait pu figurer au palmarès de Lucrèce Borgia, se dit-elle non sans une pointe d'autodérision.

Elle finit par se ranger à cette éventualité. Pierre tomberait dans ses filets. Il la mettrait enceinte et elle ferait croire à son mari que l'enfant était de lui. Ainsi, quoi qu'il pût arriver par la suite, sa descendance serait un Rochefort. Jean-Christophe ne pourrait pas renier ses fils sous peine de se priver d'héritier – car, bien sûr, c'était un garçon qu'elle voulait !

Avant de mettre sa décision à exécution, Thérèse tint à obtenir la certitude que la stérilité n'était pas de son fait. Elle alla consulter discrètement un spécialiste à Montpellier. Le gynécologue lui fit subir un examen approfondi et lui certifia qu'elle était tout à fait apte à concevoir.

Thérèse ressortit de sa consultation rassurée.

Après avoir revu son amie, elle n'hésita plus un instant à mettre son plan machiavélique à exécution.

Jean-Christophe finalement se laissa convaincre de l'emmener aux Taillades en compagnie de Pierre. Ce dernier tergiversa, mais Thérèse insista tant qu'il finit lui aussi par accepter.

Il reconnaissait en son for intérieur que sa jeune belle-mère ne lui était pas indifférente !

Les Taillades n'avaient rien d'un petit paradis sur terre. Erigée en grosses pierres de granite, comme la plupart des mas du mont Lozère, la bâtisse tenait davantage d'une ferme fortifiée que d'une maison de villégiature.

Comme Jean-Christophe avait prévenu, la demeure n'avait pas été ouverte depuis longtemps.

A leur arrivée, il fallut d'abord procéder à un grand nettoyage et allumer toutes les cheminées, car la température y était glaciale malgré la saison. L'humidité se faisait ressentir jusque dans les chambres. De plus, les commodités étaient réduites au minimum et, s'il y avait une salle de bains avec l'eau chaude au robinet, les cabinets se trouvaient encore à l'extérieur.

Thérèse, qui découvrait les lieux, s'abstint de toute remarque. Cette idée était la sienne. Elle feignit de s'étonner sans marquer sa déception. Jean-Christophe, lui, ne se priva pas de maugréer :

— Je ne comprends pas comment mon père pouvait s'accommoder d'une telle rusticité ! Lui qui était habitué au luxe de sa vie citadine ! Il est impensable, quand j'y songe, qu'il ait pu amener sa famille en vacances dans une maison aussi peu confortable.

Rien n'était prévu pour accueillir un infirme. Les dépendances occupaient le rez-de-chaussée. L'habitation se trouvant à l'étage, on y accédait par un escalier extérieur en pierre. Les chambres se situaient au-dessus des pièces à vivre, cuisine, salle à manger, salon. Des marches séparaient celles-ci et constituaient des niveaux peu commodes à franchir avec un fauteuil roulant.

Après examen des lieux, Thérèse décida d'aménager le salon pour son mari. Mais il n'y avait pas de lit double disponible à ce niveau de la maison, seulement un couchage d'une personne.

— Qu'à cela ne tienne, lui dit-elle, nous ferons chambre à part. Moi, je prendrai la chambre qu'occupaient tes parents. Nous n'allons pas descendre le grand lit pour quelques jours seulement. Tu n'y vois pas d'inconvénients, mon chéri ?

— Hum… si j'avais su, je ne t'aurais pas écoutée.

Pierre, quant à lui, observait. Il se souvenait bien de l'endroit où son grand-père l'emmenait dans sa jeunesse, avec son frère et sa sœur. Au début de l'été, Anselme Rochefort se faisait un plaisir de monter en Lozère en compagnie de ses petits-enfants. Il les invitait, une fois par an, quand ses affaires lui permettaient de s'absenter de Nîmes, comme il le faisait auparavant avec ses propres enfants.

Pierre ne gardait pas un souvenir impérissable de ces courts séjours à la montagne, loin de tout, dans une nature parfois hostile, où les seules distractions consistaient en longues promenades sur les sentiers herbeux que parcouraient les troupeaux, ou en baignades dans les eaux froides des ruisseaux. A ses yeux, cette terre à l'écart des villes, qui sentait l'étable et le suint, représentait la France attardée, celle des campagnes les plus reculées, rétives à toute transformation. Leurs habitants, tous des paysans, lui paraissaient arriérés. Beaucoup ne savaient pas lire et ignoraient encore l'usage de l'électricité.

Il leur préférait les sites touristiques plus à la mode, comme la côte méditerranéenne où il pouvait se pavaner et faire de belles rencontres. Il avait pris goût au luxe de la Côte d'Azur, de ses palaces, de sa Riviera, de ses casinos. Il ne jurait que par la baie des Anges, Nice et sa fameuse Promenade des Anglais, ou la principauté de Monaco où il avait aperçu des célébrités descendues dans les plus beaux hôtels.

Toutefois, ne voulant pas froisser sa belle-mère qui avait eu l'idée de cette retraite, il s'abstint de toute remarque désobligeante.

— Pierre prendra la chambre à côté de la mienne, ajouta Thérèse. Elle manque un peu de confort mais à son âge, il s'en accommodera, n'est-ce pas, Pierre ?

Le jeune Rochefort avait remarqué depuis un certain temps que Thérèse lui tenait un langage enjôleur. Elle ne cessait de le flatter, prenait souvent son avis sur des questions qui n'intéressaient qu'elle et son mari, comme si elle souhaitait obtenir l'assentiment du fils contre celui du père.

Jean-Christophe, à cent lieues de se douter des intentions de sa femme, ne s'apercevait de rien.

Les journées leur paraissaient interminables. Ils n'avaient d'autres occupations que les promenades, la lecture autour du feu de bois, le soir à la veillée, ou les rares visites à Faustine et Vincent qui avaient pris leurs quartiers dans leur bergerie d'estive.

Thérèse mit à profit ce séjour pour mieux connaître sa belle-sœur. Celle-ci était enceinte et, ne pouvant aider son mari comme elle l'aurait souhaité, évitait tout effort. Elle passait la plus grande partie de son temps à s'occuper de sa fille Lucie.

— Je ne m'attarderai pas longtemps, lui expliqua Faustine. Je ne voudrais pas accoucher ici, loin de tout. Ce ne serait pas prudent. Je suis venue sur les conseils de mon médecin qui m'a recommandé le bon air de la montagne avant d'arriver au terme. Il estime que je n'ai pas pris assez de poids. Il craint que le bébé ne soit un peu chétif.

Thérèse ne lui avait pas caché son intention de tomber enceinte. Ses conversations tournaient toujours autour des difficultés de la grossesse, du bonheur de la naissance, des joies de la maternité. Faustine la rassurait, car, avec Lucie, tout s'était très bien passé.

— Ce qui m'inquiète le plus, confia Thérèse, c'est la réaction de Jean-Christophe quand il apprendra que j'attends un enfant.

— Il n'en veut pas ?

— Pour l'instant, il n'en manifeste pas le désir. Il prétend qu'il en a déjà trois de son premier lit et que cela lui suffit. Mais je lui ai dit que je souhaitais en avoir un.

— A ton âge, c'est légitime.

— C'est ce que je lui ai fait comprendre.

— Et alors ?

— Il m'a répondu : « On verra. » Remarque, il ne repousse pas toutes les avances que je lui fais ! Au contraire, ça le conforte dans l'idée qu'il est toujours comme avant malgré son infirmité.

— Alors il sera le plus heureux des hommes quand tu lui annonceras sa future paternité. Il s'en trouvera flatté. Tous les hommes sont les mêmes !

Thérèse distillait subtilement dans son entourage son espoir qu'elle serait bientôt enceinte, laissant entendre que Jean-Christophe était en pleine possession de ses moyens.

Tout au long de son séjour, elle louvoya autour de Pierre, rechercha sa présence quand son mari se reposait dans le salon qu'elle lui avait aménagé dans l'intention de le maintenir à l'écart. Elle aurait ainsi le champ libre lorsque le moment viendrait de passer aux choses sérieuses. Sa chambre jouxtait celle de Pierre, elle pourrait le rejoindre sans éveiller l'attention de Jean-Christophe.

Jouant de ses charmes, elle se fit de plus en plus pressante auprès de son beau-fils. Comme celui-ci n'était pas du genre à s'encombrer de scrupules, privé de galantes compagnies dans son exil forcé, il finit par écouter les sirènes de la tentation.

Un soir, après la veillée, Jean-Christophe s'étant couché le premier, elle attira Pierre dans sa chambre sous prétexte que sa lampe de chevet ne s'allumait plus. Elle s'approcha de lui, tandis qu'il lui tournait le dos, affairé à réparer la poire défectueuse. Son souffle court ne laissait aucun doute sur ses intentions. Elle s'assit à côté de lui, sur le bord du lit, croisa les jambes dans une posture de mannequin, se penchant en arrière. Son décolleté s'entrouvrit légèrement, mettant sa poitrine en valeur. Pierre se troubla. Elle prit ses mains dans les siennes. L'attira vers elle.

Il se laissa faire.

— Tu es vraiment très gentil, lui dit-elle.

Elle baissa volontairement les yeux, comme pour marquer sa timidité.

Pierre ne broncha pas. Il retira ses mains.

— Je m'ennuie tellement, ajouta-t-elle. C'est d'un triste, ici ! Heureusement que tu nous as accompagnés.

— Tu sais…

— Non, tais-toi. Je sais… on ne devrait pas. Pas dans cette maison.

— Tu es…

— En d'autres circonstances, tu m'aurais fait la cour ?

Pierre n'en pouvait plus. Le charme de Thérèse exerçait sur lui un véritable ensorcellement. Il ressentait une attirance physique qu'il ne parvenait plus à endiguer. Il ne commandait plus son esprit. Sa raison faisait naufrage comme un radeau embarqué sur une mer déchaînée.

— Tu es si belle, finit-il par lâcher. Il y a si longtemps que je souhaitais te le dire.

Il l'enlaça, l'embrassa d'abord dans le cou, s'imprégna de son parfum. Elle feignit quelques soupirs discrets de plaisir, frôla ses lèvres, entrouvrit les siennes, chercha sa langue et se perdit dans la volupté.

Ils s'allongèrent sur le lit. Se déshabillèrent. Lentement. Puis sans faire le moindre bruit, ils se donnèrent l'un à l'autre avec une fougue que Thérèse n'avait jamais connue dans les bras de son mari.

— J'attendais tellement cet instant, lui révéla-t-elle.

Les jours qui suivirent, les deux amants se firent discrets.

Pierre passa son temps à réparer tout ce qui lui tombait sous la main, entreprit de vider le grenier encombré d'une foule de vieilleries entassées depuis des lustres par son grand-père. Jean-Christophe ne se rendait pas compte que le comportement de son fils avait changé. Mais il le trouvait plus détendu, plus épanoui. Il se réjouit à l'idée qu'une fois rentré à Nîmes il serait dans d'excellentes conditions pour assumer la tâche qu'il lui avait confiée.

Thérèse, quant à elle, faisait toujours preuve d'une grande gentillesse envers son mari. Elle le rejoignait à l'heure de la sieste comme une femme fidèle, tandis que Pierre s'éclipsait discrètement.

Le soir venu, elle retrouvait son amant dans sa chambre et ne pensait qu'à son dessein.

13

Impasse

Magstadt semblait endormie lorsque Lukas Rochefort coupa le moteur de sa BMW Seven devant le perron de la gendarmerie. Pour entreprendre des recherches, le samedi ne lui paraissait pas un bon jour. Néanmoins, il pensait pouvoir obtenir les renseignements souhaités par Alexandre en s'adressant directement aux autorités locales. Thibaud, qui était parfois obligé de traduire car le français de Lukas demeurait assez rudimentaire, lui avait fourni tous les détails que l'ami de sa sœur lui avait confiés.

— J'espère qu'on ne va pas tomber une fois de plus sur les SA, s'alarma Alix en sortant du véhicule.

— Laissez-moi faire, proposa Lukas. J'y vais seul, c'est préférable.

Les trois Français restèrent dans la voiture, regardant autour d'eux avec méfiance.

— Je ne sais pas pourquoi, mais je ne le sens pas, ce coup-là, fit Thibaud. Quelque chose me dit que Lukas va revenir bredouille. On s'y prend mal. Si Alexandre a vécu ici dans les années vingt, il faudrait peut-être éviter de s'adresser à des gens issus du nouveau régime. Ils se méfieront de nous. C'est certain. Ça va recommencer comme à Heidelberg. Vous en avez fait la triste expérience.

Thibaud était d'avis de se montrer discret. Il ne souhaitait pas attirer l'attention. Mais Lukas paraissait sûr de lui.

Au bout de quelques minutes, celui-ci revint.

— Je n'ai obtenu aucun renseignement. Les gendarmes n'étaient pas en poste à cette période-là. Ils sont tous nouveaux à Magstadt. Ils m'ont conseillé d'aller voir le maire à son domicile. Ils m'ont fourni son adresse.

— Un samedi matin ! s'étonna Thibaud.

— Oui. C'est un brave homme, d'après ce que m'a dit l'un d'eux. Par contre, les autres m'ont paru très suspicieux. J'ai préféré ne pas insister. Avec eux, il y avait deux individus en imperméable qui m'ont semblé un peu bizarres. Je n'ignore pas que le parti a ses agents de renseignement infiltrés partout, à tous les échelons de l'administration, de l'armée et de la police. Ils surveillent le moindre mouvement suspect de nos concitoyens. Remarquez, si nous voulons lutter contre les ennemis du Reich, nous devons être vigilants.

Alix jeta un regard de connivence à son frère. Celui-ci ne releva pas la réflexion de Lukas, mais Alexandre répliqua :

— Ce n'est pas en emprisonnant tous les opposants au régime que ton pays retrouvera sa place parmi les grandes nations du monde. La dictature n'a jamais rien amené de bon.

— Qui te parle de dictature ?

— Examine ce qui se passe en Italie depuis que Mussolini y a pris le pouvoir. Les Italiens ont perdu toutes leurs libertés.

— C'est faux. Ils ont gagné la grandeur qui leur manquait. Et le Duce a su redresser son pays comme personne avant lui.

— Il finira par entraîner son peuple dans la guerre. Cela ne fait aucun doute. Et ton Hitler va faire la même chose avec les Allemands.

Alix craignait qu'Alexandre n'aille trop loin. Elle le savait farouchement attaché à certaines valeurs auxquelles elle-même adhérait depuis longtemps.

— Nous ne sommes pas venus ici pour polémiquer sur l'avenir de l'Allemagne ou de l'Italie, coupa-t-elle. Que suggères-tu dans l'immédiat, Lukas ?

— Allons voir le *Bürgermeister*. Il habite à deux pas.

Karl Wagner les reçut cordialement. Quand Thibaud lui expliqua que son ami avait sans doute vécu dans sa commune une douzaine d'années auparavant, il les convia à l'accompagner à la mairie.

— Celle-ci est fermée, mais… je suis le maire. D'ailleurs, j'étais sur le point de m'y rendre pour terminer un travail urgent.

Ils rejoignirent la mairie à pied, celle-ci se situant à quelques centaines de mètres de sa maison.

Il ouvrit immédiatement les registres municipaux aux années 1920, 1921, puis 1922.

— Je ne vois aucun Alexandre Muller inscrit dans notre commune dans ces années-là. Êtes-vous sûr que ce sont les bonnes dates ?

— Oui, certain, confirma Alexandre. Je me souviens d'être rentré en France en 1922. Cela ne fait aucun doute. D'ailleurs j'ai des preuves de ce que j'avance.

— Monsieur et madame Weber sont-ils toujours vos administrés ? demanda Lukas. Alexandre a séjourné chez eux pendant quelques années. Même s'ils sont décédés, vous pouvez retrouver leurs traces dans vos registres.

Le maire consulta d'abord la liste des habitants vivants inscrits dans sa commune. En vain.

— Je ne vois rien. Peut-être en effet sont-ils morts. Quel âge avaient-ils ?

— Oh, ils ne devraient pas être très vieux ! précisa Alexandre. Quarante-cinq, cinquante ans, tout au plus.

— Ça leur donnerait la soixantaine bien sonnée. Ils devraient être encore en vie… Mais on ne sait jamais, je vais examiner le registre des décès.

La recherche de Karl Wagner fut à nouveau négative.

— Êtes-vous sûr de leur nom ? commença-t-il à craindre.

— Oui, aucun doute non plus à ce sujet. Je les vois encore comme s'ils étaient devant moi, mentit Alexandre. De braves gens, pas très bavards. Des paysans besogneux d'une grande gentillesse.

Le maire reconnut son impuissance à venir davantage en aide à ses interlocuteurs.

— Je suis vraiment désolé, conclut-il, mais il n'y a jamais eu de Weber dans ma commune. Pas plus que d'un Alexandre Muller. Je ne comprends pas très bien votre histoire. Vous devez faire erreur.

Le *Bürgermeister* avait soudain changé de ton. Ses paroles s'étaient teintées de méfiance. Son regard se fit inquisiteur.

— Que leur voulez-vous en réalité, à ces Weber, monsieur Muller ? Et d'où veniez-vous avant d'arriver dans notre commune, si je peux me permettre ?

Alexandre se referma. Il ne tenait pas à s'expliquer devant le premier venu. Il regrettait déjà que Lukas Rochefort soit dans la confidence. Il aurait préféré agir seul, dans la discrétion. En menant lui-même sa propre enquête.

— Allons-nous-en, chuchota-t-il à l'oreille d'Alix.

— Vos amis français cachent quelque chose, fit en aparté Karl Wagner à Lukas. Si vous recherchez Alexandre Muller et les Weber, vous devez dire pourquoi. En ce qui me concerne, je ne peux plus vous être d'aucun secours.

Lukas remercia le maire et convia ses amis à ne pas s'attarder davantage.

— Nous avons éveillé sa suspicion, reconnut-il une fois au volant de sa voiture.

— J'aimerais faire un tour de la commune, dit Alexandre. Cela m'aidera peut-être.

— J'allais te le proposer, fit Lukas.

Celui-ci conduisit lentement dans les rues de la petite ville, s'arrêta chaque fois qu'il passait devant un illustre édifice, devant une fontaine, un monument.

Alexandre ne se souvenait de rien.

A un croisement, un panneau indiquait la direction d'un établissement hospitalier.

— Tu as bien dit que tu étais soigné dans un hôpital ou une clinique où tu rencontrais des médecins ?

— Oui, de cela aussi je suis certain.

Ils longèrent au pas le mur qui dissimulait la clinique *Oscar Brenner*. Par le portail, ils entrevirent le bâtiment au fond d'un parc, accessible par une allée gravillonnée, bordée d'une double rangée de bouleaux.

— Ça t'évoque quelque chose ? demanda Alix.

— Non. Rien.

Lukas gara sa voiture le long du mur d'enceinte.

— Allons voir. Si tu as été soigné dans cet établissement, leurs registres devraient encore porter la trace de ton passage.

Ils entreprirent la même démarche qu'à la mairie.

Dans le hall d'accueil, l'infirmière-chef les reçut froidement. Vêtue de blanc, une coiffe sur la tête, elle ressemblait à une couventine.

Elle les fit patienter, prétextant devoir obtenir l'autorisation du chef de clinique pour pouvoir accéder à leur demande. Elle les abandonna plus d'un quart d'heure dans une salle d'attente austère, au mobilier spartiate et aux murs peints en beige, sans aucune décoration. Sur une petite table basse, quelques revues étaient à la disposition des visiteurs. Toutes dataient de moins d'un an et faisaient l'éloge du national-socialisme.

— C'est sinistre ici ! ne put se retenir Alix. On dirait que rien n'a évolué depuis des lustres.

Un homme en costume gris anthracite et aux souliers vernis vint à leur rencontre. Il portait des lunettes d'écaille sur le bout du nez qui accentuait son air sévère.

— Je m'appelle Rudolph Brenner. Que voulez-vous savoir ? Nous n'avons pas l'habitude de renseigner les étrangers. Avez-vous une autorisation pour accéder à votre requête ?

Lukas se présenta en tant que fils de Hermann Rochefort, industriel à Stuttgart, et membre des Jeunesses hitlériennes. Il avait senti que le chef de clinique appartenait à la sphère influente du parti nazi.

— Nous devrions nous entendre, lui dit-il. Nous aimerions savoir si, parmi vos anciens patients, se trouve un certain Alexandre Muller. Nous cherchons à le rencontrer. C'est une affaire importante qui concerne la sécurité de notre pays.

Thibaud regarda Lukas avec étonnement.

Celui-ci lui sourit discrètement. Reprit :

— Si cet homme a été soigné dans votre clinique il y a..., voyons, une douzaine d'années, vous devriez retrouver son nom dans vos registres. Il était suivi pour des troubles psychiques.

Alexandre ne disait rien.

Méfiant, Rudolph Brenner lui jeta un regard glacial.

— Pourquoi mentez-vous, monsieur Rochefort ?

— Je ne mens pas ! s'insurgea Lukas. Pourquoi le ferais-je ?

Le chef de clinique les invita à le suivre.

Comme le maire avant lui, il ouvrit un registre.

— Vous pouvez le consulter. Les entrées de tous nos patients y sont indiquées année par année. Vous devriez y trouver votre homme, s'il a bénéficié de nos soins.

Tandis que Lukas et Alexandre se penchaient sur le registre, Alix et Thibaud furent attirés par des cris provenant d'une salle située au fond du couloir. Des malades semblaient appeler au secours. Le sang d'Alix se glaça dans ses veines. Elle ne comprenait pas les mots qu'elle entendait et n'osait questionner son frère devant le chef de clinique.

Celui-ci devina son émoi. Alla fermer la porte.

— Alors, fit-il, vous trouvez ce que vous cherchez ?

Alexandre et Lukas durent reconnaître leur échec.

— Aucun Alexandre Muller ne figure dans vos listes, dit Lukas. Navré de vous avoir dérangé pour rien.

Rudolph Brenner les invita à prendre congé.

— Si vous avez terminé, excusez-moi, le travail m'attend.

Il les raccompagna vers la sortie.

En passant, Alix jeta un regard furtif à travers la fenêtre vitrée d'une salle de soins, dont le store n'avait pas été baissé. Ce qu'elle vit la stupéfia. Elle s'arrêta net. Blêmit.

Le chef de clinique s'en aperçut. La prit sans ménagement par le bras et la força à poursuivre son chemin.

— Y a-t-il un autre établissement médical comme le vôtre dans la commune ? s'enquit Thibaud avant de prendre congé.

— Non. Ma clinique est la seule.

Ils regagnèrent leur voiture sans s'attarder.

— Qu'as-tu vu dans la salle tout à l'heure ? demanda aussitôt Alexandre à Alix, blanche comme un linge.

— Je… j'espère me tromper. Mais j'ai vu deux jeunes femmes au visage mongoloïde attachées sur des tables. Nues. Les jambes écartées.

— Tu dois te faire des idées, releva Lukas. Ce sont sans doute des malades mentales qu'il a fallu maintenir pour qu'elles ne se fassent pas violence elles-mêmes.

— Pourquoi étaient-elles nues ?

— Tu as dû mal voir.

Alix n'insista pas. Au reste, Lukas n'était pas au courant de ce qui se pratiquait depuis quelque temps dans certaines cliniques, en toute discrétion et d'après une directive du pouvoir nazi qui serait bientôt généralisée par la loi sur la stérilisation[1] des malades mentaux en vue de purifier la race allemande.

Ils finirent par renoncer à leurs investigations et prirent la direction de Stuttgart où les Rochefort les attendaient.

Stuttgart était une grande ville industrielle, traversée par le Neckar et entourée de collines. Observant le paysage, Thibaud s'étonna :

— Je ne pensais pas voir de la vigne dans cette région.

— La vigne est très ancienne, expliqua Lukas. On en trouve jusqu'à cinq cents mètres de la gare principale. Tout autour vous pouvez remarquer des sortes de terrasses. On les appelle des *Stäffele* en dialecte local.

— C'est comme nos faïsses dans les Cévennes, releva Alix.

— Ces terrasses ont permis très tôt la culture de la vigne. On y fait un excellent vin blanc qui n'a rien à envier aux vins du Rhin ou de Moselle.

— C'est peut-être la similitude de nos régions qui a amené tes ancêtres à venir s'installer ici, supposa Thibaud. Certes, on n'est pas dans une contrée montagneuse, mais d'une certaine manière, avec la vigne et la religion protestante, il y a des rapprochements indéniables.

— Le Wurtemberg a toujours été renommé pour son vignoble, poursuivit Lukas. Stuttgart est l'une des

1. Juillet 1933.

plus importantes villes viticoles d'Allemagne. Chaque année à la fin de l'été, dans le centre-ville se déroule une grande fête du vin, le *Stuttgarter Weindorf*, le village du vin.

— Je croyais qu'en Allemagne c'était plutôt la fête de la bière ? s'étonna Alix.

— C'est exact. D'ailleurs Stuttgart possède également plusieurs brasseries célèbres comme la *Stuttgarter Hofbräu* ou la *Schwaben Bräu*. Et l'on y organise la deuxième plus grande fête de la bière après celle de Munich, la *Cannstatter Volksfest*.

Lukas conduisait lentement afin de faire apprécier le paysage à ses passagers. De temps en temps, il pointait du doigt une usine dont les cheminées crachaient dans le ciel gris d'épaisses fumées noires.

— Mais le plus important, ce sont nos industries. La métallurgie a joué un rôle capital dans l'économie du Wurtemberg. Aujourd'hui, Stuttgart est aussi renommée pour sa production automobile. Gottlieb Daimler et Karl Benz y ont créé leurs premières usines à la fin du siècle dernier.

Thibaud écoutait avec attention les explications de Lukas. Il semblait subjugué par ce qu'il découvrait.

Alexandre, lui, se taisait, plongé dans ses pensées. Que faisait-il à leurs côtés, dans ce pays où il se sentait étranger ? Non, se disait-il, je ne suis pas originaire d'ici. Je n'éprouve rien pour cette terre. Aucune racine ne frémit en moi.

Sur la banquette arrière, Alix lui tenait la main. Elle comprenait son désarroi. Elle aussi n'avait qu'une hâte, rentrer en France et retrouver ses amis, Sébastien et sa famille qui lui manquaient.

— En réalité, poursuivit Lukas, la religion protestante nous unit plus que le reste. C'est à cause de l'intolérance des Français que mes ancêtres ont dû fuir leur propre pays.

— Pas des Français, rectifia Thibaud. Du roi de France. Seul Louis XIV est responsable de l'exil des protestants au cours de son règne. Il ne tolérait pas une autre religion que la sienne. Tu comprends pourquoi nous sommes très attachés à la liberté de pensée.

Lukas ne dit mot. Il prit conscience qu'il avait amené maladroitement la conversation sur un terrain dangereux. Il biaisa.

— Regardez, reprit-il, vous voyez ces usines le long du Neckar. Eh bien, ce sont celles de mon père. On y produit de la fonte et de l'acier qui sert essentiellement à la fabrication des carrosseries d'automobiles. Nous ne sommes pas une très grande unité de production. Mais notre part du marché est assez conséquente.

Lukas prit une route sur sa droite, laissa le cours d'eau derrière lui, pénétra dans une sorte de banlieue verdoyante où se succédaient de somptueuses villas entourées de jardins parfaitement entretenus.

— Nous arrivons bientôt. Nous habitons un peu à l'écart de la zone industrielle et du centre-ville. C'est un endroit calme et bien fréquenté.

Il longea un mur de brique rouge, ralentit au niveau d'un portail métallique. Il s'en approcha, abaissa sa vitre, appuya sur le bouton d'une sonnette. Un homme en tenue de jardinier vint ouvrir, découvrant une allée gravillonnée, bordée de pelouses agrémentées de parterres de fleurs. Au centre de l'une d'elles, un étang, où évoluaient des cygnes autour d'une cascade sortie d'un amas rocheux, formait un cadre très romantique.

— C'est magnifique ! s'extasia Alix. Tu as beaucoup de chance d'habiter un tel endroit.

— Je le reconnais. Et tu n'as pas encore vu la maison !

Il gara sa voiture devant le perron d'une belle demeure flanquée de deux tourelles. Au milieu de la façade principale, un majestueux escalier à la française donnait accès à l'habitation. Une porte monumentale en chêne massif, à doubles vantaux, en marquait l'entrée. Un rez-de-chaussée, deux étages et des combles constituaient ce qu'il convenait d'appeler un petit château.

Alix semblait émerveillée.

— C'est grand ! Combien y a-t-il de pièces dans ce palace ?

— Oh, ce n'est pas un palace ! Une simple maison de maître datant du XVIIe siècle, que mes aïeux ont rachetée à bon prix car elle était délabrée quand ils se sont installés dans la région. Certaines pièces manquent de confort. Mon père ne les a pas toutes fait aménager. En tout, il y en a une vingtaine, mais nous n'en occupons que la moitié. Le reste sert plus ou moins de débarras. Nous supposons que mes ancêtres pensaient la transformer en exploitation agricole. A l'époque, il n'y avait pas toutes les villas que vous avez aperçues. C'était la campagne alentour. Je crois même qu'au dernier étage ils avaient tenté d'élever des vers à soie.

— Ils ont sans doute voulu faire une magnanerie, comme chez nous dans les Cévennes, précisa Thibaud.

— Dans les combles, on a retrouvé des planches vermoulues et des cocons desséchés.

— C'est bien cela, c'était une magnanerie. Ton aïeul était ferronnier et travaillait en même temps la terre, comme c'était souvent le cas dans les siècles précédents.

Les artisans étaient aussi paysans. Sa femme devait élever des vers à soie.

— Par la suite, ses descendants n'ont conservé que le travail du métal. C'est ainsi que la famille est devenue métallurgiste.

Tandis qu'ils discutaient en montant l'escalier, la porte s'ouvrit devant eux. Une femme, au port altier et au visage de marbre, vêtue d'un tailleur noir très élégant, s'avança.

— Je vous présente Ingrid, notre gouvernante, dit Lukas. Elle s'occupe de la maison et gère le quotidien pendant que mes parents sont à l'usine. Ma mère seconde mon père dans les bureaux.

— Bonjour, monsieur Lukas, dit la jeune femme en allemand. Monsieur et madame Rochefort ne vous attendaient que demain. Ils ne sont pas encore rentrés. Je vais les prévenir de votre arrivée.

Levant les yeux vers elle, Alexandre se troubla.

Ce parfum ! se dit-il.

14

Idylle

Lorsque Alexandre se fut installé dans sa chambre avec Alix, il ne put longtemps dissimuler son émotion. A nouveau son esprit avait été transpercé par une sorte d'éclair, non pas un jaillissement de lumière comme c'était parfois le cas dans ses rêves, mais un souvenir précis venu du tréfonds de sa mémoire. Il en était tout retourné.

Alix s'en aperçut. S'inquiéta :

— Ça ne va pas ? Tu ne me parais pas dans ton assiette.

— Cette jeune femme, lors de notre arrivée…

— Eh bien ?

— Il me semble la connaître.

— Tu veux dire que tu l'aurais rencontrée lors de ton séjour en Allemagne ?

Alexandre réfléchit, demanda à Alix de le laisser remettre de l'ordre dans ses idées.

— Si tu préfères, je vais rejoindre Thibaud. On se retrouve dans la salle à manger dans une demi-heure.

Lukas nous y attend. Il désire nous faire visiter la maison avant l'arrivée de ses parents.

Alexandre était très perturbé. « J'ai déjà vu cette femme ! ne cessait-il de se répéter. Cela ne fait aucun doute. »

Petit à petit, des images se précisèrent dans son esprit. Il crut se souvenir d'une jeune fille de dix-sept, dix-huit ans. Mince, au visage à la beauté grecque, les yeux sombres, le nez droit, la chevelure longue et noir de jais. Elle détonnait par rapport à son entourage. De cela, il était sûr. C'est ce qui l'avait marqué. Il se revit s'approcher d'elle, humer le parfum qui émanait de sa personne. Ce parfum associé à cette réminiscence… il l'avait reconnu quand il était passé à côté de la gouvernante, juste au moment d'entrer dans la maison. Une note subtile de magnolia. Sa mémoire olfactive serait-elle revenue ? se demandait-il avec la crainte qu'elle ne soit éphémère et ne s'évanouisse à l'instar de ces fragrances si volatiles.

Plus il cherchait à se souvenir, plus il était certain de connaître cette femme que Lukas avait présentée comme la gouvernante de ses parents. En outre, la jeune fille qui lui revenait si étrangement à l'esprit pourrait aujourd'hui avoir l'âge de cette Ingrid, songea-t-il.

Avant de rejoindre Alix et Thibaud, il décida de prendre une douche pour se rafraîchir les idées. Chaque chambre de la demeure en était équipée. Puis il se changea. Il se sécha vigoureusement les cheveux, et, au lieu de les lisser en arrière, avec la raie sur le côté selon la mode de l'époque, il les laissa naturellement retomber sur son front dans une sorte de négligé volontaire.

Ça me va mieux et c'est comme cela que j'étais coiffé quand j'étais jeune ! se surprit-il à penser.

Il descendit l'escalier qui menait à la salle à manger. Dans le vestibule, il croisa Ingrid. Celle-ci resta de marbre, feignant de l'ignorer.

Il se retourna vers elle. Osa l'aborder. Dit en allemand :

— On se connaît, n'est-ce pas ? On s'est déjà vus quelque part ? Il y a longtemps.

La gouvernante se troubla.

— Monsieur doit faire erreur. Je ne connais aucun Français. Vous êtes le premier à qui j'adresse la parole.

Alexandre n'insista pas.

Peu après, un bruit de moteur retentit. Des portières claquèrent. Ingrid sortit sur le perron pour accueillir ses maîtres. Alexandre n'eut pas le temps d'aller rejoindre Alix et Thibaud que Hermann et Hilde Rochefort faisaient irruption dans l'entrée. L'apercevant, Hermann lui tendit aussitôt la main, tandis que la gouvernante s'éclipsait discrètement.

— Vous êtes l'ami de mon fils, je suppose ? dit-il dans un excellent français. Je suis enchanté de vous rencontrer. Je vous présente mon épouse, Hilde, la mère de Lukas et de Romy.

Alexandre se sentit à nouveau décontenancé. Les visages qu'il venait de découvrir ne lui étaient pas non plus inconnus. Il crut défaillir, comme si, soudain, son esprit perdait toute notion du réel. Hilde s'aperçut de son malaise, intervint aussitôt :

— Vous vous sentez mal, monsieur ? Je vais sonner Ingrid. Elle appellera le médecin.

— Non, merci, ce n'est pas la peine. Un peu de fatigue passagère. Rien de grave. Je suis parfois sujet à des baisses de tension.

— Allons retrouver vos amis au salon.

Alexandre rejoignit Alix et Thibaud qui étaient en grande conversation avec Lukas et sa sœur Romy dont ils venaient de faire la connaissance.

— Alexandre, voici ma sœur Romy, dit Lukas.

— Je suis heureux de vous inviter sous mon toit, ajouta Hermann Rochefort. Je vois que les présentations sont déjà faites. Mon épouse et moi sommes très honorés d'accueillir des membres de notre famille en provenance de France et que nous ne connaissions pas.

Ingrid demeurait derrière ses maîtres et attendait les ordres.

— Installons-nous au salon, proposa Hilde en s'excusant de son mauvais français. Je parle mal votre langue mais je parviens à me faire comprendre.

— Toute ma famille parle plus ou moins bien le français, releva Lukas. Mon père y a toujours tenu. En l'honneur de nos ancêtres et parce qu'à la cour des rois de Bavière et de Prusse, à l'époque des Lumières, le français était la langue de la haute société cultivée.

— C'était la langue des lettrés, précisa Hermann. Voltaire était un grand ami du roi de Prusse.

Thibaud semblait subjugué par la jeune Romy. Celle-ci ne ressemblait pas du tout à son frère. Un visage angélique, comme dessiné par un peintre de la Renaissance, une longue chevelure blonde qui tombait en boucles sur ses épaules. Un regard doux porté par des yeux de porcelaine. Des traits d'une perfection irréprochable. Et un sourire d'une infinie tendresse. Elle se tenait légèrement en retrait de son frère et ne prenait que rarement la parole. Quand Ingrid entra pour apporter la collation de bienvenue, elle s'avança pour l'aider. Lorsqu'elle se baissa, son corsage moulant, échancré, laissa percevoir une poitrine menue au creux de laquelle brillait une croix huguenote accrochée à une chaînette en or. Thibaud se troubla, la dévorant des yeux.

Alix se rendit compte de l'effet que la jeune Rochefort faisait sur son frère. Elle sourit au fond d'elle-même et détourna son attention en lui proposant de présenter les membres de leur famille.

— Puisque ma sœur me le demande, commença-t-il, je vais vous parler de nos parents… Comme je l'ai expliqué à Lukas, nos ancêtres communs étaient deux frères, Isaac et Barthélemy Rochefort…

Et Thibaud d'expliquer la généalogie qui établissait les liens de parenté entre les Rochefort de Nîmes et ceux de Stuttgart.

Tout en parlant, il ne cessait de regarder Romy. Celle-ci baissait les yeux, consciente qu'elle ne laissait pas son lointain cousin indifférent.

Quand il eut terminé, Hermann s'enquit de la visite d'Alexandre en Allemagne. Lukas se chargea de lui expliquer.

— Il est étrange que vous n'ayez pas retrouvé les gens chez qui vous avez vécu, releva Hermann.

Plus il observait le maître de céans, plus Alexandre était persuadé de l'avoir déjà rencontré.

Le soir, dans sa chambre, il s'en ouvrit à Alix. Celle-ci commençait à s'inquiéter des réactions de son ami. Depuis qu'ils étaient arrivés en Allemagne, son esprit se troublait de plus en plus. Sur le moment, elle craignit que les mauvais traitements dont il avait été victime ne l'aient passablement secoué.

— Pourquoi ai-je l'impression que tous ces nouveaux visages me sont familiers ? s'étonna Alexandre. D'abord cette gouvernante, qui fuit mon regard quand je l'observe et qui m'a répondu ne pas me connaître sur un ton qui tend à me prouver le contraire. Puis Hermann Rochefort et sa femme qui ne me semblent pas inconnus. C'est étrange quand même !

— Je crois que tu fais une fixation. Tu veux à tel point retrouver trace de ton passé que tu te persuades toi-même.

— Tu as sans doute raison. J'aimerais avoir plus de temps pour en être sûr. Mais la galerie m'attend à Paris. Je pensais atteindre mon but plus facilement et surtout plus rapidement. Je me suis trompé. Quelque chose m'a échappé. Demain, nous repartirons, si tu es d'accord.

Alix ne se fit pas prier. L'Allemagne n'était pas un pays qui, dans son état actuel, l'attirait beaucoup.

— Je suis désolée de devoir quitter si vite mon frère, mais je préfère rentrer moi aussi. Je ne me sens pas bien ici. Il règne partout une ambiance de complot et de délation. Ça ne me plaît pas. Même sous le toit des Rochefort, je ne suis pas détendue, à cause de Lukas et de ses idées. Son engagement dans les Jeunesses hitlériennes rend l'atmosphère irrespirable.

— En tout cas, il y en a un que ça ne gêne pas ! Ton frère me paraît complètement sous le charme de la petite Romy. Tu as vu comme il n'a pas cessé de la regarder pendant toute la soirée ?

— Je m'en suis aperçue. Et ça n'a pas semblé déplaire à Romy !

Le lendemain, Alix et Alexandre firent leurs adieux à la famille Rochefort et à Thibaud. Celui-ci regretta sincèrement de ne pas avoir pu aider davantage Alexandre, et se plaignit de voir partir sa sœur si vite. Celle-ci lui dit dans le creux de l'oreille :

— Je ne te laisse pas seul. Je crois que tu vas prolonger ton séjour chez nos cousins, non ?

— Je le crois aussi, sœurette ! fit Thibaud en embrassant longuement Alix. Prends soin de toi à Paris ainsi que d'Alexandre. Il me paraît assez perturbé, en effet. Veille sur lui. C'est un gars bien.

Les adieux terminés, Lukas se proposa de conduire Alix et Alexandre à la gare de Stuttgart. Thibaud et Romy les accompagnèrent.

Quand le train s'ébranla, Alix se pencha à la fenêtre de son compartiment, aperçut un groupe de SA s'approcher de son frère, de Lukas et de Romy. Que leur veulent-ils ? se demanda-t-elle.

Après le départ de sa sœur et d'Alexandre, Thibaud accepta l'invitation de Hermann Rochefort à demeurer chez lui à Stuttgart le temps qu'il souhaitait.

— Il faut absolument que nous fassions plus ample connaissance, lui dit ce dernier. J'ai hâte que vous me parliez de tous les membres de votre famille. Et j'aimerais aussi vous faire visiter mes aciéries.

Thibaud se réjouit de la proposition de son hôte mais avertit qu'il lui faudrait retourner à Heidelberg avant une semaine afin de reprendre ses cours.

— J'ai des obligations universitaires. Je ne peux m'absenter trop longtemps. Et j'ai besoin de poursuivre mes recherches généalogiques concernant nos ancêtres communs si je veux aboutir rapidement à mes fins.

— Vous êtes ici comme chez vous, Thibaud. Notre maison vous est ouverte.

Dans l'immédiat, Thibaud profita de l'hospitalité de Hermann et de Hilde Rochefort pour découvrir la région en présence de Lukas et de Romy.

A chacun de leurs déplacements, il sentit la présence d'hommes discrets derrière lui. Comme à la gare, lorsqu'il avait raccompagné sa sœur et Alexandre, ils croisaient parfois des groupes de SA armés, encadrés par des hommes en civil portant imperméable et chapeau de feutre. Ils semblaient contrôler leurs allées et venues. Il s'en étonna auprès de Lukas.

— C'est à cause de moi qu'ils nous surveillent ?

— Tu te trompes. Ils surveillent tous les étrangers. Tu as dû leur être signalé. Ils font leur boulot. Mais je vais parler à leur chef afin qu'ils nous laissent tranquilles.

— Tu as donc tant d'influence que cela !

Lukas parut gêné.

— Aux Jeunesses hitlériennes, j'ai acquis une certaine importance qui me donne des passe-droits. J'espère bien un jour faire partie des cadres. On m'écoute quand je m'exprime.

— Ton père n'appartient pas au parti national-socialiste. Il te soutient néanmoins ?

— Père est attaché à l'ordre, intervint Romy. Mais il demeure fidèle aux libertés fondamentales. Il n'approuve pas les agissements des SA et des SS d'Hitler. Il craint que celui-ci n'entraîne notre pays dans un tourbillon infernal.

— Père se trompe, intervint Lukas. Il est trop timoré. Il faut faire confiance au Führer. Il a su tracer la voie du renouveau et de la grandeur de notre nation. Avec lui, les Allemands vont retrouver leur honneur. Nous sommes un grand peuple. Le plus grand.

— Tout cela n'est que de la propagande pour mieux galvaniser la jeunesse et la préparer au pire. Je ne suis pas d'accord avec mon frère, poursuivit Romy.

— Et toi, qu'en penses-tu ? demanda Lukas. Comment vois-tu les choses de l'extérieur, avec ton regard d'étranger ?

Thibaud n'osait donner raison à Romy devant Lukas, mais il lui semblait que ses craintes étaient fondées. Il éluda la question :

— Les Français tiennent beaucoup aux valeurs de la démocratie : la liberté, l'égalité, la fraternité. Les Allemands ont toujours été respectueux de l'ordre établi. Vous êtes moins contestataires que nous. En France, on râle souvent. On n'aime pas qu'on nous dise ce qu'on doit faire. Voilà pourquoi nous passons pour des gens peu disciplinés et rebelles.

— Un jour, cela fera votre perte. C'est une faiblesse !

Plus Thibaud discutait avec Lukas, plus il se sentait proche de Romy. La jeune Rochefort exerçait sur lui une attirance qu'il ne parvenait pas à dissimuler.

Le soir, après le repas pris en commun dans la salle à manger, il s'arrangeait pour la retrouver seule, dans le vestibule ou dans l'escalier, pendant que ses parents et Lukas finissaient de s'entretenir dans le salon. La jeune fille ne fuyait pas sa présence. Au contraire, Thibaud avait l'impression qu'elle la recherchait également, à l'insu de ses parents.

— Je n'approuve pas du tout mon frère, lui avoua-t-elle. Lukas s'est laissé embrigader. Aujourd'hui il ne jure plus que par Hitler. Mais cet homme est dangereux. Dans certaines villes, il se passe des choses inimaginables. On malmène les Juifs, on traque les opposants, on interdit les syndicats. Les SA sont une bande de voyous qui se croient tout permis. A Munich, les rassemblements de foules hystériques font froid dans le dos. J'ignore jusqu'où tout cela va nous mener, mais je crains le pire.

— Pourquoi votre père n'a-t-il pas mis votre frère en garde sur ses fréquentations ? Apparemment, il n'adhère pas au nazisme.

— Mon père est un industriel. En tant que tel, c'est un homme pragmatique. Il se montre prudent afin de ne pas nuire aux intérêts de son entreprise. Il sait qu'actuellement le vent porte Hitler en poupe et qu'il serait vain de s'opposer à lui sous peine d'essuyer de graves ennuis. De plus il est persuadé, comme bon nombre de ses confrères, que le Führer n'est qu'un homme de paille facilement manipulable. Pour l'instant, certains voient en lui le simple garant de l'ordre. Beaucoup d'Allemands ont craint la victoire du communisme après la guerre. Cela explique leur attirance pour Hitler. Il fait figure de rempart contre le bolchevisme.

Thibaud aimait échanger avec Romy. La jeune Rochefort lui témoignait tellement de confiance en se livrant à lui qu'il avait l'impression de la connaître depuis toujours.

Il osa bientôt l'inviter à se promener dans les jardins de la ville. Elle lui fit découvrir la richesse architecturale du centre historique, ses quartiers insolites, le vieux château dont les fondations remontaient au Xe siècle.

— Quand tu reviendras, lui dit-elle, je t'emmènerai visiter d'autres châteaux dans la banlieue de Stuttgart, qui rappellent le passé royal de la ville, le *Schloss Solitude*, par exemple au style baroque ; ou encore le château *Rosenstein* plus classique.

Elle l'entraîna dans la *Stiftskirche*, l'église collégiale du XIIe siècle, devenue église protestante en 1534.

— J'ai une prédilection pour les édifices religieux, lui confia-t-elle. Ma famille est très pratiquante. Depuis toujours. Pour rien au monde nous ne manquons le culte du dimanche. Mon père est un membre influent de l'Eglise luthérienne de notre ville. Et chez toi ?

— C'est une bien longue histoire. Je t'ai expliqué que mon ancêtre Isaac Rochefort s'était converti sous Louis XIV afin d'échapper aux galères. En réalité, comme un grand nombre de nouveaux convertis, il n'a jamais vraiment renié sa religion. Après lui, dès que le vent de la liberté a soufflé à nouveau dans nos Cévennes, surtout avec Louis XVI après l'Edit de tolérance, ma famille n'a plus caché son attachement à la religion réformée. Depuis, nous sommes redevenus protestants au grand jour. Mon grand-père Anselme n'était pas très pratiquant. Mon père, pas du tout. Dans la famille, je suis celui qui a la foi la plus chevillée au corps. Les autres Rochefort sont bel et bien protestants mais ils ne le montrent pas et ne vont au temple que lors de grandes occasions. Ma grand-mère paternelle,

Elisabeth, quant à elle, est une fervente catholique. Mais elle est très tolérante. On s'entend bien.

Plus ils discutaient, plus Romy et Thibaud se trouvaient des points communs, moins ils pouvaient dissimuler leur attirance.

— Demain, je dois repartir à Heidelberg, regretta Thibaud au bout d'une semaine. Ton frère a proposé de m'y emmener avec sa voiture.

— Tu reviendras vite, n'est-ce pas ? Je… je…

Romy n'acheva pas sa phrase, n'osant découvrir les sentiments qu'elle éprouvait pour Thibaud.

Il lui prit les mains. S'approcha. L'embrassa tendrement sur les lèvres.

— Promis. Je reviendrai bientôt.

Juste avant de prendre congé de la famille Rochefort, Thibaud croisa la gouvernante dans le vestibule. Ingrid amorça quelques pas dans sa direction. L'interpella :

— Monsieur Thibaud, quand vous reverrez l'ami de votre sœur, monsieur Alexandre, pourriez-vous lui dire que je l'avais bien reconnu ? Je n'ai pas pu le lui avouer. Lui croit se souvenir de moi. C'était à l'époque où j'étais servante chez un couple de métayers… à Albstadt.

Troisième partie

L'ETAU
1933-1935

15

Soubresauts

Cévennes, été 1933

Thérèse avait atteint son but. Jean-Christophe ne s'était rendu compte de rien. Les deux amants se montraient d'une discrétion telle que même la domesticité n'avait pas découvert leurs malversations.

Pierre ne semblait éprouver aucun remords à l'égard de son père. Il agissait en toute inconscience. Thérèse lui avait fait croire que son mari n'était plus capable de la satisfaire au lit. Aussi n'avait-il pas l'impression de le tromper mais, au contraire, de rendre service à sa jeune belle-mère, privée des plus élémentaires besoins à un âge où le corps dicte impitoyablement sa loi.

Chaque fois qu'ils se retrouvaient seuls, ils en profitaient pour s'adonner à de torrides ébats. Thérèse avait un tempérament de diablesse et menait son amant par le bout du nez. Jamais à court d'idées pour se libérer et lui donner des rendez-vous libertins dans des lieux réputés pour leur discrétion, elle faisait tout pour tomber enceinte.

Pierre ne pensait pas à cette éventualité. Il croyait naïvement que sa maîtresse n'avait soif que d'aventures sexuelles. Conscient qu'elle ne cherchait pas à établir avec lui une liaison sérieuse, il avait pris le parti de la tenir à l'écart de toutes les décisions qu'il prenait par ailleurs avec son père concernant le travail et la bonne marche de leur entreprise.

Jean-Christophe avait procédé à la restructuration dont il avait dévoilé les détails à son conseil d'administration. Sa filature avait été transformée en une unité de confection d'où était née sa première ligne de vêtements féminins. Pour l'occasion, il avait même fait imprimer et diffuser un catalogue commercial présentant chemisiers, corsages, robes et sous-vêtements en coton sortis de ses nouveaux ateliers. Il avait choisi de se donner une marque indépendante de l'enseigne des Etablissements Rochefort, mais qui ne s'en éloignait pas trop afin que les clientes fassent rapidement le lien entre les deux. Ainsi naquit la marque des vêtements Laroche dont la qualité et la solidité étaient mises en avant dans toutes les réclames qui commençaient à inonder le marché du textile gardois et de la région.

Jean-Christophe avait conscience qu'il n'était pas le premier sur la place. Solignac, une autre grande enseigne, tenait déjà le haut du pavé nîmois depuis 1920. Elle proposait de la lingerie et de la chemiserie réputées solides. La famille Solignac, originaire d'Auvergne et fondatrice de la maison Rodier à Bourg-de-Péage plus de quarante ans auparavant, avait choisi de s'installer dans la capitale gardoise, quai de la Fontaine, pour sa renommée de ville ouvrière, pour ses « confectionneuses », une main-d'œuvre spécialisée dans les fabrications les plus ardues, les pièces à manches. Depuis plus de douze ans, la maison Solignac ne connaissait pas de concurrents sérieux dans la lingerie féminine et la confection des blouses.

— Solignac ne me fait pas peur, affirmait Jean-Christophe, quand son entourage se montrait sceptique sur la réussite de sa nouvelle entreprise. Mon père s'est lancé dans le jean et j'ai toujours l'intention de rivaliser avec les Américains dans ce domaine. Quand Pierre aura prospecté les Etats-Unis, nous nous lancerons dans la fabrication de pantalons. Auparavant, je veux que ma ligne de vêtements soit connue. Quant à l'usine de bonneterie de Ganges, elle doit devenir le fer de lance de la confection des bas en rayonne.

Depuis une petite dizaine d'années, cette matière était très en vogue auprès des femmes. Moins opaque que la soie, réputée indémaillable, confortable et élégante, et surtout moins coûteuse, elle avait déjà acquis ses lettres de noblesse. Par leur couleur champagne, les bas en rayonne avaient la préférence des jolies femmes et faisaient tourner la tête des hommes. Noirs ou gris après un veuvage, ils s'adaptaient à toutes les circonstances et passaient pour le complément indispensable des tenues de ville et de cérémonie.

— Telles sont mes intentions, poursuivait Jean-Christophe, fier de montrer qu'il n'était pas un patron en déclin. Dans quelques années, Laroche deviendra un nom incontournable de la grande confection. Nous toucherons tous les domaines du textile. Et j'ai encore d'autres projets.

— Lesquels ? s'étonna Pierre qui s'affolait parfois des déclarations péremptoires de son père.

— Le slip, mon garçon. Le slip !

Pierre écarquilla les yeux.

— Le slip !

— Parfaitement. Le slip pour homme. Je me suis renseigné.

— Vous voulez aussi que nous fabriquions des culottes sans jambes ?

— Parfaitement. D'autres s'y sont lancés depuis longtemps. Etienne Valton a créé la marque Petit Bateau à la fin de la guerre[1] et a eu l'heureuse idée de remplacer la laine rugueuse par du coton écru blanc. Puis André Gillier a créé cette merveille : le slip à poche, dans sa bonneterie de Troyes, sous la marque Jil[2]. Tu peux me croire, le slip bouleversera les habitudes vestimentaires masculines dans les prochaines années. Il faut prendre le train en marche plutôt que de le regarder partir en restant sur le quai.

Jean-Christophe se montrait visionnaire et étonnait de plus en plus son entourage. Mais Pierre se méfiait de ses idées avant-gardistes, craignant qu'en investissant à tour de bras il ne mette les finances de son entreprise en difficulté, comme il l'avait fait avant la grande crise.

— Il faut agir avec prudence, lui opposait-il quand, le soir, ils discutaient de l'avenir des Etablissements Rochefort.

Thérèse n'osait intervenir, même si, lorsqu'ils parlaient de l'ex-bonneterie Fournier, elle sentait son sang affluer dans ses veines. Il est temps que je tombe enceinte, pensait-elle alors. Ainsi aurai-je à nouveau voix au chapitre.

---

1. En 1918.
2. En 1929.

Début août, elle se décida à aller consulter son médecin. Depuis presque trois mois en effet elle n'avait plus ses règles. N'ayant ressenti aucun symptôme de grossesse, elle ne s'était pas inquiétée outre mesure de cette aménorrhée. Mais, après en avoir parlé à son amie Laure, elle finit par penser qu'effectivement ce qu'elle mettait tant d'acharnement à obtenir était enfin arrivé.

— Cela ne fait aucun doute, lui affirma Laure. Tu es enceinte. D'ailleurs, ça se voit sur ton visage. Je ne comprends pas comment tu as pu attendre si longtemps pour t'en apercevoir.

— Qu'a-t-il, mon visage ?

— Tu parais plus épanouie. Tu n'as pas de nausées ?

— Non, pas du tout. C'est pour cela que je ne m'y attendais pas. Quant à l'absence de règles, j'en ai l'habitude. Ce n'est pas la première fois que cela m'arrive.

Après avoir consulté son gynécologue, Thérèse fut rassurée sur son état.

— Vous êtes enceinte de deux bons mois, madame Rochefort, lui annonça ce dernier. Ce sera pour les premiers jours de février. Tout se présente bien pour le moment. Je ne saurais que vous conseiller le repos et une alimentation saine. Votre mari doit être ravi. Un héritier de plus sur l'arbre généalogique des Rochefort ! La lignée n'est pas près de disparaître.

Thérèse ne pensait pas à la lignée des Rochefort. Pour elle, ce qui comptait, c'était la descendance des Fournier, qu'elle souhaitait assurer avec la naissance d'un garçon. Certes, ce dernier porterait le nom de son mari, mais il serait aussi son fils, un petit-fils Fournier. Elle aurait atteint son but.

Le soir même, elle décida de mettre Jean-Christophe au courant de l'heureux événement. Au cours du dîner, elle patienta jusqu'au dessert pour le lui annoncer. Elle se leva de table, vint s'asseoir à ses côtés, servit un peu de vin dans leurs verres.

— Que me vaut cette marque soudaine d'affection, ma chérie ? s'étonna Jean-Christophe. Nous sommes encore à table. Tu ne peux pas attendre que j'aie terminé de manger ?

Montrant à dessein beaucoup d'empressement, Thérèse conviait souvent son mari au lit à la fin du repas, sans attendre que la table fût débarrassée.

— J'ai une grande nouvelle à t'annoncer, lui dit-elle en l'embrassant dans le cou.

— Bigre, est-ce si urgent ?

— Non, mais je ne veux pas attendre une seconde de plus.

— Je t'écoute. J'espère que tu ne vas pas m'apprendre que tu es enceinte !

L'enthousiasme de Thérèse retomba brutalement.

Jean-Christophe s'en aperçut et comprit aussitôt.

— C'est ça, tu es enceinte ?

— Ça ne te fait pas plaisir ? Je croyais que tu serais enchanté d'entendre que tu vas à nouveau être père. Nous en avions déjà parlé.

Jean-Christophe réfléchit. Temporisa. S'assombrit.

— Hmm ! Je me disais aussi.

— Qu'est-ce que tu te disais ?

— Rien, je me comprends. Es-tu sûre de toi ?

— J'ai consulté le docteur Lesage. Il m'a affirmé que j'étais enceinte de presque trois mois. C'est pour février prochain.

Jean-Christophe ne s'attendait pas à une telle nouvelle. Il se renfrogna pendant le reste de la soirée. Puis il finit par accepter l'idée d'avoir un autre fils – car bien sûr il ne voulait pas d'une fille !

— Avec Pierre et ce petit en plus, je ne devrais pas manquer de successeurs, reconnut-il.

Satisfaite, Thérèse songea ensuite à annoncer la nouvelle à Pierre qui, lui non plus, ne se doutait de rien.

Persuadé que son père n'avait plus tous ses moyens – selon les affirmations de Thérèse –, Pierre admit facilement que sa maîtresse attendait un enfant de lui. Il s'en émut mais craignit le pire.

Thérèse se sentit prise à son propre jeu.

Alors, elle lui expliqua que Jean-Christophe avait eu quelques velléités et qu'il croyait avoir mis sa femme enceinte par accident.

— Tu n'as pas à être jaloux de ton père, le rassura-t-elle. C'est toi que j'aime. La preuve, j'attends un enfant de toi.

Soudain pris de remords, Pierre réalisa, bien tardivement, à quel point il s'était fourvoyé dans cette liaison.

— Qu'allons-nous faire ? Je peux trouver quelqu'un qui te le fera passer. Pas une faiseuse d'anges, ce serait trop dangereux. Mais un médecin, qui pratique l'avortement en toute discrétion.

— Tu n'y songes pas ! s'insurgea Thérèse. Cet enfant, je le veux.

— Tu te rends compte de ce que cela signifie ! Mon père croira que ce gosse est de lui, qu'il est mon demi-frère. Et moi, dans cette histoire, tu y penses ?

Thérèse se garda d'avouer que tel était son terrible dessein, qu'elle avait enfin atteint son but diabolique. Au reste, elle n'avait nulle intention de quitter son amant. Maintenant qu'elle avait pris goût à l'amour avec un homme jeune, elle reconnaissait qu'elle y trouvait beaucoup plus de plaisir qu'avec un mari de vingt ans plus âgé qu'elle et paralytique de surcroît. Son amie Laure – toujours de bon conseil ! – ne lui avait pas dit autre chose.

« Garde ton amant, même après ton accouchement. C'est le meilleur moyen de conserver deux fers au feu. Ton mari n'est pas éternel. Dans son état, un accident est vite arrivé. »

Sur le plan du machiavélisme, Thérèse avait rencontré son maître.

Début février, Thérèse mit au monde un petit garçon, qu'elle prénomma François, en accord avec son mari. L'enfant se portait bien et, finalement, ravit celui qui croyait être son père.

— Vraiment, exulta Jean-Christophe devant tous les siens réunis à Anduze, au Clos du Tournel, pour célébrer l'heureux événement, nous formons une grande famille ! Et j'y ai contribué plus que pour ma part.

Sébastien avait été retenu à Paris et n'avait pas pu se libérer pour souhaiter ses vœux de longue vie à son neveu.

Depuis plusieurs jours, la capitale était en ébullition. Secoué depuis janvier par l'affaire Stavisky, le gouvernement se débattait avec la contestation. Plusieurs décisions arbitraires avaient soulevé l'indignation générale. Le scandale Stavisky, devenu affaire d'Etat, avait déjà provoqué des échauffourées et la démission de plusieurs ministres.

Sébastien avait été requis par son journal pour couvrir les événements. Il avait demandé à son fils Ruben, qui suivait la même voie que la sienne à l'école de journalisme, de l'aider à rédiger ses articles.

— Ça te fera un bon apprentissage, prétexta-t-il pour le convaincre. Ce sera ton baptême du feu.

Sébastien ne croyait pas si bien dire.

Le 6 février, Paris était livré à l'émeute. Depuis plus de quinze heures, le cabinet Daladier se présentait devant la Chambre des députés dans une atmosphère plus que houleuse.

L'opinion s'indignait de l'impuissance des gouvernements successifs, de la valse des ministères, véritable fléau du régime, mais aussi des scandales financiers dans lesquels étaient compromis des hommes politiques. Une vague d'antiparlementarisme s'était soulevée, rassemblant toutes les classes moyennes et les paysans, les plus touchés par la crise. Dans certains milieux, une aspiration à un pouvoir fort commençait à naître, alimentée par les associations adeptes d'un régime autoritaire, à l'image de l'Italie mussolinienne.

Sébastien assistait aux débats à l'Assemblée et voyait mal comment le gouvernement pourrait s'en sortir sans provoquer la colère du peuple. Celui-ci, à l'appel de certains journaux, des syndicats et des ligues d'extrême droite manifestait son soutien au préfet de police Jean Chiappe que le ministre de l'Intérieur Frot avait voulu éloigner au Maroc à cause de sa compromission avec des ligues.

Dans l'après-midi, Ruben s'apprêtait à rejoindre son père au Palais Bourbon par le métro. A la sortie de la station Chambre-des-Députés, il fut bloqué par un barrage de police. Un dispositif avait été installé pour protéger l'accès à l'Assemblée. Les forces de l'ordre s'étaient amplement déployées et, déjà, des cris hostiles montaient de toute part. Il décida de descendre à Concorde afin de se mêler aux défilés qui commençaient à s'organiser. Il en fut également empêché par les gardes mobiles qui en interdisaient tous les accès. Néanmoins, une foule de plus en plus dense s'était massée sur les Champs-Elysées et dans les jardins des Tuileries qui, curieusement, étaient restés ouverts. Il finit par descendre quelques stations plus loin et rejoignit les Champs-Elysées à pied. La foule scandait des slogans hostiles au gouvernement. Sur des pancartes, Ruben put lire des mots d'ordre significatifs : *Ordre, autorité, nation* ou encore : *A bas la Gueuse*.

Se frayant un passage parmi les manifestants, il décida de gagner la place de la Concorde. Les forces de l'ordre semblaient très tendues. Un homme surgit derrière Ruben et le prévint :

— Il ne faut pas rester là. Ils vont donner l'assaut.

Pourtant, sur la chaussée, un cortège s'était constitué dans le calme et la discipline. Les Croix-de-Feu du colonel de La Rocque, association d'anciens combattants, paradaient sous le regard médusé des curieux, tandis que les gardiens de la paix se montraient de plus en plus impatients d'intervenir.

Puis Ruben décida de se rendre dans le Quartier latin afin de tâter le pouls des étudiants et de retrouver des camarades hostiles au gouvernement. Il se demandait s'ils s'étaient mêlés aux manifestants. Au carrefour des boulevards Raspail et Saint-Germain, il se heurta à une patrouille de gardes mobiles à cheval. Il rebroussa chemin. Partout autour de lui, des cris fusaient, de plus en plus menaçants.

Pour un baptême du feu, songea-t-il, c'est un baptême du feu !

D'heure en heure la tension montait. Des gardiens de la paix avaient été appelés en renfort. Leur nombre était passé de cinq cents au début de l'après-midi à deux mille à seize heures.

Dans la foule, Sébastien cherchait à retrouver son fils à qui il avait donné rendez-vous devant le Palais Bourbon. Ne l'apercevant pas, il se douta qu'il avait dû se rendre au Quartier latin. Il en prit la direction. Les trottoirs et les chaussées des grandes artères étaient submergés. Deux groupes de manifestants s'étaient constitués sous leurs propres bannières et vociféraient des slogans hostiles au gouvernement, l'un dominé par les anciens combattants, l'autre par les communistes.

Ils vont s'affronter ! craignait Sébastien qui, de temps en temps, s'arrêtait, sortait de sa poche un calepin et griffonnait des notes sur ce qu'il voyait et entendait. Il s'était muni d'un appareil photo dernier cri, un Kodak Brownie pliable à soufflet, et ne cessait de prendre des clichés afin d'immortaliser les scènes de rue qui se déroulaient sous ses yeux.

Il atteignit la place de la Concorde vers dix-huit heures. Elle était noire de monde. Déjà, place de la Madeleine, des barricades avaient été dressées. Des torches allumées par les manifestants créaient une ambiance surréaliste.

Tout à coup, le bruit courut que le service d'ordre avait été attaqué rue de Rivoli à jets de pierres et de débris provenant d'un chantier voisin. Sébastien se trouvait au cœur de l'action. Sous ses yeux, plusieurs agents de police furent agressés à coups de barre de fer et gravement blessés. Ils furent aussitôt évacués par leurs collègues sous les cris hostiles de la foule déchaînée. Lui-même faillit recevoir un projectile qui ne lui était pas destiné. Un manifestant, le voyant avec son appareil dans les mains, s'approcha de lui et le menaça :

— Vous êtes journaliste ! Au lieu de faire des photos, vous feriez mieux de venir nous aider. Tous pourris, ils sont tous pourris !

Sébastien n'eut que le temps de prendre un dernier cliché, il reçut un coup sur l'épaule et s'écroula par terre. Le manifestant voulut piétiner son appareil photo, mais il eut le réflexe de le tirer vers lui. Se retournant sur le dos malgré ses douleurs, il saisit la barre de fer que le bougre avait laissée tomber, se redressa sur ses jambes et le menaça à son tour. Le jeune homme prit peur et détala sans demander son reste.

Pendant ce temps, de son côté, Ruben assistait également au déchaînement de la violence. Sous ses yeux hagards, un autobus s'était engagé imprudemment dans la foule sous la protection de gardes à cheval. Les émeutiers, enragés, se sentant nargués par les forces de l'ordre, lancèrent sur le véhicule des torches enflammées. L'autobus prit feu aussitôt.

Alors, l'émeute, contenue tant bien que mal jusqu'à présent, atteignit rapidement son paroxysme. Des bagarres éclatèrent entre les insurgés. Dans la panique, Ruben s'abrita sous une alcôve, se protégeant des projectiles en se couvrant la tête de son manteau. Le sang coulait. Des blessés gisaient sur les trottoirs.

Des hommes, des femmes tombaient devant lui, inanimés. Il tenta de porter secours à une jeune fille qui s'était effondrée à quelques pas de lui. Hésita. A une centaine de mètres, il entendit des coups de feu. Les gardes mobiles tiraient en l'air pour les sommations d'usage et pour faire reculer les manifestants de plus en plus agressifs. Puis d'autres coups de feu éclatèrent.

Au milieu de la nuit, le calme revenu, Ruben regagna l'appartement de ses parents.

Sébastien était déjà rentré. Sa femme Pauline et sa fille Rose l'entouraient.

— D'où viens-tu ? demandèrent-ils aussitôt. On commençait à s'inquiéter.

Le bilan de l'insurrection fut lourd ce jour-là. Les gardes mobiles avaient tiré à balles réelles sur les émeutiers et lancé trois charges sabre au clair pour disperser la foule en colère. En vain. On dénombrait déjà sept morts et une quarantaine de blessés.

Tandis que le gouvernement Daladier se faisait traiter d'« assassins » à la Chambre des députés, à l'extérieur, les combats continuaient de faire rage. Et le bilan s'était alourdi d'heure en heure.

Dans son article qu'il donna à paraître pour le lendemain, Sébastien indiqua à la une : « La République en danger. Sous la menée des ligues fascistes, la foule s'est heurtée aux forces de l'ordre. Bilan : 16 morts et 516 blessés parmi les manifestants ; 1 garde à cheval tué ; 254 blessés dans les rangs de la police. »

Soucieux de se tenir informé, Alexandre s'était procuré de nombreux journaux, dont *Le Populaire*. Quand il lut le quotidien dans lequel Sébastien signait ses articles, il tressauta.

— Tiens ! J'ignorais qu'un Rochefort était journaliste au *Populaire* ! s'étonna-t-il devant Alix. Tu ne m'en as jamais parlé. Est-ce un membre de ta famille ?

— Il s'agit de mon oncle. Celui chez qui j'habitais avant d'être avec toi.

Alexandre se troubla. Dans les méandres de sa mémoire, ce nom de Sébastien Rochefort lui rappelait une conversation qu'il avait eue… avec qui et quand ? Il ne le savait pas, ne parvenant pas à fixer ses idées sur l'éclair qui venait de lui traverser l'esprit.

16

Troubles

Après les émeutes du mois de février, Sébastien, accompagné de Pauline, descendit à Anduze pour rendre visite à sa mère. Elisabeth souffrait d'une bronchite chronique et ses jours étaient comptés, au dire du médecin qui la soignait depuis de nombreuses années. De plus, il ne connaissait pas les petits derniers de la famille : Matthieu, le fils de Faustine et de Vincent, et François, le fils de Jean-Christophe.

S'il se réjouissait de ces événements familiaux, il s'inquiétait beaucoup de l'état de santé de sa mère. Celle-ci, âgée de soixante-quinze ans, donnait de plus en plus fréquemment des signes de fatigue. Veuve depuis dix ans, elle ne s'était pas ménagée, ne comptant ni son temps ni ses forces pour s'occuper des siens, enfants et petits-enfants, et gérer le Clos du Tournel. Certes, les terres étaient devenues le domaine de Faustine et de Vincent, mais le manoir demeurait entre ses mains, et elle se faisait un devoir d'en assurer la bonne tenue. Deux domestiques y travaillaient en permanence et veillaient aussi sur sa personne. Quand ils la voyaient affaiblie ou peu encline à prendre les décisions habituelles, ils avertissaient aussitôt Faustine qui n'hésitait pas à abandonner sa tâche au Chai de La Fenouillère voisin.

Cette fois, Faustine étant accaparée par son bébé, Sébastien avait donc proposé de venir auprès de sa mère.

— Le médecin m'a prévenue, lui annonça Faustine dès son arrivée. Si son état empire, il faudra l'envoyer au printemps dans un sanatorium. Mais, tu connais maman, elle ne veut pas quitter sa maison.

Pauline et Sébastien décidèrent de prolonger leur séjour quelques semaines, le temps de trouver une solution et de savoir comment évoluerait la maladie d'Elisabeth.

— Ça me fera des vacances, releva Sébastien. Et puis, j'ai un manuscrit à relire avant de le remettre à mon éditeur. J'ai de quoi m'occuper.

Quand il revit son beau-frère Vincent, il lui révéla qu'avant de quitter Paris, il avait reçu des nouvelles du ministère de la Guerre. Depuis qu'ils avaient, ensemble, mis un terme à la duperie dont sa famille avait failli être victime, il avait entrepris des recherches.

— Je suis enfin parvenu à mes fins, lui dit-il. Depuis l'arrestation de cet escroc de Sylvain Lafarge, j'ai enquêté sur la disparition de Raphaël Simon pendant la guerre. A Paris, j'ai beaucoup de relations…

Vincent blêmit, craignant d'entendre ce que son beau-frère était sur le point de lui apprendre. Il persistait toujours un doute sur la mort de son compagnon de tranchées, Raphaël – du moins celui qu'il avait connu sous ce prénom pendant la guerre. Il ne lui laissa pas le temps de terminer sa phrase.

— Je sais, le coupa-t-il. Raphaël Simon est mort.

— Le ministère de la Guerre est formel. Il a été porté disparu à la bataille du Chemin des Dames. Après tout ce temps, nul doute ne subsiste. Vincent Janvier, puisque tel est son vrai nom, l'enfant de Catherine, la fille adoptive de mon père Anselme, n'est plus de ce monde. Et toi, tu es donc le véritable Raphaël Simon, celui dont nous avons retrouvé la trace à l'orphelinat des sœurs de la Charité.

Vincent connaissait cette vérité qui, certes, l'avait bouleversé mais aussi dégagé du poids énorme de son possible lien de parenté avec la famille Rochefort.

— Je suis et resterai toujours le fils de Donatien et de Constance Rouvière, affirma-t-il afin de mettre un terme à cet imbroglio identitaire dont il se sentait victime. Vincent Janvier a disparu sous le nom de Raphaël Simon. Il n'existe donc plus que Vincent Rouvière.

Sébastien n'insista pas. Son beau-frère avait hâte d'en finir avec cette scabreuse affaire d'erreur d'adoption.

Néanmoins, Vincent ne pouvait oublier l'existence de cette femme malheureuse qu'il était allé voir à Avignon l'année précédente – et qui était sa véritable mère.

Qu'advenait-il d'Adèle Vigan ?

Lors de sa première visite, il n'avait pas pu lui révéler qu'il était son fils. Elle lui avait paru si abattue qu'il avait préféré, dans un premier temps, la laisser faire son deuil de Raphaël. Il avait craint d'ébranler à nouveau son esprit fragile.

« Un jour, peut-être, le lui dirai-je, avait-il confié à Faustine. Quand je serai certain que Raphaël n'est plus de ce monde. Et que je serai prêt, moi-même, à accepter l'idée que ma mère est encore vivante et m'accueillera comme son fils. »

Maintenant que toute la lumière avait été faite et qu'il ne subsistait plus aucun doute sur cette tragique histoire, Vincent sentait qu'il était de son devoir d'aller révéler la vérité à cette mère éplorée.

— Je pars à Avignon, annonça-t-il à Faustine peu avant Pâques. Il est temps à présent que ma mère sache qui est son fils.

— Es-tu sûr de ne pas faire pire que mieux ? le mit en garde Faustine qui redoutait de remuer une affaire très douloureuse.

— Je m'en voudrais toute ma vie si cette femme, si ma mère venait à mourir avant de savoir que son fils est vivant. Et puis, moi aussi j'ai envie de connaître mes origines. Cela ne changera rien aux sentiments que j'éprouve pour mes parents. Les Rouvière sont ma vraie famille.

Faustine ne parvint pas à retenir son mari. Elle seule était au courant de sa décision.

Il se rendit à Avignon par un beau jour de mai, à l'adresse qu'il avait soigneusement conservée. La cité des Papes resplendissait de lumière sous la clarté printanière. Les frondaisons dansaient sous les caprices du vent. L'air était rempli de mille parfums et les jardins explosaient de couleurs.

Vincent arrêta sa voiture sous les remparts et pénétra à pied dans la vieille ville par la rue Thiers. Il se souvenait qu'Adèle Vigan habitait non loin du palais épiscopal. Il hésita. Se fourvoya dans une venelle. Finit par retrouver son chemin.

Quand il parvint à son petit immeuble, il sentit son cœur battre à se rompre dans sa poitrine. Il n'avait pas prévenu de sa visite. Comment va-t-elle réagir ? se demanda-t-il un peu tardivement.

Il sonna. Attendit.

Des pas retentirent derrière la porte.

Une femme apparut.

Vincent eut un mouvement de surprise.

— Excusez-moi, se reprit-il aussitôt, j'ai dû me tromper d'adresse.

— Vous cherchez qui, monsieur ?

— Madame Adèle Vigan.

— Elle n'habite plus ici depuis bientôt un an. C'est moi qui la remplace.

— Savez-vous où je peux la trouver ?

La femme réfléchit.

— Vous devriez vous adresser au palais épiscopal. Elle travaille toujours au service de monseigneur l'archevêque.

Après maintes démarches, Vincent finit par retrouver Adèle Vigan. Sur le moment, il craignit d'apprendre qu'elle était morte ou partie loin, dans une autre ville, ou encore qu'elle était dans un hôpital en train d'agoniser.

Lorsqu'il sonna à nouveau, cette fois à la porte d'un bel immeuble du centre-ville, il se détendit.

Une femme élégante lui ouvrit, un large sourire aux lèvres. Il en fut immédiatement rassuré.

— Bonjour, madame. Vous me reconnaissez ? Je suis Vincent, l'ami de Raphaël.

Adèle n'avait pas changé depuis le jour de leur première rencontre. Elle semblait toutefois plus épanouie, moins triste. Il rayonnait de sa personne une joie intérieure qui accentuait la beauté de son visage.

— Je ne vous cacherai pas que je vous attendais, lui dit-elle en le priant d'entrer.

Vincent ne put dissimuler son étonnement.

— Vous saviez que je viendrais vous rendre visite !

— Tôt ou tard. Cela ne faisait aucun doute dans mon esprit. Installons-nous au salon. Nous serons mieux pour bavarder.

Vincent se sentit pris de court. Sur le moment, il ne sut plus comment amorcer la conversation qu'il avait mûrement préparée.

Adèle le dévisageait en silence sans lui demander le but de sa visite. Mais à son regard, Vincent devina qu'elle aussi avait des choses à lui révéler.

Ils parlèrent d'abord de banalités, Avignon, le printemps, la conjoncture, leur travail.

— Mais vous n'êtes pas venu me voir pour me parler de la pluie et du beau temps, finit par dire Adèle.

Gêné, Vincent se lança.

— Voilà, commença-t-il. Si je suis revenu vers vous, c'est pour vous apprendre une grande nouvelle qui, je crois, devrait vous étonner et vous remplir de joie.

— Mon fils est vivant ! s'exclama Adèle.

Vincent ne sut comment répondre à cet espoir formulé avec tant de spontanéité.

Adèle vint s'asseoir auprès de lui. Lui prit les mains dans les siennes, se surprit à verser une larme.

— Excusez-moi, je m'émeus facilement.

— Je… oui, finit par avouer Vincent. Nous avons retrouvé la trace de votre fils.

Adèle le regarda tendrement comme si, soudain, elle avait deviné ce qu'il était sur le point de lui révéler.

— Je m'en doutais, dit-elle.

Elle s'effondra en sanglots.

— Je n'ai jamais pu croire à sa disparition. J'ai toujours gardé espoir… Vous… tu… Oh non, ce n'est pas possible !

Vincent n'arrivait pas à interpréter la réaction d'Adèle. La gorge serrée, les yeux larmoyants, il ne parvenait plus à prononcer le moindre mot.

— Alors… c'est vous… c'est toi… mon fils ! finit par bredouiller Adèle.

Vincent se bloqua, le souffle coupé.

— Vous avez… vous avez deviné ?

— Il y a longtemps que j'ai deviné. Tu n'es pas Vincent, mais mon petit Raphaël. Je l'ai ressenti à la suite de ta première visite. Quelque chose me disait que tu étais venu m'apprendre une grande nouvelle, mais que tu n'avais pas pu aller au bout de ta démarche.

Vincent n'en revenait pas. Comment Adèle avait-elle pu rester muette pendant si longtemps ?

— Je m'appelle Vincent Rouvière, rectifia-t-il. Mais, effectivement, je suis votre fils. Celui que vous avez appelé Raphaël à sa naissance. Le Raphaël Simon, que vous aviez retrouvé et dont je vous avais annoncé le décès, n'était pas votre fils, mais celui d'une jeune femme qui est morte en le mettant au monde.

— Qui était-ce ?

— Oh, c'est une longue histoire ! Elle s'appelait Catherine Rochefort. Elle était la fille de la première épouse d'Anselme Rochefort, un grand industriel nîmois.

— Je le connais, enfin de nom. J'ai travaillé dans son usine à Nîmes, quand j'étais enceinte de toi. C'était une filature de soie à l'époque. Je venais de Saint-Jean-du-Gard où j'étais placée chez des paysans, les Bonnal. C'est bien loin tout cela !

Vincent se mit à raconter dans le détail l'histoire de sa vie, depuis son adoption par les Rouvière jusqu'à la révélation de sa propre identité.

Puis, à son tour, Adèle lui relata la tragédie qu'elle avait vécue et sa renaissance grâce aux bontés de l'archevêque d'Avignon qui l'avait prise sous son aile et lui avait permis de refaire surface.

Quand ils n'eurent plus rien à s'apprendre, ils demeurèrent sans voix. Ils se regardèrent longuement, tendrement. Tombèrent dans les bras l'un de l'autre. Epanchèrent leur joie teintée de souffrance.

— On ne se quittera plus, n'est-ce pas ? fit Adèle en essuyant ses larmes.

Vincent l'embrassa.

— Vous ne m'avez pas dit qui est mon père, releva-t-il en éludant la question.

— Un autre jour, répondit Adèle. C'est une histoire qui m'a tellement fait souffrir et que j'ai eu tant de mal à oublier !

Sous la vigilance de son père, Pierre dirigeait les Etablissements Rochefort d'une main de maître. Jean-Christophe se reposait de plus en plus sur son fils et comptait sur lui pour mener à bien tous ses projets d'avenir. Il avait accepté son nouveau rôle de père et savourait maintenant le plaisir de s'occuper de sa femme et de son enfant.

Thérèse ne perdait pas de vue le but qu'elle s'était assigné : reprendre toute sa place dans l'édifice Rochefort. L'intimité qu'elle entretenait avec Pierre ne semblait choquer personne, pas même son mari, le premier intéressé et qui paraissait ne rien voir. Elle continuait à fréquenter son amant comme avant la naissance de son enfant, mais elle y mettait moins d'empressement. Certes, ce n'était pas la maternité qui l'accaparait – elle confiait le petit François à une nurse toute la journée et ne s'occupait de lui que pendant quelques heures –, mais son esprit était ailleurs. Son amie Laure, son mauvais génie, lui avait conseillé de surveiller Pierre de près afin qu'il ne soit pas tenté, lui aussi, de tirer toute la couverture à lui.

« Maintenant qu'il n'est plus le seul en lice pour la succession de son père, l'avait-elle prévenue, il va sûrement essayer d'obtenir des droits sur l'héritage qui seront en ta défaveur et en celle de ton fils. Le mieux serait que tu montes tous les Rochefort les uns contre les autres, afin que ton mari, excédé par leurs querelles fratricides, finisse par faire de ton fils l'héritier principal de sa fortune.

— Chercher à les déshériter au profit du petit dernier !

— En quelque sorte. Bien sûr, cela prendra du temps… Ton mari a-t-il déjà rédigé un testament devant notaire ?

— Je l'ignore. Mais s'il a suivi les conseils de son propre père, il a dû le faire. Anselme Rochefort avait déposé le sien bien avant l'heure, d'après ce que m'a confié Jean-Christophe.

— Tu devrais t'en assurer. Ensuite, il te faudra établir une stratégie de lente conquête du pouvoir.

— Tu parles comme s'il s'agissait d'une guerre !

— C'est un peu la même chose. Vois-tu, nous les femmes, si nous voulons nous imposer face à la gent masculine, nous devons adopter ses méthodes. Ton mari n'agit pas autrement quand il désire mener à bien un combat pour gagner des parts de marché ou pour mettre la main sur une entreprise concurrente. Tu en sais quelque chose ! »

Sur les conseils de son amie, Thérèse décida d'établir un plan de bataille.

Il me faut donc dresser les Rochefort les uns contre les autres, se dit-elle. Mais par qui commencer ?

Elle réfléchit. Le plus coriace serait sans nul doute Sébastien. Même s'il avait toujours fait preuve de peu d'intérêt pour les affaires familiales, le frère cadet de son mari ne s'était jamais totalement démarqué de « la tribu » quand les circonstances avaient exigé la présence de tous autour de Jean-Christophe. N'avait-il pas lui-même, avec sa sœur Faustine, décidé de faire établir un audit lorsque, pendant la crise, leur entreprise prenait l'eau de toute part ? N'avait-il pas aidé son frère à refaire surface après sa tentative de suicide ? Elle comptait néanmoins sur leur désaccord permanent, sur leur différence fondamentale de caractère et de tempérament pour parvenir à les opposer.

Il lui fallait semer la zizanie entre les Rochefort. Trouver un sujet de discorde qui les séparerait tous ou qui les liguerait les uns contre les autres.

Force lui était de constater que l'entreprise ne serait pas facile. Faustine et Sébastien s'entendaient trop pour se quereller. Quant à Elodie, elle se tenait à l'écart du reste de la fratrie. Habitant Montpellier, elle partageait l'engagement de son mari.

Elle ne la voyait donc pas très souvent, hormis à l'occasion des réunions officielles de famille, c'est-à-dire deux fois par an.

A propos de sa sœur, Jean-Christophe lui avait brièvement raconté ce qu'il avait appris de source sûre de la préfecture des Bouches-du-Rhône, et du milieu marseillais où il entretenait toujours d'étranges relations : Elodie Rochefort recevait chez elle des personnages surveillés par la police.

Son mari Pietr Boroslav, apparemment rangé de la vie politique, n'avait pas renié son passé trotskiste. Il n'avait pas coupé totalement les ponts avec ses anciens amis, ennemis du maître du Kremlin. Il animait en secret, à Montpellier, un réseau d'opposants qui vivaient dans le grand espoir qu'arriverait tôt ou tard la chute du despote.

Quand, le 24 juillet 1933, Trotski avait débarqué dans le petit port de Cassis en provenance de Constantinople avec son amie Natalia et ses principaux collaborateurs, il l'avait reçu discrètement dans son appartement de Montpellier. Trotski, que les journalistes attendaient à Marseille, était muni d'un permis de séjour en bonnc et due forme qu'un commissaire de la Sûreté générale lui avait remis, sans aucune restriction ni aucune condition particulière. Il ne s'attarda pas chez son ami Pietr Boroslav. Le jour même, il repartit en voiture avec un certain Raymond Leprince et un jeune étudiant militant vers sa destination finale, laquelle devait être tenue secrète. Pietr ne sut que plus tard qu'il s'agissait de Saint-Palais, à une dizaine de kilomètres au nord de Royan. Depuis, il avait eu l'occasion de le retrouver dans la petite villa qu'il occupait, située au bord d'une falaise, à proximité d'une belle plage. C'était une maison isolée, au milieu d'un jardin, battue par les vents, qui méritait bien son nom : « les Embruns ».

Pietr avait mis Elodie dans la confidence. Celle-ci n'avait pas gardé en son cœur le même idéal que son mari. Elle était désenchantée à cause de ce qu'elle avait vécu en Russie soviétique à l'époque de la Révolution. Elle ne parvenait pas à oublier qu'elle y avait perdu son grand amour en la personne d'Ivan Federovitch. Leur fils, Igor, était là pour le lui rappeler. Mais elle faisait confiance à son mari. Si celui-ci fréquentait toujours des opposants trotskistes, il ne lui réclamait pas de se sacrifier à nouveau. Elodie priait le ciel, néanmoins, pour que, jamais, ni Pietr ni ses enfants ne soient tentés, un jour, de recommencer l'aventure.

Grâce aux indiscrétions de son mari, Thérèse pensait parvenir à semer le trouble entre les membres de sa belle-famille.

— Je suis persuadée que tous s'entre-déchireraient si, par un malheureux hasard, on venait à apprendre que chez les Rochefort se dissimule un bolchevik, expliqua-t-elle un jour de confidences à son amie Laure.

Celle-ci s'étonna de sa réflexion.

— Un bolchevik chez les Rochefort ! Tu plaisantes ! Je sais, par ta bouche, que ton beau-frère Sébastien et son fils sont plutôt à gauche, mais tu ne m'as jamais dit qu'ils étaient communistes.

— Il ne s'agit pas de Sébastien. Mais de sa sœur Elodie. Ou plus exactement de son mari, Pietr Boroslav.

— Tu tiens là une bombe à retardement. Trotski n'est pas en odeur de sainteté en France depuis qu'il y a été admis en résidence plus ou moins surveillée. La plupart des Français le prennent pour un dangereux révolutionnaire. Même les communistes se méfient de lui. Je ne crois pas que ta belle-famille apprécierait d'être associée de près ou de loin à un tel individu. La police pourrait la soupçonner de collusion. Et ils se diviseront à propos d'Elodie et des fréquentations de son mari.

Thérèse réfléchit à la manière d'utiliser ces informations, fermement décidée à agir.

17

La montée des périls

Les événements politiques nationaux et internationaux ne semblaient avoir aucune prise sur Pierre. Celui-ci ne suivait l'actualité que de loin. Certes, comme son père, il ne cachait pas ses penchants pour les régimes forts de l'Europe, sa préférence se portant sur celui de l'Italie mussolinienne. Il voyait dans le Duce un maître incontestable du renouveau et du redressement. Mais il n'allait pas encore jusqu'à souhaiter pour son pays une dictature à l'image de celle de l'Etat transalpin voisin.

Jean-Christophe, quant à lui, commençait à envisager d'étendre ses parts de marché à l'Allemagne, en attendant de s'implanter aux Etats-Unis. La bonne tenue du mark depuis l'accession d'Hitler au pouvoir le confortait dans sa conviction que l'économie ne pouvait souffrir un régime faible, aux mains d'hommes politiques plus préoccupés de leur réélection que des intérêts réels de leur pays et de ses industries.

— Pendant que nos élus se disputent à l'Assemblée et se montrent incapables de nous donner un gouvernement stable, maugréait-il, nos voisins, eux, se consolident et finiront par nous devancer sur la scène internationale.

Les réalisations de Mussolini, en Italie, ne faisaient que renforcer ses affirmations. Depuis plus de douze ans que le Duce dirigeait d'une main de fer les destinées de son pays, personne ne pouvait contester, à ses yeux, les bons résultats qu'il avait obtenus tant dans le domaine agricole avec sa campagne du blé que dans le domaine industriel avec la création récente de l'IRI, l'Institut pour la reconstruction industrielle[1].

Parfois Thérèse osait le contredire.

— Tu oublies que le programme économique du fascisme est très social. Si la volonté de Mussolini de transformer le fascisme en parti politique l'a contraint à rassurer les milieux patronaux, il est néanmoins parvenu à mettre en place une politique sociale avancée. Comment réagirais-tu si le gouvernement français, quel qu'il soit, instaurait, comme l'a fait Mussolini, la journée de travail de huit heures et la semaine de quarante heures ? Je ne crois pas que tu serais d'accord !

Jean-Christophe, en effet, n'approuvait pas les mesures sociales en faveur des ouvriers quand celles-ci étaient prises à l'encontre des intérêts des patrons. Il freinait toujours les augmentations de salaire et se méfiait des syndicats.

— J'espère bien que nos gouvernants ne se laisseront pas séduire une fois encore par les sirènes du socialisme. Je reconnais que tant Hitler que Mussolini, pour obtenir l'assentiment de leur peuple, usent parfois de démagogie et n'hésitent pas à prendre chez leurs

1. Créé en 1933.

adversaires ce qui peut rallier à leur cause l'opinion publique. C'est effectivement de la démagogie de faire croire qu'en travaillant moins et en gagnant plus, l'avenir des ouvriers est assuré. Mais la situation de notre pays est radicalement différente.

En réalité, Jean-Christophe s'inquiétait plus du peu d'engouement de Pierre à vouloir partir aux Etats-Unis que de ce qui se passait de l'autre côté des frontières. Il ne cessait de lui rappeler qu'il comptait sur lui quand il estimerait le moment opportun de tenter l'aventure américaine.

« Si l'on reste confiné sur le territoire national, lui répétait-il, nous ne parviendrons pas à nous démarquer de nos concurrents. Ce qui fera notre différence viendra de notre capacité à anticiper l'avenir. Or l'avenir réside dans les exportations. Même si la conjoncture incite plutôt les patrons de l'industrie à se replier derrière une politique protectionniste rassurante, personnellement je ne crois pas que la frilosité nous permettra de reprendre toute la place que nous occupions avant la crise. Il faut donc aller de l'avant, se montrer plus audacieux que nos concurrents. »

Mais Pierre, qui se complaisait dans les bras de sa belle-mère, n'avait nulle envie de mettre un terme à son aventure galante. Il laissait discourir son père sans le contredire et se gardait bien de l'affronter.

La présence du petit François ne semblait pas non plus le perturber. Il poursuivait sa relation avec Thérèse sans le moindre sentiment de trahison, s'accommodant de partager l'amour de la femme de son père, comme s'il s'agissait d'une pure affaire de famille.

Il rejoignait sa maîtresse chaque fois que celle-ci lui faisait signe. Leurs manigances demeuraient discrètes, mais sentaient de plus en plus le soufre car les domestiques de la maison commençaient à jaser. La gouvernante de l'hôtel des Cordeliers, où Pierre occupait toujours le premier étage, les avait surpris un soir dans une situation qui ne lui laissa aucun doute sur leurs agissements. Jean-Christophe était allé se coucher. Thérèse et Pierre se trouvaient au salon dans les bras l'un de l'autre quand elle entra dans la pièce sans frapper, se croyant seule.

Pierre et Thérèse réagirent aussitôt et tâchèrent de faire bonne figure, amorçant une conversation improvisée, comme si de rien n'était.

Mais la gouvernante ne put tenir longtemps secret ce qu'elle avait, malgré elle, découvert ce soir-là. Elle en parla aux autres domestiques.

Jean-Christophe ne se doutait de rien. Au reste, aucun domestique de la maison, de crainte d'être renvoyé, ne lui aurait parlé de ce qu'ils colportaient depuis ce jour fatidique.

Ils n'eurent pas besoin de dévoiler le secret de leur maîtresse. Thérèse, de plus en plus tiraillée entre son mari et son amant, voulut mettre un terme à sa liaison. En réalité, cette décision faisait partie de son plan. En agissant ainsi, elle attisait le mécontentement de Pierre, l'aigrissait contre son père, ce qu'elle cherchait afin de les dresser l'un contre l'autre. Jamais, pensait-elle, Pierre n'oserait révéler au grand jour leur sujet de discorde. Il n'irait pas jusqu'à confesser sa relation adultérine avec sa belle-mère pour se venger d'elle.

Pierre ne comprit pas l'attitude de sa maîtresse. Au lieu d'avoir une franche explication avec elle, il la harcela davantage afin qu'elle revienne sur sa position. L'atmosphère aux Cordeliers devint vite irrespirable. A table, les deux amants ne s'adressaient plus la parole. Mais dès qu'ils se retrouvaient seuls, Pierre quémandait les faveurs de Thérèse en prenant parfois le risque de se trahir.

Jean-Christophe finit par découvrir son manège et s'en inquiéta.

En réalité, il crut que Pierre courtisait sa femme, le voyant de plus en plus pressant autour de sa personne. Sur le moment, il en fut stupéfait car jamais il n'aurait soupçonné une telle attitude de la part de son fils.

Il voulut s'assurer de l'exactitude de ce qu'il avait découvert. Il feignit de ne s'être aperçu de rien, les laissa à dessein seuls plusieurs fois de suite, écouta aux portes.

— Mais je t'aime ! entendit-il un soir que Thérèse se montrait plus récalcitrante que jamais. Je ne peux plus me passer de toi.

— Tais-toi, Pierre. Tu vas dire des bêtises…

C'en était trop.

Jean-Christophe, atterré, prit alors la décision de régler à sa manière cette scabreuse affaire familiale. Surtout, pensa-t-il en son for intérieur, ne pas ébruiter cette histoire. Pas de scandale !

Il ne parla pas à sa femme, préférant la tenir éloignée de ce qu'il allait exiger de son fils.

Le lendemain, à l'usine, il convoqua Pierre dans son bureau sous prétexte de l'impérieuse nécessité de rebondir devant la conjoncture.

A peine la porte refermée, il adopta sa tête des mauvais jours et lui signifia sans tergiverser :

— Demain, tu pars pour les Etats-Unis ! On a assez attendu. Tu prendras le premier bateau au Havre pour New York.

Surpris, Pierre ne comprit pas la subite décision de son père.

— Qu'est-ce qui vous prend, père ? Je ne vais pas partir comme ça, sans avoir préparé mon voyage ! Nous étions d'accord sur cette éventualité. Mais pas dans ces conditions. On ne s'implante pas dans un si grand pays dans l'improvisation. Voyons, personne ne m'y attend ! Il nous faut d'abord établir des liens, une infrastructure provisoire pour nous accueillir. Sinon, nous courons à l'échec.

— Tu n'as pas le choix. Je sais ce que je fais. Tu seras plus efficace là-bas qu'ici où je te vois traîner et perdre ton temps. Un temps précieux que tu ne mets pas à profit pour l'entreprise.

— Mais…

— C'est inutile de discuter. Tu m'obéis ou je reviens sur tout ce qui a été convenu entre nous.

Pierre ne dit mot. Au fond de lui, il se doutait qu'un événement grave était survenu, qui avait poussé son père à précipiter son départ. Or il n'entrevoyait pas celui-ci avant un an, le temps de s'assurer que la reprise économique y soit confirmée grâce aux mesures de Roosevelt.

Sur le moment, il fit mine de ne pas s'opposer. Son absence de réponse, aux yeux de Jean-Christophe, valait acquiescement.

Le soir même, il s'en ouvrit à Thérèse. Celle-ci comprit aussitôt la raison invoquée par son mari. Elle ne lui cacha pas la vérité :

— Es-tu donc naïf à ce point, Pierre ? Ton père a dû découvrir notre liaison. Mais, en gentleman, il n'en a rien dit. Il agit autrement. En t'éloignant. J'espère seulement qu'il ne s'est pas mis dans la tête l'idée que François n'est pas de lui !

Là résidaient toutes les craintes de Thérèse. Certes, elle était parvenue à l'un de ses buts : semer la discorde, en tout cas la méfiance, entre le père et le fils. Mais, si Jean-Christophe se mettait à imaginer qu'il n'était pas le père de son enfant, il pourrait choisir de déshériter à la fois Pierre et François. Ce qui anéantirait tous ses projets.

Pierre sentait la situation lui échapper. Il réalisa, mais un peu tard, qu'il avait été l'objet d'un plan diabolique monté par sa belle-mère.

— J'ai compris, poursuivit-il. Tu t'es servie de moi. Et maintenant je suis coincé entre mon père qui risque de me déshériter si je m'oppose à ses décisions, et toi qui peux m'entraîner dans ta perte par vengeance si je lui révèle la vérité.

— Comment peux-tu penser des choses pareilles ? feignit de s'insurger Thérèse.

— Inutile de te dissimuler derrière des faux-semblants. J'ai tout deviné. Tu n'es qu'une intrigante. Jamais je ne te pardonnerai.

Pierre ne put différer son départ pour les Etats-Unis. Jean-Christophe lui avait bien fait comprendre qu'il y allait de son avenir au sein de l'entreprise.

« Si tu veux conserver tous tes droits à ma succession à ton retour, tu as intérêt à réussir ce que nous avons projeté ensemble. Je te rappelle que tu portais, et que tu portes toujours, tous mes espoirs, quoi que tu aies pu tramer derrière mon dos – tu saisis ce que je veux dire, je suppose. Inutile de te faire un dessin… Nous avons encore de grandes choses à réaliser avant que je ne me retire définitivement. »

Pierre comprit que son père savait tout, mais qu'il lui donnait une dernière chance. Sa confiance n'était pas entamée. Sur le moment, il éprouva – bien tardivement – le premier sentiment de remords à l'égard de ce qu'il avait commis avec sa sulfureuse belle-mère.

Le lendemain matin, sans avertir le reste de sa famille, il prit le premier train pour Le Havre et, le soir même, s'embarqua pour New York.

Dans sa cabine, plusieurs journaux avaient été déposés pour satisfaire la clientèle. Il en saisit un au hasard, *Le Populaire*. Un article de son oncle Sébastien Rochefort faisait la une :

« Allemagne, après la mort du président Hindenburg survenue le 2 août dernier, le chancelier Adolf Hitler s'arroge de droit et cumule donc les attributions de Chancelier et de Président du Reich. La dictature se concrétise. »

Tandis qu'à Nîmes, Pierre faisait ses adieux à son père, quittant Thérèse avec amertume, à Stuttgart son frère Thibaud filait le parfait amour, méconnaissant ce qui se passait dans les coulisses du pouvoir à Berlin.

Le 30 juin, au cours de la Nuit des Longs Couteaux, Hitler, se sentant menacé, s'était débarrassé de Ernst Röhm, ministre et chef des SA, en le faisant arrêter par les SS et la Gestapo puis assassiner le 2 juillet. Le matin même, le Führer indiquait dans son journal, le *Völkischer Beobachter* : « Chacun doit savoir que celui qui osera lever la main contre l'Etat peut être sûr qu'il mourra. »

Le ton était donné.

Dorénavant les soldats allemands, au lieu de jurer fidélité au peuple et à la patrie, devaient prêter serment au Führer. Dans toutes les villes importantes, y compris Stuttgart, les foules avaient été conviées à ovationner dans de grandes manifestations savamment orchestrées les ministres leaders du parti nazi, Rudolph Hess, Hermann Göring, Joseph Goebbels et Hanns Kerrl.

Dans son message radiodiffusé prononcé à Hambourg, Hitler avait exhorté le peuple allemand à le suivre.

Quand les résultats du référendum qui suivit furent connus, Lukas ne put retenir sa joie devant ses parents. Thibaud était revenu à Stuttgart à l'invitation de Hermann et de Hilde Rochefort.

— Les Allemands ont voté en masse ! exultait Lukas. Cela prouve que nos compatriotes ne sont pas lassés de la vie politique. De plus, trente-huit millions d'entre eux ont accordé leur confiance au Führer, près de quatre-vingt-dix pour cent. C'est un succès jamais égalé dans une élection.

Si Hermann demeurait dans l'expectative, Romy, malgré son jeune âge, envisageait le pire.

— Maintenant, Hitler peut vraiment exercer son pouvoir sur notre pays en maître absolu, releva-t-elle. Nous n'en avons pas terminé avec les violences et les exactions de toutes sortes.

Thibaud évitait de donner son avis, mais les craintes de Romy lui paraissaient fondées. De sensibilité de gauche, il déplorait que, dans l'appellation « national-socialisme », il y ait le mot socialisme. A ses yeux, des partis comme le parti nazi ou le parti fasciste italien salissaient la terminologie des idéaux propres à la démocratie.

Mais l'amour qu'il éprouvait pour Romy lui voilait la réalité. Il ne prenait pas toute la mesure du danger que couraient tous ceux qui osaient s'opposer au régime.

A Heidelberg, cependant, il se rendait bien compte que l'atmosphère devenait très tendue. De nombreux étudiants et membres du personnel universitaire avaient été exclus. Certains avaient même disparu. Des bruits circulaient que les communistes étaient envoyés au camp de Dachau, près de Munich. Certains professeurs avaient choisi à temps de s'exiler et étaient remplacés par des enseignants acquis au nouveau pouvoir.

Chez sa logeuse, Thibaud avait fait la connaissance d'un jeune étudiant en droit, comme Lukas. Il ne cachait pas son hostilité au régime, mais, conscient qu'il était dangereux de manifester ouvertement son opposition dès lors que l'université était tombée entre les mains des nazis, il œuvrait en toute discrétion avec un petit groupe de partisans de la République. Son attitude avait soulevé la curiosité de Thibaud. Chaque fois qu'ils se retrouvaient dans la salle commune où ils prenaient leurs repas, Friedrich Liebknecht s'approchait de lui et tentait de connaître son opinion à propos du succès d'Adolf Hitler. A l'écouter, rien ne laissait supposer qu'il lui était hostile, mais à force de s'étendre sur le sujet, Thibaud finit par comprendre ses intentions.

— Tu n'arriveras pas à me faire approuver un régime totalitaire, lui dit-il. Nous, les Français, nous sommes attachés à la démocratie.

— C'est ce que je voulais t'entendre dire, lui répondit aussitôt Friedrich. Ne restons pas là. Montons dans ma chambre. Ce sera plus prudent. On ne sait jamais.

— Tu crains que la proprio soit une moucharde ?

— J'en ai bien peur. Je l'ai déjà surprise à écouter aux portes. De plus, elle reçoit parfois des hommes bizarres.

— Des agents de la Gestapo ?

— J'en suis presque certain. L'ami de ta sœur en a rencontré un, d'ailleurs. Je crois savoir que tous les deux ont été inquiétés à leur arrivée à Heidelberg.

— Tu es au courant ?

— Oui, les nouvelles vont vite !

— Qui est cet agent de la Gestapo ?

— Hans Liebermann.

— Je ne vois pas qui c'est !

— Lui doit se souvenir ! Aujourd'hui il est commissaire à la police secrète d'Etat. Il a pris du grade, comme bon nombre d'anciens SA et SS, promus policiers auxiliaires grâce à Göring. De très nombreux policiers républicains ont été évincés à leur profit. Ce n'est que le début de la nazification. Après l'université, la police, l'administration, c'est l'ensemble de la société qui va devoir passer sous les fourches caudines des nazis.

— Tu me fais peur ! Il n'y a aucun moyen de se faire entendre ?

— Aucun. Nous sommes réduits à agir dans l'ombre.

De fil en aiguille, Friedrich obtenait le plein assentiment de Thibaud. Bientôt il ne se méfia plus des oreilles indiscrètes qui auraient pu le dénoncer.

— Voudrais-tu être des nôtres ? se décida-t-il à lui proposer.

— Tu me demandes de comploter contre Hitler ?

— Comploter est un bien grand mot. Disons… de soutenir une opposition dans la clandestinité, laquelle se tiendra prête à renverser le tyran le jour où son pouvoir commencera à vaciller. Tous les dictateurs finissent par être victimes de leurs excès et par disparaître, lâchés par ceux-là mêmes qui les ont placés sur leur piédestal.

Thibaud ne se doutait pas réellement du danger qu'il courait en acceptant. A ses yeux, la lutte pour la liberté ne connaissait pas de frontières. Il était trop attaché aux valeurs de la République pour refuser de se joindre à ceux qui, peu nombreux encore, osaient braver la montée en puissance de l'hydre nazie.

— Je suis des vôtres. Tu peux compter sur moi.

Lorsqu'il revit Romy, la semaine suivante à Stuttgart, Thibaud lui révéla ce qu'il avait décidé. La jeune Rochefort, loin de le désapprouver, le conforta dans son choix.

— Il faut que les Allemands se lèvent contre la peste brune qui gangrène notre pays, lui dit-elle. Nous ne serons jamais assez nombreux pour redresser la tête.

— Nous ? s'étonna Thibaud.

— Oui, je veux vous soutenir. L'année prochaine, j'irai également à l'université d'Heidelberg pour devenir enseignante. Ainsi je serai près de toi. Nous ne nous quitterons plus. Et je serai des vôtres.

Thibaud n'avait pas envisagé de s'éterniser en Allemagne. Son projet initial devait lui permettre d'approfondir ses connaissances en allemand pendant un peu plus d'un an, puis de rentrer à Montpellier pour y finir son mémoire sur l'émigration des protestants français dans les pays du Refuge. Mais sa relation avec Romy remettait en question ses intentions.

— Accepterais-tu de m'accompagner en France afin que je te présente à ma famille ? lui demanda-t-il. Pendant l'été. Je te ferai découvrir les Cévennes. Tu verras, c'est une très jolie région, encore authentique, à la nature sauvage. Ensuite nous reviendrons à Heidelberg, tu t'inscriras à la fac et moi, je pourrais m'inscrire en théologie.

— En théologie ! Mais pour quoi faire ? s'étonna Romy.

Thibaud prit le temps de la réflexion. Il hésitait à révéler à Romy ce qui lui trottait dans la tête depuis plusieurs mois. Certes, jusqu'à présent, il avait suivi des études de langues et s'était passionné pour l'histoire du protestantisme. Il devait passer sa licence en juin. Mais, au fond de lui, la foi qu'il ressentait depuis toujours le portait de plus en plus vers les autres. Il se sentait l'âme d'un pasteur. Il n'en avait jamais parlé sauf à sa sœur jumelle. Alix était la seule au courant de ses aspirations profondes.

— Devenir pasteur serait pour moi la meilleure façon d'être utile à mon prochain. Il y a longtemps que cette idée a germé dans ma tête. Mais je n'avais pas le courage de reconnaître que telle était ma vocation.

— Tu es sérieux ? insista Romy. Tu veux vraiment être pasteur !

— Tout ce qu'il y a de plus sérieux. Et je pourrais poursuivre mes études ici, à Heidelberg. C'est un grand foyer de la religion réformée depuis le XVIe siècle.

— Qu'est-ce qui finalement t'a décidé ?

— Toi.

Thibaud prit Romy dans ses bras. Ils étaient seuls dans la maison avec les domestiques. Les Rochefort se trouvaient encore à l'usine. Il l'entraîna dans sa chambre. L'embrassa amoureusement.

Elle se laissa faire, se perdant dans les délices de l'extase.

— Si mes parents savaient que je fréquente un futur pasteur ! dit-elle en ôtant son chandail. Je ne sais pas comment ils réagiraient.

— Ils sont protestants. Ça ne devrait pas les choquer.

— Non... Mais on est un peu cousins.

— Oh, de si loin !

Elle se déshabilla sans fausse pudeur et s'allongea sur le lit dans une pose lascive. Thibaud la dévora du regard, comme émerveillé devant une toile de maître.

Il n'avait jamais connu une fille aussi excitante. Ses yeux ne pouvaient se détacher de sa poitrine menue mais ferme, aux mamelons sculptés dans l'ivoire, du galbe de ses hanches, de ses jambes longues et effilées, de son ventre plat et tout en muscle, de sa toison touffue et brune qui semblait dissimuler le secret de l'origine du monde.

— Comme tu es belle ! lui dit-il.

— Viens, insista-t-elle.

Il la suivit sur le lit, ôta ses vêtements, tira le drap pour dissimuler son sexe.

— Comme tu es prude ! se moqua-t-elle.

Elle se blottit au creux de son épaule, s'enivra de l'odeur de sa peau, l'embrassa sur la bouche. Puis elle se lova contre son corps, à la découverte de paradis inaccessibles.

Dans le hall d'entrée, Lukas venait de rentrer tout exalté et ne contenait pas sa joie.

— Le Führer est vraiment le maître du Reich à présent ! s'exclama-t-il haut et fort afin que tous l'entendent. Rien ne pourra plus entraver sa marche vers la victoire totale.

Romy et Thibaud entendirent sa réflexion à travers la porte. Se regardèrent, effarés.

Sans se parler, ils comprirent que les lendemains n'allaient pas ressembler à ce qu'ils découvraient dans l'intimité de leurs ébats.

Alors, sans faire de bruit, ils refirent l'amour.

18

Douloureuse vérité

1935

Vincent laissa volontairement passer du temps avant de retourner voir Adèle Vigan à Avignon. Il ne souhaitait pas brusquer les événements. Certes, maintenant que leurs relations étaient clarifiées, rien n'était plus pareil. Dans son cœur, des sentiments nouveaux avaient germé, une sorte d'appel intérieur qui ravivait en lui un lien, une racine oubliée, enfouie dans le tréfonds de sa conscience. Il se sentait terriblement partagé. Quand il pensait à Adèle, il ne parvenait pas à la considérer comme cette jeune fille simple et pauvre qui lui avait donné la vie. Elle était plus que cela. Aujourd'hui, elle était devenue une femme honorable et respectée, qui fréquentait des gens influents à l'archevêché. Pour autant, il éprouvait toujours de la difficulté à la regarder comme un fils. Et lorsqu'il se trouvait en présence de Constance, il ne doutait pas un seul instant que c'était elle sa véritable mère.

Faustine l'aidait souvent à mettre en accord son cœur et son esprit. Elle ne cessait de lui conseiller d'aller revoir Adèle. Il ne devait pas lui laisser l'impression d'être détaché d'elle. Le secret qu'il lui avait révélé avait dû – elle en était persuadée – bouleverser le cours de son existence.

— Adèle a dû beaucoup souffrir dans sa jeunesse, plaidait-elle en sa faveur. Abandonner son enfant n'est pas facile. Elle a mené une vie d'errance avant de trouver un havre de paix auprès de monseigneur l'archevêque. Même si elle a recouvré la sérénité, je ne suis pas certaine qu'elle soit heureuse.

— Elle a reconnu avoir vécu seule pendant toutes ces années.

— Elle devait culpabiliser de t'avoir laissé à l'orphelinat. Puis, quand elle a cru avoir retrouvé son fils en la personne de Raphaël Simon et qu'elle a appris quelques années après, par ta bouche, qu'il était mort à la guerre, elle a peut-être pensé que Dieu la punissait pour ce qu'elle avait commis.

— Quand elle a deviné que j'étais son fils, j'ai vu dans son regard une sorte de lueur de rédemption.

— Alors si Dieu t'a permis de retrouver ta mère, tu ne dois plus la laisser seule. Retourne la voir, et tracez ensemble le chemin qui sera désormais le vôtre. Cela ne t'empêchera pas de demeurer le fils de Constance, ta vraie maman, celle qui t'a élevé, soigné, qui t'a vu grandir et qui s'est fait du souci quand tu étais à la guerre, mais aussi qui nous a bénis le jour de notre mariage.

Faustine trouvait toujours les mots justes.

— Parle-lui sans détour. Invite-la chez nous au Chai de La Fenouillère. A présent, elle doit rencontrer ta famille. Elle en fait partie. Il ne faut pas la maintenir à l'écart. De plus, je suis sûre qu'elle a hâte de faire la connaissance de ses petits-enfants.

Vincent écouta les conseils avisés de Faustine. Il se rendit à nouveau à Avignon dans le courant janvier. Il invita Adèle au restaurant, un établissement qui avait pignon sur rue dans la cité des Papes.

Lorsque le serveur les vit entrer, il reconnut Adèle. Celle-ci n'était pas une habituée des lieux, mais il lui était arrivé plusieurs fois d'y manger en compagnie d'une amie, voire d'un secrétaire au service de l'archevêque. Il pensa sur le moment qu'Adèle se laissait courtiser par un homme bien jeune. Vincent ne mesurait pas sa galanterie et se montrait très attentionné, sans songer que de mauvais esprits pussent mal les juger. A entendre sa cliente appeler Vincent par son prénom, le serveur imagina qu'elle avait enfin rencontré l'âme sœur.

— Bonjour, Adrien, lui dit Adèle quand il leur proposa l'une de ses meilleures tables. Je vous présente mon fils, Vincent.

Le serveur ne parvint pas à dissimuler sa surprise.

— Votre fils ! Oh, suis-je bête ! J'avais cru que monsieur était… Excusez-moi, je vous prie. En vous voyant ainsi tous les deux, je ne pensais pas que vous puissiez être la maman de monsieur.

— Vous me flattez, Adrien. Il est vrai que seulement dix-huit ans nous séparent.

— Il n'en paraît rien, madame Vigan. Vous êtes toujours aussi radieuse… A bien vous regarder, il y a entre vous un air de ressemblance qui ne trompe pas…

Au cours de la conversation, Vincent sentit les liens qui l'unissaient à Adèle se renforcer, sans qu'il eût besoin de s'appesantir à nouveau sur leur passé.

Devant son embarras à l'appeler maman ou mère, Adèle lui proposa de l'appeler par son prénom.

— Je me doute que cela ne doit pas être facile pour toi. Dans ton cœur le mot maman est déjà pris. Je ne veux pas t'ennuyer avec ce genre de détail. Appelle-moi Adèle si tu préfères. Et cesse de me vouvoyer.

— Vous me paraissez si jeune que j'ai du mal à m'imaginer que vous… que tu puisses être ma mère. Il faudra que je m'y habitue. Je suis conscient que nous ne rattraperons jamais le temps perdu. J'ai trente-sept ans. Je ne suis plus un enfant. Il m'est difficile de faire comme si toutes ces années n'avaient pas existé et n'étaient au fond qu'une longue parenthèse. Ma vie s'est inscrite auprès des Rouvière, mes parents adoptifs.

— Je ne te demande pas de revenir sur le passé. En ce qui me concerne, le simple fait de te savoir vivant et heureux suffit à mon bonheur.

— Ne te méprends pas sur mes intentions. Je n'ai nulle envie, maintenant que je t'ai retrouvée, de t'abandonner ici comme si de rien n'était. Si je suis venu te voir, c'est d'abord pour t'inviter chez moi, à Tornac. Faustine, ma femme, souhaite faire ta connaissance et te présenter tes petits-enfants.

— J'ai hâte de les rencontrer… Mais il y a autre chose ?

Vincent hésita.

— Ce n'est peut-être pas le bon moment pour en parler !

— Je t'écoute.

— Voilà… j'aimerais savoir qui est mon père.

Adèle s'assombrit. Vincent s'en aperçut.

— Si c'est pour toi un souvenir douloureux, je n'insiste pas.

— Non, fit Adèle en le regardant tendrement. Tu sais, quand je te vois là sous mes yeux, je ne peux oublier qui est ton père. Tu lui ressembles tant. C'est pour cette raison que j'ai deviné que tu étais mon fils lorsque tu es venu me prévenir de la mort de Raphaël à la guerre. Sur le moment, bien sûr, j'ai été bouleversée. Puis, petit à petit, lorsque j'ai pris conscience de ta ressemblance avec Raphaël, j'ai commencé à douter.

— Avec Raphaël ! Je ne comprends pas.

— Ton père s'appelait aussi Raphaël. Raphaël Mazel. Il était pasteur à Saint-Jean-du-Gard quand j'y habitais. C'est une longue histoire.

— C'est un pasteur qui t'a mise enceinte ! s'étonna Vincent. Et il t'a abandonnée !

— Non, pas du tout. C'est beaucoup plus compliqué. En réalité, à l'époque, j'étais placée chez des paysans, les Bonnal. Moi aussi, j'étais orpheline. Je fréquentais le temple où je m'occupais de la chorale des enfants. Cela me donnait une bonne excuse pour échapper à l'emprise de mes tuteurs qui m'exploitaient dans leur ferme en plus de mon travail à la filature. Un jour, Raphaël… enfin, le pasteur… est venu me déclarer qu'il m'aimait. Il ne pouvait plus dissimuler ses sentiments à mon égard. Moi, j'étais très jeune – j'avais dix-sept ans –, mais, sans le lui avouer, je n'avais d'yeux que pour lui. Il était si beau, et il parlait si bien, le dimanche au temple ! Je n'ai su quoi lui répondre. J'étais trop émue, mais aussi trop heureuse. Mais à la ferme, il y avait le fils Martin. C'était un garçon vicieux. Il portait le mal en lui. Il ne faisait que me tourner autour. Un jour… Oh, ce fut atroce ! Je ne peux pas en parler…

— Il a abusé de toi, c'est cela, n'est-ce pas ?

— Oui. Et il a recommencé. Je ne pouvais pas lui échapper. Il est devenu jaloux. Il s'est douté que Raphaël et moi, nous nous aimions. Il est allé faire de l'esclandre chez lui. Quand nous nous sommes retrouvés… comment te dire… enfin, tu comprends… j'étais tellement effondrée à cause de ce que je subissais que je me suis abandonnée dans les bras de Raphaël. Lui-même n'a pas trop su ce qui nous arrivait. Nous nous sommes donnés l'un à l'autre. C'était pour moi comme si j'étais lavée de toute la souillure de Martin.

— Et tu es tombée enceinte. Mais comment savais-tu de qui ? Peut-être que je suis le fils de cet ignoble individu !

— Non, il n'y a aucun doute. Je t'ai dit que tu ressembles à ton père. A Raphaël. Quand j'ai mis mon bébé au monde, j'ai tout de suite vu cette ressemblance. Tu ne peux pas imaginer mon soulagement. Car, tout au long de ma grossesse, je n'ai eu qu'une crainte, que Martin soit le père de mon enfant. Que tu sois l'enfant d'un viol !

Vincent était effaré. Jamais il n'avait envisagé que sa mère ait pu connaître un destin si tragique.

Il demeura un long moment sans parler.

Adèle se taisait également, suspendue à la réaction de Vincent.

— Pourquoi t'a-t-il quittée ?

— Il ne m'a pas quittée. C'est moi qui suis partie. Il n'a jamais su que j'étais enceinte. Je n'ai pas osé le lui avouer. J'ignorais qui était le père. Je ne pouvais pas lui imposer une telle incertitude. Et puis... il était le pasteur de notre paroisse.

— Alors... il n'a jamais appris mon existence !

— Non. Jamais.

— Qu'est-il devenu ? Tu n'as pas cherché à savoir ?

— Non, je ne souhaitais pas remuer le passé. J'avais refait ma vie à Avignon, dans la paix de mon âme. Et puis, quand tu es venu m'annoncer la mort de Raphaël, tu te rappelles... C'était quelques mois après la fin de la guerre, j'ai ressenti une telle tristesse que je n'ai pas eu le courage de revenir sur cette terrible histoire. Même si, sur le coup, j'ai été frappée par ta ressemblance avec Raphaël Mazel, ton père, j'ai décidé de faire mon deuil des deux êtres que j'avais perdus... Mais maintenant, si tu le souhaites, je suis prête à entendre la vérité. Va à Saint-Jean-du-Gard, et tâche de savoir ce qu'il est advenu du pasteur Mazel.

Vincent laissa s'écouler quelques semaines et, début février, alors que le froid s'était abattu sur toute la région, il se rendit à Saint-Jean-du-Gard, comme l'avait fait Raphaël Simon avant lui quelque vingt ans plus tôt.

La petite cité cévenole était complètement endormie, paralysée par la rigueur de l'hiver. Un fort vent du nord balayait les rues et finissait de chasser au loin les dernières feuilles mortes de l'automne.

Il ne s'arrêta pas devant le temple et entra au café de la Mairie afin de se renseigner sur l'adresse du pasteur. Le cafetier était le même depuis deux décennies. Il avait pris de l'embonpoint, son crâne s'était dégarni. Mais il avait conservé sa jovialité de l'époque où Raphaël Simon était passé dans son établissement.

Lorsque Vincent lui demanda où habitait le pasteur, il lui répondit :

— Il n'a pas déménagé. C'est la rue juste à côté du temple. Il y a une petite croix sur sa porte. Vous ne pouvez pas vous tromper.

Vincent termina son verre et sortit sans s'attarder.

Comme Raphaël avant lui, il se rendit à l'adresse indiquée par le cafetier. Une femme aux cheveux gris vint lui ouvrir.

— Bonjour, madame, fit Vincent. C'est bien ici qu'habite le pasteur Mazel ?

Vincent savait par Adèle que Raphaël Simon avait frappé à la même porte, mais ignorait qu'il était reparti avec la plus grande déception de sa vie, celle de ne pas avoir retrouvé celui qu'il croyait être son père.

— Entrez, je vous en prie, lui proposa la femme aux cheveux gris. Mon mari va vous recevoir.

Vincent sentit son émotion décupler. Allait-il enfin rencontrer son père ? Etait-ce si simple ? Pourquoi donc Adèle n'avait-elle pas tenté de savoir si l'amour de sa vie était toujours là, à Saint-Jean-du-Gard ? Son cœur se serra, comme celui de Raphaël l'avait fait quand elle prononça les mots fatidiques : « mon mari ». Alors, le pasteur Mazel, mon père, s'est marié, songea-t-il aussitôt. Il n'a pas non plus cherché à savoir ce qu'il était advenu de celle qu'il avait tant aimée ?

La femme du pasteur l'introduisit dans un bureau qui sentait le vieux papier et l'encre. Sur les rayons de la bibliothèque, des centaines de livres étaient parfaitement alignés. Sur la table de travail, de gros dossiers étaient empilés à côté d'un sous-main en cuir tout élimé, doté d'une feuille de buvard couverte de taches d'encre.

— Asseyez-vous, lui dit aussitôt le pasteur, un homme d'une bonne cinquantaine d'années, de forte corpulence et à la barbe hirsute. Que puis-je pour vous ?

— Je souhaitais rencontrer le pasteur Mazel. Raphaël Mazel.

— Encore ! s'étonna le religieux. On m'a déjà formulé cette demande, il y a bien longtemps de cela. Un jeune garçon, je me souviens très bien de lui. Il avait l'air désespéré. C'était juste avant la guerre. J'ai une excellente mémoire !

— Vous êtes le pasteur Mazel ?

— Non, je suis le pasteur Combe. Je vais vous répéter ce que j'ai expliqué à ce garçon : le pasteur Mazel, que j'ai remplacé, est parti en Polynésie il y a une bonne trentaine d'années. D'après ce que j'ai pu apprendre à l'époque, un événement douloureux avait bouleversé sa vie, une grosse peine de cœur dont il ne se serait pas remis. Il commençait à peine son ministériat quand ça lui est arrivé. La jeune fille était l'une de ses paroissiennes.

Vincent paraissait dépité. Le pasteur s'en aperçut.

— Puis-je savoir qui vous êtes, monsieur ?

Vincent hésita l'espace d'un instant à lui révéler la vérité. Il se reprit en pensant à Adèle.

— Je suis le fils du pasteur Mazel. Mon nom est Vincent Rouvière. Mais en réalité, je devrais m'appeler Raphaël Vigan, comme ma mère, Adèle Vigan.

Le pasteur fronça les sourcils. Se frotta le cuir chevelu d'un air dubitatif.

— Voyons, vous dites que vous êtes le fils du pasteur Mazel. Un jeune garçon est venu me voir en 1914. Il prétendait la même chose et affirmait s'appeler

Raphaël Vigan. J'en suis certain. Comment expliquez-vous cela ?

— Je ne veux pas rentrer avec vous dans les méandres d'une histoire très compliquée et qui nous unit, ce Raphaël Vigan, que vous avez rencontré il y a plus de vingt ans, et moi…

— Mais, monsieur, comment vous appelez-vous en fin de compte ?

Vincent lui révéla toute la vérité sur les origines de la confusion, source de l'imbroglio dont Raphaël et lui avaient été l'objet.

— Je suis donc le véritable Raphaël Vigan, poursuivit-il. Mais on me connaît sous le nom de Vincent Rouvière, Rouvière étant le nom de mes parents adoptifs. Quant au Raphaël Vigan qui s'est présenté devant vous, de son vrai nom Raphaël Simon, il aurait dû s'appeler Vincent Rochefort, car sa mère était Catherine Rochefort. Elle est morte à sa naissance. Et lui-même a été tué à la guerre en 1918. J'y étais, nous étions compagnons d'armes.

Le pasteur alla se servir un verre d'eau-de-vie et en offrit un à Vincent.

— Ça nous remettra l'esprit en place ! plaisanta-t-il. Quelle histoire ! Alors c'est donc vous le fils naturel de Raphaël Mazel !

— Oui, et il ignore encore mon existence.

— Si je comprends bien, vous escomptiez le retrouver.

— Le retrouver… Maintenant que je sais qu'il est parti à l'autre bout du monde, ce sera très difficile. Comme je l'ai dit à ma mère, on ne rattrape pas le temps perdu. Je souhaitais avant tout savoir qui était mon père et, le cas échéant, pouvoir lui parler et connaître sa vérité.

— Vous espériez peut-être qu'il accepterait de revoir votre mère, non ?

— Je ne sais pas. Nous en aurions discuté, sans doute.

Vincent ne s'éternisa pas davantage à Saint-Jean-du-Gard.

Il rentra à Tornac, l'esprit très agité. Il se sentait frustré de ne pas avoir pu rencontrer celui qu'il s'efforçait de considérer comme son simple géniteur.

— Maintenant qu'on a remué toute cette histoire, confia-t-il à Faustine, je ne suis plus l'homme que j'étais avant. Je sais que je ne suis pas orphelin et, bizarrement, cela m'est plus inconfortable. A mes yeux, mes parents sont Constance et Donatien Rouvière. J'ai trois sœurs qui s'appellent Louise, Julie et Aline. J'ai des tas de souvenirs avec elles. Toute mon enfance s'est déroulée à La Fenouillère. C'est comme si j'y étais né. Or, maintenant, tout est chamboulé. Je ne sais plus qui je suis vraiment. J'ai l'impression d'être redevenu orphelin, un sans-famille.

Faustine se sentait incapable de réconcilier Vincent avec lui-même : pour elle il était Vincent Rouvière, son mari et le père de ses enfants.

— Si j'étais à ta place, lui confia-t-elle, j'irais jusqu'au bout du chemin.

— Que veux-tu que j'entreprenne encore ? Je sais tout, à présent.

— Non. Tu ignores si ton père est vivant. Tant que tu ne le sauras pas, tu seras dans le doute et tu ne trouveras pas le repos.

— Que me conseilles-tu ?

Faustine prit le temps de formuler sa réponse car ce qu'elle s'apprêtait à proposer à son mari allait lui coûter.

— Un long voyage, dit-elle enfin. Un voyage à l'autre bout du monde.

19

Tensions

Elodie était de toute la famille Rochefort celle qui faisait le moins parler d'elle. Vivant à Montpellier avec son mari Pietr, son fils Igor et sa fille Natacha, elle se consacrait à l'éducation de ses enfants. Elle aidait parfois Pietr, lorsqu'il rapportait de la banque, où il exerçait de hautes fonctions, des dossiers à traiter d'urgence. Ça la distrayait, prétextait-elle pour dissimuler son envie réelle de travailler. Elle lui servait de secrétaire à domicile ou de comptable. En vérité, elle ne comprenait pas grand-chose aux délicates transactions qu'il dirigeait au nom de clients ou d'entreprises dont le siège se situait dans des pays étrangers. Pietr ne lui expliquait pas dans le détail les tenants et les aboutissants des flux bancaires dont il s'occupait.

— Ce ne sont que des mouvements de capitaux entre grands groupes, affirmait-il. Moi-même, j'y perds parfois mon latin.

Elodie se doutait que son mari conservait en lui la nostalgie du passé. Ils en parlaient rarement, mais il leur arrivait d'évoquer le temps lointain de la révolution russe et des grands espoirs déçus. Certes, Elodie n'avait pas l'âme d'une révolutionnaire. Au demeurant, si elle n'avait pas croisé le chemin de son premier amour, Ivan Federovitch, elle n'aurait jamais épousé l'idéal égalitaire des bolcheviks. Néanmoins, elle ne regrettait rien de son engagement et elle faisait toujours confiance à Pietr quand celui-ci lui affirmait que la lutte était loin d'être terminée et qu'il fallait espérer qu'un jour le peuple russe se réveille et reprenne sa destinée en main.

Lorsque Trotski était passé voir son mari juste après son débarquement à Cassis, elle l'avait reçu dans leur appartement comme un visiteur ordinaire, ne tenant pas à marquer ostensiblement son adhésion à l'ennemi juré de Staline. Pietr, quant à lui, s'était montré moins discret et avait proposé ses services à celui qui, à ses yeux, incarnait dorénavant la vraie voie du communisme. Ils avaient œuvré ensemble aux destinées de la future URSS à l'époque où Lénine dirigeait le pays. Ils étaient restés en relation, dans la clandestinité depuis que Staline avait expulsé son rival, avec nombre d'opposants à sa politique.

Pietr pensait comme son mentor. La clarification de la question russe était loin d'avoir été réglée par la reconnaissance d'un nouveau parti bolchevique en dehors de l'URSS. Pour lui aussi, il fallait envisager une autre révolution, et arracher par la force le pouvoir à la bureaucratie installée au Kremlin. Mais ils divergeaient sur certains détails.

— Il ne s'agit plus de révolution sociale, tentait-il de faire comprendre à Elodie. Mais d'une révolution politique. La bureaucratie actuellement en place exerce une véritable domination de classe. En fait, elle n'est qu'une nouvelle classe exploitante.

— La bureaucratie existe aussi dans les pays capitalistes, reconnaissait Elodie. Elle n'est pas l'apanage du communisme.

— C'est juste, mais en Russie, elle engendre un mécontentement des masses laborieuses qui représente un réel danger. Beaucoup plus que dans les pays comme la France ou l'Angleterre.

Pietr faisait rarement part de ses idées à ses proches collaborateurs. Les bolcheviks faisaient l'objet d'une étroite surveillance de la part des services de la Sûreté. Aussi s'interrogeait-il sur les raisons de la tolérance dont Trotski bénéficiait depuis son arrivée. Apparemment, les allées et venues du révolutionnaire russe étaient connues de la police. Mais celle-ci le laissait bizarrement vivre en paix.

En novembre 1933, Pietr avait été secrètement informé du déménagement de Trotski. Celui-ci s'était installé à Barbizon, en Seine-et-Marne, à une cinquantaine de kilomètres de Paris. La villa Ker-Monique n'était qu'un pavillon de banlieue, situé sur un petit chemin en lisière de forêt. Les pièces étaient exiguës, les couloirs et les escaliers étroits, mais le lieu d'un calme olympien. Les seuls visiteurs étaient des proches du nouveau locataire. Celui-ci entretenait des contacts à l'étranger et se déplaçait personnellement pour les rencontrer, pour la plupart à Paris, dans l'appartement d'un de ses amis ou dans certains cafés de la porte d'Italie.

Pietr montait parfois à Paris, laissant entendre à sa femme qu'il honorait des rendez-vous d'affaires avec des clients. Il ne pouvait lui dire qu'il se rendait aux nouvelles auprès de Léon Trotski. La présence de ce dernier près de la capitale, si elle lui était plus commode pour se mettre en relation avec les forces vives de l'opposition au régime soviétique en France, n'était pas du goût du gouvernement qui semblait fermer les yeux tout en maintenant autour de la villa Ker-Monique une étroite surveillance. Après la démission de Daladier au lendemain des violences du 6 février 1934, le nouveau président du Conseil, le Gardois Gaston Doumergue, avait constitué un gouvernement d'union nationale, excluant socialistes et communistes. Ceux-ci s'étaient empressés de constituer un Front populaire pour unir la gauche contre le danger fasciste et préparer les futures élections de 1936. Albert Sarraut, le ministre de l'Intérieur, s'était alors exclamé : « Le communisme, voilà l'ennemi ! »

L'asile de Trotski devenait de plus en plus précaire.

Aussi tous ses soutiens faisaient-ils corps autour de lui. Pietr multipliait ses visites à Paris et se tenait prêt à toute éventualité dans le cas où il faudrait organiser un départ précipité de cet hôte encombrant.

Sébastien suivait avec attention les derniers soubresauts de cette histoire politico-judiciaire. Les autorités françaises fermaient les yeux sur l'illégalité de résidence du ressortissant russe. Celui-ci travaillait à l'élaboration de la nouvelle Internationale – la IVe Internationale –, affirmant que l'avenir de l'URSS dépendait de la formation de nouveaux partis communistes et de la victoire de la révolution mondiale.

Dans son journal, Sébastien tenait régulièrement informés ses lecteurs de l'évolution de la Russie soviétique. Mais peu de choses filtraient, en réalité, de ce pays en pleines turbulences. A Moscou, Staline avait déjà procédé à de grandes purges dans le parti et dans l'armée à la suite de l'assassinat, le 1er décembre 1934, à Leningrad, de Kirov, secrétaire du Comité central, imputé à des éléments trotskistes. Et il avait été approuvé pour la cinquième fois consécutive par les soviets au cours du VIIe congrès.

— Je sens beaucoup de fébrilité dans tous les camps, dit Sébastien à Pauline, un soir qu'il rédigeait son dernier article sur la présence de Trotski en France. Le Congrès soviétique vient de confirmer Staline et Molotov dans leurs postes. Il a voté des crédits majorés pour l'équipement de l'armée. Il semblerait que l'URSS s'apprête à faire face à une éventuelle agression des pays capitalistes. De son côté, le gouvernement français commence à s'agiter autour de Trotski, comme s'il voulait l'extrader, comme s'il craignait effectivement les représailles des Soviétiques.

— Tu ne crois pas plutôt que Staline se prépare à un affrontement avec l'Allemagne nazie ?

Sébastien s'interrogeait sur la fièvre qui s'emparait des grandes puissances européennes depuis quelques années. Hitler venait de rétablir le service militaire en dépit des accords du traité de Versailles, et avait procédé au réarmement de son pays par la constitution de trente-six divisions. L'Italie avait également mobilisé deux divisions et rappelé des troupes dans sa colonie somalienne en vue d'une intervention en Ethiopie. L'Angleterre, de son côté, avait annoncé pour la première fois depuis la fin de la guerre un rééquipement de son armée. Bref, toutes les grandes nations européennes se livraient, comme avant 1914, à une dangereuse course aux armements. Dans ce contexte explosif, quelles étaient les intentions de la Russie soviétique ? Quelles étaient celles des opposants trotskistes disséminés dans toute l'Europe et qu'Hitler vouait aux gémonies ?

— Tu n'as peut-être pas tort, reconnut Sébastien. John Simon et Anthony Eden[1] sont rentrés d'une visite officielle à Berlin. Ils n'ont pu qu'enregistrer avec impuissance les arguments d'Hitler en faveur du réarmement. Il n'en reste pas moins vrai que des alliances tacites sont en train de se nouer en vue d'un nouveau conflit mondial. L'URSS vient de signer un traité d'assistance mutuelle avec la France et la Tchécoslovaquie[2].

— Et que vient faire ton Trotski dans tout cela ? s'étonna Pauline qui ne saisissait plus les subtilités de la diplomatie internationale.

— J'ai peur qu'il n'attende qu'une chose : que la situation se détériore complètement pour avancer ses pions sur le terrain politique. Et dans ce cas, je crains pour Elodie et son mari.

— Ta sœur et Pietr ! Mais qu'ont-ils à voir dans cette histoire ?

— Je peux bien te le dire, maintenant. J'ai mes sources. Je sais que Pietr est en relation étroite avec Trotski et ses amis. Ceux-ci viennent des quatre coins de l'Europe pour le consulter. Il y a des Français, des Belges, des Polonais, des Italiens, des Russes bien sûr, et même des Allemands. Tous se tiennent prêts pour le grand jour. André Malraux, que je connais bien, m'en

1. Respectivement ministre britannique des Affaires étrangères et lord du Sceau privé.

2. Le 2 et le 16 mai 1935.

a touché deux mots. Il a rencontré personnellement Léon Trotski quand il résidait encore à Saint-Palais.

— Je croyais que la police avait mis de l'ordre dans cette histoire de résidence surveillée de Trotski !

— C'est plus compliqué que cela. A Barbizon en effet, des bruits ont couru à propos des hôtes de la villa, à l'accent étranger, au comportement louche. Certains ont affirmé qu'il s'agissait de trafiquants ou de faux-monnayeurs. Tu parles ! Plusieurs journalistes, dont je fais partie, ont été informés. Il est certain que les autorités françaises savaient ce qui se passait dans la villa Ker-Monique, mais elles ont laissé faire. Aucun fonctionnaire n'a publiquement démenti la version de l'infraction à la résidence autorisée en Corse qu'avait seulement obtenue Trotski.

— En Corse !

— Le procureur de la République de Melun avait été averti par le ministère de l'Intérieur que Trotski avait la permission de résider en France pour des raisons de santé, mais uniquement limitée à la Corse. Ce qu'a nié Trotski quand a eu lieu la descente de police à Barbizon.

— Qu'en est-il aujourd'hui de cet imbroglio ?

— Trotski fait l'objet d'une interdiction de séjour en France, sous prétexte qu'il n'a pas observé le devoir de neutralité politique qu'il s'était engagé à respecter au moment où on lui a accordé l'hospitalité.

— Où est-il maintenant ? A l'étranger ?

— Non. Officiellement et juridiquement, il a été expulsé. En réalité, il ne l'a pas été. Tu gardes tout ceci pour toi. Le gouvernement a d'abord envisagé de l'envoyer à Madagascar ou à La Réunion, très loin de la métropole.

— En exil, en quelque sorte. Comme Napoléon, afin qu'il ne puisse plus nuire.

— Oui, si tu veux. Puis il y a renoncé. Doumergue a transigé. Pourquoi ? Je n'en sais rien. Il l'a autorisé à demeurer sur le territoire, sans visa. Mais à la moindre incartade, il sait ce qui l'attend. L'opinion publique ne prendra jamais sa défense. Elle le considère toujours comme un dangereux révolutionnaire. Et les communistes, ceux du PCF inféodés à Staline, comme un ennemi à leur cause. Depuis son expulsion de Barbizon il y a un an, j'ignore où réside Trotski. Il doit se tenir tranquille quelque part, dans une ville de province[1].

— Et Elodie et son mari dans tout cela ?

— De source sûre, ils sont dans le collimateur des services de la Sûreté générale.

— Ne crois-tu pas qu'il serait prudent de les avertir ? Il faudrait éviter qu'une Rochefort soit mêlée de près ou de loin aux agissements d'un homme qui passe pour un danger public. Vu la conjoncture, nul ne peut deviner comment réagira le gouvernement français. Imagine que l'extrême droite parvienne un jour au pouvoir, je ne donne pas cher de ta sœur.

Sébastien était conscient que, malgré elle, Elodie s'était laissé entraîner dans des eaux troubles. Il avait suffisamment de relations toutefois pour lui éviter d'être inquiétée. Mais en ce qui concernait son mari, ne sachant pas quel était son degré de compromission avec les agents trotskistes infiltrés en France, il ne pouvait présumer de rien.

1. Trotski vivait toujours en France dans une situation de vide juridique. Après Barbizon, il résida à Lagny, puis dans le centre-est du pays. En juillet 1934, il s'est installé à Domène pour un an.

Quelques jours plus tard, Sébastien apprit que Léon Trotski venait d'être expulsé du pays[1] et qu'il avait trouvé refuge en Norvège.

— J'espère que, désormais, ma sœur et son mari se tiendront tranquilles, soupira-t-il d'aise.

Thibaud, bien que moins informé des arcanes de la diplomatie et des tractations politiques, vivait de l'intérieur la montée des tensions et ne pouvait pas ignorer ce qui était en train de se passer sous ses yeux.

Lukas en était l'expression même.

Le jeune Rochefort venait d'intégrer les SS qui lui avaient donné de réelles responsabilités au sein de l'appareil nazi. Les Jeunesses hitlériennes lui avaient servi de tremplin pour une future carrière qu'il entrevoyait avec beaucoup d'espoir. Dans les écoles de sa ville, il supervisait désormais le bon fonctionnement des études de « science raciale ». Il avait assuré à son père qu'il poursuivrait son droit parallèlement à ses nouvelles fonctions, mais, en réalité, il arborait plus souvent son flambant uniforme noir à la croix gammée que son habit d'étudiant.

Romy ne dissimula pas son effarement lorsqu'il lui apprit sa promotion.

— Tu vas porter l'uniforme comme un soldat ! lui opposa-t-elle. Comment peux-tu collaborer à des thèses si éloignées de nos propres valeurs ?

Il tenta de la calmer.

— Je désire seulement servir mon pays. Et si je peux me rendre utile pour purifier notre peuple, je ne vois

1. 14 juin 1935.

pas où est le mal. Une population saine est la base de la force d'une nation. C'est comme le corps humain. Il faut le maintenir en bonne santé en éradiquant tous les microbes.

— Je suis effarée par ce que tu as le culot d'affirmer.

— Tout bon Allemand doit veiller à la préservation de la race aryenne. Chacun doit effectuer son devoir. Aussi, j'espère que, plus tard, tu te marieras avec un garçon qui présentera toutes les caractéristiques du pur Aryen. Dans les écoles, on apprend aux enfants à distinguer les bons éléments des mauvais. Des séances pratiques de mensurations de la boîte crânienne sont organisées par les enseignants. De sorte que les élèves parviennent à reconnaître les plus beaux spécimens de notre race. Il faut surtout qu'ils sachent différencier les Juifs de ceux qui, malgré leur apparence, appartiennent à la race nordique.

Romy était désarmée face à la radicalisation de son frère. Elle aurait souhaité que son père le raisonne. Mais Hermann Rochefort pensait davantage à ses affaires. Contrairement à Lukas, qui agissait avec la fougue de sa jeunesse, lui se voyait contraint de subir le poids de l'appareil d'Etat qui, progressivement, écrasait toute la nation allemande.

Thibaud rencontrait Lukas de plus en plus rarement à Heidelberg, où l'atmosphère devenait pesante. Il y régnait un angoissant climat de suspicion et de terreur entretenu par la menace de la délation, surtout depuis que la politique antisémite s'était accentuée.

— La chasse aux sorcières n'est pas près de s'atténuer ! s'insurgeait Friedrich Liebknecht quand il voyait

Thibaud, toujours en prenant maintes précautions, soit dans les allées de la faculté, soit le soir chez leur logeuse.

Thibaud avait remarqué qu'il s'était laissé pousser les cheveux et qu'il se complaisait dans des tenues décontractées.

— Tu te négliges ! lui dit-il un jour, gentiment moqueur. Pourquoi ne vas-tu pas chez le coiffeur ?

— Tu n'aimes pas ma nouvelle coupe ? lui répondit Friedrich en rigolant.

— Si, ça te va plutôt bien.

— En réalité, il ne s'agit pas de coquetterie de ma part… Tu n'as pas entendu parler du swing ?

— Non, je l'avoue. Qu'est-ce que c'est ?

— C'est une manière d'interpréter le jazz. *Swing* en anglais signifie balancer. Cette musique vient des Etats-Unis. Elle est issue du blues des Noirs américains. Elle y fait fureur depuis quelques années.

— Je ne vois pas le rapport avec ta coupe de cheveux.

— Tous les garçons qui aiment le swing portent les cheveux longs et les filles se maquillent. Bref, tout ce que détestent les Jeunesses hitlériennes. Les nazis trouvent que c'est une musique de dégénérés, synonyme de désordre, de cacophonie, à l'opposé de la rigueur, de la précision, de l'ordre. Ils préfèrent la musique de Wagner.

— Et je suppose que tu aimes cette musique américaine.

— J'adore. En plus, c'est une façon de montrer aux jeunes nazis que nous ne sommes pas les esclaves du pouvoir. Ce mouvement est né à Berlin et à Hambourg. Petit à petit, il gagne du terrain. Partout on continue à jouer et à écouter du jazz sur des airs de swing. En prenant des précautions, bien sûr.

— C'est interdit ?

— Oui, évidemment, mais rien ne nous arrêtera. C'est la contestation de notre jeunesse, une manière de faire de la résistance[1]. Si tu veux, un de ces soirs je t'emmènerai écouter un petit groupe de swing allemand dans une cave de Stuttgart.

Thibaud accepta la proposition de Friedrich sans penser qu'il pourrait, en cas d'intervention de la Gestapo, se trouver mêlé à une rafle.

Ils se donnèrent rendez-vous le samedi suivant à Stuttgart.

Comme chaque fin de semaine, Thibaud se rendait chez les Rochefort. Ni Hermann ni Hilde ne se doutaient qu'il acceptait volontiers leur invitation pour retrouver leur fille. Thibaud et Romy restaient très discrets sur leur relation et se méfiaient en particulier de Lukas qui, Romy en était persuadée, n'aurait pas approuvé leur liaison. Elle avait avoué à Thibaud :

— Tu n'as pas du tout le type physique du bon Aryen. Il n'appréciera pas que j'envisage mon avenir avec toi. Il m'a déjà prévenue qu'il espérait me voir un jour mariée avec un beau Germanique aux yeux bleus et aux cheveux blonds. Afin de donner à la nation des enfants de pure race. Quelle ineptie !

— Je te ferai remarquer qu'Hitler est un petit brun aux yeux marron !

---

1. Mouvement qui sera connu par la suite sous le nom de Swingkids et qui pendant la guerre, en France, donnera naissance au mouvement zazou.

— C'est ce que je lui ai répliqué. Mais il ne m'a pas répondu.

Thibaud invita à son tour Romy à la soirée proposée par Friedrich.

Ils se retrouvèrent le soir vers dix heures, devant la porte d'une brasserie d'apparence très ordinaire. A l'intérieur, les clients buvaient de la bière et fumaient sans se soucier des entrées et des sorties. Le patron, un homme d'allure courtoise et au visage jovial, apportait sur les tables des chopes pleines à ras bord sans discontinuer.

Lorsqu'il aperçut Friedrich, il le salua discrètement et lui fit un signe de la tête qui n'échappa pas à Thibaud. Il passa à leur côté et murmura :

— C'est bon, vous pouvez y aller. Il n'y a pas de danger ce soir. J'ai pris mes précautions.

Alors, Friedrich entraîna ses amis dans l'arrière-salle où étaient stockés des caisses de bouteilles de bière et des petits fûts.

— Suivez-moi, leur dit-il. C'est par ici. Ne craignez rien.

Il poussa une porte dissimulée par une pile de cageots. Un escalier descendait à la cave. Romy ne semblait pas rassurée. Elle prit la main de Thibaud. Il exerça une pression pour la tranquilliser. L'escalier donnait sur un couloir sombre, plongé dans le silence.

Tout au fond, Friedrich ouvrit une autre porte. Une lumière diffuse les éblouit brutalement. Un groupe d'une bonne trentaine de garçons et de filles se déhanchait au centre de la pièce sur un air du jazz que jouait un quartet de musiciens montés sur une estrade improvisée : un saxophoniste, un clarinettiste, un guitariste et un batteur.

Ils s'écartèrent du groupe pour trouver un peu de calme, prirent place autour d'une table. Aussitôt un serveur vint leur apporter trois chopes de bière sans qu'ils aient eu besoin de les commander.

— Que jouent-ils ? demanda Thibaud.

— Tu ne connais pas Benny Goodman ? C'est un jeune jazzman de Chicago. Il n'a pas trente ans et déjà il fait un tabac aux Etats-Unis où il a créé un big band l'année dernière. Il est l'un des premiers Blancs à avoir osé embaucher un Noir dans son groupe, le pianiste Teddy Wilson.

— Alors que sévit la ségrégation raciale dans son pays ! C'est très courageux de sa part.

— Oui, de ce point de vue, les Américains n'ont rien à nous envier. Ils ont leur lot de racistes et d'intolérants.

— Je viens d'apprendre par ma mère que mon frère Pierre est parti aux Etats-Unis pour les affaires de notre père.

— Il a de la chance ! s'exclama Romy. Moi aussi j'aimerais bien aller en Amérique.

Thibaud la prit par les épaules et lui susurra dans le creux de l'oreille :

— En attendant, je t'ai promis de t'emmener en France. Tu es toujours d'accord ?

Romy n'eut pas le temps de répondre que la porte s'ouvrit brusquement dans un vacarme qui surprit tout le monde. Les musiciens s'arrêtèrent de jouer. Les jeunes cessèrent de swinguer, l'air effarés.

Dans l'embrasure de la porte, un homme svelte, droit dans ses bottes et dans son uniforme noir, la casquette à l'insigne de SS vissée sur la tête, se découpait dans le halo de lumière, en ombre chinoise. Derrière lui, trois individus en civil, portant imperméable et chapeau de feutre, encadrés par quatre gardes armés de fusils automatiques, menaçaient l'assemblée.

— Vous êtes tous en état d'arrestation, éructa le SS. Qu'aucun de vous ne bouge. Vous allez nous suivre sans faire d'histoires.

Romy blêmit. Saisit la main de Thibaud. Celui-ci n'avait pas encore réagi, mais comprit la gravité de la situation.

— Ce n'est rien, murmura-t-il. Je suis avec toi. Il ne t'arrivera rien.

Romy s'écarta légèrement, entraînant Thibaud sur le côté.

— C'est mon frère, chuchota-t-elle. Lukas !

20

Richmond

Pierre était installé à Richmond depuis un an.

D'un commun accord avec son père, il avait choisi cette ville de Virginie, en fonction de sa proximité avec la capitale fédérale. Washington n'était distant que de 160 kilomètres, ce qui lui faciliterait la tâche quand il devrait faire appel à certaines relations. De plus, son statut d'ancienne capitale de la confédération sudiste, où jadis le coton fut roi, lui laissait penser que la tradition textile l'avantagerait pour la concrétisation de son projet. Depuis l'époque de la première filature de laine, Crenshaw Woolen Mill, fondée en 1860, Richmond s'enorgueillissait de son passé industriel.

En débarquant dans la cité virginienne, Pierre songeait à cette entreprise qui avait été, comme les Etablissements Rochefort pendant la Première Guerre, l'un des principaux fournisseurs d'uniformes de l'armée des Etats confédérés au cours de la guerre de Sécession. Son père lui avait suggéré de faire valoir ce détail auprès des autorités du comté pour obtenir plus facilement les passe-droits nécessaires à la création d'une unité de production des usines Rochefort.

La ville passait encore pour un bastion du conservatisme américain. Le parti républicain y bénéficiait des faveurs d'une bonne partie de l'électorat, même si les démocrates y avaient triomphé aux élections de 1932. Certes, ceux-ci avaient pris les rênes du pouvoir depuis la victoire de Roosevelt et semblaient réussir là où leurs prédécesseurs avaient échoué. Mais, comme bon nombre de détracteurs du président élu à une forte majorité, Pierre pensait que les Américains finiraient par comprendre qu'il n'y avait rien à espérer d'un homme de gauche que d'aucuns taxaient de communisme. Aussi se méfiait-il des bons résultats engrangés par la politique du New Deal appuyée par le Congrès. Roosevelt, même s'il se disait convaincu des vertus du capitalisme, s'était néanmoins entouré d'une équipe d'intellectuels profondément influencés par les théories keynésiennes.

Pierre entra rapidement en contact avec le cabinet Baker & Maréchal, un bureau d'avocats d'affaires, dont le siège se situait à proximité du Capitole de l'Etat de Virginie. L'un des trois associés était un Français installé aux Etats-Unis depuis plus de dix ans.

Hervé Maréchal avait créé son cabinet avant la grande dépression, avec un Américain, John Baker, lui-même associé à Peter Falcone, d'origine italienne. Pendant la crise, ils avaient vu leur chiffre d'affaires décupler et s'étaient enrichis alors que d'autres, aux abois, connaissaient la faillite.

Hervé Maréchal reçut Pierre avec beaucoup de civilité quelques jours seulement après son arrivée sur le territoire américain. Il avait été prévenu depuis longtemps des intentions de son client et avait déjà entamé les premières démarches pour faciliter la mise en place de son projet.

— L'Amérique est le paradis pour tous les audacieux qui osent entreprendre, lui dit-il. De plus, la conjoncture est très favorable. Le New Deal donne des résultats incontestables. Le succès est assuré. Du moins… pour un temps. Après… c'est une autre affaire !

— Vous ne faites pas confiance à la politique de Roosevelt ? s'étonna Pierre.

— Pour ne rien vous cacher, monsieur Rochefort, je ne crois pas en l'intervention de l'Etat dans l'économie. Redonner à chacun de nouvelles chances pour permettre à tous de prendre part à l'effort collectif me paraît ressembler à du communisme. Les Américains ne sont pas et ne seront jamais communistes.

— Vous taxez Roosevelt de communiste !

— Je ne suis pas le seul. Il a de nombreux détracteurs qui l'attendent au tournant.

— Vous me rassurez !

— Dois-je comprendre que vous aussi êtes hostile à ces partis de gauche qui souhaitent s'immiscer dans les affaires privées ? Il suffit de regarder ce qui se passe en Union soviétique pour se rendre compte combien sont illusoires les théories de l'économie de partage.

— Je vous donne entièrement raison. Je vois que nous allons bien nous entendre, monsieur Maréchal.

— Dès que Roosevelt et sa clique de communistes auront dégagé de la Maison Blanche, nous serons assurés pour longtemps que la liberté d'entreprendre ne rencontrera plus d'obstacles. Les élections auront lieu l'année prochaine. D'ici là, bien des choses peuvent se passer. Je ne souhaite pas que la conjoncture se dégrade, mais la cote d'affection de Roosevelt peut s'effondrer face à d'autres problèmes. Sa politique étrangère par exemple.

Pierre n'était pas au courant des dessous de la politique américaine. C'était tout juste s'il suivait attentivement l'actualité française. A ses yeux, le plus important était d'éviter d'être gouverné par des forces de gauche. Son père ne faisait que lui marteler cette vérité depuis qu'il l'avait pris sous son aile.

Hervé Maréchal dévoila à Pierre ce qu'il avait déjà entrepris pour accélérer l'implantation de sa nouvelle usine.

— Je vous ai trouvé les locaux. Ici même à Richmond. Il s'agit d'une fonderie désaffectée datant du siècle dernier, de l'époque où la ville prospérait dans la métallurgie. Devançant votre consentement, j'y ai fait aménager tout ce qui sera nécessaire à l'installation de vos ateliers de confection.

— Vous avez bien fait, monsieur Maréchal. Quand pourrai-je visiter le site ?

— Dès aujourd'hui. Mais je dois vous prévenir, il faudra attendre un an pour que l'usine soit fonctionnelle. Le chantier promet d'être plus long que prévu, car il nécessitera de lourds travaux de réhabilitation. Grâce à mes relations, j'ai obtenu facilement toutes les autorisations qui vous étaient imposées pour vous implanter. Il ne reste plus qu'à enregistrer le nom de votre nouvelle société.

Pierre n'avait pas pensé à ce détail.

— Ce sera Laroche & Co, annonça-t-il. Comme la ligne de vêtements que nous lançons en France, mon père et moi. Nos jeans américains seront des Laroche et n'auront rien à envier aux 501 de Levi Strauss.

— Vous vous attaquez à un gros concurrent !

— Je ne sais pas si ces pantalons connaîtront un grand succès dans l'Hexagone, il faudra sans doute attendre quelques années. Mais ici, en Amérique, il y a de la place pour de nombreuses marques. Or je pars avec l'avantage d'importer la matière première de Nîmes, la ville qui a donné son nom au denim. Ce sera là notre force commerciale. Une fois que nous aurons conquis le marché américain, nous pourrons plus facilement exporter notre production chez nous, en France. Là-bas, c'est le contraire. Tout ce qui vient des Etats-Unis attire. Il sera donc plus aisé de vendre nos jeans américains d'origine française que des jeans franco-français. Vous me suivez ?

— Je pense… oui. Enfin, je veux bien vous croire.

Maréchal ne semblait pas convaincu par les arguments de Pierre.

— Le seul problème que j'entrevois, c'est la politique protectionniste du gouvernement. Vous devez savoir que Roosevelt, pour stimuler l'emploi dans le cadre de son New Deal, tente de remplacer le cercle vicieux de la déflation par celui, plus vertueux, de la reprise de la consommation en freinant les importations. Ce frein, par le moyen des taxes, ne vous sera pas favorable. Votre matière première, le tissu avec lequel vous allez élaborer votre gamme de vêtements, vous reviendra plus cher que si vous utilisiez la toile de jean fabriquée aux Etats-Unis.

— Nous fabriquons depuis très longtemps de la toile de jean dans nos usines de Nîmes. Je ne vais quand même pas utiliser du tissu américain ! Mon père ne l'accepterait jamais. Savez-vous que mon grand-père était fournisseur de Levi Strauss et qu'il a contribué à sa manière au renom de cette marque américaine ?

Visiblement, Hervé Maréchal ne connaissait pas l'histoire de la toile de Nîmes. Pour lui, peu importait d'où viendrait la matière première dont son client avait besoin. Il avait suffisamment de relations dans toutes les sphères de la vie publique de la côte Est pour lui épargner les tracasseries administratives et douanières.

— Ne vous en faites pas, le rassura-t-il. Je vous obtiendrai tous les passe-droits nécessaires pour que vous n'ayez aucun souci vis-à-vis du fisc. Je n'ai pas des amis uniquement dans le monde des affaires et de la politique. En Amérique, il faut aussi savoir compter sur d'autres milieux ; vous saisissez ?

Pierre n'était pas né de la dernière pluie. Son père n'avait pas hésité à recourir à des méthodes peu orthodoxes et avait eu des démêlés avec le milieu marseillais en maintes occasions. Il avait encore en tête sa démarche auprès d'hommes peu scrupuleux à qui il avait demandé de se débarrasser de l'usurpateur d'identité, l'escroc Sylvain Lafarge. Il ne fut pas long à comprendre que Maréchal connaissait aussi la pègre.

— Je vous fais entière confiance, poursuivit Pierre. Je ne veux pas savoir comment vous vous y prendrez. Pour moi, l'essentiel est que je puisse lancer ma ligne de vêtements sans rencontrer d'obstacles et avec la main-d'œuvre la plus docile possible.

— Pour cela, pas de souci. Ici, nous embauchons une majorité de nègres dans les usines et dans les champs. La main-d'œuvre ne coûte pas cher. Et nous ne craignons pas les syndicats.

Pierre releva le terme que l'avocat employait pour parler de la population noire. Il n'en fut pas offusqué, mais comprit que dans cet Etat anciennement sudiste la ségrégation avait encore cours.

— Les… nègres, comme vous dites, ne vous posent pas de problèmes particuliers ?

— Il faut les avoir à l'œil, c'est tout ! Ils sont un peu cossards. Mais, avec de bons contremaîtres, ils travaillent.

— Tout cela me convient fort bien, conclut Pierre. J'ai hâte que tout soit prêt à démarrer. Je vous revois d'ici quelques semaines. Faites-moi signe dès que les machines que j'ai commandées seront installées. Nous procéderons alors au recrutement de la main-d'œuvre. Des femmes pour la confection, des hommes et des gamins pour la manutention. Quelques Blancs pour l'encadrement et un bon comptable.

— Je vous trouverai tout cela facilement. Faites-moi confiance.

— Je compte sur vous, Maréchal.

Pierre sortit du cabinet Baker & Maréchal très satisfait.

Il s'engouffra aussitôt dans sa Ford V8 Deluxe de 1932 qu'il avait achetée à son arrivée, et regagna son hôtel où l'attendait un ami de son père, qu'il avait contacté. En passant devant les bureaux du gouverneur, il songea à Nîmes, à Thérèse qu'il avait dû si rapidement abandonner. Le Capitole de l'Etat de Virginie, conçu par Thomas Jefferson en 1785, était inspiré de la Maison Carrée de Nîmes et avait servi de modèle à la construction du Capitole et de la Maison Blanche de Washington. Sur le moment, il en éprouva une certaine vanité. Ces Américains, se dit-il en ralentissant afin de mieux apprécier l'architecture de l'édifice, nous doivent quand même une fière chandelle ! Et Nîmes aurait de quoi s'enorgueillir.

Il contourna les jardins qui l'entouraient, bifurqua à l'angle de East Broad Street et de la 14e Rue, prit la direction du sud pour regagner les bords de la James River où se situait son hôtel.

Jack Malorie l'y attendait. Ils ne se connaissaient pas, mais Jean-Christophe avait tenu à ce que son fils le rencontre. Ils s'étaient connus lorsque lui-même avait été envoyé par son père Anselme aux Etats-Unis afin de démarcher la clientèle américaine au début du siècle. « Il te sera d'une aide précieuse, lui avait-il recommandé. Il pourra t'introduire dans le milieu politique. »

Jack Malorie, membre du parti républicain, était sénateur de Virginie depuis plus de dix ans. Jean-Christophe avait toujours entretenu avec lui des relations étroites, en prévision des projets qu'il nourrissait. L'homme était un ancien patron du textile reconverti à la politique par ambition plus que par vocation. De petite taille et de forte corpulence, une calvitie naissante et mal habillé malgré son rang, il arborait un air de satisfaction dédaigneuse que Pierre remarqua immédiatement.

Son influence sur la population n'avait jamais fléchi. Il se vantait de faire la pluie et le beau temps dans tout l'Etat et affirmait que les nègres eux-mêmes lui savaient gré de sa préoccupation de contenir les plus excités des ségrégationnistes qui sévissaient dans sa ville. Bien qu'interdit depuis 1928, le Ku Klux Klan avait encore de nombreux partisans et adhérents dans tous les Etats du Sud. Par ailleurs, certaines affaires criminelles avaient révélé la corruption de ses dirigeants qui se comportaient souvent comme les maîtres d'une véritable mafia. Le sénateur Malorie se positionnait contre les valeurs racistes et xénophobes de l'organisation et se targuait même d'approuver la Commission des activités antiaméricaines de la Chambre des représentants à Washington, dominée par les démocrates.

— Comme vous pourrez vite le constater, reconnut-il devant Pierre, une fois les présentations terminées, je suis un homme politique très ouvert. Certes, je ne suis pas démocrate, mais quand ces derniers prennent de bonnes résolutions, je n'hésite pas à les soutenir. Je n'irai quand même pas jusqu'à voter pour leur candidat aux prochaines élections. Je ne suis pas fou ! Il faut tout faire pour arrêter les agissements de Roosevelt. Si ça continue, avec lui, les bolcheviks seront bientôt à la Maison Blanche.

Il promit à Pierre de mettre toute sa diligence et ses relations à son service.

— J'ai beaucoup d'estime pour votre père, lui avoua-t-il. C'est un homme d'affaires méritant, qui a su redresser sa situation financière quand tout allait au plus mal. Je crois que, seuls des hommes de sa trempe peuvent nous sortir de la nasse dans laquelle nous risquons de nous engouffrer si nous écoutons les sirènes de l'interventionnisme. Le capitalisme doit triompher sans l'aide de l'Etat. Le libéralisme est le seul salut pour notre pays et pour le reste du monde. Il faudra bien qu'un jour on éradique le bolchevisme de tous les endroits où il s'est imposé. Ce sera long et cela ne se fera pas sans mal, mais c'est inévitable.

— C'est ce que pense mon avocat d'affaires en charge de mes intérêts.

— Comment s'appelle-t-il ?

— Hervé Maréchal, du cabinet Baker & Maréchal.

— Je le connais, vous êtes entre de bonnes mains.

Pierre convia le sénateur au restaurant de l'hôtel.

— La table est excellente. Vous ne serez pas déçu.

— J'accepte volontiers, à condition que demain, vous veniez déjeuner à la maison. Ma femme est fine cuisinière. Elle adore concocter de bons petits plats quand je lui amène un invité. Et vous y ferez la connaissance de Judith, ma fille.

Pierre accepta l'invitation de Jack Malorie. Décidément, songea-t-il en regagnant sa chambre peu avant minuit, tout s'engage à merveille.

Douze mois s'écoulèrent que Pierre mit à profit en prospectant sa future et nouvelle clientèle et en établissant des études de marché.

Au début de l'été 1935, l'usine de confection Laroche & Co vit enfin le jour. Pierre l'inaugura à grand renfort de publicité dans la presse locale et sur les ondes des radios de l'Etat de Virginie. Le sénateur Malorie le gratifia de sa présence ainsi que le représentant au Congrès, le démocrate John Brickley.

Dans la foule, qui se pressait autour des personnalités les plus en vue du comté et de la ville, Pierre, soucieux de ménager les deux partis qui s'opposaient, se tenait le plus près possible des hommes qui incarnaient le pouvoir en place, quelle que fût leur appartenance. Certes, les démocrates avaient le vent en poupe, mais comme le lui avait assuré Hervé Maréchal, la politique de Roosevelt avait ses limites et finirait par rencontrer de sérieuses difficultés s'il persistait dans ses erreurs.

Le sénateur Jack Malorie lui tint le même langage, le jour de l'inauguration de son usine.

— L'inflation et le déficit budgétaire sont des solutions confortables à court terme, des solutions de facilité qui ne créent qu'une richesse illusoire et passagère, une richesse à crédit. Un jour ou l'autre, il faudra régler la note. Croyez-moi, ce jour-là, le peuple sera le dindon de la farce. C'est lui qui connaîtra à nouveau le chômage et les restrictions induites par une monnaie dévaluée. Et les patrons, comme vous, paieront très cher l'ardoise laissée par ceux qui auront péché par largesses et inconscience.

Face aux détracteurs zélés de la politique de Roosevelt, les admirateurs du New Deal, tel le représentant John Brickley, défendaient la thèse opposée avec opiniâtreté. La joute que se livraient les deux hommes sous les yeux de Pierre amusa ce dernier pendant toute la cérémonie.

— Pour moi, contredisait le représentant au Congrès, nos mesures ne sont pas encore assez keynésiennes. La relance par la consommation est trop timide, elle n'a pas véritablement eu lieu. Il faudrait renforcer davantage l'intervention de l'Etat. Or le patronat résiste, surtout les grands trusts qui dominent beaucoup trop la vie économique.

— On croirait entendre un communiste ! lui objecta le sénateur républicain. Souhaiteriez-vous l'abolition de la propriété dans notre pays ?

Pierre pensait à ce qui se passait en France, où son père devait sans doute se démener avec les mêmes contradictions, face aux divergences qui opposaient la droite et la gauche. Celle-ci n'était-elle pas en train de s'assurer la victoire aux prochaines élections législatives ? Le Front populaire, formé par les communistes et les socialistes après les affrontements de février 1934, avait en effet gagné beaucoup de terrain dans l'opinion.

Pour détendre l'atmosphère, Pierre demanda aux uns et aux autres de bien vouloir porter un toast à l'amitié franco-américaine et se fendit d'un discours qui étonna toute l'assemblée. Hervé Maréchal lui avait conseillé de flatter son auditoire et de complimenter sans les nommer les personnalités qui lui avaient facilité la tâche. Il évoqua le rôle de la France dans la conquête de la liberté des premiers Américains, celui du général Lafayette notamment, « le héros des deux mondes » venu prêter main-forte au général Washington. Il n'oublia pas de remercier les Etats-Unis d'avoir contribué à la victoire de 1918, si difficilement obtenue, et finit par avouer, non sans arrière-pensée, qu'il avait installé une usine de confection qui rappellerait aux Américains les liens étroits entre le jean popularisé par l'un de leurs grands hommes, Levi Strauss, et sa bonne ville de Nîmes.

— Nîmes, pérora-t-il tel un orateur, cité impériale, gardienne d'une brillante civilisation que nous ont laissée les Romains, Nîmes maintes fois envahie mais jamais détruite, Nîmes toujours debout à travers les siècles, vous contemplera avec fierté du haut de cette usine que vous m'avez permis d'édifier sur le territoire de votre ville, Richmond, dont le Capitole est un clin d'œil à notre célèbre Maison Carrée, temple augustéen élevé sous les auspices d'Apollon. Nîmes vous remerciera à jamais et gardera éternellement en son cœur le souvenir de votre générosité…

Tous les yeux convergeaient vers Pierre qui semblait soudain se prendre pour le représentant de la nation française tout entière. Les dames, qui accompagnaient leurs maris, ne restèrent pas insensibles aux paroles du jeune Français qui s'exprimait en anglais avec un accent qu'elles trouvaient très suave. Certaines ne pouvaient se retenir d'apprécier son physique et son charisme.

— Il est vraiment charmant, ce jeune homme, murmura la femme du sénateur à sa fille Judith qui lui tenait le bras comme une demoiselle bien élevée.

— Il est même beau garçon, nota Judith.

— Serait-il à ton goût ? s'étonna Barbara Malorie.

La jeune fille rougit.

— Il n'y a pas de honte à remarquer les hommes qui ont du talent, ajouta sa mère. Tu as bientôt dix-huit ans. Je ne suis pas une de ces femmes qui s'insurgent quand leurs enfants commencent à s'émanciper. Vis ta vie, ma chérie. Si ce Français te plaît, je peux demander à ton père de l'inviter plus souvent à la maison.

Judith n'osa pas accepter la proposition de sa mère. Elle lui fit comprendre qu'elle se trompait, mais en son for intérieur, elle souhaitait ardemment qu'elle aille au bout de son idée.

Dans la foule qui se pressait autour de lui, Pierre avait repéré Judith. Il s'approcha d'elle et de sa mère, leur tendit une coupe de champagne.

— Vous êtes très en beauté, madame Malorie. A vous voir à côté de votre fille, on vous prendrait volontiers pour des sœurs.

— Vous me flattez, monsieur Rochefort.

— Appelez-moi Pierre, s'il vous plaît.

— Si vous voulez, Pierre… Je peux vous avouer que ma fille n'a eu d'yeux que pour vous pendant tout votre discours.

Gênée, Judith fit mine de s'étonner.

— Maman ! Pourquoi dis-tu cela ?

— Mais parce que c'est la vérité, ma chérie… Ne faites pas attention, Pierre, ma fille joue les grandes timides. Mais elle m'a affirmé qu'elle vous estimait beaucoup.

Sur le moment, Pierre ne sut que répondre. Il avait bien envie de détourner la conversation, mais il se reprit, comme mû par une sorte de prémonition.

— Je vous trouve également très charmante, mademoiselle Judith, dit-il en fixant la jeune Malorie dans les yeux.

21

Retour aux sources

Juillet 1935

La Gestapo relâcha Romy et Thibaud après de longues heures d'interrogatoire. Conduits dans leurs locaux sous la garde des SS, ils furent soupçonnés d'appartenir à un mouvement de jeunes opposants au régime comme il en fleurissait dans certaines grandes villes d'Allemagne. Mais grâce à Lukas, ils ne furent pas inquiétés très longtemps. En revanche, Friedrich Liebknecht ne connut pas le même sort. Transféré le lendemain à Munich, il fut torturé et envoyé au camp de Dachau.

Romy et Thibaud ne purent obtenir de ses nouvelles. Lukas se montrait intransigeant.

— Soyez heureux d'être encore vivants. Je ne pourrai pas toujours intervenir en votre faveur si vous récidivez. Un conseil, éloignez-vous des ennemis du Reich. Cela ne pourrait que précipiter votre perte. Quant à toi, Thibaud, n'oublie pas que tu es un ressortissant étranger dans notre pays. Tu y es toléré. Cela ne t'autorise pas à t'immiscer dans la vie publique de nos concitoyens. Si tu veux y achever tes études, tiens-toi tranquille.

— Je ne te comprends pas, lui rétorqua Romy. Comment peux-tu te compromettre avec de tels chiens ? Nos parents nous ont inculqué les fondements de la Bible. Qu'en fais-tu sous ton uniforme à la croix gammée ? Tu renies tes origines et ta propre famille.

— Tais-toi ! Tu ne sais pas ce que tu dis. Tu dois obéissance à notre Führer, comme tous les Allemands. Il est notre guide. Le sauveur de la Nation. Lui seul peut nous préserver de la décadence et de l'avilissement. Aurais-tu oublié l'affront que nous ont imposé les Alliés au traité de Versailles ?

— Ce n'est pas avec de la rancune que nous nous rapprocherons des autres peuples. Tout ce que font tes amis nazis ne fait qu'exacerber les passions et les haines. La vengeance n'a jamais rien apporté de bon.

Le frère et la sœur s'éloignaient de plus en plus. Leurs parents s'en trouvaient désolés, surtout Hilde dont les sentiments religieux ne souffraient pas le culte de la personnalité d'Adolf Hitler. Elle voyait en lui un dangereux démagogue mais n'osait contredire son fils en qui elle espérait encore.

— Tempère ton jugement sur ton frère, conseillait-elle à sa fille. Laisse-lui le temps de se rendre à l'évidence. Quand il comprendra qu'il fait fausse route, il reviendra vers nos valeurs. Il est jeune et croit naïvement à l'homme providentiel.

— Avec Hitler, c'est toute la jeunesse allemande qui est endoctrinée. Les enfants ne peuvent pas se défendre contre les idées qu'on leur enfonce dans le crâne à coups de propagande alléchante. On les embrigade dans des camps où on les entraîne à des activités paramilitaires et où on leur apprend à se méfier de leurs propres parents.

Hilde ne pouvait que donner raison à Romy. Elle était navrée de constater combien son fils devenait de plus en plus glacial et dépourvu de sentiment à son égard. Elle dissimulait ses larmes et la peine qui déchirait son cœur de mère. Hermann ne cessait de la rassurer, persuadé qu'Hitler n'était pas aussi dangereux qu'il le laissait paraître.

— Ce n'est qu'une marionnette dans les mains des grands manitous de l'industrie et du capital. Quand ceux-ci décideront de le lâcher, il ne tiendra pas trois mois et sera balayé comme un fétu de paille.

Romy n'était pas de l'avis de son père, mais ne voulait pas le contredire, pour ne pas alimenter le malaise créé par son frère. De plus, en affichant trop ouvertement son hostilité aux amis de Lukas, elle craignait de faire encourir à son père de graves dangers. Elle se doutait que ce dernier devait être très surveillé par les hauts responsables du ministère de l'Industrie.

Aussi, lorsque Thibaud la rejoignait chaque fin de semaine, elle se réfugiait dans ses bras et tentait d'oublier les prémices d'un enfer qu'elle pressentait.

Hermann et Hilde Rochefort avaient fini par admettre leur liaison. Thibaud leur paraissait tellement convenable, si proche de l'éducation qu'ils avaient donnée à leurs enfants. Ils n'avaient pas souhaité ajouter un autre sujet de discorde au sein de leur famille en s'opposant à leur fille.

Hilde avait seulement averti Thibaud :

— Ne faites pas de mal à Romy. C'est une âme sensible et un cœur pur. Elle vous aime, elle me l'a confié. Vous êtes bien un peu cousins, mais si éloignés que mon mari et moi nous ne voyons pas d'inconvénient à ce que vous vous fréquentiez.

Hermann avait même précisé :

— Je serais très heureux que, grâce à votre union, nos familles soient de nouveau rassemblées. Ce serait une revanche sur l'Histoire après trois siècles de séparation.

Ce soir-là, Lukas n'avait rien ajouté, mais il ne semblait pas approuver le choix de sa sœur. Celle-ci s'en aperçut et, en aparté, lui demanda :

— Tu n'apprécies pas Thibaud ? C'est un Rochefort, comme nous. Un fils d'industriel, un protestant. Il parle notre langue. Il a nos valeurs. Que peux-tu lui reprocher ?

— Je ne lui reproche rien, rétorqua sèchement Lukas. Si ce n'est qu'il n'est pas allemand.

— Aryen, tu veux dire !

— Taisez-vous, les enfants, les interrompit Hermann, qui avait entendu des bribes de leur conversation. Ça suffit ! Dans cette maison, c'est moi qui décide encore qui peut bénéficier de mon hospitalité. Et, jusqu'à présent, je n'ai jamais mis à la porte les gens en fonction de leurs origines. Ce n'est pas maintenant que je vais commencer, ne t'en déplaise, Lukas ! Thibaud a toujours été le bienvenu. A présent que les relations qui l'unissent à notre famille sont devenues plus étroites, je demande à tous de lui faire l'honneur de notre toit. Il a ma bénédiction. D'ailleurs, nous allons fêter cet événement.

Il ordonna à la gouvernante de sortir des coupes à champagne et descendit lui-même à la cave pour choisir une bouteille de mouton-rothschild.

Lukas profita de son absence pour décliner la proposition de son père.

— Je ne boirai pas avec vous tant que vous n'aurez pas fait allégeance au Führer, lança-t-il.

Il claqua les talons, leva le bras droit, dit d'un ton martial :

— *Heil Hitler !*

Puis il s'éclipsa, laissant sa mère dans tous ses états.

Quelques jours plus tard, Thibaud demanda à Romy de l'accompagner à Anduze pour qu'elle fasse à son tour la connaissance de sa famille. Maintenant que Romy avait intégré l'université à Heidelberg, elle avait davantage de liberté.

Les vacances d'été avaient déjà commencé en France.

— Ça nous fera du bien de prendre un peu de recul avec les événements, prétexta Thibaud. Nous pourrons profiter du beau temps, de la rivière, de la montagne. Nous nous ferons inviter par mes oncles et mes tantes.

Hermann et Hilde ne s'opposèrent pas à son projet. Seul Lukas fit grise mine, affirmant qu'une étudiante serait plus utile en allant encadrer les jeunes dans les camps de plein air plutôt que de penser à se pavaner au soleil dans un pays décadent. Cependant, il obtint sans difficulté l'autorisation pour sa sœur de quitter le territoire.

— Je ne le comprends pas très bien, reconnut Romy. Il me désapprouve et ne fait que me contredire, mais il ne s'est pas opposé à mon départ avec toi. Il aurait pu demander à ses amis de la Gestapo de m'interdire de partir en France sous un prétexte ou un autre.

— Il n'est peut-être pas aussi inféodé qu'il en donne l'impression. Il éprouve sans doute des remords quand il s'agit de sa propre famille. Ne lui jette pas la pierre en le jugeant trop rapidement.

— Je sens bien là ton âme de pasteur !

Thibaud avait commencé ses études de théologie au début de l'année. Il n'avait pas eu besoin de changer d'université. Celle d'Heidelberg était réputée depuis plusieurs siècles pour être l'un des fleurons de la formation des futurs pasteurs de l'Eglise réformée.

— Ce sont mes parents qui vont être surpris d'apprendre que leur fils a épousé une autre vocation. Un pasteur dans la famille Rochefort, ce sera une première.

— Tu n'as pas changé d'avis ? Tu as vraiment l'intention de devenir pasteur ? Les études de théologie ne mènent pas automatiquement au sacerdoce. Tu pourrais enseigner l'histoire des religions, par exemple. Ou encore, faire de la recherche universitaire.

— Non. A présent, je suis sûr de ma voie. Je me sentirai plus utile auprès de mes prochains, qu'ils soient croyants ou non d'ailleurs, peu importe. Je ne veux surtout pas être celui qui apporte la bonne parole et qui tente par tous les subterfuges de convaincre les incrédules.

— Nous ne vivrons pas dans le luxe. Nous serons des gens modestes.

— Nous ? Tu acceptes donc de me suivre dans ce chemin fait d'abnégation et d'humilité ?

— Depuis le jour où tu m'as annoncé ton intention, mes sentiments pour toi n'ont pas changé. Nous vivrons comme tu l'entendras.

— Tu renonceras aux facilités de ta vie actuelle, à l'argent et à tout ce qu'il engendre ?

— Pour toi, j'irais au bout du monde.

Quand ils arrivèrent à Anduze, les Cévennes resplendissaient de beauté sous le soleil estival. La chaleur n'était pas encore accablante. Les montagnes exhalaient des parfums de résine, de genêt et de chèvrefeuille. Le vert puissant des arbres moutonnait sur les crêtes comme des vagues soulevées par le vent. Le ciel déversait ses douceurs et s'émaillait de bleu dès l'aube naissante. Dans les collines, la garrigue bruissait de ses chaumes craquants et de ses tiges desséchées. Les essences de ciste, de cade, de clématite, de romarin et de lavande sauvage composaient de subtils mélanges enivrants.

Par les fenêtres de l'autocar qu'ils avaient pris en gare d'Alès, Romy s'extasiait. Quand ils s'approchèrent d'Anduze, Thibaud lui expliqua :

— Regarde devant nous, ce sont les portes d'Anduze, avec les deux sommets de Peyremale et de Saint-Julien. Ils forment un défilé où coule le Gardon. A partir de là commencent vraiment les Cévennes. Ma famille est issue de la montagne, il y a des siècles de cela. Je devrais dire notre famille. La tienne aussi. C'était bien avant qu'elle ne se scinde en deux à l'époque de Louis XIV.

Romy contemplait le paysage comme si elle effectuait un pèlerinage aux sources de sa vie.

— Je ne réalise pas que mes ancêtres sont originaires de cette région, avoua-t-elle. Comme ça m'a l'air joli !

— Jolies et austères à la fois, telles sont les Cévennes. Comme la foi protestante. Je t'emmènerai découvrir la montagne, le mont Lozère où nous avons une propriété de famille, puis le mont Aigoual, et un peu plus loin les Causses, de grandes étendues calcaires battues par les vents d'ouest, arides l'été, glaciales l'hiver. Les cieux y sont magnifiques quand les nuages s'y accumulent et que la tempête menace. C'est un univers minéral mystérieux, plein de grottes, le paradis pour les spéléologues.

— J'ai hâte de découvrir la région où j'ai mes racines… et de faire la connaissance de ta famille.

— De la tienne !

— Tu crois qu'ils vont bien m'accueillir ?

— Sans aucun doute… Nous arrivons à Anduze. Le car peut nous déposer un peu plus loin, sur la route de Tornac. Nous n'aurons que peu de distance à parcourir à pied pour atteindre le Clos du Tournel. J'ai prévenu ma grand-mère Elisabeth de notre arrivée. Elle doit être entourée de ses filles pour l'occasion, mes tantes Faustine et Elodie, ainsi que de ma mère Louise qui s'est installée à La Fenouillère, juste à côté, depuis le décès de mon grand-père Donatien.

— Ton père n'y sera pas ?

— Ça m'étonnerait. Nous irons le voir à Nîmes. Quant à mon oncle Sébastien, il m'a prévenu qu'il ne pourra pas venir dans les Cévennes à cause de son travail. Nous rentrerons donc par Paris avant de repartir en Allemagne. Mais nous n'en sommes pas encore là.

L'hospitalité de la famille de Thibaud à Anduze fut à l'image de celle qu'il avait connue dans celle de Romy à Stuttgart. Tous se firent une joie d'accueillir la jeune et lointaine cousine. Ils avaient été prévenus mais leur émotion n'en fut pas moins grande, car, autour d'Elisabeth, ils sentirent leurs liens se resserrer comme si un miracle s'était opéré.

— Tu es la preuve, ma petite Romy, déclara la grand-mère de Thibaud, que, aussi loin que puissent nous emmener les vicissitudes de la vie, nos racines ne meurent jamais. Thibaud a su renouer avec les tiens et nous réunir au-delà de trois siècles de séparation.

Elisabeth s'était remise de ses complications pulmonaires. Elle n'avait pas eu besoin de se faire soigner dans un sanatorium, mais sa santé demeurait toujours fragile. Elle tint à marquer le retour de son petit-fils par une grande réception pour laquelle elle désira rassembler tous ses enfants et petits-enfants.

Ce jour-là, il ne manqua que Sébastien, dépêché par son journal en Ethiopie menacée par les troupes de Mussolini. Mais Pauline et ses deux enfants, Ruben et Rose, avaient fait le voyage en prévision de l'arrivée de Thibaud.

Faustine était venue du Chai de La Fenouillère en compagnie de Vincent et de leurs deux enfants. Lucie, à dix ans, veillait sur son petit frère, Matthieu, âgé de deux ans, avec beaucoup d'attention.

— Elle montre beaucoup de tendresse, reconnut Faustine devant Pauline qui s'étonnait des élans maternels de la fillette.

Alix était arrivée seule la veille. Alexandre avait prétexté devoir organiser une exposition importante dans sa galerie pour le 14 juillet. En réalité, quelque chose d'indéfinissable le retenait d'aller à la rencontre des Rochefort dont il ne connaissait encore aucun membre.

— Ce serait gentil de passer nous voir quand vous repartirez en Allemagne, suggéra Alix à son frère.

— Nous avions l'intention de faire un crochet par Paris pour voir oncle Sébastien, s'il est rentré d'Ethiopie, lui annonça Thibaud.

Elodie était entourée de ses deux enfants, Igor et Natacha, et de son mari, Pietr qui ne cessait de discuter avec Romy de la situation de l'Allemagne.

— Comment vivez-vous cet enfer ? lui demanda-t-il en faisant allusion à la pression qu'exerçaient les nazis sur la population allemande.

— On finit par s'habituer, répondit évasivement Romy qui n'avait pas envie d'aborder la question par une si belle journée.

Louise et son mari Alain arrivèrent les derniers, s'excusant de leur retard :

— Ma mère ne va pas très bien, expliqua Louise. Elle est un peu fatiguée depuis quelque temps.

— Tu aurais dû l'amener, lui dit Elisabeth. Ça lui aurait changé les idées.

— Il vaut mieux qu'elle se repose. Depuis la mort de papa, elle redoute le monde. Heureusement que nous nous sommes installés définitivement auprès d'elle à La Fenouillère, sinon je me ferais du souci.

Louise tomba dans les bras de ses enfants en pleurant. Elle ne put contenir son émotion. Elle n'avait pas revu Thibaud et Alix depuis les obsèques de leur grand-père Donatien.

— Il ne manque que Pierre, releva-t-elle, pour que les Rochefort soient au grand complet.

Personne n'avait osé remarquer que Jean-Christophe n'était pas encore arrivé. Pourtant il avait promis qu'il serait présent à la réunion de famille souhaitée par sa mère.

— Il ne viendra pas, regretta Alix. Il ne doit pas apprécier de se retrouver en présence de sa première femme.

— Cela ne l'a pas toujours gêné, fit Thibaud en entraînant sa sœur par le bras pour être seul avec elle. Ecoute-moi, lui murmura-t-il à l'oreille, quelque chose m'est soudain revenu à l'esprit en te revoyant… Tu te souviens de notre première entrevue chez les parents de Romy ? Tu étais avec Alexandre, moi avec Lukas.

— Oui, parfaitement.

— Après ton départ, alors que j'allais regagner Heidelberg avec Lukas, la gouvernante m'a déclaré quelque chose que je n'ai pas relevé sur le moment.

— Quoi donc ?

— Elle m'a avoué avoir reconnu Alexandre. Je n'ai pas très bien compris… et elle a ajouté que lui aussi semblait l'avoir reconnue.

— C'est maintenant que tu me dis cela !

— A vrai dire, je n'y avais pas prêté attention. J'étais trop obnubilé par Romy dont je venais de tomber amoureux. Je n'avais plus la tête à autre chose.

— C'est tout ce qu'elle t'a raconté ?

— Oui… enfin… elle a aussi parlé d'une époque où elle était servante chez des paysans, dans une ville qui s'appelle Albstadt, je crois.

Alix se figea sur place, complètement déconcertée.

— Te rends-tu compte de ce que tu m'annonces là ?

— Pour moi, ce n'était qu'un détail sans importance. Ce n'est qu'en te retrouvant ici, après de si longs mois, que je me suis souvenu de cet épisode.

— Tu ne comprends pas ! Albstadt… Magstadt ! Il y a de quoi se tromper, non ? Alex prétend avoir vécu à Magstadt. Or nous n'y avons découvert aucune trace de sa présence quand nous y sommes allés. Pour la bonne raison qu'il n'y a jamais vécu. C'est à Albstadt qu'il devait certainement se trouver. As-tu vérifié où se trouve cette ville ?

— Non. Mais je crois que ce n'est pas non plus très loin de Stuttgart. C'est là que cette Ingrid a dû faire sa connaissance ! Dans quelles circonstances ? Elle ne me l'a pas dit… Bon sang, quel idiot je suis de ne pas avoir fait immédiatement le rapprochement !

— A mon retour à Paris, je dois absolument en parler à Alex.

— Je t'accompagnerai avec Romy. Je crois que vous ne ferez pas l'économie d'un second voyage en Allemagne.

— A vrai dire, je ne le souhaitais pas. Mais si cela peut aider Alex, je ne pourrai pas me dérober.

Sur ces entrefaites, Jean-Christophe arriva, en compagnie de Thérèse et de leur fils, François, âgé de dix-sept mois.

— Je vois que tout le monde est déjà là, remarqua celui qui passait dorénavant pour le patriarche de la lignée.

— Il ne manquait plus que toi, releva sa mère.

Une grande table avait été dressée dans le jardin de la propriété, sous l'ombre d'une glycine lourde de fleurs. Les Rochefort étaient au nombre de douze, enfants et petits-enfants, auxquels s'ajoutaient leurs conjoints et maintenant Romy, représentant la branche germanique de la famille.

— Quel plaisir de nous voir tous réunis ! commença Elisabeth. Je pense à Anselme qui aurait apprécié d'être parmi nous en pareille circonstance. Je formule le vœu qu'un jour les deux branches de notre famille puissent se retrouver autour d'une table semblable à celle-ci. Romy et Thibaud seront peut-être ceux par qui ce vœu se réalisera bientôt.

— Je voudrais vous faire part d'une décision que j'ai tenue secrète jusqu'à maintenant, ajouta Thibaud.

Tous crurent qu'il allait annoncer ses fiançailles avec Romy.

— Je vais repartir en Allemagne avec Romy, malgré le danger que cela représente étant donné les circonstances. Mes études de langues sont à présent terminées. Mais, après une longue et mûre réflexion, j'ai décidé de devenir pasteur, et j'ai entrepris en ce sens des études de théologie à l'université d'Heidelberg. Romy me soutient totalement dans mon choix.

— Pasteur ! s'étonna Elisabeth, qui demeurait une fervente catholique pratiquante.

— Oui, grand-mère, pasteur de l'Eglise réformée.

Louise fut aussi surprise de la déclaration de son fils que son ex-belle-mère. Elle se rapprocha de Thibaud, lui prit la main, l'invita à prendre celle de Romy dans la sienne et déclara :

— Je vous souhaite d'être heureux et d'accomplir ce que Dieu a tracé sur votre chemin. Peu importe la voie que vous emprunterez. L'essentiel est que vous vous réalisiez pleinement, en accord avec ce que vous éprouvez l'un pour l'autre.

Deux semaines plus tard, Thibaud et Romy raccompagnèrent Alix à Paris. Ils y rendirent visite à Sébastien, rentré d'un difficile reportage en Ethiopie, où il avait couvert les engagements militaires de l'armée italienne contre celles du Négus.

Thibaud raconta à Alexandre ce qu'il avait révélé à sa sœur au Clos du Tournel.

Alexandre fut bouleversé d'apprendre finalement que celle qu'il avait cru reconnaître se souvenait de lui, quelque part en Allemagne. C'était donc bien la preuve qu'il y avait vécu.

— Je ne me trompais pas, affirma-t-il. Ma mémoire y est restée engloutie mais elle n'y a pas totalement disparu.

Il se donna quelques jours pour réfléchir à la décision qu'il devait prendre. Puis il annonça à Alix :

— Nous repartirons bientôt en Allemagne. Je saurai peut-être enfin qui je suis.

Quatrième partie

CHARNIERE
1936

22

La fièvre

Jean-Christophe n'oubliait pas l'incident dont il avait été témoin. Avoir surpris son fils et sa femme en grande intimité l'avait bouleversé. Néanmoins, la naissance de François l'avait conforté dans ses vues sur l'avenir. Il ne pouvait imaginer une seule seconde que cet enfant pût être celui de Pierre. Au reste, il n'en avait jamais parlé avec Thérèse.

De son côté, Thérèse avait accepté sa nouvelle situation. François accaparait tout son temps. Elle s'était même rapprochée de son mari, comme si, soudainement prise de remords, elle montrait par son attitude de femme aimante qu'elle était la plus fidèle des épouses. En réalité, elle veillait surtout à ses propres intérêts. Elle se tenait au courant de ce qu'il advenait de Pierre par l'intermédiaire du nouveau fondé de pouvoir de son mari, un certain William Chabrol, un homme âgé d'une trentaine d'années, sorti de Polytechnique, que Jean-Christophe avait engagé afin de le représenter dans toutes les instances commerciales et économiques du département et jusque dans les ministères. L'ère était à la concertation entre les grands partenaires sociaux, l'Etat, les syndicats, le patronat.

William Chabrol se disait apolitique mais avait des relations dans tous les partis, ce qui, vu l'incertitude dans laquelle vivait le pays en ce début d'année, était aux yeux de Jean-Christophe – toujours très opportuniste – un atout non négligeable. De belle prestance, élégamment vêtu, arborant chaque jour un costume différent, une chemise blanche immaculée et une cravate assortie au costume, il passait pour un dandy parisien. D'une culture à toute épreuve, il subjuguait Thérèse quand elle l'entrevoyait dans les bureaux de l'entreprise où elle se rendait souvent pour se tenir informée de la bonne marche des affaires de son mari, qui étaient aussi les siennes, soutenait-elle.

Aussi William Chabrol la renseignait-il sur les moindres mouvements de capitaux susceptibles d'affecter la santé de la société ou d'amener Jean-Christophe à devoir envisager des transactions financières vitales pour ses intérêts.

Thérèse ne pouvait s'empêcher, une fois encore, de jouer les intrigantes. Grâce à lui, elle avait appris que Pierre réussissait dans ses projets et qu'il s'intégrait bien dans la haute société américaine qu'il fréquentait.

— Votre beau-fils a beaucoup d'entregent et d'ambition, lui confia William Chabrol un jour qu'elle se trouvait seule dans le bureau de son mari, Jean-Christophe s'étant rendu à Ganges pour mettre au point certains détails dans son usine de bas. En ce moment, il est confronté aux premières grandes grèves qui ont éclaté aux Etats-Unis. Roosevelt doit faire face au mécontentement des syndicats. Les ouvriers occupent leurs lieux de travail, ce qui est une première dans ce pays où les turbulences sociales sont en général peu virulentes.

— Sa nouvelle usine est-elle affectée par ce mouvement de grève ?

— Je l'ignore. Pour l'instant, seules quelques usines sont touchées. Mais les grèves risquent de s'étendre, si ce n'est pas déjà fait à l'heure où je vous parle.

Adroitement, Thérèse apprit par William – qui lui-même le tenait de Jean-Christophe – que Pierre s'était épris de la fille d'un sénateur républicain bien en vue dans l'Etat de Virginie.

— On les voit partout ensemble, lui révéla-t-il. Je crois que votre beau-fils est en train de faire la conquête de la famille de Jack Malorie.

— Est-ce un personnage important ? demanda Thérèse, ignorante de ce qui se passait de l'autre côté de l'Atlantique.

— On s'accorde à penser qu'il pourrait se présenter à la Convention républicaine en vue des prochaines élections présidentielles. C'est une grosse pointure, effectivement.

Thérèse voyait d'un mauvais œil la trajectoire de Pierre. Au fond d'elle-même, elle ne pouvait refréner un sentiment de jalousie. Il était le père de son enfant ; un jour, croyait-elle, il faudrait bien qu'il le reconnaisse et qu'il prenne ses responsabilités. Jean-Christophe n'est pas éternel ! se disait-elle.

Son cœur se serrait quand son entourage relevait en sa présence la ressemblance entre François et Pierre. Elle ne pouvait le nier. Quand on le lui disait devant Jean-Christophe, elle ne trouvait d'échappatoire qu'en affirmant :

— Rien de plus normal ! Ils sont demi-frères. François ne peut renier ses origines Rochefort.

Jean-Christophe faisait le sourd. Toutefois, à force d'entendre de telles allégations, il finissait par en prendre ombrage et par se demander si, au final, son fils n'aurait pas dépassé certaines limites avec Thérèse.

Le doute commençait à envahir son esprit.

Mais il ne voulait en aucun cas dramatiser. Car, dans tous les cas, il ne voyait que des avantages à passer pour le père de François, voulant à tout prix conserver la part d'héritage des Fournier dans son capital.

Il s'en ouvrit un jour à son chauffeur et homme de confiance, Henri, toujours à son service.

— De vous à moi, Henri, quelle serait votre réaction si je vous apprenais que François n'est pas mon fils ?

Le brave homme, confident de son maître après avoir été celui de son défunt père, fut très étonné par la question de Jean-Christophe.

Il hésita.

— Vous ne répondez pas ? insista Jean-Christophe.

— Monsieur, comment pouvez-vous envisager une telle chose ? !

— Répondez, je vous prie.

— Eh bien… je vous dirais que… c'est impossible, voyons ! Votre petit François vous ressemble trop pour en douter.

— Ne me mentez pas, Henri. Comme tout le monde, vous avez remarqué que François ressemblait à son demi-frère, mon fils Pierre.

— Euh… oui, cela est vrai. Mais il n'y a là rien d'anormal. Votre fils vous ressemble aussi.

— Dites-moi le fond de votre pensée, Henri. Comment jugez-vous ma femme ?

— Madame Thérèse ?

— Parfaitement, ma femme ! C'est vous qui me l'avez dénichée, vous vous en souvenez. Je suppose que vous aviez mené une petite enquête préalable avant de me la présenter. Vous m'aviez annoncé qu'elle était belle, encore jeune et riche, bref, tout ce que je cherchais.

Henri se demandait où son maître voulait en venir.

— Je n'ai pas changé d'avis, reprit-il.

— Ce n'est pas ce que je vous demande… Alors ? Répondez à ma question.

— Vous me voyez bien embarrassé, monsieur.

— C'est ce que je pensais ! Vous ne seriez pas surpris si je n'étais pas le père de mon enfant, n'est-ce pas ?

— A dire vrai, si monsieur m'autorise…

— Oui…

— J'ai bien remarqué à l'époque – c'est-à-dire avant le départ de monsieur Pierre – que monsieur votre fils n'était pas insensible aux charmes de madame votre épouse. Mais je n'irais pas jusqu'à en déduire de honteuses conclusions. Je ne me le permettrais pas.

— Je vous remercie de votre franchise, Henri. C'est ce que je voulais entendre… Donc, à vos yeux, il n'cst pas impossible que mon propre fils m'ait fait, sous mon toit, un enfant dans le dos avec ma propre femme ?

Henri tenta de se reprendre.

— Je… je n'ai pas dit cela, monsieur. Comment cela serait-il possible ? Ce serait…

— Une ignominie, vous le reconnaissez donc.

Jean-Christophe faisait plus confiance à la perspicacité de son chauffeur qu'à celle de toute autre personne de son entourage. Dès lors, le doute s'effaça dans son esprit au profit d'une certitude : François n'était pas son fils mais celui de Pierre.

Qu'à cela ne tienne ! songea-t-il. La lignée des Rochefort n'est pas éteinte. Que François soit mon fils ou mon petit-fils, c'est un Rochefort. Si je devais compter sur mes autres enfants pour assurer la relève, je pourrais dès à présent mettre la clé sous la porte.

Thérèse quant à elle, ne devinant pas que son mari nourrissait à son égard une méfiance grandissante, continuait à louvoyer autour de William Chabrol, dans le seul but de mieux contrôler à distance les agissements de celui par qui elle espérait conserver la mainmise sur sa propre fortune.

Vincent avait fini par renoncer au grand voyage suggéré par Faustine. Il ne souhaitait pas s'éloigner du Chai de La Fenouillère. La traversée prendrait des mois, prétexta-t-il. Il avait trop de travail dans ses terres pour se permettre une si longue absence. En réalité, il craignait de remuer le passé.

— Où cela me mènerait-il de rencontrer mon père ? opposa-t-il à Faustine. Lui-même n'a jamais cherché à savoir où vivait celle qu'il avait aimée.

— Il ignorait qu'il avait eu un enfant d'elle. Sinon, les choses se seraient déroulées autrement.

Faustine ne put le convaincre. Mais Vincent promit de s'occuper de sa mère. Il l'invita à Tornac, au Chai de La Fenouillère.

Adèle arriva par un beau jour de mars. Le printemps s'annonçait déjà dans les ramures des arbres. L'air était vif malgré le soleil resplendissant qui illuminait les coteaux. Elle avait refusé l'offre de Vincent de venir la chercher à Avignon, en voiture. Elle insista pour emprunter le train jusqu'à Alès puis l'autocar jusqu'à

Anduze. Elle ne voulait déranger personne. En outre, elle tenait à prendre le temps d'apprécier le voyage qui la ramènerait aux sources de son passé : Anduze, Saint-Jean-du-Gard où tout avait commencé entre elle et Raphaël Mazel.

Lorsqu'elle arriva à proximité du Chai de La Fenouillère, après avoir effectué les derniers kilomètres à pied, elle hésita, émue. Elle n'était jamais retournée dans les Cévennes depuis qu'elle avait tenté de retrouver les traces de son fils, une vingtaine d'années auparavant. Vincent lui avait décrit la propriété : un mas dans les vignes, situé près d'une ferme agricole où habitait encore sa mère adoptive, Constance Rouvière. Elle reconnut immédiatement les lieux, s'arrêta quelques minutes pour reprendre haleine mais aussi pour mieux s'imprégner de l'endroit où son fils avait vécu.

Constance Rouvière était aussi émue qu'elle. Lorsqu'elles furent en présence l'une de l'autre, elles ne surent comment amorcer la conversation. Vincent rompit le premier leur retenue.

— Maman, dit-il à Constance, je te présente Adèle, ma mère.

Il se rendit compte aussitôt de l'incongruité de son propos.

— Je crois que je ferais mieux de vous laisser seules, le temps que vous fassiez plus ample connaissance. Je pense que vous allez parler de moi. Vous avez beaucoup de choses à vous raconter.

Il sortit rejoindre sa femme et Louise qui préparaient le thé et une tarte aux pommes dans la cuisine. Faustine avait demandé à sa belle-sœur d'être présente. Celle-ci n'avait pas refusé. Depuis qu'elle habitait avec sa mère, elle veillait étroitement sur elle, craignant que de trop fortes émotions ne lui soient fatales.

— Ne t'inquiète pas, la rassura Faustine, tout se passera bien.

Les deux femmes bavardèrent longuement dans le salon. Elles avaient tant à se dire à propos de leur fils. A travers les paroles de Constance, Adèle avait l'impression de n'avoir jamais quitté Vincent. Elle le découvrait enfin tel qu'il avait toujours été, un garçon vif et courageux, intelligent et reconnaissant envers sa famille, entreprenant et d'une fidélité sans faille dans l'amour qui l'unissait à Faustine depuis sa tendre enfance. Constance ne put s'empêcher d'expliquer comment ses relations avec la famille Rochefort avaient été compliquées mais aussi qu'elles s'étaient finalement arrangées grâce à la bienveillance d'Elisabeth Rochefort.

Adèle, de son côté, ne s'étendit pas sur les circonstances de l'abandon de son enfant, cela lui rappelait trop de mauvais souvenirs. Elle évoqua avec beaucoup d'émotion dans la voix le jour où Vincent s'était présenté devant elle la première fois à Avignon, et comment, dans son regard, elle avait perçu les traits de son père, le pasteur Mazel.

— J'ai été troublée, avoua-t-elle. Mais je n'ai pas osé le lui dire, car il venait m'apprendre la mort de mon fils, que je connaissais alors sous le nom de Raphaël Simon. Ce dernier m'avait rendu visite après avoir percé le secret de sa naissance et après sa fugue de chez ses parents adoptifs, à Saint-Germain-de-Calberte.

— Je connais tous les détails de cette tragédie, expliqua Constance. Vincent et Faustine m'ont toujours tenue au courant de leurs démarches, de l'histoire dramatique de ces deux enfants intervertis par les sœurs de l'orphelinat. Vincent a eu la chance de nous avoir été confié. Toutefois, maintenant qu'il sait qu'il n'est pas Vincent Janvier, le petit-fils adoptif des Rochefort, mais Raphaël, votre fils, j'avoue que son caractère a changé. Il est beaucoup plus taciturne, moins enjoué. Comme s'il était bouleversé d'avoir pris la place d'un autre. J'ai l'impression qu'il culpabilise.

— Vous pensez qu'il me tient rigueur de l'avoir abandonné ?

— Non, pas du tout. Mais il a le sentiment d'avoir volé, pour ainsi dire, la vie de l'autre Raphaël… Et puis, je crois qu'ignorer qui est son père le perturbe aussi beaucoup.

— Il sait qu'il vit en Polynésie.

— Oui, mais il ne souhaite pas aller le voir. Il prétend que c'est un trop long voyage…

Faustine les interrompit pour présenter ses petits-enfants Lucie et Matthieu à Adèle. Elle les avait tenus volontairement à l'écart, le temps que les deux femmes fassent plus ample connaissance.

Adèle laissa couler des larmes en voyant sa petite-fille venir vers elle, le sourire aux lèvres et des paroles pleines de gentillesse dans la bouche.

— Vous êtes ma troisième mamie ? lui dit la fillette. J'ai beaucoup de chance !

L'enfant l'embrassa sans se faire prier. Adèle lui caressa les cheveux, ferma les yeux comme pour se remémorer des instants de vie qui lui avaient échappé. Car elle aussi avait connu les souffrances de l'abandon. Puis elle prit le petit garçon dans ses bras et s'extasia.

— Comme il te ressemble ! dit-elle en s'adressant à Vincent. Si Lucie est tout le portrait de sa maman, Matthieu est bien le tien.

— Accepteriez-vous de passer quelques semaines au Chai de La Fenouillère ? demanda Faustine pour couper court aux effusions. Ainsi vous pourriez profiter de vos petits-enfants.

Adèle ne refusa pas la proposition.

— Il faudra attendre cet été, car je ne peux m'absenter comme je veux à l'archevêché.

— Vous serez toujours la bienvenue, Adèle.

Rendez-vous fut pris pour le mois d'août. Mais, dans l'immédiat, Adèle accepta de rester chez son fils et sa belle-fille pendant quelques jours, le temps de s'acclimater à sa nouvelle famille.

Adèle s'apprêtait à rentrer à Avignon, quand Sébastien annonça son arrivée au Clos du Tournel. Il rendit aussitôt visite à Faustine et à Vincent afin de se présenter à Adèle.

— Je tenais à vous rencontrer avant que vous ne retourniez chez vous, lui dit-il. J'avais hâte de vous connaître.

— Vincent m'a beaucoup parlé de vous, le grand romancier… et le grand reporter.

— Vous me flattez beaucoup. J'exerce un métier comme un autre et, si j'ai un certain don pour l'écriture, je dois avouer que je suis loin d'être le seul.

Fatigué par un deuxième reportage en Abyssinie, au cœur des combats entre l'armée italienne et les troupes de l'empereur Hailé Sélassié, Sébastien était rentré épouvanté par ce qu'il y avait vu.

— Les Italiens ont utilisé le gaz moutarde, expliqua-t-il à Vincent, non sans lui rappeler de mauvais souvenirs de la Grande Guerre. Les points d'eau et les terres sont partout empoisonnés. Le bétail est décimé. Ils ont détruit toute vie sur leur passage. Leur aviation a littéralement terrorisé les populations civiles qui fuyaient sur les routes sous les bombardements. C'était horrible. Le pays ne s'en relèvera pas.

Sébastien sentait que la fièvre montait de plus en plus entre les grandes nations. L'Italie se rapprochait dangereusement de l'Allemagne d'Hitler. Celui-ci avait déjà repris la Rhénanie, profitant de ce que la Société des Nations fût occupée à trouver des sanctions contre les agissements de Mussolini en Ethiopie. En Espagne, des groupes fascisants commençaient à mettre la République en péril, de violents troubles avaient éclaté, rappelant les derniers jours de la République de Weimar. Un Front populaire, à l'image de celui constitué en France par les forces de gauche, cristallisait tous les mécontentements contre un gouvernement empêtré dans ses contradictions.

— J'espère que l'Espagne ne sombrera pas dans la tourmente, dit-il à Vincent. Les extrémistes se déchaînent de plus en plus dans les rues de la capitale. Le Premier ministre éprouve beaucoup de difficultés à maintenir son autorité. Cela fait le jeu des fascistes. Et les forces de gauche ne s'entendent pas entre elles.

— Tu as l'intention de couvrir les événements espagnols au cas où cela tournerait mal ?

— J'irai partout où la liberté sera mise en danger afin d'informer le monde de la fièvre qui risque de nous terrasser si nous ne réagissons pas.

— Heureusement que chez nous tout se passe plus paisiblement ! La gauche est donnée vainqueur aux élections législatives du mois prochain. Le Front populaire a toutes les chances de l'emporter sans heurts.

— J'espère que tu ne te trompes pas. Mais souviens-toi de février 1934. Rien n'est gagné d'avance.

Faustine attendait la fin de leur conversation pour exposer à son frère une requête qu'elle souhaitait formuler avant le départ d'Adèle.

Elle l'entraîna dans une pièce voisine et lui dit :

— Pourrais-tu te renseigner auprès des autorités compétentes pour savoir si le pasteur Raphaël Mazel vit encore et s'il est en exercice à Tahiti ?

Sébastien ne cacha pas son étonnement.

— Pourquoi me parles-tu avec cet air de conspiratrice ?

— Je n'ai pas fait part à Vincent de ma démarche… Alors ?

— Ma foi… je n'y vois aucune objection. Mais je pensais que ton mari avait accepté l'idée de se rendre en Polynésie pour rechercher les traces de son père !

— Il y a renoncé. Moi, je crois qu'il faut forcer le destin. Vincent doit affronter la réalité. Et si Raphaël Mazel est toujours vivant, lui de son côté doit savoir qu'il a un fils. Toute cette histoire me taraude l'esprit. Il faut y mettre un terme. Depuis que nous avons découvert les circonstances de la naissance de Vincent et de ce pauvre Raphaël Simon, mort à la guerre, nous n'avons pas avancé.

— Si ! Vincent est allé jusqu'à sa mère. La preuve, Adèle est ici, sous ton toit, auprès de ses petits-enfants. Ce seul bonheur suffit peut-être à ton mari. Il n'éprouve sans doute pas le besoin de rencontrer son père.

— Je connais mieux Vincent que toi. Il ne retrouvera la paix que lorsqu'il saura toute la vérité. Il ne reste qu'à découvrir où vit son père et demander à celui-ci de prendre ses responsabilités. Je ne pense pas qu'il refuse de tendre les bras à son fils.

— Qu'est-ce qui te fait croire cela ?

— C'est un pasteur. Un homme de Dieu.

Sébastien n'était pas convaincu.

Il finit par accepter.

— Dès que je serai rentré à Paris, j'irai au Conseil national de l'Eglise réformée de France. Là-bas, ils pourront me dire s'il y a un pasteur Mazel en Polynésie, mort ou vivant.

Une semaine plus tard, alors qu'Adèle avait rejoint Avignon, le cœur rempli de joie et d'espoir, Sébastien téléphona à sa sœur.

— Faustine ? J'ai obtenu ton renseignement. Le pasteur Raphaël Mazel exerce toujours son ministériat dans l'île de Moorea, à côté de l'île de Tahiti. Il n'est pas marié, et il a beaucoup contribué à l'évangélisation de l'archipel. Je connais son adresse, je te la communique.

Le soir même, Faustine prit la décision d'écrire au pasteur Mazel.

23

Confrontation

Profitant d'une période de calme relatif dans sa galerie, Alexandre décida de repartir en Allemagne. Il avait conscience que le pays était devenu le centre du monde. Les Jeux olympiques devaient s'y dérouler pendant l'été. Les plénipotentiaires du Reich allaient mettre la population en coupe réglée afin de donner l'image d'une nation grande et forte.

— L'atmosphère risque d'être tendue, craignait Alix. Es-tu déterminé à entreprendre ce voyage ? Rien ne presse.

Alexandre préférait ne plus temporiser. Maintenant qu'une femme l'avait reconnu, il avait hâte de la rencontrer afin de voir si sa mémoire reviendrait.

Ils regagnèrent Heidelberg vers la fin mars. Thibaud, prévenu, les attendait et leur avait obtenu, une fois encore, une chambre chez sa logeuse. Romy était rentrée dans sa famille pour quelques jours.

Le pays était maintenant entièrement sous la férule des nazis. Ceux-ci dominaient toutes les instances de la vie publique. Les municipalités devaient leur obéir aveuglément, la police leur était totalement acquise, les lois raciales étaient appliquées sans restriction. Les Allemands devaient considérer leurs concitoyens juifs comme des êtres de deuxième catégorie. Les mariages entre un Juif et un non-Juif étaient interdits et passibles de graves sanctions.

— La vie devient de plus en plus difficile pour les étrangers, reconnut Thibaud. Nous sommes suspects aux yeux des autorités. Ils voient en nous des espions potentiels, voire des amis des Juifs.

— Tu ne songes pas à rentrer en France ? s'inquiéta Alix, à laquelle le souvenir de sa première visite laissait un goût amer.

— Non, plus à présent. J'aime Romy. Je ne peux pas l'abandonner dans ces conditions. Et puis j'ai entrepris mes études de théologie, je dois les terminer.

— Tu pourrais emmener Romy chez nous et poursuivre tes études à Montpellier.

— Je ne peux pas lui demander de quitter sa famille.

Heidelberg était devenue, à l'image de toutes les villes allemandes, une cité oppressée et oppressante. Thibaud reconnut qu'à l'université rien n'était plus comme avant. La liberté n'y existait plus. Il fallait faire attention à ce que l'on disait, éviter certaines fréquentations. Les contrôles d'identité et les descentes de la Gestapo parmi les professeurs et les étudiants rendaient tout le monde méfiant. Beaucoup de membres du personnel enseignant et administratif avaient été remplacés par des hommes du parti nazi, le seul parti désormais autorisé.

— Il n'y a que les adhérents aux Jeunesses hitlériennes qui se réjouissent. Malheureusement, j'ai l'impression qu'ils constituent la majorité.

Quelques jours après, ils prirent la route de Stuttgart où Thibaud avait prévenu les Rochefort de l'arrivée de sa sœur et d'Alexandre.

Hermann était absent, accaparé par son travail. Hilde et Romy les reçurent.

— J'ai expliqué ce qui t'amène ici à monsieur et madame Rochefort, dit aussitôt Thibaud à Alexandre. Ils t'aideront dans tes démarches.

Alexandre regardait Hilde Rochefort avec insistance. Celle-ci s'en aperçut. Gênée, elle détourna les yeux et, s'adressant à Alix, lui demanda :

— Vous vous êtes entretenus avec vos parents à notre propos ? Savent-ils maintenant que nos deux familles sont unies par le lien du sang ?

Alix s'inquiétait de l'étrange réaction d'Alexandre.

— Oui, un peu, répondit-elle. A vrai dire…

— Je leur ai expliqué qui vous étiez pour nous, la coupa Thibaud. Lorsque je suis descendu avec Romy à Anduze, nous avons longuement parlé de vous avec mes parents. Tous ont hâte de vous connaître. Surtout ma grand-mère Elisabeth. Elle aimerait voir de son vivant les deux branches de la famille Rochefort réunies autour d'une même table. Cela scellerait les retrouvailles après trois siècles de séparation, dit-elle.

— Madame Rochefort, intervint Alexandre, puis-je vous poser une question ?

Hilde se troubla. Hésita. Répondit :

— Bien sûr. Je vous écoute.

Alexandre tergiversa quelques secondes. Il ne souhaitait pas se mettre au centre de la conversation ni parler ouvertement de son amnésie.

— Voilà… j'ai l'impression de vous avoir déjà rencontrés, vous et votre mari. Je n'en ai rien dit lors de notre première visite avec Alix. Mais, quand je vous ai aperçus, j'ai eu comme un flash. Cela m'arrive parfois.

— Je connais votre problème, monsieur Muller.

— Appelez-moi Alexandre, s'il vous plaît.

— Thibaud m'a parlé de ce qui vous est arrivé, Alexandre. Et je lui ai assuré que mon mari et moi ferons tout notre possible pour vous aider. Mais, pardonnez-moi, ni Hermann ni moi ne nous souvenons de vous. Je regrette beaucoup.

— Pourriez-vous appeler votre gouvernante ? demanda Thibaud. Nous allons laisser Alexandre et Ingrid seuls, en tête à tête. Je crois qu'ils ont des choses à se dire.

— Tu veux que je reste avec toi ? proposa Alix qui sentait Alexandre inquiet.

— Si ça ne te dérange pas, oui, j'aimerais que tu assistes à notre entrevue.

Hilde Rochefort tira la sonnette. Quelques secondes après, la gouvernante entra dans le salon, le visage sans expression. Elle paraissait de glace, le cœur dépourvu de sentiments, le regard d'acier, affûté comme une lame de couteau.

Ingrid ne prêta aucune attention à Alexandre, faisant mine de l'ignorer. Mais Thibaud remarqua que sa poitrine trahissait son émotion. Son corsage se soulevait à chaque respiration, comme si elle tentait de se contenir.

Il intervint le premier :

— Alexandre, l'ami de ma sœur Alix, aimerait s'entretenir avec vous, Ingrid. Je crois que vous avez des choses à mettre au point entre vous.

— Nous vous laissons, ajouta Hilde. Nous allons nous promener dans le jardin pendant ce temps. Quand vous en aurez terminé, vous dresserez la table pour le dîner. Monsieur Rochefort ne saurait tarder. Nous mangerons vers dix-neuf heures.

Ingrid n'avait pas bougé d'un pouce. Tous sortirent de la pièce, sauf Alix.

Alexandre l'observait discrètement. Comme la fois précédente, son visage ne lui était pas étranger, mais il ne pouvait affirmer la connaître.

Un silence pesant s'établit entre eux. Alix n'osait intervenir. Elle resta à l'écart de la conversation.

— Je suis revenu en Allemagne exprès pour vous voir, fit Alexandre, à la suite de ce que vous avez déclaré à Thibaud.

La gouvernante se décrispa. Son visage devint plus expressif, sa respiration moins saccadée. Son regard s'adoucit. Alix remarqua qu'elle était extrêmement belle, comme si le simple fait de changer d'attitude lui donnait plus d'humanité. Elle avait une beauté froide, certes, mais qui ne pouvait laisser insensible.

Ingrid ne bronchait pas, laissant Alexandre parler.

— Lorsque je vous ai vue la première fois, ici même, j'ai cru que nos chemins s'étaient déjà croisés quelque part. Je vous l'ai dit. Mais vous m'avez démenti. Puis vous avez averti Thibaud qu'en réalité vous m'aviez aussi reconnu, et vous l'avez prié de bien vouloir m'en faire part. Est-ce exact ?

Ingrid ne répondait pas, stoïque comme une statue de marbre.

Dans son coin, Alix l'observait. Elle s'aperçut que ses yeux brillaient, devenaient humides.

Les minutes passaient, lourdes de ses silences.

Alexandre ne comprenait pas la raison de ce mutisme. Il avait beau lui répéter les mêmes questions, elle donnait l'impression de ne pas saisir ses paroles. Plus il l'interrogeait, plus il doutait de l'avoir déjà rencontrée.

— Je vous prie de m'excuser, finit-il par dire. Je vous ai importunée. J'ai eu tort de croire que vous m'aideriez à recouvrer ma mémoire.

Il s'approcha de la porte qui donnait sur le jardin, se retourna vers Alix.

— Viens. Allons retrouver ton frère.

Alors Ingrid l'interrompit.

— Non ! fit-elle. Ne t'en va pas.

Alix fut la première surprise par le tutoiement.

Alexandre la regarda fixement.

— Nous nous connaissons, n'est-ce pas ? Je ne me suis pas trompé. Vous…

— A l'époque, on se tutoyait.

Alexandre parut gêné. Alix s'en aperçut. Comprit qu'elle devait les laisser seuls.

— Je vais rejoindre mon frère, leur dit-elle en s'éloignant.

Alexandre ne la retint pas.

Alors Ingrid s'approcha de lui.

— Tu te souviens un peu de moi mais tu ne sais plus qui je suis, ajouta-t-elle d'un air triste. Tu as oublié que nous nous sommes aimés.

Alexandre commençait à percevoir le bout du tunnel.

— Je dois vous… te raconter ce qui m'est arrivé… en tout cas, ce dont je me souviens, car je ne sais pas qui je suis. Ensuite, tu me diras qui tu es et dans quelles circonstances nous nous sommes connus.

Ingrid Meyer convia Alexandre chez elle, pour discuter en toute tranquillité.

— Veux-tu m'accompagner ? demanda Alexandre à Alix. Je n'ai rien à cacher. Si cette jeune femme a des révélations à me faire, tu peux les entendre.

— Non, je ne le souhaite pas. Ma présence risque de vous embarrasser.

Thibaud conduisit Alexandre jusqu'à la petite maison qu'occupait Ingrid dans un village situé dans la banlieue nord de Stuttgart.

— Tu me téléphones chez les Rochefort quand vous aurez terminé. Je viendrai te chercher, lui dit-il en le laissant sur le bord de la route.

C'était la première fois qu'Alexandre se retrouvait seul depuis qu'il avait mis les pieds en Allemagne. Alix ne l'avait jamais quitté d'une semelle, craignant qu'il ne subisse une rechute. Alexandre, en effet, même s'il n'avait jamais fait, en sa présence, un autre accident cérébral, avait parfois des sautes d'humeur qui laissaient penser à Alix qu'il n'était pas tout à fait hors de danger.

« Une récidive plus grave pourrait lui être fatale, avait conclu un médecin spécialiste du cerveau qu'elle avait consulté à son insu. Il doit éviter les contrariétés et les émotions trop fortes », avait-il ajouté.

Pourtant, leur amour ne s'en trouvait nullement affecté. Au contraire, Alexandre ne voyait que par Alix, ne faisait rien dans son travail sans la consulter, s'intéressait beaucoup à ses études qu'elle était en passe de terminer. Il lui avait promis un poste important au musée du Louvre pour l'été prochain, une fois son diplôme en poche. Il envisageait même de l'épouser dès qu'elle se sentirait prête à franchir le pas et qu'elle aurait averti sa famille de leurs intentions. Ses deux pertes de mémoire, certes, lui posaient problème, mais il évitait d'aborder le sujet avec elle pour ne pas la perturber. Il avait conscience que, si son amnésie partielle était sans conséquence, il pouvait être victime d'un grave accident vasculaire en cas de choc psychique violent. Les médecins ne lui avaient jamais caché la vérité. Aussi comptait-il beaucoup sur cette entrevue avec Ingrid pour remettre de l'ordre dans son esprit perturbé.

La jeune femme l'attendait dans la maison qu'elle avait héritée de ses parents. Une petite bâtisse au toit de chaume et aux murs en crépi, comme il en existe dans les campagnes. Affalterbach présentait le charme d'une bourgade agricole à l'écart des vicissitudes et de la fébrilité des grandes villes. Pourtant, Stuttgart n'était éloignée que d'une dizaine de kilomètres. Tout autour, les champs cultivés et les prairies disputaient le territoire au vignoble. La nature n'était pas encore gangrenée par le tissu urbain. A la périphérie, le Neckar serpentait entre les coteaux et rendait le paysage très romantique.

La maison d'Ingrid se situait au bord de la rivière. Entourée d'un rideau d'arbres, elle était à l'abri des regards.

Dès qu'il sonna à sa porte, Alexandre sentit une chaleur l'envahir. Il pensa, non sans crainte, qu'il ne ressortirait pas de cette chaumière comme il y entrerait. Un éclair l'aveugla brutalement, qui lui fit perdre la notion du temps l'espace d'une fraction de seconde. Il eut l'étrange impression de ne plus savoir ce qu'il était venu faire dans ce lieu. Il tituba, s'appuya contre le mur, se revit dans une situation similaire, comme si, bizarrement, il revivait une scène qu'il avait déjà vécue.

Ingrid ouvrit la porte et le trouva encore tout étourdi.

— Ça ne va pas ? lui demanda-t-elle aussitôt. Ne reste pas sur le seuil. Entre.

— Ce n'est rien, j'ai fait un petit malaise. La fatigue du voyage, je crois.

Ingrid arborait à nouveau son air glacial et détaché. Alexandre n'y prêta pas attention.

A son invite, il s'installa dans le salon et fut abasourdi par le décor. Un drapeau à croix gammée était tendu sur l'un des murs. Un portrait d'Adolf Hitler trônait sur la poutre de la cheminée. Des trophées portant mention des Jeunesses hitlériennes ainsi que des coupes sportives occupaient plusieurs étagères d'une bibliothèque où *Mein Kampf* côtoyait d'autres œuvres d'auteurs inféodés au régime nazi.

— Assieds-toi, je t'en prie, fit Ingrid en invitant Alexandre à prendre place dans un fauteuil.

Il obtempéra, sans pouvoir détacher son regard de ce qui l'entourait.

— Tu es membre du parti national-socialiste ? osa-t-il lui demander.

— Oui, c'est exact. C'est ma vraie famille à présent.

— Pourquoi dis-tu « à présent » ?

— Parce que mes parents m'ont reniée avant de mourir. Je ne les regrette pas. Ils étaient dans l'erreur.

— Comment sont-ils morts ? De maladie ?

— Dans l'incendie de leur grange. Tu n'as pas pu la voir en arrivant, on a déblayé les décombres… Ils n'ont eu que ce qu'ils méritaient. Ils étaient hostiles au Reich. Tous les ennemis du Reich doivent se soumettre ou périr.

— Je ne suis pas venu pour parler de cela, la coupa Alexandre, mal à l'aise de découvrir l'univers inquiétant d'Ingrid.

— Donc, si j'ai bien compris, enchaîna celle-ci, tu ne te souviens pas que nous avons vécu ensemble.

— Parce que nous avons vécu ensemble ?

— J'espère que tu ne te moques pas de moi !

— Je suis sincère, Ingrid. Tout est très flou dans mon esprit.

— Ton amnésie, toujours elle, n'est-ce pas ?

— Oui, je ne suis pas totalement guéri, au sens où je n'ai pas souvenir de mon passé. Peux-tu m'aider ?

Ingrid vint s'asseoir à côté d'Alexandre, le regarda fixement dans les yeux. Son visage s'adoucit, ses traits se détendirent. Elle commença :

— Nous nous sommes tant aimés, Alex, comment peux-tu l'avoir oublié ? Nous habitions chez un couple de paysans à Albstadt, au sud de Stuttgart. J'étais leur domestique. Les Weber étaient les métayers des Rochefort.

— De Hermann et Hilde Rochefort ?

— Oui, parfaitement.

— Que faisais-je chez les Weber ? D'eux, je crois me souvenir, mais c'est très imprécis dans ma tête.

— Tu avais été placé pour ta convalescence quelques mois après la fin de la guerre. Tu ne te rappelles pas avoir été blessé au combat ? C'est au cours de l'été 1919 que tu es arrivé. Nous étions jeunes tous les deux. Moi j'avais quinze ans, toi à peine vingt, je crois. Tu étais beau, doux, affectueux. Je suis tout de suite tombée amoureuse de toi.

— Et moi ?

— C'est un peu plus compliqué. Tu étais traumatisé, tu comprends. Tu avais perdu la mémoire, mais tu revenais petit à petit à la vie. Tu suivais un traitement que te donnaient les médecins de la clinique.

— Je me souviens de ce détail.

— Je t'ai aidé à te soigner. Mais tu ne voulais rien entendre. Tu insistais pour te rendre utile. Alors les Weber t'ont proposé de travailler pour eux. Ils t'ont appris le métier de la terre. Ils t'aimaient bien. Peu à peu, tu t'es apprivoisé. Tu t'es laissé approcher. Tu m'as enfin regardée. Puis tu es tombé dans mes bras.

— On s'est aimés ?

— Eperdument. J'espérais par-dessus tout que tu retrouves vite la mémoire pour que nous puissions nous marier. Je voulais que tu m'emmènes loin ; loin des Weber chez qui j'avais l'impression de gâcher ma vie ; loin de mes parents qui s'étaient débarrassés de moi. Mais tu ne te sentais pas prêt. Alors, j'ai pris mon mal en patience.

— Comment je m'appelais ?

Ingrid s'étonna.

— Mais Alexandre Muller, voyons ! Pourquoi cette question ?

— Pour rien… Continue, je t'en prie.

— A vrai dire, ce nom t'avait été donné par les autorités militaires dont tu dépendais. Il fallait bien que tu portes un nom, n'est-ce pas ? Comme tu avais été retrouvé sur le champ de bataille, ne sachant ni qui tu étais ni d'où tu venais, ils t'ont affublé de ce patronyme et de ce prénom.

— Je n'avais aucune preuve de mon identité sur moi ?

— Je suppose que non. Tout ce qu'on a appris à l'époque, c'est que tu étais alsacien, mais allemand aussi puisque l'Alsace appartenait encore à l'Allemagne pendant la guerre. Cela, tu ne faisais que l'affirmer aux médecins qui te soignaient.

— Alexandre Muller n'est donc pas mon vrai nom ?

— C'est certain.

Un détail chagrinait Alexandre. Il prit sa tête entre ses mains, réfléchit.

— Si je suis allemand, d'après ce que tu me certifies, pourquoi ai-je le souvenir que les Weber m'ont enseigné des rudiments d'allemand pour que je me fasse mieux comprendre ?

— Tu dois te tromper.

— Alors comment expliques-tu que je connaisse un peu ta langue ?

Ingrid n'avait pas pensé à ce détail. Elle reconnut :

— Il est exact que tu parlais mal notre langue. Mais j'ai pris cela pour une des conséquences de ton traumatisme. D'ailleurs, au fil du temps, tu as fait d'énormes progrès.

Alexandre ne semblait pas satisfait.

— A moins, ajouta-t-il, que ma famille alsacienne m'ait élevé dans la langue française par rejet de l'Allemagne. Beaucoup d'Alsaciens n'ont jamais accepté lc rattachement de leur région à l'empire germanique en 1870.

— C'est une éventualité. Cela ne change rien.

Alexandre poursuivait son idée.

— Pourrais-je m'appeler Raphaël Simon ? Ça te dit quelque chose ?

Ingrid fronça les sourcils. Répondit, ébahie :

— Raphaël Simon ! Oui, ça me rappelle quelqu'un… Raphaël Simon, répéta-t-elle. Tu me parlais parfois d'un Raphaël Simon quand tu évoquais tes rares souvenirs de guerre. Mais je ne sais plus pourquoi.

— Fais un effort, c'est important.

Ingrid avait beau chercher dans sa mémoire, elle ne se rappelait pas dans le détail les conversations qu'elle avait eues à l'époque avec Alexandre.

— Je suis désolée. Je n'ai pas dû y prêter attention. Je pensais que tu divaguais quand tu m'en parlais. Pour moi, tu avais inventé ce nom. Tu étais très perturbé.

— Et les Rochefort ? Je les ai souvent rencontrés ?

— Quelquefois. Quand ils rendaient visite à leurs métayers.

— Je comprends pourquoi j'ai cette impression de les avoir déjà vus… Comment se fait-il que tu sois à leur service à présent ?

— A la mort des Weber, ils m'ont engagée comme gouvernante.

Déçu, Alexandre demeurait dans l'expectative. Certes, il en avait appris un peu plus sur son passé, mais rien de précis sur ses origines ni sur son véritable nom.

Il allait prendre congé, sans demander à Ingrid dans quelles conditions ils s'étaient quittés. Elle poursuivit :

— Un jour, une femme est venue avertir les Weber que tu devais rentrer chez toi. Tu étais alsacien, ton pays était maintenant la France. Puis deux hommes sont arrivés. Tu ne leur as pas résisté. Cela m'a beaucoup attristée, je croyais que tu m'aimais autant que je t'aimais. Ils t'ont reconduit jusqu'à la frontière, puis, d'après ce que les Weber ont appris, ils t'ont remis aux autorités françaises.

— Oui, de cela, je me souviens. J'ai vécu quelque temps en Alsace. Comme je n'y connaissais personne, je suis allé à Paris pour commencer une autre vie.

— Que fais-tu maintenant ?

— Je suis directeur d'une galerie d'art.

— Et cette fille qui t'accompagne ?

— Alix ? Nous allons nous marier dès qu'elle aura passé son diplôme.

Ingrid se rembrunit.

Alexandre lui demanda s'il était possible de téléphoner.

— Thibaud doit venir me chercher…

Dehors un bruit de moteur l'interrompit. Une portière claqua.

Alexandre, surpris, se leva aussitôt de son fauteuil.

— Tu attends quelqu'un ?

Ingrid n'eut pas le temps de lui répondre qu'un homme apparut dans l'embrasure de la porte, botté et vêtu d'un uniforme noir de SS.

— *Heil !* fit ce dernier en levant le bras droit et en claquant des talons.

Ingrid s'approcha de Lukas et l'embrassa.

— Je ne vous présente pas, dit-elle.

24

Rêve de jeunesse

Alexandre ne put dissimuler à Alix ce qu'il avait vu et appris chez Ingrid, et combien il avait été stupéfait de surprendre Lukas chez elle, dans leur intimité.

— Hermann et Hilde Rochefort ne doivent pas se douter que leur fils fréquente leur gouvernante, nota-t-il. Sinon, ils auraient certainement renvoyé Ingrid.

— Il ne nous appartient pas de les mettre au courant. Restons en dehors de tout cela, suggéra Alix.

Ils n'avaient pas l'intention de prolonger davantage leur séjour. En France, le premier tour des élections législatives approchait. Alexandre tenait à être de retour pour voter. Il prétexta devant les Rochefort que son travail n'attendait pas et les avertit qu'il repartait avec Alix le lendemain.

— Vous reviendrez dès que vous en aurez l'occasion, n'est-ce pas ? lui proposa Hermann. Vous serez toujours le bienvenu… Mais avant de nous quitter, vous ne nous avez pas dit si votre entrevue avec Ingrid vous a permis d'avancer. Je l'espère, en tout cas.

— Un peu, reconnut Alexandre. En vérité, votre gouvernante et moi, nous nous serions connus il y a une bonne douzaine d'années à Albstadt.

— Albstadt ! s'étonna Hermann. La commune où je possède une propriété agricole que je fais toujours entretenir par des métayers ?

— Oui, elle était servante des Weber à l'époque. Vous devez mieux vous rappeler que moi.

— Bien sûr !

— Et moi j'étais en quelque sorte leur employé. En réalité, j'étais en convalescence à la suite d'un grave traumatisme subi à la guerre. C'est à cette occasion que nous nous sommes croisés.

Hermann Rochefort réfléchissait, intrigué. Apparemment, il ne se souvenait pas du valet de ferme de ses métayers.

— Ça ne me revient pas, reconnut-il. J'ai dû passer à côté de vous sans vous voir.

Hilde suivait la conversation du fond du salon. Elle n'était pas encore intervenue, mais rien ne lui avait échappé.

— Moi, j'ai un vague souvenir d'un jeune homme assez discret qui effectuait les basses besognes dans la ferme des Weber. Rappelle-toi, Hermann, il était d'une extrême politesse et n'avait que le souci de nous être agréable.

Hermann fronça les sourcils, tira deux ou trois bouffées de sa pipe.

— Maintenant que tu me dis cela, effectivement, je me rappelle vaguement. Nous rencontrions ce garçon à chacune de nos visites.

— Eh bien, ce devait être Alexandre.

Ce dernier les écoutait, d'un air rassuré.

— Vous confirmez donc les paroles d'Ingrid ? leur demanda-t-il.

— Nous ne pensons pas nous tromper. Elle dit la vérité.

— Vous comprenez mieux à présent, madame Rochefort, pourquoi j'ai été troublé en vous voyant la première fois. Votre visage et celui de votre mari ne m'étaient pas inconnus.

— Alors, poursuivit Hermann, vous êtes sur le chemin de la lumière. Votre mémoire refait surface petit à petit.

— Le chemin sera long. De nombreux points d'interrogation demeurent en suspens.

— Je vous réitère mon invitation, revenez à Stuttgart aussi souvent que vous le souhaitez. Si nous pouvons contribuer à votre guérison, notre porte vous sera toujours ouverte.

Thibaud et Romy étaient restés à l'écart de la conversation.

Lukas fit alors son apparition. Il était vêtu en civil. Il arborait une allure d'étudiant décontracté. Une barbe de trois jours marquait ses joues. Alexandre ne put dissimuler son étonnement. Lukas s'en aperçut immédiatement et, redoutant qu'il ne révèle sa liaison avec Ingrid à ses parents, prit lui-même les devants.

— Je crains de vous avoir perturbé chez Ingrid, avant-hier. Je ne voulais pas m'immiscer dans votre conversation. Si j'avais su que vous étiez ensemble, j'aurais différé ma visite.

Hermann s'étonna de l'incident.

— Que faisais-tu chez Ingrid ? lui demanda-t-il. Tu fréquentes nos domestiques ? J'espère que tu n'essaies pas de l'endoctriner. C'est bien parce que tu es mon fils que je tolère sous mon toit un membre du parti nazi.

— Tu as tort, père, de le prendre ainsi. Un jour, tu risques d'avoir besoin de mes relations.

— Tu oses me menacer, moi, ton père !

La conversation devenait de plus en plus tendue. Hilde voulut y mettre un terme. Mais Romy la devança :

— Tant que tu vis chez nous, Lukas, tu es un Rochefort. Mais si tu préfères tes amis nazis à tes propres parents, tu n'as plus ta place parmi nous. Je regrette d'avoir un frère aussi servile que toi. Que doivent penser nos cousins français ?

— La France appartiendra un jour au Grand Reich. Nous, les Aryens, serons le fer de lance de la reconquête de l'Occident contre les peuples décadents.

— Ça suffit ! J'ai assez entendu de bêtises pour aujourd'hui. Tu ferais mieux de t'apprêter à conduire Alix et Alexandre à la gare de Stuttgart. Ils doivent prendre leur train dans deux heures.

— Nous pouvons appeler un taxi, proposa Alix, tétanisée par les paroles qu'elle venait d'entendre.

Elle saisit son frère par le bras et l'entraîna à l'écart.

— Tu devrais te méfier de Lukas. Il est dangereux. Je suis certaine qu'il est capable de dénoncer père et mère s'il le fallait.

— Pars tranquille, petite sœur. Je veillerai sur Romy, sur nous. Quant à toi, continue à aider Alexandre. La mémoire peut lui revenir d'un seul coup. Il a déjà effectué de gros progrès. Tiens-moi au courant.

Alix et Alexandre rentrèrent à Paris sans s'attarder davantage.

Alexandre semblait encore passablement perturbé par l'histoire que lui avait racontée Ingrid. Il ne connaissait toujours pas sa véritable identité. Il avait la certitude qu'il portait bien le nom d'Alexandre Muller, qu'il avait vécu à Albstadt pendant quatre ans. Il était alsacien et allemand d'origine. Il avait été enrôlé dans l'armée germanique, celle du Kaiser Guillaume II. Mis à part cela, il n'était pas plus avancé car, renseignements pris à Albstadt par Hermann Rochefort, aucune trace de lui n'y avait été trouvée. Pas d'état civil, pas de papiers. Pas d'existence légale.

— Je ne suis personne ! lança-t-il d'un ton désabusé à Alix, alors que leur train arrivait à proximité de la gare de l'Est.

— Pour moi, tu es Alexandre Muller, l'homme que j'aime. Ça me suffit amplement.

Alexandre demeurait dans ses pensées, obnubilé par des idées fixes.

— Pourquoi ai-je parlé de Raphaël Simon ? A toi comme à Gina la première fois, à la suite de mon amnésie partielle. D'où est-ce que je tire ce nom ? C'est étrange, non ?

Cette question intriguait aussi Alix. Mais elle avait décidé de ne plus évoquer le sujet. Devant son silence, Alexandre insista :

— Tu ne réponds pas ?

— Tu as peut-être rencontré cet homme, je ne sais pas. C'est possible. Et tu t'es identifié à lui au moment de ton second accident cérébral. Il arrive qu'on mélange les gens et les événements quand le cerveau a subi un choc. Tu as sans doute fait un transfert.

— Sauf que ce Raphaël Simon n'est quand même pas un inconnu. Surtout pour ta famille. Comment aurais-je pu le rencontrer… s'il s'agit bien de la même personne ?

Alix ne savait comment répondre ni comment tranquilliser son compagnon.

— Cesse donc de réfléchir à ces détails. De toute façon, les médecins te l'ont confirmé, tu ne retrouveras jamais entièrement la mémoire. Des faits importants se sont à jamais effacés. Il faut que tu l'admettes. Alors, ton Raphaël Simon, laisse-le là où il est. Quant à ta réaction au moment où tu as découvert le nom des Rochefort en lisant dans *Le Figaro* l'article sur la tentative de suicide de mon père, maintenant tu en comprends la raison. Ce nom t'était familier, puisque tu avais déjà rencontré Hermann et Hilde Rochefort.

Alix n'était pas tout à fait convaincue de ses propres arguments. Il y a un mystère non élucidé là-dessous, songea-t-elle tandis que le train s'arrêtait sur le quai numéro 3 de la gare de l'Est.

— Nous sommes enfin arrivés, dit-elle pour changer de conversation. Je suis heureuse de me retrouver chez nous.

Dehors, par les fenêtres du wagon, elle aperçut des manifestants qui brandissaient des pancartes sur lesquelles figurait une affiche du Front populaire, avec trois mots bien apparents : *Pain, Paix, Liberté*.

— Nous voici plongés à nouveau dans notre réalité quotidienne, fit-elle non sans soulagement. Je préfère être ici à Paris qu'à Stuttgart ou dans une autre ville d'Allemagne. L'atmosphère y est plus saine.

Le Front populaire arriva en tête dès le premier tour des élections législatives, le 26 avril. Cette victoire fut confirmée la semaine suivante, le 3 mai, par une large majorité de gauche. Léon Blum revendiquait le gouvernement pour son parti, mais souhaitait attendre pour le constituer.

Alexandre se réjouissait de ces résultats. Il ne cachait pas sa sympathie pour la SFIO, mais craignait que l'alliance avec les communistes entraîne quelques complications pour la suite.

— Quand j'étais enfant, révéla-t-il à Alix, je faisais souvent le même rêve.

Alix s'étonna :

— Tu te souviens de tes rêves de jeunesse ?

— Oui, je retrouve des impressions, des images qui m'ont marqué plus que d'autres, je suppose. C'est comme ce parfum de magnolia qui m'a mis sur la piste d'Ingrid.

— Et quel est, cette fois, ce rêve qui est revenu à ta mémoire ?

— Je rêvais que j'étais un enfant malheureux, sur qui le sort s'acharnait. Puis, devenu adulte, je prenais ma revanche sur les riches. J'étais une sorte de Jacquou le Croquant.

— Quel est le rapport avec la joie que tu éprouves aujourd'hui à la suite du résultat des élections ?

— C'est évident, non ? Avec la victoire de la gauche, tout va changer. Le peuple tient sa revanche, comme je l'avais rêvé.

— Tu devrais rencontrer mon oncle Sébastien. Il a les mêmes convictions que les tiennes. Je suis persuadé que vous vous entendriez très bien tous les deux.

Depuis qu'il connaissait Alix, Alexandre avait toujours refusé de rendre visite aux membres de sa famille. La jeune femme avait trouvé cette attitude curieuse, mais avait respecté sa volonté. Alexandre, en effet, ne souhaitait pas se retrouver en compagnie des Rochefort gardois. Ils représentaient à ses yeux ceux par qui son amnésie partielle avait été déclenchée et la cause de son mal-être actuel. A force, Alix n'avait plus insisté, laissant passer le temps.

Mais, maintenant qu'il avait par deux fois rendu visite aux Rochefort de Stuttgart, elle ne voyait plus de raison valable à ses atermoiements.

Alexandre finit par accepter sa proposition.

— Si tu veux, lui dit-il. Je ferai ainsi la connaissance d'une partie de ta famille.

Alix fut très étonnée de son revirement, mais ne fit aucune remarque.

Quelques jours plus tard, ils se rendirent chez Sébastien. Celui-ci revenait de son journal où il assurait la chronique des événements nationaux.

Les deux hommes ne mirent pas longtemps à trouver un terrain d'entente. Tandis qu'Alix bavardait avec Pauline et sa fille Rose, âgée de quatorze ans, ils se félicitaient du succès de la gauche.

— Avec ses trois cent soixante-seize élus au Parlement, jubilait Sébastien, la gauche a encore gagné vingt sièges par rapport à 1932. Léon Blum sera le prochain président du Conseil.

— Ce sont les communistes qui ont le plus progressé, fit remarquer Alexandre. Ils pèseront dans la balance au moment de la constitution du futur cabinet ministériel.

— Ils ont déjà averti qu'ils soutiendraient le nouveau gouvernement mais qu'ils n'y participeraient pas.

— C'est une manière de ne pas se mouiller en cas de difficulté.

Alexandre s'entendait à merveille avec Sébastien. Ce dernier n'aborda pas en sa présence le sujet qui le tracassait. Pourtant, il avait grande envie de lui demander pourquoi il n'avait jamais souhaité faire la connaissance des membres de sa famille. Il préféra étouffer son envie et ils continuèrent de disserter sur la situation du moment.

A son retour, Alexandre reconnut devant Alix que leur visite chez Sébastien l'avait rassuré.

— Je craignais que cette rencontre avec un membre de ta famille ne réveille de douloureux souvenirs. J'étais habité par une mauvaise prémonition. C'est ce qui me retenait. Je le regrette.

— Il n'y a plus rien à présent qui t'empêche de m'accompagner à Anduze. Tu dois franchir la prochaine étape afin de lever le voile sur cette évidence : tu n'es pas, tu ne peux pas être Raphaël Simon. Mon oncle Vincent te le confirmera, puisqu'il l'a connu.

— Je te crois. Mais alors, pourquoi ai-je de temps en temps l'étrange impression d'être cet homme ?

Les événements se précipitaient. Léon Blum avait été nommé président du Conseil. Comme prévu, les communistes ne participaient pas à son cabinet mais le soutenaient. De grandes grèves avaient éclaté dans tous les secteurs de l'économie et paralysaient le pays. Sébastien, qui participait pour son journal à un comité de coordination de la CGT, s'étonnait de l'ambiance bon enfant des manifestations. Le succès du défilé, qui s'était déroulé le 24 mai devant le Mur des Fédérés en hommage à la Commune de Paris et qui avait rassemblé plus de 600 000 personnes, donnait au mouvement de grève générale la conscience de sa force. Les arrêts de travail se multipliaient dans une atmosphère de kermesse. Partout, les ouvriers se relayaient sur leurs lieux de travail. On pique-niquait dans les cours d'usine, on dansait sur des airs d'accordéon. Les femmes, nombreuses à se joindre à leurs maris, assuraient le ravitaillement. Tous attendaient du nouveau gouvernement des mesures sociales de grande ampleur.

Le programme du Front populaire allait au-delà des espérances d'Alexandre. Celui-ci revoyait régulièrement Sébastien qui passait maintenant à sa galerie pour le tenir informé. Il lui donnait même la primeur des articles qu'il publierait le lendemain dans son journal. Du coup Alexandre lisait maintenant *Le Populaire*, un quotidien plus en concordance avec ses idées. Entre les deux hommes était né un réel courant de sympathie.

— Les ligues d'extrême droite vont être dissoutes, lui apprit Sébastien. Ce sera un coup dur pour les fascistes. Il ne faut pas leur laisser la liberté d'occuper le terrain politique comme l'ont fait dans leur pays les Italiens et les Allemands. On voit où cela les a menés.

Alexandre ne pouvait qu'approuver.

— J'ai assisté à des scènes terribles en Allemagne. Souhaitons ne jamais connaître une telle situation.

— Le programme de Blum paraît très ambitieux. A la CGT, nous le soutenons sans équivoque. Mais certains craignent qu'il ne puisse pas l'appliquer dans sa totalité. Nous sommes très attachés à la défense de l'école laïque, des droits syndicaux et, dans mon secteur, à la publication des bilans des journaux.

— Enrayer le chômage est à mes yeux la première de toutes les priorités.

— La politique de grands travaux, à l'image de celle du New Deal, et la réduction du temps de travail vont dans ce sens, cela ne t'a pas échappé.

Alexandre se voulait optimiste mais craignait que la situation ne finisse par dégénérer à force de durer.

L'occupation des usines, qui était un phénomène nouveau, montrait que la classe ouvrière considérait désormais les outils de production comme son patrimoine. Elle n'était pas prête à renoncer à ses revendications face à une classe patronale qui estimait qu'il s'agissait d'une « atteinte indéniable au droit de propriété ».

Il s'inquiétait néanmoins des cris qui circulaient dans les quartiers ouvriers des grandes villes et dans les banlieues, relayés par la presse de droite : « Les soviets partout ».

— J'espère quand même qu'on n'en viendra pas à une situation analogue à celle de la Russie.

Sébastien connaissait parfaitement la réalité soviétique, grâce aux relations qu'il entretenait avec des correspondants étrangers en poste à Moscou. Il suivait aussi de près les agissements des trotskistes de France dont son beau-frère Pietr faisait partie. Il rassura Alexandre.

— Aux Etats-Unis, le président Roosevelt applique des mesures identiques pour enrayer la crise. Je sais bien que ses adversaires le taxent de communisme, mais il ne faut quand même pas exagérer. Le New Deal n'est pas comparable aux plans quinquennaux des Soviétiques. On est loin du collectivisme.

Le 8 juin, les accords Matignon furent conclus entre Léon Blum, le patronat et la Confédération générale du travail. Trois jours plus tôt, le gouvernement, relayé par Léon Jouhaux, secrétaire général de la CGT, avait demandé aux ouvriers de cesser leurs grèves mais n'avait pas été écouté. La situation s'était même aggravée. Paris était menacé de manquer de pain, à cause de la rupture d'approvisionnement en mazout.

Le lendemain matin, avant de regagner sa galerie, Alexandre se rua sur l'article qu'avait rédigé Sébastien dans *Le Populaire*. Il en fit lui-même la lecture à Alix qui suivait également l'actualité de très près.

— Je te résume la situation, lui expliqua-t-il. Je te lis en substance ce qu'a écrit ton oncle : « La négociation qui vient d'aboutir permet de sortir de l'impasse et consacre une victoire historique du monde du travail. Les accords portent sur plusieurs points – je résume : conventions collectives généralisées dans les entreprises ; fortes augmentations de salaire, en moyenne 12 % ; semaine de quarante heures ; quinze jours de congés payés pour tous. »

— C'est une avancée sociale sans précédent, releva Alix. J'en connais un qui ne va pas apprécier !

— Qui donc ?

— Mon père, Jean-Christophe. Ses idées sont très conservatrices. En la matière, il s'est toujours opposé aux revendications de ses ouvriers. C'est d'ailleurs pourquoi il ne s'entend pas du tout avec son frère Sébastien.

— Vous formez une bien étrange famille !

— Certes. Mais c'est une grande famille.

— Tiens, écoute, je termine. Ton oncle cite Léon Jouhaux qui s'est exprimé à la radio à la suite de la signature des accords Matignon : « Pour la première fois dans l'histoire du monde, toute une classe obtient dans le même temps une amélioration de ses conditions de vie. »

— Il est vrai que nous vivons un grand moment de l'Histoire. La modification des rapports sociaux qui vient de se produire représente un événement extraordinaire dans la vie de notre nation. C'est une véritable révolution pacifique. J'espère que l'avenir ne détruira pas les avancées acquises aujourd'hui. Ce serait dramatique de revenir en arrière.

— Que dirais-tu d'aller prendre des vacances dans les Cévennes, au sein de ta famille ? Nous serons parmi les premiers à inaugurer cette ère de loisirs que nous offre la victoire du Front populaire.

Alix nota avec grand plaisir et soulagement combien son compagnon semblait retrouver goût à la vie. Elle s'approcha de lui, se blottit dans ses bras.

— Tes rêves d'enfance se concrétisent. Tu vois, tout arrive.

Alexandre s'écarta. Fixa Alix dans les yeux.

— Qui suis-je pour toi ? lui demanda-t-il, énigmatique.

25

Sur l'autre rive

A Richmond, depuis l'inauguration de son usine de confection, Pierre coulait des jours heureux, dans l'insouciance de sa jeunesse et dans l'oubli de ce qu'il avait laissé à Nîmes.

Soutenu par le sénateur Jack Malorie, tout semblait lui réussir. Il avait embauché plus d'une centaine d'ouvriers, une majorité de Noirs, qu'il payait beaucoup moins que la main-d'œuvre blanche. Sur les conseils de son avocat d'affaires, Hervé Maréchal, il n'avait pas hésité à pratiquer dans ses ateliers une ségrégation de fait. Alors que les Noirs profitaient de plus en plus des mesures prises en leur faveur par le président Roosevelt, notamment en matière de logements sociaux et dans le domaine agricole, il ne se préoccupait absolument pas de leurs conditions d'existence en leur attribuant des salaires au-dessous des minima légaux. Or les Noirs soutenaient de plus en plus les démocrates, même dans les Etats du Sud où, jusqu'alors, ils votaient davantage pour les républicains.

Jack Malorie pérorait quand il discourait sur l'état de l'Union. A ses yeux, le New Deal menait à la catastrophe et les prochaines élections de novembre verraient le triomphe de son parti.

« Roosevelt ne fera pas un second mandat ! assurait-il. Son programme finira par mettre le pays sur la paille. Ses mesures sociales coûtent beaucoup trop cher à la nation. »

Pierre s'inquiétait toutefois de la progression des revendications. A son arrivée, il avait cru que les Etats-Unis n'étaient pas gagnés par la fièvre syndicale qui, selon ses propres propos, gangrenait la vie des entreprises françaises.

Tenu au courant de ce qui se déroulait en France depuis la victoire du Front populaire, il demeurait dans l'expectative, nourrissant l'espoir que son père n'ait pas trop à souffrir des arrêts de travail qui s'étaient étendus à tous les secteurs de l'activité économique.

Or les syndicats américains semblaient bénéficier de « l'ère Roosevelt ». Soutenu financièrement par ceux du textile, le CIO[1] remportait de plus en plus d'adhésions dans les entreprises de toutes branches et menait des grèves, parfois violentes, avec occupations d'usines.

Jack Malorie avait beau camper sur ses positions assurément optimistes, Pierre, informé par Hervé Maréchal, s'interrogeait sur la tournure des événements.

— Vous n'êtes pas sans savoir que le CIO s'éloigne de la stricte neutralité en matière politique, lui opposa-t-il un soir que le sénateur l'avait invité à dîner. Il affiche ouvertement son soutien au Parti démocrate

1. Committee for Industrial Organization, fondé en 1935 par John L. Lewis.

pour les prochaines élections. Cela ne va pas arranger vos affaires ni les miennes. Si les ouvricrs sont de plus en plus nombreux à suivre les consignes de cette organisation syndicale, ce sera comme en France avec la CGT : le mouvement ouvrier sera complètement politisé et dans les mains des forces de gauche. De plus, j'ai lu dans la presse qu'elle lance une campagne en faveur des travailleurs noirs. Si les Noirs entrent dans la lutte syndicale, alors que jusqu'à présent vous les avez utilisés comme briseurs de grève, le pouvoir du patronat américain va s'affaiblir dangereusement. Il vous faudra compter avec des mouvements sociaux de plus en plus durs. Voyez ce qui se passe dans mon pays où les organisations syndicales soutiennent le gouvernement de gauche issu des dernières élections. Le patronat a dû s'incliner et accepter des mesures sociales qui lui coûteront beaucoup d'argent.

— Vous vous montrez trop pessimiste, mon cher Rochefort. Vous ne connaissez pas la puissance du patronat américain. Ce n'est pas le président ni les syndicats qui dirigent notre pays. En réalité, le dessous des cartes est beaucoup plus subtil. Nos grands groupes sont dans les mains de gens qui agissent dans l'ombre. Ils ne se laisseront pas dominer par la vague populaire que soutient le pouvoir en place.

Si Pierre ignorait que le CIO était infiltré par de nombreux communistes, notamment dans l'encadrement, Jack Malorie, lui, connaissait la vérité. Aussi avait-il activé tous ses réseaux pour pouvoir réagir à toute éventualité dans le cas où les mouvements de contestation viendraient à déferler sur le pays. Il était prêt à pourfendre le pouvoir en place devant le Congrès et à le taxer de collusion avec les bolcheviks infiltrés dans les rouages de l'Etat. Il souhaitait placer Roosevelt devant ses responsabilités, de façon que le peuple américain, loin d'adhérer aux thèses communistes, y compris le monde ouvrier, le juge et le rejette aux élections de novembre.

— Tranquillisez-vous, dit-il pour clore la discussion avant de passer à table, le communisme ne gagnera jamais dans notre pays. Les Américains sont trop attachés aux libertés individuelles et à la propriété privée pour accepter d'être gouvernés par des gens de gauche désireux de mettre en place un Etat qui s'occuperait de tout.

Fort de cette assurance, Pierre suivit le sénateur dans la salle à manger où les attendaient sa femme Barbara et sa fille Judith. Celle-ci était très en beauté dans sa robe courte de cocktail en mousseline saumon, dont les fines bretelles laissaient ses épaules nues. Pierre la dévora discrètement des yeux. Il lui prit la main et la porta à ses lèvres.

— Vous êtes ravissante, lui dit-il.

Gênée par ses compliments, Judith ne sut comment réagir. Elle rougit, bredouilla un timide merci, s'installa à côté de sa mère qui avait déjà pris place à l'une des extrémités de la table.

— Asseyez-vous donc à côté de Judith, proposa Jack Malorie à Pierre en le prenant amicalement par les épaules. Ce soir, je ne veux pas que nous parlions affaires ni politique. N'est-ce pas, ma chérie ? ajouta-t-il en s'adressant à sa fille.

— Cela ne me dérange pas, répondit Judith par pure convenance.

— Ma fille a d'autres préoccupations et d'autres sujets de discussion avec ses amis de l'université, reconnut Barbara. La politique n'intéresse pas les jeunes d'aujourd'hui. Et les affaires, encore moins. Ils préfèrent parler musique, danse ou cinéma. C'est de leur âge.

La conversation prenait un ton plus léger qui n'était pas pour déplaire à Pierre.

— Connaissez-vous le cinéma américain, monsieur Rochefort ? s'enquit Barbara.

— Appelez-moi Pierre, madame Malorie.

— Soit. Si vous m'appelez Barbara. Alors, Pierre… connaissez-vous le cinéma américain ?

— J'avoue que non. Mais j'espère bien combler cette lacune pendant mon séjour dans votre pays.

— Judith adore les films d'aventures, n'est-ce pas, ma chérie ?

La mère faisait les questions et les réponses. La jeune fille, trop réservée, se contentait d'acquiescer en souriant ou en inclinant la tête, les yeux rivés sur son assiette.

— Ah ! *La Charge de la brigade légère* de Michael Curtiz. Quel morceau de bravoure, cette fameuse charge ! Et quel beau couple, cet Errol Flynn et cette Olivia de Havilland ! Il faudra absolument que vous alliez voir ce film. Judith se fera un plaisir de vous accompagner.

— Je préfère les westerns, maman, tu le sais bien. Et tu n'ignores pas que ce film a soulevé une violente polémique.

— N'écoutez pas ma fille, Pierre. C'est une âme trop sensible.

— Quel est donc l'objet de cette polémique ?

Judith sortit de sa réserve. Ses yeux se mirent à briller, comme si l'on venait de la toucher dans ce qu'elle avait de plus délicat.

— Pour la scène de la charge, des fils de fer ont été tendus pour provoquer la chute des chevaux. Une douzaine d'entre eux ont dû être abattus après le tournage. C'est un scandale ! Un carnage inadmissible.

— Ah ! dès qu'on s'en prend aux animaux, ma fille sort les griffes, intervint Jack Malorie. Mais elle n'a pas tort. Moi, je lui donne raison. On n'a pas le droit de faire souffrir inutilement les bêtes.

— Tu ne tiens pas un tel discours en ce qui concerne les Noirs que l'on exploite encore dans les champs de coton et de tabac comme à l'époque de l'esclavage, répondit sèchement Barbara qui, sur ce sujet, n'avait pas la même approche que son mari.

— Les Noirs ne sont plus des esclaves, voyons ! Ce sont des hommes libres. Ils ont même acquis le droit de vote. Tu dis des sottises, ma chérie. Et tu mélanges tout.

La conversation prenait soudain une tournure plus tendancieuse. Barbara, bonne diplomate, en détourna rapidement l'objet et demanda à son domestique – un Noir d'une soixantaine d'années – de bien vouloir apporter le plat suivant.

Judith n'osait regarder l'ami de son père dans les yeux, mais au fond d'elle-même elle souhaitait ardemment s'éloigner de la table en sa compagnie, lui parler sans la présence de ses parents. La jeune Malorie étouffait de plus en plus dans son univers familial trop conventionnel et trop convenu à son goût. Certes, elle épousait la plupart des idées de son père, mais à l'université elle affichait souvent des positions assez tranchées qui allaient à l'encontre des préceptes qui lui avaient été inculqués. Elle prenait toujours la défense des pauvres et ne se souciait pas de la couleur de leur peau ni de leur rang social. Elle déplorait que, dans son pays, l'argent soit roi et que l'individu n'ait de valeur que par ce qu'il gagnait. Si elle ne donnait pas raison aux hommes politiques de gauche, elle ne rejetait pas d'un seul bloc les démocrates chez qui elle trouvait parfois de nombreux points de convergence avec ses propres idées.

Préférant ne pas donner suite à la conversation qu'elle avait elle-même amorcée, elle prétexta une migraine subite et demanda la permission de se lever de table pour aller prendre l'air sur la terrasse.

Barbara sauta sur l'occasion pour inviter Pierre à l'accompagner.

— Nous poursuivrons le repas dès que Judith se sentira mieux. Allez donc vous détendre un peu tous les deux.

Pierre ne se fit pas prier et suivit la jeune Malorie sous le clair de lune. La terrasse était illuminée par des réverbères dispersés dans les parterres de fleurs. Les arbres dispensaient une douce fraîcheur. La nuit était chaude. Une brise légère soulevait un suave mélange de fragrances miellées. Judith avait recouvert ses épaules d'un châle de soie d'une éclatante blancheur qui mettait le teint doré de sa peau en valeur.

Son cœur s'accélérait dans sa poitrine, tant elle souhaitait ardemment que Pierre lui prenne la main. Elle n'osait lui adresser la parole, ne sachant que lui dire.

Pierre se sentait lui-même emporté dans un tourbillon qu'il n'avait jamais ressenti jusqu'à présent. Ils marchaient côte à côte dans un silence qui trahissait ce qu'ils éprouvaient l'un pour l'autre. Son bras frôla l'épaule de Judith, faisant glisser son châle qui tomba sur le gravier de l'allée. Il se précipita pour le ramasser, s'excusa, le lui remit délicatement en place, s'approchant de son visage.

Elle ferma les yeux. Attendit.

Alors, il l'embrassa.

Judith se laissa faire, sans lui rendre son baiser. Puis elle ouvrit les yeux. Le regarda à son tour fixement et lui dit :

— Je vous aime.

Pierre venait d'atteindre son deuxième objectif. En faisant la conquête de la fille du sénateur Malorie, il escomptait bien mettre le réseau de ce dernier de son côté. Dès lors, il était introduit dans sa maison à titre privé. Judith, en effet, n'avait pas tardé à annoncer à ses parents qu'elle était éprise de l'ami de son père et que leur amour était aussi sincère que subit. Barbara en fut la première à se réjouir. Le bonheur de sa fille comptait plus que tout à ses yeux. En outre, un prétendant représentant de la haute société industrielle française ne pouvait que la combler.

— Ton choix me ravit, ma chérie ! reconnut-elle le jour où Judith tint à officialiser sa liaison en compagnie de Pierre. Sais-tu que mes ancêtres étaient originaires de Normandie ?

— Tu ne nous avais encore jamais raconté cela ! s'étonna Judith. Je savais que nous étions de souche irlandaise du côté de papa. J'ignorais que nous avions aussi une ascendance française.

— Beaucoup d'Américains sont nos cousins lointains, intervint Pierre. Il en est de même de certains Allemands. Tenez, mon frère Thibaud a découvert que nous avions une branche de la famille installée dans la région de Stuttgart depuis près de trois siècles. Il s'est même mis en rapport avec elle.

— Des Allemands ! s'étonna Barbara. Oh, mon Dieu !

— Qu'est-ce qui suscite votre émotion ?

— Euh… rien, se reprit Barbara. C'est que… vous connaissez comme moi ce qui se passe en Allemagne depuis qu'Hitler est au pouvoir. Les Juifs y sont de plus en plus persécutés. Beaucoup commencent à affluer dans notre pays et y demandent l'asile afin d'échapper à la terreur qui sévit chez eux.

— Oh ! les Juifs… Oui, bien sûr. Ils se comportent souvent comme si la terre leur appartenait. Ils ne doivent pas s'étonner après cela qu'on les chasse de partout. Vous êtes très généreux de les accueillir à bras ouverts, comme jadis les immigrants européens au moment de la conquête de l'Ouest.

— Il ne s'agit pas du même problème, voyons ! A l'époque, notre vaste pays manquait de main-d'œuvre, les espaces étaient vierges, tout était à construire. Nous avions donc besoin de toutes les bonnes volontés du monde entier. L'arrivée des Juifs, aujourd'hui, traduit une réalité bien différente. C'est la conséquence d'une persécution. Et c'est une vraie tragédie.

Judith, qui soutenait la thèse de sa mère, préféra détourner la conversation. Elle venait de comprendre que, sur certains points, elle ne serait pas en accord avec Pierre. Mais ce dernier se rattrapa de justesse.

— Quoi qu'il en soit, ajouta-t-il, vous avez raison. Rien ne justifie de chasser les gens de chez eux. Encore moins leur appartenance religieuse. J'en sais quelque chose. Nous sommes protestants dans ma famille paternelle.

Les relations entre Judith et Pierre se renforcèrent au fil des semaines, au point que Jack et Barbara Malorie envisagèrent de les marier rapidement.

Devant l'étonnement de Pierre pour qui la chose semblait un peu précipitée, le sénateur reconnut :

— Aux Etats-Unis, on ne fait jamais traîner les choses. Si vous vous aimez vraiment, ma fille et vous, il est inutile d'attendre un an pour passer à l'acte. A Las Vegas, on marie en deux temps et trois mouvements. Aussi vite dit, aussi vite fait !

— Mais on divorce aussi facilement, n'est-ce pas ?

— Je vous le concède. Une union conjugale ne doit pas s'éterniser quand les époux ne s'aiment plus. Nous n'avons qu'une vie. Il ne faut pas la gaspiller en de vaines tergiversations. Mais vous n'en arriverez pas à ce stade, j'espère !

Jack Malorie s'esclaffa :

— Je plaisantais. Alors, que diriez-vous d'un mariage aux environs de Noël ? Ça vous laisse encore plusieurs bons mois pour réfléchir.

Pris de court, Pierre feignit de ne pas hésiter.

— Je vais avertir les miens de l'heureuse nouvelle. Mais je crains que ma famille ne puisse faire le voyage. Mon père est très handicapé. Quant à ma mère, elle est remariée et s'occupe de ma grand-mère qui a perdu son mari.

— Vos parents sont divorcés ! releva Barbara.

— Je ne vous l'avais pas dit ? fit mine de s'étonner Pierre.

— Et votre père, est-il aussi remarié ?

Pierre ne songeait plus depuis longtemps à la raison de son exil précipité aux Etats-Unis. Cette conversation venait subitement de lui remettre en mémoire une triste vérité. Il ne s'était jamais étendu sur les liens qu'il entretenait avec ses proches, le souvenir de Thérèse étant encore trop présent dans son esprit et dans son cœur. Comment pourrait-il un jour avouer qu'il était le père d'un enfant adultérin, qui plus est, de l'enfant de la seconde femme de son propre père ?

— Il l'est, en effet, répondit-il laconiquement.

— Votre belle-mère a beaucoup de mérite, releva Barbara. Avec votre père paralysé, elle doit veiller sur lui comme une infirmière.

— C'est cela… oui, elle est comme son infirmière attitrée. Mais ils s'aiment beaucoup.

Judith s'aperçut au ton des réponses de Pierre que la conversation l'embarrassait.

— Vous l'ennuyez avec toutes vos questions. Nous ferions mieux de nous préoccuper de la liste des invités.

Pierre se sentit soulagé.

Mais au fond de lui demeurait une grande incertitude. Comment Thérèse se comporterait-elle quand elle apprendrait la nouvelle de son mariage avec Judith Malorie ?

La situation des Etats-Unis restait fragile. Certes, la grande dépression s'éloignait, la crise économique s'atténuait grâce aux mesures d'urgence prises par le gouvernement de Franklin Roosevelt. Mais la question sociale demeurait un brûlot. Les grèves, loin de s'arrêter, se multipliaient dans tous les secteurs de l'économie, y compris dans le textile.

L'usine de Pierre n'avait pas échappé aux arrêts de travail intempestifs. Ceux-ci commençaient à fragiliser sa situation financière. Or, après une année d'exercice, les nouvelles mesures fiscales – une taxe de 13 % sur le profit des entreprises – mettaient la trésorerie de sa société en danger. Son avocat d'affaires ne lui avait pas caché la vérité.

— Nous sommes condamnés à accroître nos marges si nous ne voulons pas nous retrouver dans le rouge l'année prochaine. D'après mes calculs, après remboursement des emprunts contractés auprès des banques, nous serons dans l'impossibilité de payer nos impôts. La hausse de l'impôt sur les bénéfices nous sera fatale si nous stagnons. Nous devons donc absolument améliorer notre chiffre d'affaires pour garantir notre avenir. Or la concurrence est plus rude que je ne l'avais envisagé.

— Sauf si nous licencions tout en maintenant notre niveau de production. Ainsi, nous diminuerons nos charges et nous augmenterons nos actifs.

— Il faudrait aussi penser à réduire nos importations de tissu provenant de France. Certes, votre père nous le facture à un bon prix mais, avec les taxes douanières, cela les met à un coût plus élevé que les mêmes tissus fabriqués sur le territoire américain.

Pierre ne souhaitait pas en arriver à une telle extrémité. La réussite de son entreprise américaine ne pouvait se réaliser au détriment de la maison mère de Nîmes.

— Mon père préférera tout arrêter plutôt que d'accepter cette éventualité. Et il me rendra responsable de notre échec. Il faut s'arranger différemment.

— Alors, je ne vois d'autres solutions que d'entrer en relation avec ceux qui, en coulisse, pourront nous obtenir certaines faveurs. Mais je ne peux encore vous en parler. Je dois d'abord activer quelques contacts. Si vous m'en donnez l'autorisation, je me mets à l'œuvre dès demain.

Les propos d'Hervé Maréchal demeuraient énigmatiques pour Pierre, plus préoccupé par son futur mariage que par l'avenir à court terme de son entreprise. Comme son père avant lui, il ne s'embarrassait jamais de scrupules pour parvenir à ses fins. Aussi, sans hésitation, donna-t-il carte blanche à son avocat d'affaires, alors que la tempête menaçait de souffler à nouveau sur le monde de la finance.

26

Doute

L'été 1936 se montrait riche en événements. C'est ce que se disait Sébastien Rochefort qui s'apprêtait à se rendre dans sa famille à Anduze pour quelques jours de repos bien mérité.

Mais à peine fut-il rentré d'Ethiopie que le rédacteur en chef du *Populaire*, Robert Deluc, lui demanda de couvrir les Jeux olympiques qui devaient s'ouvrir à Berlin le 1er août. Cela lui laissait juste le temps d'aller embrasser sa mère et ses sœurs avant de partir en Allemagne. Il s'attendait à devoir prendre une autre direction. La guerre civile, en effet, venait d'éclater en Espagne à la suite de l'assassinat du député et chef du parti monarchiste Calvo Sotelo, le 13 juillet.

— La victoire du Front populaire en Espagne, puis, en France, les grandes mesures sociales qui commencent à être appliquées, la fin du conflit en Ethiopie et, sans transition, le début d'une autre guerre dans la péninsule Ibérique, le tout dans l'espoir que les JO redonnent aux hommes un peu de sagesse… J'avoue que l'actualité semble s'accélérer, réfléchissait-il en s'adressant à sa femme tandis qu'ils bouclaient leurs valises. Je ne sais pas si j'ai raison de prendre des vacances alors que le monde autour de nous est en ébullition et que le devoir m'appelle.

— Tu viens de couvrir la guerre d'Ethiopie, tu as bien le droit de penser un peu à toi et à ta famille, lui objecta Pauline qui craignait que son mari ne soit une fois de plus tenté d'aller risquer sa vie comme correspondant de guerre. Quitte à te savoir à l'étranger, je serais plus tranquille si tu partais aux JO de Berlin. Le sport est préférable à la guerre.

— Ce n'est pas pour le sport que Robert veut m'y envoyer. Je ne suis pas journaliste sportif.

— Pour quelle raison alors ?

— Pour le dessous politique des cartes. Tu penses bien qu'Hitler désire orchestrer une vaste opération de séduction par le biais de cette manifestation internationale. Les JO seront, pour le national-socialisme, une magnifique vitrine de propagande ouverte sur le monde entier. Hitler aura beau jeu de parader comme le maître de la grande puissance montante du moment. Nous aurions dû boycotter ces jeux et ne pas accepter d'envoyer nos champions dans un pays agressif qui bafoue les libertés. C'est contraire à la philosophie de Pierre de Coubertin.

— Tu vas refuser de couvrir l'événement ?

— Je n'ai pas dit cela. Si j'y vais, ce sera pour expliquer à nos lecteurs qu'il ne faut pas être dupe et qu'Hitler est un homme dangereux, un fou même, qui ne songe qu'à réduire l'Europe à sa merci.

— En écrivant cela, tu risques des ennuis. Pense à ce qui est arrivé à ce pauvre Alexandre Muller, l'ami de ta nièce.

— Je sais. Mais mon statut de journaliste me protège. Au pire, je serai expulsé. J'en ai vu d'autres.

Pauline ne pouvait empêcher Sébastien d'aller au bout de ses convictions. Pas plus que son père Anselme jadis, elle n'était jamais parvenue à le rendre à la raison. Elle l'aimait tel qu'il était, idéaliste, droit, un brin entêté, altruiste et toujours désintéressé. Depuis son plus jeune âge, il menait sa vie comme un combat pour les bonnes causes, partout où elles avaient besoin de son talent de reporter et d'écrivain pour faire éclater la vérité et triompher la liberté. Aussi, sans l'avouer à sa femme, il avait pris des contacts pour se rendre en Espagne dès que la situation se dégraderait, ce qui, selon lui, étant donné l'échauffement des esprits dans les deux camps et l'incapacité du gouvernement espagnol à protéger la République, était inévitable. Le soulèvement militaire du 18 juillet s'était déjà étendu à l'ensemble du pays.

Dans l'immédiat, Sébastien se réjouissait de retrouver les siens dans les Cévennes. Il avait besoin de s'y ressourcer régulièrement en passant quelques jours au Clos du Tournel. Il n'avait pas la nostalgie du passé, mais il ne pouvait effacer de sa mémoire ce qui avait contribué à forger l'homme qu'il était devenu. Même les épisodes douloureux ou malheureux lui permettaient de mieux se situer et de comprendre combien la vie ne fait pas de cadeaux à ceux qui ne vont pas jusqu'au bout de leurs rêves. Il avait toujours en mémoire les heurts qui l'opposaient jadis à son père, sa persévérance à crier sa différence quand Anselme voulait absolument qu'il se coule dans le moule pour devenir son héritier comme son aîné Jean-Christophe. Il l'avait bravé, avait enduré l'internat chez les jésuites, résisté à ses volontés. Jamais il ne s'était avoué vaincu. Certes, il regrettait ses erreurs. Quand, par exemple, il revoyait Julie Rouvière – la belle-sœur de Jean-Christophe –, à l'occasion d'une réunion de famille à Anduze ou à Tornac, il ne pouvait oublier qu'il l'avait fait souffrir en la séduisant dans un moment d'égarement. Si elle n'avait pas perdu l'enfant que je lui ai fait, alors que nous n'avions pas dix-neuf ans, je ne serais peut-être pas ce que je suis devenu aujourd'hui, songeait-il souvent avec remords, en remerciant le ciel de lui avoir accordé une autre destinée. De même, son cœur battait encore la chamade en pensant à la jeune Mélissa, la petite Gitane dont il s'était épris quand il avait quinze ans. Elle s'était évanouie telle qu'elle était apparue, par une nuit de Noël, comme dans un rêve.

Au Clos du Tournel, Elisabeth se faisait du souci pour Elodie. Son mari Pietr avait quelques démêlés avec la Sûreté générale en raison de ses amitiés trotskistes. En juin, les trotskistes exclus du parti socialiste pour entrisme avaient fondé le POI, le Parti ouvrier internationaliste, dont les éléments étaient suspects aux yeux des autorités judiciaires. Pietr, sans être inquiété, était l'objet d'une étroite surveillance. Il n'était pas rare que, en bas de chez lui, à Montpellier, des hommes discrets espionnent son pas de porte afin de savoir qui entrait ou sortait de son immeuble. Il s'en amusait et rassurait Elodie. Mais celle-ci, depuis qu'elle sentait peser la suspicion sur sa famille, vivait à nouveau dans l'angoisse. Elle s'en était ouverte à sa mère. Celle-ci, malgré son âge, veillait toujours sur sa fille encore fragile et en proie à la dépression.

Sébastien, informé de la situation de sa sœur, se voulait rassurant.

— Ton mari ne risque rien, lui dit-il dès son arrivée. Nous ne sommes pas en Union soviétique. En France, on n'arrête pas les honnêtes citoyens à cause de leurs fréquentations. De plus, que je sache, il n'est pas interdit d'appartenir à un parti d'extrême gauche. Les trotskistes ne sont pas les amis du gouvernement, mais ils peuvent s'exprimer comme tous les autres partis. Nous sommes en démocratie.

— Ce n'est pas de la police française que j'ai peur, avoua Elodie, mais des agents infiltrés de la Guépéou[1]. Ils agissent jusqu'à l'extérieur de la Russie. Pietr me l'a raconté. Mais il n'a pas l'air de s'en soucier.

Sébastien savait que Staline veillait à ce que les Russes expatriés ne fomentent pas de complots depuis l'étranger. Les trotskistes étaient ses bêtes noires. Répandus dans toute l'Europe, ils se montraient particulièrement actifs et s'intéressaient même aux affaires intérieures des pays où ils étaient réfugiés. Ainsi, Trotski, depuis son exil en Norvège, avait fait publier une série d'articles sur la situation politique de la France dont un retentissant, intitulé : « La Révolution française a commencé ».

Sébastien ne soutenait pas les thèses de son beau-frère et pensait au contraire que l'ère des révolutions sanglantes était révolue. Il s'en était souvent expliqué en sa présence, dans des discussions courtoises, sans animosité. Pietr n'était pas quelqu'un de violent. Il avait trop souffert au goulag pour souhaiter le déchaînement des passions. Mais il croyait encore possible la

1. Police politique de l'Union soviétique.

réalisation de ses idéaux révolutionnaires, la prise pacifique du pouvoir par le peuple autrement que par les urnes, ce qui, à ses yeux, incarnait la social-démocratie et le réformisme.

Sébastien respectait ses opinions et évitait de polémiquer. Mais, en aparté, il mettait sa sœur en garde afin qu'elle ne se laisse pas une fois de plus entraîner sur des chemins périlleux.

— Pense à tes enfants et à toi-même.

Elodie trouvait étrange un tel discours dans la bouche de son frère, lui qui ne cessait de parcourir le monde. Mais au fond, à son âge, elle estimait qu'il avait raison. Sa famille passait avant tout.

A la fin juillet, comme ils l'avaient décidé, Alix et Alexandre descendirent également dans les Cévennes, à La Fenouillère. Louise était la plus heureuse des mères en recevant sa fille et celui qu'elle considérait déjà comme son gendre.

En se rendant à Tornac, Alexandre rencontrerait Vincent. Il attendait avec impatience cette entrevue qui, à ses yeux, serait décisive. Il en avait longuement discuté avec Alix. Seul Vincent était en mesure d'affirmer ou d'infirmer s'il était ou non Raphaël Simon.

Car seul Vincent Rouvière avait connu et côtoyé l'homme qui le hantait encore.

Fort de l'amour que lui portait Alix, Alexandre se sentait maintenant plus solide pour affronter la vérité.

— Quel que soit le résultat de ma rencontre avec ton oncle, je peux t'assurer que je resterai serein. Dans ma tête, je suis Alexandre Muller. Si l'on me prouve le contraire, j'estimerai que ce qui est passé appartient à une autre vie. Il n'y a que toi qui pourras me juger. Je ne t'en voudrai pas de te détacher de moi si je ne suis pas quelqu'un de respectable.

— Qui que tu sois, Alexandre Muller, je t'aime et suis à toi pour toujours.

Tandis que plus de six cent mille ouvriers découvraient les plaisirs des premiers congés payés, Alix et Alexandre se retrouvèrent dans un train bondé d'estivants. L'ambiance dans les wagons, spécialement affrétés par la Compagnie des chemins de fer, était bon enfant. Beaucoup se rendaient dans leur famille. Certains rejoignaient les camps de jeunesse créés par le gouvernement pour offrir aux enfants des milieux défavorisés leurs premières vacances au soleil. A travers les fenêtres des compartiments, le paysage défilait sous les yeux émerveillés des voyageurs. Aux passages à niveau, derrière les barrières, des automobiles chargées jusqu'au toit formaient des queues interminables et se disputaient la chaussée avec les cyclistes, nombreux à s'être lancés sur les routes de France en direction des terrains de camping ou des fermes qui, pour l'occasion, s'ouvraient aux citadins.

Une fois arrivé à Tornac dans la famille d'Alix, Alexandre voulut rencontrer Vincent sans tarder.

Celui-ci se doutait de son impatience.

Faustine l'avait mis en garde.

— La situation risque d'être embarrassante, surtout pour toi qui croyais jusqu'à présent que Raphaël était mort au combat. Vous retrouver l'un en face de l'autre après tant d'années…

— Je pense plutôt à lui. S'il est Raphaël Simon, il est le petit-fils adoptif d'Anselme Rochefort, le fils de Catherine. Quelle révélation !

— Crois-tu que ta mère le reconnaîtrait aussi ? Elle a rencontré Raphaël Simon à deux ou trois reprises, avant qu'il ne parte à la guerre.

— Je ne lui en ai pas parlé. Je ne veux pas l'ennuyer avec cette histoire. C'est déjà un grand choc pour elle de m'avoir retrouvé alors qu'elle me croyait mort après tant d'années. Je verrai plus tard s'il faut lui demander de corroborer ce que nous allons découvrir.

Le lendemain de leur arrivée, Alix et Alexandre se rendirent au Chai de La Fenouillère où Faustine et Vincent les attendaient.

Faustine avait éloigné volontairement ses enfants pour ne pas perturber Alexandre. Lucie et son petit frère Matthieu étaient donc sous la garde de leur grand-mère Elisabeth au Clos du Tournel.

Sur le seuil de la maison, Alix retint son compagnon par la main, le regarda droit dans les yeux, lui demanda une dernière fois :

— C'est bien ce que tu désires ? Tu souhaites vraiment rencontrer mon oncle ?

Alexandre semblait hésiter. Il sentit son sang s'accélérer dans ses veines. Son regard se figea.

— On peut encore s'en aller si tu préfères. Vincent ne t'en voudra pas.

— Mais toi, si !

— Non, je comprendrai tes raisons. Nul ne peut contraindre autrui à renouer avec son passé.

— Nous aurions entrepris ce long chemin pour rien… Non, je ne peux plus reculer. Allons-y.

Alix sonna.

A l'intérieur, Faustine réagit la première.

— C'est eux ! prévint-elle son mari. Je vais les accueillir.

Vincent prépara des verres et une bouteille de vin blanc de son chai, s'installa dans un fauteuil, prit un journal pour se donner une contenance.

Quand Faustine ouvrit la porte, Alix lui tendit aussitôt les bras et l'embrassa.

— Voici Alexandre, ajouta-t-elle en laissant son compagnon s'avancer.

Les présentations terminées, Faustine convia ses invités à prendre place au salon.

Les deux hommes s'observaient, aucun n'osant briser la glace qui les séparait encore.

Faustine aborda la première la question fatidique :

— Alors, Vincent, tu ne nous dis pas si tu reconnais Alexandre.

Vincent allait ouvrir la bouche quand Alexandre se sentit soudain pris de vertiges. Il eut un éblouissement. Une vision de feu, d'intenses lumières devant les yeux. Il plaqua ses mains sur ses oreilles. Des bruits d'enfer le rendaient sourd aux questions d'Alix.

— Ça ne va pas ? s'inquiéta celle-ci. Réponds, Alex. Tu m'entends ?

Faustine crut bon d'aller chercher un peu d'alcool de menthe.

— Ça lui arrive parfois, expliqua Alix. Quand il est troublé, sa tension baisse et il manque s'évanouir.

— C'est l'émotion, supposa Faustine. Il serait peut-être préférable de remettre cette entrevue.

— Non ! Ça va aller, l'interrompit Alexandre qui venait de reprendre ses esprits. Je peux entendre la vérité.

Vincent, aussi ému que lui, se taisait.

— Alors, Vincent, reprit Faustine, ne fais pas attendre Alexandre plus longtemps.

Vincent hésitait. Les secondes passaient, interminables. Troublé, il semblait perplexe.

— A vrai dire, finit-il par avouer, j'ai un doute. J'ai l'impression d'avoir déjà vu Alexandre, mais je ne peux pas affirmer qu'il est Raphaël Simon… Je… je suis très ému, moi aussi. Il y a si longtemps que ces événements se sont passés. Pensez donc, nous avions à peine vingt ans et nous nous trouvions dans des circonstances épouvantables. Nous avons tous bougrement changé depuis… Il m'est difficile de me remémorer avec exactitude le visage de tous mes camarades. Beaucoup ont tellement vieilli en si peu de temps à cause des souffrances qu'ils ont endurées. Moi-même je devais être méconnaissable quand je suis revenu. La guerre nous a tous ravagés.

Faustine sentait que son mari éprouvait d'énormes réticences à se replonger dans le passé, « un enfer sur la terre », selon ses propres mots. Comme la plupart des anciens combattants de la Grande Guerre, il évoquait rarement ce qu'il avait subi au front, dans les tranchées, sous les déluges de feu incessants.

— Vous non plus, Alexandre, vous ne vous souvenez pas de mon mari ! Son visage ne vous dit rien ?

— Les plus lointaines personnes qui me reviennent à l'esprit sont celles que j'ai rencontrées en Allemagne : les Weber, Ingrid Meyer leur domestique, et un peu les Rochefort de Stuttgart. Pour le reste, rien.

Alix paraissait déçue.

Faustine insista.

— Un détail me revient. Rappelle-toi, Vincent, la manière dont nous avons confondu ce Sylvain Lafarge, l'escroc qui s'était fait passer pour Raphaël Simon. Cette vérité que nous a dévoilée sœur Agnès à l'orphelinat et qui nous a permis de savoir que tu étais en réalité le fils d'Adèle Vigan.

— Tu veux parler de la tache de vin ?

— Oui, de cette marque que portait le petit Raphaël sur une épaule.

Alix fixait sa tante et son oncle avec effarement.

— Raphaël Simon portait une tache sur l'épaule ?

— Certain ! fit Faustine. Je t'expliquerai le détail de cette histoire plus tard.

Alix et Alexandre s'interrogeaient du regard. Faustine s'en aperçut.

— Qu'avez-vous ? Vous me semblez perplexes.

— C'est que… hésita Alix.

— J'ai aussi ce qu'on appelle une tache de vin sur une épaule, intervint Alexandre.

Sous le choc de cette révélation, Vincent écarquilla les yeux. Discrètement, il observa Alexandre avec plus d'attention comme s'il cherchait à percevoir en lui une vérité dissimulée. Celui-ci, se sentant examiné, se raidit.

— Je peux vous la montrer si vous voulez en avoir la preuve.

Aussitôt il commença à se dévêtir. Il ôta sa chemise et dévoila ses épaules.

— Regardez, je ne vous mens pas.

Vincent et Faustine furent ébahis.

— Alors… vous êtes Raphaël Simon ! ne put se retenir Faustine. L'ami de Vincent. Vous n'êtes pas mort à la guerre !

Vincent ne disait rien. A ses yeux, rien n'était aussi simple. Il s'écarta pour réfléchir, troublé par le fait qu'il ne reconnaissait toujours pas le visage de son compagnon.

Alexandre, de son côté, était dubitatif. Il avait beau puiser dans le tréfonds de sa mémoire, rien ne lui revenait. Il n'avait jamais vu Vincent. Ses traits lui étaient totalement inconnus.

— Il y a un problème, poursuivit Vincent. Je ne me souviens plus sur quelle épaule Raphaël portait cette fameuse tache de vin. C'est un détail auquel je ne me suis pas attaché.

— Quelqu'un d'autre le sait-il ? demanda Alix.

— Non, il n'y avait que sœur Agnès, mais elle est morte, d'après ce que nous avons appris, dans l'incendie des archives de l'orphelinat. Elle a été asphyxiée en tentant d'éteindre le feu qui s'y était déclenché. Il y a trois ans de cela. Nous l'avons lu dans les journaux. Ce fut un drame horrible pour les sœurs de la Charité.

— Autrement dit, il n'y a plus moyen de savoir.

— Je le crains.

Alexandre semblait bizarrement soulagé. Cette entrevue avait été un calvaire. Au fond, ce qu'il redoutait, c'était d'apprendre la vérité. A bien y réfléchir, demeurer dans l'incertitude lui paraissait plus confortable.

— Tu ne dis rien, Alex ? s'étonna Alix.

Il ne répondit pas.

Pendant le reste de leur séjour à Tornac, il ne se passa pas un jour sans qu'Alix ne prie Alexandre de faire l'effort de se souvenir. En son for intérieur, elle était persuadée que les deux hommes se connaissaient. Il s'en fallait de peu pour faire toute la lumière.

Alors, Alexandre était-il Raphaël ?

Dans son esprit, le doute persistait.

27

Les prémices du chaos

Sébastien avait obtenu de son rédacteur en chef l'autorisation de se faire remplacer à Berlin par son fils. Etant donné la situation gravissime qui mettait l'Espagne au centre de l'actualité, il avait préféré se rendre sans tarder dans la péninsule Ibérique et déléguer Ruben outre-Rhin. A vingt-trois ans, celui-ci venait de terminer ses études de journalisme et briguait une place dans un quotidien de la capitale. Son père l'avait introduit au *Populaire* afin qu'il y fasse ses preuves, et obtenu de Robert Deluc l'assurance qu'il l'embaucherait après un premier reportage.

Pauline ne parvint pas à dissuader son mari. La guerre civile qui venait d'éclater de l'autre côté des Pyrénées annonçait un avenir très sombre. Selon les milieux bien informés, elle menaçait la paix et l'équilibre des nations européennes.

Robert Deluc s'était montré directif au moment de confier sa mission à son correspondant de guerre.

— Vous avez carte blanche. Mais je vous demande de ne prendre aucun risque. Je ne voudrais pas perdre mon meilleur journaliste, et un grand écrivain de surcroît. Le succès de vos romans profite à notre journal. Vous en êtes le symbole. Pensez-y !

— Vous me promettez de faciliter la tâche de mon fils ? Sa mission ne sera pas non plus sans danger. Il ne part pas pour assurer la chronique des sports, mais celle de la politique des nazis à travers les JO. Ses articles pourraient déranger !

— Nous veillerons sur lui. Il ne sera pas seul. S'il dépasse certaines limites, nous lui ordonnerons de rentrer immédiatement. Il ne connaîtra pas les geôles d'Hitler. Partez rassuré.

Ainsi, tandis que Ruben prenait la route de Berlin, son père franchissait la frontière espagnole, en toute discrétion.

Sébastien était informé que la rébellion militaire, partie du Maroc espagnol, s'était étendue à toute la partie nord-ouest de la péninsule. Les nationalistes avaient si rapidement progressé qu'ils avaient pris possession de Burgos dès le 23 juillet. Un contre-gouvernement s'y était constitué avec le général Cabanellas à sa tête. D'autres garnisons étaient tenues par les insurgés.

Sébastien se rendit d'abord à Madrid où il retrouva de nombreux correspondants de guerre venus de tous les pays européens. A peine installé dans son hôtel, il apprit qu'on se battait dans Tolède depuis le *pronunciamiento* du général Franco.

— L'Alcazar est occupé par mille deux cents gardes civils, officiers et cadets de l'école militaire, lui expliqua Jordi Ramon, un reporter catalan du quotidien *La Vanguardia*. Le gouverneur militaire, le colonel

Moscardo, s'est rangé du côté des insurgés. Craignant l'arrivée des miliciens de Madrid, il s'est enfermé dans l'Alcazar. Avec eux, il y aurait leurs femmes et leurs enfants.

— On peut se rendre à Tolède sans danger ?

— Je ne crois pas. Les routes sont encombrées de convois militaires et les troupes de Franco s'approchent de la capitale. C'est la pagaille partout… et pas sans risques.

— J'aimerais me rendre compte de l'état d'esprit des insurgés.

— Tu désires t'infiltrer dans l'Alcazar assiégé ? Mais c'est un suicide !

— En tant que journalistes, nous pourrions y parvenir sans mettre nos vies en danger, non ? Tu m'accompagnerais ?

Jordi regarda son ami français d'un air ahuri.

— Tu es complètement inconscient ! Sais-tu que si les républicains font tomber la citadelle ils passeront par les armes tous ceux qui s'y trouveront ? En outre, comment comptes-tu entrer dans l'Alcazar ?

— Nous verrons sur place. Alors, tu me suis ?

Il est fou, ce Français, complètement fou ! songea le journaliste catalan.

— Je suis ton homme, finit-il néanmoins par accepter. Quand partons-nous ?

— Tout de suite. J'ai dégoté une bagnole qui devrait tenir jusque-là. Elle est en piteux état mais elle roule.

Le soir, il fit halte peu avant Tolède pour informer son journal par téléphone. Les lignes n'étaient pas encore coupées avec l'étranger.

Les deux journalistes trouvèrent la ville en pleine effervescence. Les troupes gouvernementales aidées des milices locales assiégeaient la citadelle depuis plus d'une semaine. La belle cité historique n'était plus que l'ombre d'elle-même. Les républicains avaient pris position autour de la forteresse que Charles Quint avait transformée en son temps en résidence royale. Elle accueillait l'école des cadets et constituait, aux yeux du colonel Moscardo, le lieu idéal pour diriger la lutte contre les « rouges ». Construite dans la partie haute de la ville, c'était un bastion inexpugnable qui dominait le Tage de ses remparts de plus de trois mètres d'épaisseur et auquel on accédait difficilement par d'étroites ruelles tortueuses. Partout dans la vieille ville se dressaient des barricades derrière lesquelles les miliciens, armés jusqu'aux dents, attendaient l'ordre de passer à l'assaut. L'aviation républicaine bombardait régulièrement l'Alcazar, occasionnant à chaque raid de sérieux dégâts sans jamais parvenir à faire tomber ses puissantes murailles.

Sébastien proposa à Jordi de chercher sans attendre un endroit où loger. Ils entrèrent d'abord dans une auberge éloignée de la ligne de front. A l'intérieur, des miliciens discutaient bruyamment de la situation. Des femmes, habillées comme des soldats, leur tenaient tête.

— Nous voulons délivrer nos maris ! s'écriait l'une d'elles. Nous sommes aussi déterminées que vous à en découdre. Moscardo les garde en otages, mais il ne perd rien pour attendre. Nous détenons son gamin. S'il ose toucher à nos hommes, il ne reverra plus son rejeton.

Sébastien comprenait mal l'espagnol. Parfois Jordi lui traduisait ce qu'il ne saisissait pas.

— Que se passe-t-il ? s'enquit le Catalan en s'adressant à la femme prête à se battre.

— Moscardo s'est entêté. Il a refusé de se rendre alors que Cabello, le chef de la milice, l'a menacé de fusiller son fils Luis qu'il tient prisonnier.

— Son fils ? s'étonna Sébastien. Quel âge a-t-il ?

— Dix-sept ans. Il n'est pas parvenu à se réfugier à temps dans la citadelle. Ni lui, ni sa mère, ni son jeune frère.

— Et alors ?

— Je ne sais pas ce qui est arrivé. Peut-être que les camarades, qui gardaient le fils Moscardo, lui ont déjà réglé son compte[1].

— Nous sommes journalistes, la coupa Sébastien. Nous cherchons une chambre pour nous loger le temps de couvrir les événements militaires.

— J'en ai deux inoccupées chez moi. Si ça vous tente, je peux vous les louer.

Les deux hommes acceptèrent sans hésiter.

Devant eux, l'Alcazar se dressait dans toute sa majesté, mi-forteresse, mi-palais. Ses murailles, flanquées de tours, étaient criblées de trous béants. Mais elles demeuraient solides, campées sur le rocher, sentinelles au-dessus du Tage dont les eaux troubles annonçaient des jours terribles.

---

1. Certains historiens affirment que Luis Moscardo aurait été fusillé dès le 25 juillet. D'autres nient cette version des faits et soutiennent qu'il aurait été exécuté le 23 août à la Puerta del Cambrón avec 80 autres prisonniers en représailles d'un raid aérien.

Sébastien n'avait pas l'intention de rester du côté des assaillants. Tous les nationalistes n'étaient pas des monarchistes accrochés à leurs privilèges ou des partisans d'un régime fort comme les membres de l'extrême droite. Des paysans attachés à leur église, à leur curé, condamnaient les exactions perpétrées par les « rouges », anarchistes, adhérents du POUM, de la FAI ou de la CNT[1]. Il voulait pouvoir faire la part des choses et se rendre auprès de ceux qui luttaient pour leur survie au nom de leur idéal. Après Tolède, Sébastien ne manquerait pas d'aller ausculter les républicains sur d'autres fronts, surtout là où ils seraient en difficulté, comme c'était le cas présentement pour les réfugiés de l'Alcazar. C'était à ses yeux un gage d'impartialité auquel il tenait.

Le siège s'annonçait long. Les insurgés disposaient de suffisamment de nourriture et d'eau pour résister jusqu'à l'arrivée des renforts. Dans les écuries, plus de deux cents chevaux et des mulets seraient bientôt sacrifiés tandis que deux mille sacs de blé avaient été rapportés d'une razzia dans un grenier voisin. De plus, ils détenaient de nombreuses armes et munitions ainsi que des produits pharmaceutiques que le colonel Moscardo avait refusé d'envoyer à Madrid, désobéissant aux ordres du gouvernement dès le lendemain du coup d'Etat de Franco à la mi-juillet.

Chaque jour, Sébastien et Jordi assistaient aux assauts entrepris par les miliciens afin de débloquer l'Alcazar. Les deux reporters prenaient souvent le risque de se découvrir pour être au plus près des

1. POUM : Parti ouvrier d'unification marxiste ; FAI : Fédération anarchiste ibérique ; CNT : Confédération nationale du travail.

combats. L'aviation rendait les attaques particulièrement dangereuses, car les bombes occasionnaient des dégâts collatéraux imprévisibles. La ville, où les habitants se terraient, n'était plus qu'un vaste camp retranché où les miliciens avaient pris possession de tous les points stratégiques. L'hôpital était bondé de blessés et de moribonds, les rues d'ambulances et de véhicules militaires. L'approche des forces nationalistes venues au secours des insurgés excitait de plus en plus les esprits. Les républicains risquaient de se retrouver encerclés, pris à leur propre piège.

Le soir, dans le calme relatif de sa chambre, Sébastien rédigeait ses articles qu'il s'empressait ensuite d'aller télégraphier ou téléphoner au correspondant de son journal à Madrid. Les services postaux fonctionnaient encore, mais la liaison avec l'étranger devenait de plus en plus difficile, car très encombrée. Il parvint toutefois à joindre sa famille. Pauline était descendue à Anduze chez sa belle-mère. Elle lui donna des nouvelles de leur fils Ruben qui se trouvait au même moment à Berlin. Les Jeux olympiques avaient débuté le 1er août par une ouverture des plus spectaculaires, dans un cadre grandiose et une atmosphère survoltée. Comme Sébastien s'y était attendu, Hitler y paradait tel un parangon de la paix mondiale.

Durant tout le mois d'août, assauts et résistance ne parvinrent pas à mettre fin au siège de l'Alcazar. A l'intérieur de la citadelle, la vie s'était organisée. Des loisirs étaient même proposés aux enfants et aux civils qui tentaient ainsi d'oublier leur triste existence.

La renommée des défenseurs de l'Alcazar commençait à s'étendre à travers tout le pays et bien au-delà des Pyrénées. La résistance des insurgés était montrée en exemple par tous les partisans de l'ordre ancien. Ce retentissement incita Franco à reporter son offensive sur Madrid pour envoyer des renforts aux assiégés et les délivrer.

Des Heinkel de l'aviation allemande avaient largué des vivres et des tracts au-dessus de la forteresse.

— Regarde ce que j'ai ramassé dans la rue, dit Sébastien à Jordi.

Celui-ci lut à haute voix :

— « Vainqueurs sur tous les fronts, nous volons à la victoire. Tenez à tout prix. Vive l'Espagne ! Général Franco. » Ça sent la fin, on dirait. Quand les nationalistes arriveront, les Tolédans vont se retrouver entre le fer et l'enclume.

— Et avec Franco, il y a les Maures. Ces gars-là ne font pas dans la dentelle. Il faut absolument que je pénètre dans la citadelle avant qu'il ne soit trop tard. Quel papier je tiendrais là !

Sébastien ne voulait pas revenir à Paris sans avoir rencontré les assiégés. Mais s'introduire dans la forteresse semblait impossible. Toutes les issues étaient étroitement surveillées par les soldats républicains. Entêté, il refusait d'entendre raison.

— Nous ne sommes pas restés ici pendant un mois pour abdiquer maintenant ! se plaignait-il chaque soir devant Jordi qui, lui, s'apprêtait à rentrer à Madrid. Je vais tenter ma dernière chance.

Il se rendit sur la place Zocodover et s'adressa à un officier chargé d'assurer la liaison téléphonique avec les insurgés du colonel Moscardo. Il espérait obtenir une sorte de laissez-passer pour pénétrer dans la citadelle à l'occasion d'une accalmie.

Devant le refus catégorique de l'officier, il feignit de s'incliner. L'homme lui signifia clairement que tout individu qui essaierait de mettre les pieds à l'intérieur serait considéré comme un nationaliste et risquerait ainsi la sanction encourue par les rebelles.

— Je ne vois pas d'autre solution que de nous infiltrer par nos propres moyens, conclut Sébastien.

Jordi n'était pas de son avis. Il ne souhaitait pas mettre sa vie en danger. Il renonça.

A la tombée de la nuit, muni de sa carte de presse, Sébastien s'enfonça dans le dédale des ruelles qui entouraient les remparts. Les tirs d'artillerie s'étaient calmés. A l'entrée d'une épicerie dont la vitrine s'était brisée sous l'explosion d'un obus, il rencontra une femme brune d'une trentaine d'années, aux allures de pasionaria.

Dans son espagnol hésitant, il lui expliqua qu'il était un journaliste français et qu'il cherchait à pénétrer dans l'Alcazar.

Méfiante, la jeune femme lui répondit d'un air farouche, et dans un français correct, que les rebelles avaient fait son frère prisonnier et que ce dernier courait un grand danger, comme tous les otages qui se trouvaient entre leurs mains.

— Si je pouvais en tenir un, je n'hésiterais pas à l'étrangler, ajouta-t-elle. C'est tout ce qu'ils méritent, ces chiens de nationalistes.

— Connaissez-vous un moyen de rentrer dans la citadelle ?

— Les remparts n'ont pas de secrets pour moi. Mais je ne m'y risquerai pas. De l'autre côté, c'est la mort assurée.

— Pourriez-vous m'aider ? Je dois faire un article sur les rebelles dans les villes assiégées.

Carmen Espinoza s'approcha de Sébastien, le regarda fixement dans les yeux.

— *Hombre*, si tu me protèges contre ces chiens galeux, je suis avec toi. Je veux retrouver mon frère et l'extraire de cette souricière coûte que coûte.

Sébastien réfléchit. Il n'avait pas songé à se faire accompagner par une femme. Mais, devant la détermination de Carmen, il accepta volontiers sa proposition.

— Si tu m'assures que nous pouvons nous aventurer dans la forteresse sans éveiller les soupçons ni des miliciens ni des gardes nationalistes, je te promets de veiller sur toi. Tu passeras pour ma collaboratrice espagnole. Mais à une condition : pas d'écarts une fois sur place. Pas d'actes de vengeance qui pourraient nous être fatals. Si tu retrouves ton frère, je t'aiderai à le faire sortir, sans violence. En tout cas, si c'est possible. D'ailleurs je n'ai pas d'armes.

— Moi, j'en ai.

— Je n'en veux pas. Ma seule arme est ma carte de presse. Elle doit nous servir de sauf-conduit.

Le lendemain, avant le lever du soleil, l'heure du déclenchement des hostilités, ils prirent le chemin des remparts. A la demande de Sébastien, Carmen s'était vêtue de façon plus masculine, d'un pantalon en coton kaki et d'une veste de style colonial. Elle portait un sac de reporter sur l'épaule contenant l'appareil photo de Sébastien, des pellicules, un flash, de l'eau et des provisions.

— N'oublie pas, tu es mon assistante, lui répéta Sébastien. Voilà une fausse carte de presse à ton nom. J'en suis toujours muni au cas où.

La nuit les protégeait encore. A pas furtifs, ils se glissèrent dans les venelles de la vieille ville jusqu'à un endroit où, un peu à l'écart des remparts, tapi sous un couvert végétal, s'ouvrait un souterrain abandonné depuis des lustres.

— C'est une sortie secrète en cas de danger, expliqua Carmen. A en voir l'état, il y a longtemps qu'on a oublié son existence. Avec mon frère, quand nous étions petits, nous venions souvent jouer dans ce coin. Et on entrait dans l'Alcazar par ce passage, à travers la muraille.

Elle sortit une lampe torche de sa poche et pénétra la première dans le conduit.

Sébastien n'était pas rassuré. Que trouveraient-ils de l'autre côté du tunnel ? Comment réagiraient ceux qu'ils allaient rencontrer ? Comment pourraient-ils justifier leur présence ?

Ils progressèrent pas à pas dans une semi-obscurité peu engageante. Le souterrain n'avait pas servi depuis longtemps. Des toiles d'araignées étaient suspendues à la voûte, faisant écran sur leur passage. Une forte odeur de salpêtre prenait à la gorge. L'humidité ruisselait sur les parois.

— Le Tage n'est pas loin, expliqua Carmen. Quand il est en crue, ce boyau doit être inondé dans sa partie basse.

La pente s'accentuait au fur et à mesure qu'ils avançaient.

Au bout d'un quart d'heure, ils virent enfin le jour poindre devant eux. Le couloir était obstrué par une grille derrière laquelle il était impossible de percevoir ce qui se passait à l'extérieur.

— Ça débouche dans une cour, chuchota Carmen. Une fois dehors, nous ne pourrons plus faire marche arrière. Si l'on nous demande qui nous sommes et ce que nous faisons là, il faudra fournir une bonne explication.

— J'ai mon idée. Ne t'inquiète pas.

Sébastien avait appris que deux mille personnes, au total, étaient bloquées à l'intérieur de la citadelle, militaires et civils, hommes, femmes, vieillards et enfants.

— Surtout, tu me laisses parler. Contente-toi de traduire. Je tenterai de faire croire que nous nous sommes mêlés volontairement aux réfugiés, pour nous trouver au cœur de l'action et pouvoir témoigner, par mon reportage, du courage des soldats assiégés dans l'Alcazar. Ce qui n'est pas un mensonge d'ailleurs.

— Et si ça ne marche pas ? S'ils nous prennent pour des traîtres ?

— Mieux vaut ne pas y penser.

Après avoir soulevé la grille, ils débouchèrent dans une petite cour. Ils se faufilèrent discrètement le long des murs sans rencontrer personne.

— La citadelle est vaste, chuchota Carmen. La place ne manque pas. C'est un véritable labyrinthe de chambres, de salles hautes, de caves, de galeries et de souterrains. Le mieux, je crois, est d'agir à découvert.

— Tu as raison. Il faut se rendre auprès des réfugiés et leur parler pour savoir où se trouvent les prisonniers.

Ils firent une timide incursion dans la cour centrale. Deux jeunes soldats montaient une garde très relâchée.

— Des cadets, dit Carmen.

— Je ne vais pas y aller par quatre chemins. Je vais demander à voir Moscardo en personne.

— Ce n'est pas très prudent !

Sébastien n'écouta pas Carmen.

Appareil photo et bloc-notes bien en vue, il alla au-devant des sentinelles. Décontenancées, celles-ci le laissèrent approcher.

Sébastien demanda à Carmen de traduire ses propos :

— Je suis un journaliste français. Pourriez-vous me conduire auprès de votre colonel ?

— Mais d'où sortez-vous tous les deux ?

Les cadets pointèrent aussitôt leurs armes sur eux.

Sébastien s'arrêta et demeura à bonne distance, ouvrant sa main droite en signe de paix.

— Ne craignez rien. Je vais vous expliquer. Nous étions avec les civils quand vous vous êtes tous réfugiés dans l'Alcazar. Je m'appelle Sébastien Rochefort, j'appartiens au journal parisien *Le Populaire.* Cette femme est mon assistante. Elle est espagnole et m'aide dans mon travail, surtout lorsque j'ai besoin d'une traductrice.

— Avancez jusqu'à nous. Montrez-nous vos papiers.

Sébastien s'exécuta, tendit sa carte de presse, ainsi que celle qu'il avait prévue pour Carmen.

Le soldat les examina attentivement et leur ordonna de le suivre. Il les emmena dans une salle de garde à proximité. Un officier y déchiffrait une carte d'état-major en compagnie d'autres militaires et d'un homme en blouse blanche, un stéthoscope autour du cou. Un médecin, pensa Sébastien.

— Il n'y a aucune possibilité d'évacuer les blessés graves, expliquait le gradé. Il faut les opérer sur place. Faites donc avec les moyens du bord.

Puis il se retourna en direction du cadet. Celui-ci claqua des talons, salua son supérieur en se mettant au garde-à-vous.

— Repos, soldat. Que se passe-t-il ?

— Nous avons trouvé cet homme et cette femme près de notre poste de garde, mon colonel. L'homme affirme être un journaliste français et cette femme son assistante. C'est une Espagnole. Leurs papiers paraissent en règle.

— Que font-ils là ?

— Ils se sont mêlés aux civils quand nous nous sommes réfugiés dans l'Alcazar.

Le colonel Moscardo s'approcha de Sébastien, l'air méfiant.

— Vous vous êtes introduits dans la citadelle à notre insu ! Et depuis, vous vous cachez ?

Carmen continuait de traduire :

— Non, colonel. Nous nous sommes seulement faits discrets. Mon journal, *Le Populaire*, souhaite expliquer à ses lecteurs comment les hommes, les femmes et les enfants que vous protégez parviennent à résister à leurs dramatiques conditions d'existence, et savoir quel est leur moral. C'est la raison de ma présence ici.

— Hum… Je ne sais pas si je dois vous croire.

— Votre ligne téléphonique n'est pas coupée. Appelez donc mon correspondant à Madrid. Il vous confirmera mes dires.

Sébastien s'avançait. Personne, ni à Madrid ni à Paris, n'était au courant de sa démarche, hormis Jordi Ramon. Il fournit le nom de ce dernier au colonel, au cas où il tiendrait à avoir la preuve de ses affirmations. Il se doutait que le Catalan n'avait pas encore rejoint Madrid depuis qu'ils s'étaient quittés. Il allait au culot.

— Je vous crois, conclut José Moscardo. Quoi qu'il en soit, maintenant que vous êtes parmi nous, vous n'avez pas d'autre choix que d'y rester. Je vais vous laisser travailler, mais j'exige que vous me montriez tout ce que vous écrirez.

— Avez-vous espoir que les renforts envoyés par le général Franco vous parviennent à temps ?

— Nous sommes déterminés à résister jusqu'au dernier d'entre nous. Je ne doute pas du courage de mes hommes.

— Et les civils, les femmes et les enfants qui vous entourent ? Êtes-vous prêts aussi à les sacrifier ?

— Demandez-leur vous-même ce qu'ils en pensent. Vous serez surpris de leur réponse. En attendant, à présent que vous vous êtes manifesté au grand jour, je vous ordonne de ne plus agir dans le secret. Vous me comprenez, n'est-ce pas, monsieur... Quel est votre nom déjà ?

— Rochefort.

— Monsieur Rochefort.

— J'obéirai à vos consignes, colonel.

Sébastien éprouvait beaucoup de mal à devoir se soumettre ainsi à la gent militaire, lui qui s'était montré antimilitariste et anticonformiste dans sa jeunesse. Mais il était capable de se plier aux exigences du moment quand il le fallait.

José Moscardo l'autorisa à se rendre dans les caves et les sous-sols, toujours sous bonne escorte ainsi que dans les salles plus exposées aux bombardements, partout où se terraient les réfugiés. Il n'en espérait pas tant.

— Tu vois, dit-il à Carmen, cela n'a pas été très difficile ! Il suffisait de demander !

Ils vécurent ainsi des jours entiers dans les mêmes conditions que les civils prisonniers de la citadelle. Ce qu'ils découvrirent dépassait l'entendement. Partout la vie semblait suivre un cours presque normal. Les réfugiés tâchaient par tous les subterfuges de ne pas sombrer dans le désespoir de l'enfermement. Les femmes mettaient un point d'honneur à demeurer coquettes en se maquillant avec de la poudre de salpêtre. Certes, l'eau était rationnée et l'électricité coupée, mais on parvenait néanmoins à s'éclairer en trempant des mèches dans la graisse des animaux sacrifiés. Un journal, *El Alcazar*, imprimé avec les moyens du bord, diffusait les rares nouvelles de l'extérieur obtenues par une liaison radio. On organisait même des petits spectacles pour les enfants. Et le 15 août fut fêté comme il se devait.

Le matin du 10 septembre, Sébastien fut étonné par l'agitation qui d'un coup s'empara de la citadelle. La veille, les gouvernementaux avaient tenté de négocier la reddition des insurgés. Il se rendit immédiatement dans la cour centrale et demanda à un cadet en faction ce qui se passait.

— On attend le commandant Rojo qui vient parlementer au nom du gouvernement.

Peu après, Sébastien assista à l'arrivée de ce dernier à l'entrée de l'esplanade. Les yeux bandés, le républicain fut conduit devant Moscardo. Les deux hommes se connaissaient bien, Rojo ayant été l'adjoint de Moscardo à l'Ecole militaire de gymnastique.

Moscardo fit appeler Sébastien.

— Je veux que vous soyez témoin de ce qui va se dire ici, lui déclara-t-il. L'histoire de notre pays est peut-être en train de s'y écrire en lettres de sang. Notez ce que vous entendrez et faites-le savoir par votre journal : l'Alcazar ne se rendra jamais.

Moscardo se montra inflexible et refusa la reddition, même au prix de la liberté accordée aux femmes et aux enfants et d'un jugement en bonne et due forme en conseil de guerre pour les hommes. Il demanda une seule faveur à son ancien ami : un prêtre.

Le lendemain, le père Don Enrique Vazquez Camarasa, chanoine de la cathédrale de Madrid, se présenta à l'entrée de l'Alcazar. Il ne disposait que de trois heures. Muni des objets sacrés du culte, il dit la messe sans perdre un instant, devant une foule silencieuse rassemblée autour de José Moscardo et de ses lieutenants.

— Si l'on m'avait dit que j'assisterais à la messe en venant en Espagne, chuchota Sébastien à l'oreille de Carmen, je ne l'aurais pas cru.

— Vous n'êtes pas croyant ?

— Pas vraiment. Et en plus, je suis protestant. Mais c'est un peu long à expliquer, surtout ici, dans de telles circonstances.

La cérémonie terminée, Don Enrique se rendit auprès des blessés et alla bénir les portes des cabines de bain dans lesquelles, faute de place pour les enterrer, les morts étaient murés.

Avant de repartir, le prêtre réitéra les propositions de Rojo. Devant l'obstination de Moscardo, il s'adressa aux femmes. Celles-ci lui signifièrent qu'elles n'avaient nullement l'intention d'abandonner leurs maris.

— Ces femmes sont d'un courage exemplaire ! s'étonna Sébastien, admiratif. Elles sont prêtes à se battre pour sauver leurs enfants.

— Nous sommes toutes décidées à en faire autant ! rétorqua Carmen, vexée. Tu oublies pourquoi je t'ai suivi. D'ailleurs, il serait temps de nous occuper de mon frère. Nous ne savons toujours pas où il se trouve.

Ensemble, dans la plus grande discrétion, ils avaient observé tous les mouvements d'hommes et de femmes à l'intérieur de la citadelle. Force leur avait été de constater que Pedro Espinoza demeurait invisible.

— Les prisonniers sont enfermés dans un lieu auquel nous ne pouvons pas accéder, supposa Sébastien.

Moscardo retenait en otages une centaine de personnes appartenant aux milieux politiques d'extrême gauche ainsi que le gouverneur civil, Manuel Gonzalez, et sa famille.

— Il faut trouver le moyen de se rendre auprès d'eux, répétait Carmen, déterminée à forcer le destin.

— Je vais demander à Moscardo la permission d'interroger les otages. Ainsi, nous verrons bien si ton frère est parmi eux.

Le colonel refusa net la requête de Sébastien.

— Pas question, lui opposa-t-il. Ces hommes ne doivent avoir aucun contact avec l'extérieur.

— Vous vous méfiez de moi ?

— Inutile de discuter. Je vous ai déjà beaucoup accordé en ne vous mettant pas aux arrêts. Vous vous êtes introduit dans l'Alcazar clandestinement. J'aurais pu vous considérer comme un traître, au service des républicains.

— Vous ne l'avez pas fait.

— Certes, mais ma confiance a des limites. Contentez-vous de relater notre état d'esprit à vos lecteurs. Faites savoir partout que le colonel Moscardo ne se soumet pas et que les insurgés de l'Alcazar de Tolède résisteront jusqu'à la victoire finale.

Sébastien comprit qu'il était inutile de discuter. Insister pouvait éveiller les soupçons du colonel. Moscardo était un dur.

Abattue, Carmen dut se rendre à la raison.

Dans les jours qui suivirent, les républicains décidèrent de mettre un terme à la résistance de l'Alcazar. Les troupes franquistes s'approchaient dangereusement de Tolède et menaçaient de les prendre en tenailles. Avertis, les insurgés vivaient dans l'espoir d'une prochaine délivrance.

Tandis que Sébastien cherchait un moyen de retrouver le frère de Carmen sans courir le risque de se trahir, il entendit un grondement sourd venu de l'intérieur de la terre. Les républicains creusaient des tunnels sous les remparts à coups de dynamite. Dans la citadelle, l'angoisse s'empara des assiégés. Les bruits ne cessèrent pas pendant quarante-huit heures. La peur se lisait sur les visages.

Le 18 septembre au petit matin, une forte explosion souffla la tour sud-ouest de l'édifice, qui s'écroula aussitôt. Toute la journée, des dizaines d'obus s'abattirent sur l'Alcazar, une deuxième mine ébranla la tour nord-est mais fit long feu. Les républicains passèrent à l'attaque quatre fois successivement, sans jamais venir à bout de la résistance des insurgés.

Carmen mise à l'abri, Sébastien se tenait au plus près du danger et prenait des photos des dégâts occasionnés par les tirs d'artillerie. Il s'arrêtait pour noter ce qu'il voyait, ce qu'il entendait, questionnait les hommes qui, sous les obus, continuaient de se battre. Les balles fusaient autour de lui. Maintes fois, il risqua sa vie pour constater l'indicible. C'est l'enfer, pensait-il.

Pris au piège, il souhaitait ardemment que les combats cessent le plus rapidement possible, quels qu'en fussent l'issue et les vainqueurs. Sous ses yeux médusés, l'Alcazar était devenu un cimetière à ciel ouvert, un champ de ruines.

Les républicains s'acharnaient, en vain.

Le 22, les renforts envoyés par Franco les menaçant d'encerclement, ils commencèrent à lâcher prise et à évacuer la ville. Quelques jours plus tard, l'Alcazar plongeait enfin dans le silence. Sébastien était sans réaction. Il n'avait jamais assisté à un tel déluge de feu ni vu la mort d'aussi près.

Le soleil faiblissait sur l'horizon. Il avait conseillé à Carmen de rester à l'abri dans la cave où ils dormaient en compagnie des combattants entre deux assauts. Il partit à sa recherche parmi les gravats qui jonchaient la cour de la citadelle éventrée. Tout en fouillant les décombres, il eut un mauvais pressentiment. Pourquoi n'était-elle pas sortie alors que les combats avaient cessé et que le calme était revenu ?

Il fouilla les gravats, retourna des corps sans vie, questionna les survivants pour savoir s'ils n'avaient pas vu son assistante. Il retrouva l'entrée de la cave où il l'avait laissée. Inspecta l'intérieur à l'aide de sa lampe torche. Des rats grouillaient déjà et fourrageaient dans les reliefs de nourriture abandonnés sur place.

Il souleva une poutre tombée de la voûte. S'arrêta, horrifié.

Carmen gisait sous un tas de pierres, le corps à moitié enseveli. Seuls sa tête et un bras tendu comme pour demander de l'aide émergeaient. Sébastien essaya de l'extraire. Il y parvint au prix d'un effort surhumain.

A l'extérieur, tandis que les premiers éclaireurs franquistes de la colonne du général Yagüe entraient sur la place Zocodover, Sébastien, portant à bout de bras le corps inerte de Carmen, allait à la rencontre de son ami Jordi Ramon, revenu couvrir la résistance acharnée et courageuse des insurgés de l'Alcazar.

Le siège avait duré soixante-huit jours. Il devait marquer les esprits et s'inscrire comme un fait d'armes héroïque pour les nationalistes.

Dans les jours qui suivirent, Sébastien assista, impuissant, au nettoyage de la ville par les troupes franquistes, notamment par les unités marocaines, les Maures à la sinistre réputation. Ce qu'il observa était si effroyable qu'il décida de rentrer à Paris sans s'attarder. Il avait vu des scènes d'horreur au cours de ses précédents reportages. Mais le pillage de Tolède par les Maures dépassait l'imagination.

« Une boucherie ! écrivit-il en concluant son dernier article dans *Le Populaire*. Un avant-goût de ce qui attend l'Europe si nos dirigeants prennent Hitler à la légère. »

28

Ruse

Fin août, de retour de Berlin, Ruben ne manqua pas de s'arrêter à Heidelberg pour rendre visite à son cousin Thibaud. Celui-ci était absent. Augusta Schmidt lui communiqua l'adresse des Rochefort à Stuttgart où il pourrait le joindre.

Il partit le jour même pour la ville de l'automobile. Quand il se trouva devant la grille de la propriété de Hermann et Hilde Rochefort, il se heurta à un cordon de militaires. Des SS stationnaient le long de la route, dans leurs véhicules blindés. Il n'osa s'approcher de crainte de devoir expliquer sa présence.

Après plusieurs minutes, il vit apparaître un jeune officier, cravache à la main, casquette vissée sur le front, les bottes luisantes, accompagné d'un homme d'une cinquantaine d'années, à l'allure bourgeoise, encadré par deux membres de la Gestapo. Ils montèrent tous les quatre dans la voiture de tête, une Mercedes noire aux vitres teintées, précédée de deux motards.

Ruben devina qu'on venait d'arrêter Hermann Rochefort. Quand la voie fut libre, il s'approcha du portail et sonna.

Thibaud vint l'accueillir, tomba dans les bras de son cousin.

— Tu aurais dû me prévenir de ton arrivée. Cela me fait un immense plaisir de te revoir. Je savais que tu étais à Berlin pour les JO.

— Oui, j'en reviens. Mais dis-moi, j'ai assisté à une arrestation devant la propriété juste avant d'entrer. C'était qui ?

— Lukas et ses amis de la SS et de la Gestapo.

— Et l'homme qu'ils ont emmené ?

— Hermann Rochefort.

— Hermann Rochefort ! Et c'est son fils qui est venu l'arrêter ?

— Je t'expliquerai, entre d'abord.

Ruben sentit qu'il arrivait à un mauvais moment.

— Ce n'était pas une arrestation, précisa Thibaud, mais une convocation au siège du parti à Stuttgart. Lukas a tenu à venir chercher son père en personne. Je ne connais pas la raison de cette convocation, mais je crains qu'il ne s'agisse d'une mise en demeure pour qu'Hermann Rochefort obéisse à la lettre aux ordres du gouvernement. J'ai entendu Lukas lui reprocher de faire le jeu des opposants au Führer. Hermann Rochefort n'est pas nazi et il réprouve les liens qu'entretient son fils avec les SS dont il fait partie.

Thibaud s'empressa de présenter son cousin à Romy et à sa mère. Celle-ci ne montrait pas son désarroi. Très digne, elle fit les honneurs de sa maison à son visiteur et l'invita à demeurer sous son toit le temps qu'il souhaitait.

— Mon mari se fera un plaisir de discuter avec vous. Ils ne le garderont pas longtemps. Il sera rentré à la maison avant la nuit. Notre fils plaidera en sa faveur.

— Lukas est responsable de son arrestation, s'énerva Romy. Tu le sais très bien, maman. Cesse de te voiler la face ! Mon frère est un nazi de la pire espèce, capable de dénoncer son propre père. Comment peux-tu encore lui faire confiance ?

Thibaud essaya de faire diversion.

— Ta mère a sans doute raison. Lukas a accompagné les deux agents de la Gestapo pour pouvoir prendre la défense de ton père.

— Toi aussi, tu es aveugle ! Je te croyais plus perspicace.

— Puis-je savoir ce qu'on reproche à votre mari, madame Rochefort ? demanda Ruben.

Romy, hors d'elle, répondit à la place de sa mère :

— Les nazis l'accusent de s'opposer à Hitler… en tout cas, de soutenir ceux qui agissent contre lui. C'est vrai qu'il a refusé de s'inscrire au parti nazi. Il estime qu'il vaut mieux garder sa liberté plutôt que de s'inféoder. Mais cela ne fait pas de lui un comploteur.

Ingrid, la gouvernante, se tenait dans l'embrasure de la porte depuis un moment, sans bouger, attendant les ordres de sa maîtresse. Romy la fusilla du regard sans lui adresser la parole. L'ambiance était lourde. Ruben comprit que sous le toit des Rochefort les couteaux étaient tirés.

Ruben se retira dans sa chambre.

Thibaud le rejoignit peu avant le dîner.

— Hermann n'est toujours pas rentré, lui dit-il. Je commence à m'inquiéter. J'ai peur que Romy ait raison… Mais, raconte, comment c'était les Jeux olympiques ? Tu as pu envoyer quelques bons papiers à ton journal ? Je me suis tenu au courant en écoutant la radio et en lisant la presse. Les Français n'ont pas démérité.

— Oui, ils ont sauvé l'honneur en arrachant sept médailles d'or. Mais ils ont été balayés en athlétisme et en natation. En revanche, comme c'était à prévoir, les athlètes allemands se sont couverts de gloire. Leurs exploits ont déclenché l'enthousiasme populaire et comblé d'aise le Führer.

— Combien de médailles d'or ont-ils obtenues ?

— Trente-trois contre seulement vingt-quatre aux Américains. Mais ceux-ci ont triomphé en athlétisme. Et tu aurais vu la tête d'Hitler quand Jesse Owens a battu l'Allemand Long au saut en longueur !

— J'ai entendu un commentaire sur une radio française que je suis parvenu à capter. Hitler a refusé de féliciter le quadruple médaillé américain.

— Oui, furieux, il a quitté la tribune officielle avec tout son état-major pour ne pas devoir serrer la main à un homme de couleur. Au reste, Jesse Owens n'a pas été le seul athlète noir à avoir remporté des victoires. Williams, Woodruff et Johnson ont également dominé leurs disciplines.

— Je déplore que la délégation française, le jour de l'ouverture, ait accepté de défiler devant Hitler en faisant le salut nazi au lieu du salut olympique. Elle s'est déshonorée. Elle aurait dû désobéir au mot d'ordre donné par son comité. Ces Jeux ont servi de tribune de propagande pour Hitler. Même le président du CIO, Baillet-Latour, s'est abaissé devant lui en le félicitant pour l'accueil enthousiaste que les athlètes de tous les pays ont reçu du peuple allemand.

— Je partage ton avis, cette année on aurait dû boycotter les Jeux olympiques. Quand je pense qu'au même moment, en Espagne, on se battait, et que l'on se bat encore férocement, et que l'aviation allemande prête main-forte aux putschistes de Franco ! Je crois qu'Hitler cache bien ses intentions belliqueuses.

— Oui, quand les nations de l'Europe se réveilleront, je crains qu'il ne soit trop tard.

Les deux cousins n'en finissaient pas de discourir sur l'état du monde et en oubliaient le repas. Dans la salle à manger, Hilde et Romy les attendaient, réfugiées dans le silence et l'inquiétude.

— Papa n'est toujours pas rentré, fit Romy en venant se blottir dans les bras de Thibaud.

— Ne nous laissons pas impressionner, releva aussitôt Hilde avec dignité. Agissons comme si mon mari était retenu par ses obligations. D'ailleurs, c'est de son travail qu'il doit s'entretenir avec ces messieurs du gouvernement.

— Il a été conduit à la Gestapo, maman, rectifia Romy. Pas chez le ministre de l'Industrie. Ils le cuisinent sans doute sur ses relations. Il ne s'est pas suffisamment méfié quand il discutait avec nous sous son propre toit. Les murs ont des oreilles. Et ce fieffé Lukas ne pourra pas intervenir en faveur de papa si ces messieurs ont décidé de lui extorquer ce qu'ils ont envie d'entendre.

— Qu'est-ce que tu insinues, ma chérie ? Personne dans cette maison n'a pu trahir ton père. Lukas est mon fils, comme toi tu es ma fille. Il a peut-être de mauvaises fréquentations, mais il n'irait pas jusqu'à dénoncer son père en déformant ses propos. Je te le répète, Lukas a accompagné ces messieurs pour mieux pouvoir prendre sa défense.

— Je ne demande qu'à te croire, maman. Mais nous devons redoubler de prudence.

Ingrid déposa le plat d'entrée sur la table et s'éclipsa sans s'attarder. Romy la suivit d'un regard accusateur. Sa mère comprit ce qu'elle sous-entendait.

— On ne doit pas juger les gens trop rapidement, Romy. Nous ne t'avons pas élevée de cette manière. Jeter l'opprobre sans preuve n'est pas digne d'un bon chrétien.

Ruben détourna la conversation en parlant de sa famille d'Anduze, de son père et de son métier de journaliste.

— En ce moment, mon père est en reportage en Espagne, expliqua-t-il. Je l'ai remplacé au pied levé pour assurer les Jeux olympiques. Tel que je le connais, il doit se trouver au cœur des combats.

— Mon oncle est aussi un grand écrivain, ajouta Thibaud. Il a failli obtenir le prix Goncourt dans les années vingt. A l'époque, il était en Indochine, n'est-ce pas, Ruben ?

— Non, il en était reparti et s'était réfugié en Polynésie, dans l'île de Maupiti.

— Réfugié ? s'étonna Hilde.

— Oui. En Indochine, il avait pris le parti des indépendantistes et avait eu des démêlés avec les autorités coloniales. Il s'est enfui en compagnie de la mère de ma demi-sœur, Rose, juste à temps pour ne pas se faire arrêter. Mon père se place toujours du côté des opprimés, c'est plus fort que lui. Il ne supporte pas l'injustice ni l'intolérance.

— S'il vivait en Allemagne, il serait déjà enfermé dans un camp de concentration, nota Romy. Mon frère se serait réjoui de l'y envoyer !

— Romy ! s'insurgea Hilde. Cesse tes insinuations de mauvais goût.

— J'espère qu'il ne lui viendra pas à l'esprit l'idée d'y aller faire un reportage, ajouta Ruben.

Le repas se terminait quand un vrombissement de moteur, au-dehors, arrêta net la discussion. Des bruits de pas se firent entendre. Tous retinrent leur souffle. Seule Ingrid continua son service comme si de rien n'était.

La porte s'ouvrit brutalement.

— Ils m'ont énervé avec leurs questions, explosa Hermann Rochefort sans s'apercevoir de la présence de Ruben à sa table. Mais je les ai envoyés paître. S'ils pensent qu'un Rochefort va s'aplatir devant une bande de voyous à la casquette mal vissée sur le crâne et à l'intelligence de moineau ! Ils ne savent pas à qui ils ont affaire.

Puis, remarquant Ruben assis à côté de sa fille, à la droite de sa femme, il ajouta :

— En plus, ces lascars m'ont fait déroger à tous mes devoirs. Vous êtes Ruben Rochefort, n'est-ce pas ? fit-il à l'adresse de son hôte. Thibaud m'a averti de votre présence en Allemagne. Soyez le bienvenu chez moi.

En allant rendre visite à son cousin, Ruben avait aussi l'intention de tenter, à son tour, de venir en aide à Alexandre. Celui-ci ne lui avait rien demandé, mais Alix lui avait fait une requête dont il tenait à s'acquitter.

« Essaie de trouver ce que la gouvernante des Rochefort, Ingrid Meyer, sait exactement du passé d'Alexandre, lui avait-elle demandé, le jour où il était passé chez eux, à Paris, quelques heures seulement avant son départ pour l'Allemagne. En ce qui nous concerne, nous ne sommes pas arrivés à un grand résultat. Or, Alex n'a plus l'air de vouloir s'intéresser à la question. Il reconnaît que cette quête de sa véritable identité commence à lui peser. Il désire passer à autre chose.

— Alors, à quoi bon insister ? Pourquoi agir derrière son dos pour percer une vérité qu'il ne souhaite plus découvrir ? Qui te dit qu'il n'a pas découvert quelque chose dont il n'a pas envie de parler, même à toi ? Il s'est peut-être souvenu d'un détail qui, maintenant, l'empêche d'aller plus loin dans ses recherches, un détail qu'il ne désire pas divulguer.

— Alex m'en aurait parlé. Nous n'avons pas de secrets l'un pour l'autre. Nous nous aimons. »

Alix avait insisté auprès de son cousin. Ruben avait fini par accepter de se rapprocher d'Ingrid Meyer et de tout mettre en œuvre pour lever le voile qui planait encore sur le passé d'Alexandre Muller.

« Ce ne sera pas facile, avait-il averti. Je n'aurai pas les coudées franches. Surtout avec Lukas sur le dos. D'après ce que tu me dis, c'est un individu dont je devrai me méfier. »

Ruben n'avait pas l'intention de courir le moindre risque. Mais il ne pouvait décevoir sa cousine en bâclant son enquête. Il décida de s'y prendre d'une manière plus subtile afin de gagner la confiance d'Ingrid. Il songea que, si Pierre avait été à sa place, il n'aurait pas hésité à dévoiler ses idées assurément d'extrême droite devant

Lukas et Ingrid. Il aurait immédiatement créé entre eux un terrain d'entente qui les aurait rapprochés.

Il se mit à jouer les fourbes et à se montrer aux Rochefort sous un jour en totale contradiction avec ses convictions. A table, tous étant réunis, il profita de la présence d'Ingrid, qui servait et desservait les plats, pour avancer des propos qui étonnèrent à la fois son cousin mais aussi les Rochefort.

Le deuxième jour de sa visite, lors du dîner, il osa même affirmer, en présence de Lukas venu le saluer par politesse :

— J'ai pu me rendre compte combien votre grand pays est bien tenu grâce à votre Führer. Vous avez beaucoup de chance d'être gouvernés par un homme fort qui ne transige pas avec tout ce qui affaiblit une nation. En France, les syndicats poussent les ouvriers à la contestation permanente. Il y a trop de laisser-aller.

Surpris, Thibaud ne sut comment interpréter les paroles de son cousin. Hermann, fin diplomate, tenta de les minimiser.

— Votre gouvernement tient bon la barre. Il a assuré au peuple français ce qui était nécessaire de lui accorder. L'Histoire retiendra les énormes progrès sociaux du Front populaire. La paix sociale est le fondement de la démocratie. Et c'est un patron qui vous dit cela !

— Ces propos dans ta bouche m'étonnent, père, répliqua Lukas. Je te croyais plus conservateur. Quant à la démocratie, c'est le ventre mou de toute nation qui veut évoluer. Hitler l'a compris. C'est pourquoi il a interdit les partis politiques. Le Reich ne peut assurer sa puissance s'il est miné de l'intérieur par le jeu partisan des uns et des autres.

— C'est le mal français, approuva Ruben. Le Parlement se joue des cabinets ministériels et ne permet pas au pays d'être gouverné sérieusement. L'Italie et l'Allemagne, et sans doute bientôt l'Espagne, pour ne prendre que ces exemples, ne se sont pas trompées en optant pour des régimes forts. Ceux-ci représentent l'avenir de l'Europe.

— Je vois que nos opinions convergent, releva Lukas, ravi de trouver en Ruben un soutien.

Thibaud ne comprenait pas où son cousin souhaitait en venir. Il le croyait de gauche comme son père Sébastien, comme lui-même. Certes, dans la famille Rochefort, leur grand-père Anselme, son père Jean-Christophe et son frère Pierre ne cachaient pas leurs penchants très conservateurs, voire d'extrême droite pour ces deux derniers. Mais il n'aurait jamais imaginé que Ruben fût passé de leur côté.

Lukas semblait enchanté. Dans les jours qui suivirent, il se rapprocha de Ruben et, pour pouvoir discuter sans être dérangé, l'invita à Affalterbach.

— C'est l'adresse d'Ingrid, lui révéla-t-il. Nous nous y retrouvons quand elle a terminé son service chez mes parents.

— Vous êtes ensemble ? s'étonna Ruben, feignant l'ignorance.

— Pour ne rien te cacher.

Thibaud et Romy ne dissimulaient pas leur déception. Mais très vite, Ruben les rassura :

— Ne t'inquiète pas, dit-il à son cousin. Je veux gagner les bonnes grâces de Lukas pour pouvoir créer un terrain de sympathie avec Ingrid.

— Dans quel but ?

— J'ai juré à ta sœur de questionner Ingrid à propos d'Alexandre. Elle est persuadée qu'elle pourrait l'aider à recouvrer la mémoire, en tout cas à savoir qui il est vraiment. Cette double personnalité empoisonne sa vie. Il ne souhaite plus entendre parler de ce Raphaël Simon, mais il ne parvient pas à l'effacer de son esprit.

Rassurés, Thibaud et Romy lui promirent de l'aider à leur tour.

Chez Ingrid, Ruben ne montra rien de son étonnement devant le décor nazi. Il décida de ne pas tergiverser et de jouer franc jeu.

— Puis-je te demander une faveur, Lukas ? Tu connais mes idées. Nous nous ressemblons, je crois.

— Je pense que si nous nous fréquentions plus souvent, nous deviendrions amis. Je te présenterais même à mes camarades de la SS. Ce ne sont pas les barbares que d'aucuns vouent aux gémonies. Beaucoup sont issus de bonnes familles. Nous voulons seulement la grandeur de notre pays et débarrasser notre nation de tous les éléments nuisibles qui le corrompent. C'est à ce prix que l'Europe s'érigera en puissance mondiale et que nos peuples se feront respecter.

Ruben n'entendait pas se laisser conter les mérites du national-socialisme par son lointain cousin. Il coupa court :

— Pour en revenir à ma requête, j'aurais besoin que tu m'aides. Voilà… tu as déjà rencontré ma cousine Alix et son compagnon Alexandre Muller. Tu les as accompagnés dans leurs démarches, en vain. Le fait qu'Alexandre se souvienne d'un certain Raphaël Simon ne semble pas de très bon augure pour les miens. Nous savons que, si cet homme existe, il pourrait nuire aux intérêts de ma famille.

— Je ne comprends pas.

— Raphaël Simon serait en réalité le petit-fils adoptif de mon grand-père Anselme Rochefort. Un enfant qu'il aurait abandonné à sa naissance, juste avant la mort de sa mère, la fille adoptive de mon grand-père. Or, rongé par les remords sans doute, sur son lit de mort celui-ci a reconnu cet enfant et en a fait son héritier au même titre que ses propres enfants.

— Et tu veux savoir si Alexandre Muller est ou n'est pas ce Raphaël Simon. S'il l'est, il devient gênant pour les autres héritiers de ton grand-père.

— Tu as tout compris. Voilà pourquoi j'entreprends cette démarche avant que ma cousine Alix ne revienne à la charge. Car si elle et Alexandre découvrent les premiers une vérité qui ne nous convient pas, à nous les héritiers, nous aurons beaucoup à perdre.

— Qu'attends-tu de moi exactement ?

— Que tu fasses une recherche approfondie pour savoir qui est cet Alexandre Muller. Ingrid l'a connu quand elle était jeune domestique des Weber, les métayers de tes parents. Avec elle, tu ne devrais pas rencontrer de difficulté à obtenir tous les renseignements utiles. Elle t'aidera, elle est bien placée pour se souvenir dc certains détails.

Ingrid n'était pas présente lors de cette conversation. Lukas ne cacha pas sa surprise.

— Ingrid ? s'étonna-t-il.

— Ils étaient amoureux l'un de l'autre, non ?

— Amoureux ? Tu veux dire qu'ils couchaient ensemble ?

— Coucher, coucher, tout de suite les grands mots ! En tout cas, Ingrid était très éprise d'Alexandre Muller quand elle avait quinze ans. Alix me l'a raconté d'après les confidences d'Alexandre. Ce dernier ne s'en souvenait même pas. C'est Ingrid qui le lui a rappelé lors de leur seconde visite.

— J'en apprends, des choses !

— Ça a l'air de te chagriner.

— Je n'aime pas les mensonges. Ingrid ne m'a jamais parlé de cette liaison.

Ruben comprit qu'il avait commis un impair. Il essaya de se rattraper.

— Tout cela est une histoire ancienne. Alors, que décides-tu ? Tu peux m'aider ?

Lukas finit par accepter, non sans annoncer qu'il exigerait de plus amples explications de sa compagne.

— Une Allemande ne doit rien cacher à celui qu'elle aime, ajouta-t-il. Donne-moi quelques jours. Je vais voir ce que je peux faire pour toi.

Lukas mit ses amis de la Gestapo sur le coup. Lui-même se rendit une nouvelle fois à Albstadt, dans la commune où Alexandre et Ingrid s'étaient connus. Avec ses camarades de la SS, il remua ciel et terre, s'adressa au ministère de la Guerre à Berlin, fit ouvrir les registres militaires où tous les soldats de la Grande Guerre étaient répertoriés. Des Muller, il y en avait une quantité, y compris plusieurs Alexandre. Il lança ses hommes sur leurs traces, à travers tout le pays. Certains étaient décédés, d'autres vivaient encore. Mais aucun ne correspondait à l'individu qui avait séjourné à Albstadt au début des années vingt chez les Weber.

Il eut beau questionner Ingrid dans le détail, celle-ci ne put que lui raconter son aventure amoureuse avec l'inconnu qui était en convalescence chez ses anciens patrons. Elle confirma même, avec beaucoup de difficulté, la présence de la tache de vin sur une épaule de son amant de l'époque. Mais elle ne se souvenait plus sur laquelle. Elle lui précisa qu'Alexandre semblait en effet obnubilé par un dénommé Raphaël Simon, ne faisant qu'affirmer qu'il s'appelait ainsi dans une autre vie. Cela, elle en était certaine.

— Il était choqué, expliqua-t-elle à Lukas. Il disait n'importe quoi. Mais comme je l'aimais, je pensais qu'il reviendrait vite à la raison et qu'il finirait par se rendre à l'évidence : il avait inventé ce personnage de Raphaël Simon.

— A moins qu'il ne l'ait réellement rencontré et qu'il se soit pris pour lui pour un motif qui nous échappe.

— Un jour, il m'a raconté une chose extravagante. Je me souviens maintenant. Il disait qu'il était son double, son reflet dans le miroir brisé de sa vie. Je ne comprenais pas ce que cela pouvait signifier.

— Le délire d'un fou ! Tu t'es amourachée d'un fou, ma pauvre Ingrid.

— Il s'en est bien sorti, pour un fou.

Lukas poursuivit ses investigations en demandant à ses relations de rechercher s'il existait un Raphaël Simon quelque part en Allemagne. La réponse lui parvint rapidement. Négative.

Il rejoignit Ruben à Stuttgart chez ses parents. Celui-ci devait rentrer à Paris. Son travail l'attendait.

— Nous n'en savons pas plus, reconnut Lukas. Ce n'est pas faute d'avoir essayé. Il n'y a pas plus d'Alexandre Muller qui corresponde à l'ami de ta cousine que de Raphaël Simon sur le territoire du Reich. Si Raphaël Simon a réellement existé, de deux choses l'une : ou bien il s'agit effectivement de ton Alexandre Muller, et dans ce cas le mystère reste entier ; ou bien il est mort à la guerre après avoir rencontré Alexandre Muller.

Ruben ne s'attarda pas davantage en Allemagne. Robert Deluc, le rédacteur en chef du *Populaire*, l'attendait à Paris pour dresser le bilan de ce qu'il avait vu dans l'Allemagne d'Hitler pendant ce mois des Jeux olympiques, et décider de son embauche définitive.

Il fit ses adieux aux Rochefort et à son cousin Thibaud, dans l'espoir d'avoir une occasion de revenir lui rendre visite.

— Tes études terminées, tu devrais songer à l'épouser.

— Romy ?

— Qui d'autre ? J'aimerais bien être ton témoin. Entre nous, elle est vraiment charmante. Si je l'avais rencontrée avant toi, je ne te l'aurais pas laissée.

— Je croyais que tu ne souhaitais pas te mettre un fil à la patte.

— Je n'ai pas changé d'avis… Avant de te quitter, je voulais que tu saches : j'ai essayé de percer la personnalité de Lukas en faisant mine de me rapprocher de lui. Ce garçon semble jouer un double jeu.

— Que veux-tu dire ?

— Je peux me tromper, mais il cache quelque chose. En tout cas, il m'a paru plus sympathique que je ne l'aurais cru.

— Méfie-toi des faux-semblants.

— Ce qui signifie ?

— Le diable se dissimule parfois sous des apparences trompeuses.

29

Mariages

Jack et Barbara Malorie préparaient le mariage de leur fille dans le plus grand apparat. Le sénateur de Virginie ne voulait rien laisser au hasard. La fête serait à la mesure de sa campagne électorale menée en faveur du candidat républicain Alfred Landon, le gouverneur du Kansas. Certes, celui-ci n'était pas favori, mais au Congrès son parti était largement donné gagnant.

Pierre exultait. Malgré les difficultés qu'il rencontrait en raison des mesures protectionnistes et de la politique fiscale du gouvernement, l'entreprise Laroche & Co avait consolidé ses assises et commençait même à dégager des bénéfices grâce aux exportations vers la France. Jean-Christophe commercialisait ainsi les articles de son fils sous leur nouvelle appellation. Celui-ci avait fait part de ses résultats encourageants à son père qui lui avait donc conseillé de demeurer à Richmond et de veiller au grain.

« Depuis que les rouges sont au pouvoir, ici comme à Moscou, lui avait-il écrit, nos affaires courent de grands dangers. Te rends-tu compte qu'il faut dorénavant payer nos ouvriers à ne rien faire pendant deux semaines et n'exiger d'eux que quarante heures de travail par semaine ? C'est une hérésie dont notre pays ne se relèvera jamais… »

Comme toujours, Jean-Christophe exagérait. Mais Pierre, dont les idées n'avaient rien à envier aux siennes, prit son avis très au sérieux et ne s'en trouva que plus rassuré lorsque Jack Malorie lui accorda la main de sa fille Judith.

— Mon père souhaite que je reste aux Etats-Unis encore un certain temps, annonça-t-il à son futur beau-père. Je ne vous enlèverai donc pas votre fille sitôt après notre mariage.

— Aviez-vous l'intention de retourner en France ? s'étonna Barbara.

— Au départ, je devais seulement lancer notre unité de production américaine, puis une fois celle-ci sur les rails, passer le relais à un homme de confiance. Mais ce n'est plus d'actualité, je vous rassure. Je ne suis pas près de rentrer en France. Tant que les socialistes seront au gouvernement, il vaut mieux que je demeure en Amérique. Mais, je pense comme mon père : les Français vont vite déchanter. Après avoir goûté aux loisirs et aux augmentations de salaire, ils devront s'attendre à un douloureux retour de bâton. Ce sera le prix à payer pour avoir donné le pouvoir aux rouges.

Averti du futur mariage de son fils, Jean-Christophe avait annoncé à la famille Malorie qu'il ne pourrait assister à la cérémonie. Il prétexta les remous engendrés par la situation sociale, le surcroît de travail occasionné par les nouvelles dispositions prises par le gouvernement du Front populaire et son handicap. Pierre ne s'offusqua pas de cette décision et jugea, au fond de lui-même, qu'il était préférable que son père s'abstienne de venir, ne souhaitant pas se retrouver en présence de Thérèse en pareille occasion. Il craignait que celle-ci ne fasse un scandale.

Judith Malorie était accaparée par la préparation du mariage. Elle avait déjà choisi sa robe chez le plus grand couturier de Richmond, celui-là même qui habillait toutes les femmes de la haute société virginienne. Avec sa mère, elle avait dressé la liste des invités, ceux qui seraient conviés par pure politesse ou par convenance à la cérémonie religieuse et au vin d'honneur, puis ceux, plus attachés à la famille ou à l'entourage de son père, qui partageraient le repas de noces. Tout le gratin républicain de Virginie et des Etats voisins reçut un faire-part, ainsi que les membres des associations caritatives, culturelles et politiques qui appuyaient le sénateur dans son soutien au candidat républicain à la Maison Blanche. Celui-ci avait également été invité. Jack Malorie, en effet, comptait sur la présence d'Alf Landon pour accroître son influence et – ce qu'il admettait sans vergogne – pour briguer un poste dans le cabinet gouvernemental en cas de succès de son favori.

— L'année prochaine, mon cher Pierre, pérorait-il devant son futur gendre, quand j'appartiendrai à l'équipe du nouveau président, toutes les portes vous seront ouvertes. Votre avenir sera assuré et votre société cotée en Bourse. Je ferai tout ce qui sera en mon pouvoir pour que vous réussissiez dans notre pays.

— La concurrence est rude, reconnaissait Pierre. Dans le secteur du jean, les grandes marques ne manquent pas. Même la firme Levi Strauss doit se battre avec acharnement contre ses rivales. Pour augmenter nos marges, il faudrait fabriquer à moindre coût. Or, nous ne pouvons pas économiser éternellement sur la main-d'œuvre. Il faudrait aussi miser sur la modernisation technologique. Donc sur des investissements plus onéreux.

— Votre père soutient vos initiatives. C'est lui qui vous a lancé dans l'aventure américaine. Et vous pouvez encore compter sur mes amis. Je ne vous laisserai pas tomber si vous vous heurtez à plus fort que vous.

Pierre ne pouvait que se réjouir de l'appui indéfectible du sénateur Malorie. Il espérait ainsi, par son mariage, sceller pour longtemps une alliance de poids.

Comme Barbara Malorie l'avait souhaité, l'union de sa fille et de Pierre Rochefort eut lieu le samedi précédant Noël.

Si la joie se lisait sur son visage, la déception marquait celui de son mari. En novembre, son candidat avait été battu par Franklin Roosevelt, élu pour un second mandat. Aussi ne décolérait-il pas et déplorait-il son absence au mariage de sa fille.

L'endroit était mal choisi pour parler politique, mais il ne parvenait pas à retenir ses griefs envers Alf Landon. Au cours du repas, organisé dans le parc de sa propriété sous un immense barnum, il tint des propos peu amènes que Pierre prit pour un abandon de son challenger.

— Landon s'est fourvoyé dans sa campagne, pesta-t-il. D'abord il a eu tort de soutenir une bonne partie des mesures du New Deal. C'était le programme de son adversaire, il devait s'en démarquer.

— Il a pourtant dénoncé les effets pervers du New Deal sur les entreprises, releva Pierre qui s'était maintenu informé des propositions électorales des candidats. Et il a publiquement accusé Roosevelt d'abus de pouvoir et de danger pour les institutions démocratiques du pays.

— C'est son incapacité à mener efficacement sa campagne que je lui reproche. Il a réduit à néant tous nos efforts. Il a trop peu quitté le Kansas pour se faire entendre et toutes ses attaques politiques ont été rédigées et divulguées par son comité de campagne et non par lui-même. C'est une grave erreur stratégique.

— Autrement dit, les républicains se sont trompés de candidat !

— Je le reconnais, nous avons fait un mauvais choix.

Judith regardait son père d'un œil réprobateur. Elle n'appréciait pas que, le jour de son mariage, il accapare Pierre avec ses considérations politiques.

Elle prit son mari par le bras et l'invita à danser.

Autour d'eux, les invités s'étaient détendus. Sous l'effet conjugué de la musique et de l'alcool, les hommes avaient ouvert leur col de chemise, les femmes dansaient sans complexe sur la piste, tandis qu'un orchestre composé exclusivement de Noirs jouait des airs de jazz endiablés.

— On a beau dire, releva Judith, il n'y a que les Noirs qui excellent dans cette musique moderne. On leur doit bien cela !

— Tu aimes donc cette cacophonie issue des basfonds ! remarqua maladroitement Pierre.

Judith parut froissée.

— Tu tiens des propos racistes ! Ce n'est pas la première fois que je remarque ton intransigeance vis-à-vis des gens de couleur.

— Ton père ne me contredirait pas.

— Mon père pense ce qu'il veut. Moi, je suis moi. Et je ne souffre pas les vexations qu'on fait aux Noirs à cause de la couleur de leur peau.

Pierre n'avait jamais vu la colère sur le visage de Judith. Il dévia aussitôt la conversation, estimant que son humeur passerait une fois qu'ils seraient seuls dans l'intimité de leur chambre.

Mais, ce soir-là, malgré tous les efforts qu'il déploya pour satisfaire sa jeune épouse, il ne parvint pas à ses fins. Pour leur nuit de noces, elle ne se refusa pas à lui, mais elle simula le plaisir de façon discrète. Pierre s'en aperçut et comprit qu'un froid les séparait déjà.

Au Clos du Tournel, Elisabeth Rochefort était aux anges. Elle avait reçu trois lettres lui annonçant le mariage de ses petits-enfants. Après celui de Pierre auquel elle regrettait de ne pouvoir assister, elle venait d'apprendre qu'Alix et Alexandre avaient décidé de s'unir à Anduze, et que Thibaud et Romy allaient convoler en justes noces à Stuttgart.

Les jumeaux avaient eu la même idée que leur frère d'Amérique. Ils souhaitaient se marier pour Noël.

— Ils auraient pu s'entendre ! releva-t-elle devant Elodie, venue lui rendre visite. Nous aurions organisé un triple mariage Rochefort dans le vaste temple d'Anduze. Quelle belle cérémonie cela eût été !

— Vous pensez au temple, maman, alors que vous êtes catholique !

— Tous mes enfants ont reçu le baptème protestant. J'ai concédé cela à ton père. A l'époque, les mariages mixtes étaient plus rares qu'aujourd'hui, mais la présence d'un prêtre et d'un pasteur était possible. Pour les enfants, il fallait choisir. Depuis, je me suis fait une raison. Tu sais combien je suis conciliante en la matière. Par ce fait, mes petits-enfants sont également protestants, d'autant que les Rouvière avec qui nous sommes unis le sont aussi.

— Pas Igor ni Natacha. Ils ne sont pas baptisés.

— Tu es l'exception, ma chérie. J'oubliais que tu as épousé par deux fois un communiste.

— Je vous remercie de ne pas dire un bolchevik !

— Ce terme est injurieux. Je ne me le permettrais pas. Je respecte les idées et les engagements de ton mari, comme j'avais accepté celui d'Ivan Federovitch à l'époque où tu avais décidé de le suivre en Russie pendant la révolution.

— Maman, de tous les Rochefort vous êtes vraiment la plus tolérante.

Elodie s'approcha de sa mère et l'embrassa tendrement.

— Je ne suis qu'une Rochefort par alliance. Une pièce rapportée, comme on dit.

— Vous êtes plus Rochefort que nous tous. Vous êtes l'âme de la famille.

— Mais vous, mes enfants et petits-enfants, vous en êtes les héritiers. Et en ce sens, vous devez faire honneur à la lignée. Ces trois mariages vont lui apporter du sang neuf. De là où il est, je suis certaine que ton pauvre père se réjouit de ce qui se prépare. Il doit encore se dire : « Ma descendance est assurée. »

— Il y a longtemps qu'elle l'est.

Les Rochefort de Nîmes contactèrent ceux de Stuttgart pour s'excuser de ne pas entreprendre le déplacement. Ils ne s'étaient jamais écrit ni téléphoné depuis que Thibaud et Romy s'étaient promis l'un à l'autre. Elisabeth proposa, en tant que doyenne de la famille, de prendre la plume et de concrétiser une relation qui, à ses yeux, devait renouer officiellement le cours d'une histoire familiale interrompu depuis plus de trois siècles.

Thibaud et Romy s'uniraient au temple de Stuttgart, mais aussi, peu après, dans celui d'Anduze, afin de satisfaire leurs deux familles. Le pasteur cévenol ne vit aucune objection à réitérer la cérémonie nuptiale dans son temple, d'autant qu'Alix avait souhaité se marier en même temps que son jumeau. Elle avait donné tous les détails à sa mère Louise dans une lettre qu'elle lui avait adressée en octobre :

J'ai conscience que nous nous y prenons un peu tardivement. Mais cela fait déjà trois ans que nous nous aimons, Alexandre et moi. Nous ne souhaitons plus attendre davantage. Thibaud m'a fait part de son intention d'épouser Romy pour Noël. C'est une jeune fille charmante, ouverte aux autres. Tu la connais déjà. Avec elle, mon frère sera très heureux. Nous avons décidé de nous marier tous les quatre le même jour dans le temple d'Anduze. Pour nous qui sommes jumeaux, une telle cérémonie ne peut que nous souder davantage. Je sais pouvoir compter sur toi et toute la famille pour organiser cette double cérémonie qui marquera l'histoire des Rochefort, j'en suis sûre...

Louise ne contenait plus sa joie. Marier le même jour son fils et sa fille à Anduze, et, à des milliers de kilomètres de là, son autre fils, sous les cieux américains, lui laissait croire que, décidément, cette année 1936 serait à marquer dans les annales de la famille.

Alix et Alexandre arrivèrent les premiers, une semaine avant la date du mariage, fixée au 19 décembre, la même que celle de Pierre et de Judith à Richmond. Quelques jours après, Thibaud et Romy débarquèrent à leur tour, accompagnés de Hermann et Hilde Rochefort. Ces derniers avaient tenu à effectuer le voyage, non seulement pour assister aux noces de leur fille mais aussi pour faire enfin la connaissance de leurs lointains cousins.

Elisabeth était dans tous ses états. En dépit de ses soixante-dix-sept ans, elle mit un point d'honneur à loger au Clos du Tournel les beaux-parents de son petit-fils. Louise, qui avait la charge de sa mère, lui sut gré d'alléger ainsi une tâche qui lui incombait. Constance Rouvière, en effet, bien que de onze ans moins âgée qu'Elisabeth, était de santé fragile et nécessitait une surveillance de tous les instants.

Alexandre ressentait une certaine appréhension à retrouver la famille d'Alix au grand complet. Si Sébastien et Thibaud avaient su gagner sa sympathie, il éprouvait toujours de la gêne vis-à-vis des autres Rochefort, en particulier de Jean-Christophe qu'il avait rencontré lors de son premier séjour à Tornac. Elodie lui avait paru froide et distante, son mari secret et taciturne. Quant à Faustine et Vincent, malgré les efforts qu'ils avaient déployés pour le mettre à l'aise, ils n'étaient pas parvenus à créer avec lui un climat de sérénité apte à lui faire oublier l'énigmatique Raphaël Simon.

Faustine avait demandé à son mari de ne pas évoquer ce personnage en présence d'Alexandre.

— Personne ne doit faire allusion à Raphaël Simon pendant le séjour d'Alix et d'Alexandre, lui rappela-t-elle. Leur mariage ne doit pas être assombri par cette vieille histoire.

En fait, Faustine craignait que son frère Jean-Christophe revienne sur cet épisode troublant de la mort de Raphaël Simon à la guerre, puis de sa résurrection sous les traits de Sylvain Lafarge.

De son côté, en son for intérieur, Vincent souhaitait faire toute la lumière sur cette étrange histoire. Il se sentait directement concerné par l'histoire de Raphaël Simon. Lui seul l'avait connu. Ils s'étaient liés d'amitié dans les tranchées. Ils avaient vécu ensemble des heures terribles, partagé les mêmes frayeurs, les mêmes souffrances, les mêmes espoirs. Ils avaient mangé le même pain moisi, les mêmes rations de nourriture remplies de boue, bu la même gnôle avant de monter à l'assaut. Son beau-frère Jean-Christophe, aux ordres de qui ils obéissaient, se faisait un malin plaisir de les envoyer en éclaireurs pour cisailler les barbelés ennemis, se moquant du danger mortel qu'ils couraient en sortant à découvert. Ces moments de fraternité, Vincent n'avait jamais pu les effacer de son esprit. Aussi, maintenant que le fiancé de sa nièce évoquait à son tour la mémoire de son compagnon d'armes dans ses délires, il ne savait plus que penser. Que pouvait-il être arrivé d'autre à Raphaël Simon ? N'aurait-il pas été soufflé par l'explosion d'un obus ? Après l'assaut, aucune trace de lui n'avait été retrouvée. Comme pour beaucoup de malheureux, son corps avait été déchiqueté, réduit en miettes, éparpillé comme des cendres sur le terrain de bataille. Dans l'enfer de Verdun, dans celui de la Somme, vingt ans après, on découvrait toujours des morceaux de corps enfouis dans l'argile, parfois à plus d'un mètre de profondeur. Il ne se passait pas un jour sans que Vincent ne se souvienne de ces instants tragiques. Il n'avait rien oublié.

— Je te promets de ne pas évoquer Raphaël, dit-il à Faustine, presque à regret.

— Donne la consigne à ta mère quand elle arrivera. Elle aussi est très concernée par Raphaël. Elle a longtemps cru qu'il était son fils.

Thibaud et Romy s'installèrent au Clos du Tournel avec Hermann et Hilde Rochefort, tandis qu'Alix et Alexandre partageaient le toit de Faustine et de Vincent au Chai de La Fenouillère voisin.

Le soir, à la veillée, tous se retrouvaient tantôt chez les uns tantôt chez les autres pour faire le bilan de la journée. L'effervescence était à son comble. Le temps était compté pour préparer le double mariage. Les femmes se rassemblaient autour de la table pour discuter toilettes tandis que les hommes préféraient se réunir devant la cheminée, autour d'une bonne bouteille, et refaire le monde.

Quand Sébastien arriva à son tour de Paris avec toute sa famille, ils s'empressèrent de le questionner sur ce qu'il avait vécu en Espagne l'été précédent. Les nouvelles étaient mauvaises. La guerre civile s'y étendait comme un brasier attisé par un vent de tempête. Tous écoutaient religieusement le grand reporter et déploraient l'incapacité des grandes puissances à imposer la paix.

— Dire qu'on a créé la Société des Nations après la Guerre ! releva Vincent. Je me demande bien à quoi cela aura servi. A mon avis, si rien n'est décidé pour arrêter Hitler et Mussolini, on va droit à un nouveau conflit.

— Je suis de ton avis, appuya Ruben. J'ai pu constater à Berlin combien les Allemands paraissent hypnotisés par Hitler. Ils sont prêts à le suivre dans sa folie meurtrière.

— Je ne suis pas d'accord, répliqua Jean-Christophe qui avait été le dernier à se joindre à la famille, délaissant ses affaires pour quelques jours. Hitler ne veut que la paix. Il l'a proclamé à la tribune des Jeux olympiques au mois d'août. Il faut le croire. Vouloir la paix ne signifie pas abandonner son peuple aux mains des rouges. Ceux-ci ne manqueront pas de s'emparer du pouvoir partout où on leur laissera le champ libre. C'est ce qui se passe en Espagne. Sébastien a pu le constater lui-même. Les Soviétiques prêtent main-forte aux républicains dans le seul but d'établir un nouveau pays communiste à nos portes.

— Ce n'est peut-être pas la pire des choses qui pourrait arriver aux Espagnols, hasarda Pietr, le mari d'Elodie.

Jean-Christophe fusilla son beau-frère du regard.

— Il est vrai que tes amis trotskistes doivent se réjouir. Ils sont infiltrés partout, ils espèrent le triomphe de la révolution… Mais en fait, j'ai lu dans la presse que la *Pravda* avait annoncé officiellement l'épuration des trotskistes en Catalogne et que le POUM[1] a été

1. Cette organisation marxiste anti-stalinienne était en désaccord avec Trotski.

exclu du gouvernement de la Généralité... Qu'en penses-tu ?

Sébastien sentait l'animosité monter entre les deux beaux-frères. Assurément Jean-Christophe ne pouvait s'empêcher de faire étalage de ses idées et de narguer Pietr pour son engagement auprès de Trotski.

— Nous ferions mieux de parler des mariés et de leurs projets, coupa-t-il pour faire diversion. Alexandre et Thibaud, on ne vous entend pas beaucoup !

— Oh, moi, je vis en Allemagne depuis près de quatre ans, nota Thibaud. Je peux vous dire que l'atmosphère n'y est pas très joyeuse. Mais, tu as raison, Sébastien, c'est de notre mariage qu'il est question aujourd'hui, pas de l'avenir des nations.

— Je crains que notre sort en dépende, lui opposa Alexandre. A mes yeux, cette année 36 sera une année charnière dans l'histoire de l'Europe. Après les réjouissances, il faut s'attendre à des années de cendres.

La cérémonie eut lieu comme prévu dans l'enceinte du grand temple d'Anduze. L'assemblée était composée de convives et d'amis venus témoigner leur sympathie, mais aussi de nombreux curieux. La présence d'une famille allemande, assise à côté d'Elisabeth Rochefort, en choqua plus d'un. Les langues se déliaient.

— L'une des mariées est une boche, se murmurait-il dans les rangs des plus offusqués par une telle union.

— Et paraît-il que le père est un nazi !

— Pourtant elle a l'air bien comme il faut, cette petite.

— Moi, je préfère l'autre. C'est une Rochefort. Une fille de bonne famille.

— Mais l'Allemande aussi est une Rochefort. Leurs parents sont issus de la même lignée…

Les commentaires allaient bon train. Les deux couples étaient à cent lieues de se douter que, dans leur dos, la médisance faisait tache d'huile.

A la sortie du temple, un photographe vint immortaliser la cérémonie. Puis, les mariés montèrent tous les quatre dans la même voiture, une Mercedes blanche flambant neuve prêtée par Jean-Christophe, et se rendirent au parc d'Anduze pour les photos traditionnelles avant de retrouver leurs invités au Clos du Tournel où était prévu le repas de noces.

Le photographe avait installé son appareil sur une pelouse, près d'un petit étang où des cygnes évoluaient gracieusement. Il avait apporté un énorme flash, car le ciel n'était pas très lumineux. La pluie menaçait.

— Ne traînons pas, dit-il aux nouveaux mariés. Il ne faudrait pas gâcher les clichés. Remarquez… mariage pluvieux, mariage heureux, selon le dicton.

Il fit prendre de nombreuses pauses aux deux couples, d'abord séparément, puis ensemble.

Pour finir, il proposa un gros plan et leur demanda de s'approcher de l'appareil fixé sur son trépied.

Il leur conseilla de ne plus bouger et de sourire à l'objectif.

— Ne fermez pas les yeux quand le flash se déclenchera, précisa-t-il. Je l'ai réglé à sa puissance maximum.

Il orienta la lampe dans la direction d'Alexandre qui se trouvait le plus loin de lui et serra la poire de sa main droite pour prendre un dernier cliché.

Quand l'éclair jaillit, Alexandre eut une seconde d'égarement, se cacha brusquement le visage dans les mains et s'écria :

— Assez ! Assez ! Je n'en peux plus ! Ils vont nous réduire en bouillie.

Puis il s'effondra par terre. Pris de malaise. Assommé.

Alix se porta immédiatement à son secours, lui dégrafa le col de sa chemise, aidé par Thibaud, sous les yeux médusés de Romy.

— Le flash ! fit Alix. Il lui a provoqué une nouvelle réminiscence.

Cinquième partie

LE CHOC

1937-1939

30

Incertitudes

1937

Au sein de la famille Rochefort, l'année nouvelle semblait commencer sous de bons auspices. Le mariage de ses petits-enfants prenait aux yeux d'Elisabeth comme un avant-goût de bonheur retrouvé. La lignée d'Anselme était consolidée par la troisième génération après celle de ses propres enfants.

Elisabeth escomptait en effet que Pierre, Thibaud et Alix allaient très vite lui donner des arrière-petits-enfants et ainsi assurer l'avenir pendant des décennies. Bientôt, espérait-elle, viendrait le tour de Ruben qui, à vingt-quatre ans, ne montrait pas beaucoup de volonté de se trouver une épouse.

Le fils de Sébastien était un garçon très séduisant mais ne parvenait pas à se fixer. Ses petites amies ne demeuraient jamais très longtemps dans ses bras. Plus préoccupé par son métier de journaliste que par le désir de se construire un foyer stable, il multipliait les aventures avec l'insouciance d'un célibataire réfractaire au mariage. Il avait connu plusieurs étudiantes à qui il n'avait jamais promis de vivre autrement qu'en couple, « le temps que cela durera », leur disait-il quand elles s'interrogeaient sur le sérieux de leur relation.

Quand il partait en reportage dans l'Hexagone – son père avait fini par obtenir de son rédacteur en chef son embauche définitive au *Populaire* –, il oubliait souvent de leur donner des nouvelles et les laissait dans l'ignorance. Il agissait comme Sébastien au même âge, mais peu de jeunes filles montraient autant de patience que sa mère Pauline qui avait su l'attendre plusieurs années de suite, pendant qu'il sillonnait le monde en quête d'absolu. Aucune n'éprouvait autant d'amour qu'elle.

Ruben admirait ses parents. Ils lui prouvaient chaque jour combien, à leur manière, ils étaient des êtres exceptionnels, dévoués l'un à l'autre. Il souhaitait, lui aussi, trouver l'âme sœur, mais, pour l'heure, il ne tenait pas à aliéner sa liberté pour ne pas compromettre sa carrière.

— Grand-mère Elisabeth patientera encore quelques années, affirmait-il en plaisantant devant sa mère, quand celle-ci s'inquiétait de savoir si la jeune fille qu'il venait de lui présenter était la bonne. J'ai tout le temps pour me mettre un fil à la patte.

— A force de faire le difficile, tu finiras vieux garçon ! Les filles ne t'attendront pas. Les plus jolies seront prises quand tu te décideras.

— Tranquillise-toi. De toute façon, je ne me caserai pas avant d'avoir trente ans, comme grand-père Anselme à son premier mariage.

— Tu en sais, des choses !

— Alix m'a fourni ces détails quand elle cherchait des renseignements précis sur Raphaël Simon pour aider Alexandre.

— Quel est le rapport ?

— Voyons... Raphaël Simon... en réalité Vincent Janvier, le fils de Catherine, fille naturelle d'Eléonore Letellier, la première femme de grand-père.

— Ah oui ! Catherine, la fille adoptive des Rochefort, morte en couches. C'est une histoire très compliquée.

Pauline était peu au courant de ce drame qui avait marqué à l'encre du deuil la famille Rochefort à la fin du siècle précédent. Sous son toit, même Sébastien n'en parlait guère. Il s'agissait d'un épisode de la vie de son père dont il n'était pas fier. Abandonner un enfant sous prétexte qu'il n'avait pas de père reconnu constituait pour lui un acte monstrueux. Jamais il n'avait pardonné à Anselme d'avoir commis une telle faute. Dans son enfance – comme son frère et ses sœurs –, il avait cru que Catherine était l'aînée de la fratrie. Aussi, maintenant que tous savaient que Raphaël Simon était le fils de Catherine, il le considérait comme un membre de la famille, un neveu malheureux disparu à la guerre.

— C'est une vieille histoire, poursuivit Ruben. Pour ma part, j'ai assez donné. J'ai tenté de percer cette énigme en questionnant l'ancienne petite amie d'Alexandre en Allemagne. Je n'ai rien appris de plus que ce qu'ils savent déjà tous les deux. A mon avis, il vaut mieux ne pas trop insister. Derrière l'amnésie d'Alexandre se dissimule peut-être un mystère qui, une fois éclairci, ne va pas plaire à tout le monde.

— A quoi penses-tu ?

— A rien de spécial. Mais je soupçonne une vérité dérangeante, c'est tout.

Ruben ne croyait pas si bien dire.

Dans les jours qui suivirent, Alix vint rendre visite à son oncle Sébastien, comme elle en avait pris l'habitude chaque mois depuis qu'elle habitait Paris. Ce dernier était absent, une fois de plus.

— Il est parti une semaine en reportage à Dublin pour couvrir la crise dynastique, expliqua Pauline. Edouard VIII a créé un scandale en renonçant au trône[1]. Les Irlandais en ont profité pour annoncer leur décision de ne plus reconnaître la souveraineté du roi d'Angleterre. Le nationaliste De Valera veut donner une nouvelle constitution à l'Etat libre d'Irlande pour en faire une république indépendante.

— Du coup, c'est moi qui assure la politique intérieure, ajouta Ruben. Chez nous aussi, ça bouge. Blum a décrété la pause. Il désire freiner les réformes sociales. Ça coûte trop cher.

— C'était à prévoir, releva Alix. Alexandre, pourtant partisan du Front populaire, m'a toujours dit qu'après avoir profité de l'euphorie les Français devaient s'attendre à des lendemains moins enchanteurs.

— Je crains qu'il n'ait raison. Nous allons avoir droit à une politique d'austérité qui risque de remettre en question les acquis du mois de juin.

En cette fin de premier trimestre, l'horizon semblait s'obscurcir, tant en France qu'à l'étranger. Si Elisabeth ne voyait que par ses petits-enfants pour être rassurée sur l'avenir de sa descendance, tous les gens bien informés avaient conscience que le monde était assis sur de la dynamite. Certes, les dirigeants des grandes nations s'efforçaient de minimiser le danger fasciste pour les

1. Le 10 décembre 1936.

uns, bolchevique pour les autres, mais personne n'était dupe. Tous savaient que, dans l'ombre des cabinets ministériels, les pions se mettaient en place et que l'on s'apprêtait à un terrible affrontement.

— La situation de l'Allemagne lui fait craindre le pire, reprit Alix. Ce que nous avons vu à Stuttgart l'a refroidi. Toute cette population inféodée aux nazis ! Tous ces SS dans les rues, ces agents de la Gestapo qui traquent les habitants et arrêtent à tour de bras le moindre suspect ! Et ces malheureux Juifs qui ne savent plus où se terrer ! Tout leur est interdit. Je me demande comment ils vont s'en sortir. Aussi, Alexandre ne veut plus se rendre en Allemagne. C'est trop dangereux. Il a donc décidé d'arrêter ses investigations. Il m'a affirmé qu'un homme peut vivre tout en ignorant son passé, que l'essentiel était de profiter du moment présent et de préparer l'avenir.

— Et son avenir, c'est toi, si je comprends bien !

— J'espère ! En tout cas, je respecte sa décision.

Ruben s'étonna. Quelques mois auparavant, Alix lui avait demandé de l'aider, car elle n'acceptait pas le renoncement d'Alexandre.

— Qu'est-ce qui t'a poussée à changer d'avis ?

— Cette histoire n'a que trop duré. Depuis plus de trois ans, ensemble nous tentons de trouver la cause de son amnésie. En vain. Même les médecins affirment qu'il est inutile de s'entêter. Si la mémoire doit lui revenir, cela se fera sans provoquer le destin. Je pense qu'il est temps de passer à autre chose.

— Avoir des enfants, par exemple ?

— C'est une éventualité. Alexandre est préoccupé par son âge.

— Quel âge a-t-il ?

— Trente-neuf ans. Il serait né en 1898. Du moins c'est le renseignement qu'on lui a fourni à son retour en France, car il n'avait pas d'état civil précis. A l'approche de la quarantaine, il aimerait avoir un enfant.

— Et toi ?

— Oh moi, j'attendrais volontiers deux ou trois ans. Mon travail me passionne. Je n'ai pas envie de m'arrêter pour pouponner. Pas encore. Mais je veux faire plaisir à Alexandre. Si ça pouvait l'aider à redevenir l'homme qu'il était, je lui ferais deux enfants d'un coup, comme ma mère !

Pauline s'était absentée dans la cuisine pendant que son fils et sa nièce discutaient. Elle coupa leur conversation.

— J'ai une grande nouvelle à vous annoncer. Je viens de l'apprendre.

Ruben et Alix la regardèrent, intrigués.

— Rose a été acceptée au lycée d'Oxford. Elle souhaite depuis longtemps perfectionner son anglais. Plus tard, elle désire faire carrière dans la diplomatie. Elle est jeune mais elle sait ce qu'elle veut.

— Elle doit d'abord passer son bac ! s'étonna Alix.

— Ma petite sœur est très douée, releva Ruben. Elle obtiendra son bachot l'année prochaine avec deux ans d'avance.

— Elle le passera en Angleterre dans un lycée français, expliqua Pauline. Pour la suite, elle envisage des études de sciences politiques. Je la vois bien attachée d'ambassade ou à la tête d'une organisation internationale. Elle se passionne pour les causes humanitaires.

— Comme Sébastien, releva Alix.

Alix adorait son oncle, il avait toujours été son modèle. Elle n'avait qu'un regret : que son père ne lui ressemble pas.

Si l'Europe connaissait de grands remous qui mettaient la paix internationale en question, à Richmond Pierre ne semblait pas y être sensible. Il n'avait qu'une idée en tête : faire prospérer sa société en profitant des relations de son beau-père et des siennes propres.

En effet, par l'intermédiaire de son avocat d'affaires Hervé Maréchal, il s'était peu à peu rapproché de certaines personnalités influentes qui lui avaient promis de lui ouvrir totalement le marché américain, en dépit des lois promulguées par le gouvernement pour freiner les importations. Or, son entreprise de confection avait besoin de la matière première que lui livrait son père : cotonnade – surtout de la serge pour le jean –, drap, soierie et autres étoffes de luxe. Il s'était même décidé à produire des bas en rayonne, comme Jean-Christophe à Ganges dans l'usine de Thérèse, lorsqu'il apprit que les Américains venaient de concevoir un matériau innovant révolutionnaire.

Hervé Maréchal, le premier informé, l'avait prévenu sans attendre :

— Chez Du Pont de Nemours, un certain Wallace Carothers a mis au point une nouvelle matière artificielle avec laquelle on peut fabriquer des fils élastiques très solides, aussi résistants que l'acier, aussi fins que ceux d'une toile d'araignée et d'un éclat éblouissant.

— Qui est ce Carothers ?

— Un chercheur sorti de l'université de Harvard. Ce que je vous révèle est confidentiel. Il ne faut pas l'ébruiter. Cela fait deux ans qu'ils essaient d'utiliser ce procédé dans le textile. Pour l'instant, ils n'en sont qu'à l'étude. Ils n'ont fabriqué que des prototypes de brosses à dents. Elles ne sont pas encore commercialisées… Je suis d'avis qu'il serait judicieux d'attendre avant de vous lancer dans une chaîne de production de bas en rayonne.

— Comment s'appelle cette matière miraculeuse ?

— C'est un polyamide. D'après mes renseignements, ils se creusent la tête pour savoir comment la baptiser. Certains employés de la boîte ont proposé *norun*, car un tissu confectionné avec cette fibre ne peut pas s'effilocher. Mais aux dernières nouvelles, le bruit court que ce serait *Nylon*. Vous réalisez que vous pourriez remplacer la rayonne par cette merveille aussi douce que la soie naturelle ! En tout cas, Du Pont de Nemours n'a toujours pas déposé de brevet.

— Que sous-entendez-vous ?

— Vous ne devinez pas ? Si nous parvenons à subtiliser la formule de fabrication de cette nouvelle fibre synthétique, à nous les royalties !

— Comment comptez-vous vous y prendre ?

— Faites-moi confiance, j'ai des connaissances qui ne s'encombrent pas de scrupules quand il s'agit d'obtenir certains secrets bien gardés. En France, vous ne semblez pas utiliser les moyens appropriés pour parvenir à vos fins !

Pierre devait reconnaître que, si son propre père n'avait jamais hésité à avoir recours à certaines méthodes pour se démarquer de la concurrence, il n'avait jamais employé les services d'une agence de renseignement privée.

— Si nous réussissons, nous déposerons le brevet avant eux et nous aurons l'exclusivité. Nous deviendrons les rois du nouveau marché textile du XXe siècle.

Pierre se laissa facilement convaincre. Il accepta la proposition d'Hervé Maréchal d'employer un homme de l'ombre. Peu lui importaient les moyens. Il se croyait inattaquable dès lors qu'il se sentait soutenu par son beau-père, le sénateur Malorie.

Pierre accorda son entière confiance à Hervé Maréchal. Il ferma les yeux sur les relations que ce dernier entretenait avec le milieu de la pègre, des gens qui avaient pignon sur rue et que la plupart des personnalités de l'Etat fréquentaient. Ils n'agissaient jamais eux-mêmes mais sous-traitaient les affaires qu'on leur commanditait. Ils avaient leurs hommes de main, leurs voyous de quartier pour les petits larcins lucratifs, leurs trafiquants pour la drogue, leurs proxénètes pour la prostitution et, pour finir, leurs tueurs à gages pour les assassinats. En l'occurrence, pour le dessein qu'Hervé Maréchal avait projeté, un certain Tony Maggiore fut contacté discrètement par ses soins. Il appartenait à un réseau de mafieux de seconde catégorie qui obéissaient à un parrain dont il ignorait le nom.

— Ça prendra le temps qu'il faudra, l'avertit Hervé Maréchal. Mais nous parviendrons à nos fins.

Plusieurs semaines s'écoulèrent. Pierre avait renoncé à démarrer son unité de production de bas. Il s'en expliqua succinctement à son père par téléphone, ne tenant pas à lui avouer qu'il avait recours à des méthodes peu recommandables. Jean-Christophe se mit en colère, estimant que son fils entravait la bonne marche de leur projet.

— Je t'avais donné pour tâche de te diversifier sur le sol américain, comme je le fais moi-même à Nîmes pour la France. Les sous-vêtements sont l'avenir du textile de demain. Slips, soutiens-gorge, combinaisons, bas… il ne faut rien négliger si nous ne voulons pas nous faire distancer. Bon Dieu, à quoi penses-tu en laissant de côté la fabrication des bas ? La femme est une cible idéale pour la lingerie. Elle représente un potentiel de bénéfices extraordinaire…

— Je n'ai pas décidé d'abandonner la production de bas, mais de la surseoir.

— Pour quelle raison ?

Pierre ne pouvait en dire davantage à son père.

— Vous comprendrez plus tard. Je ne peux pas vous expliquer cela par téléphone. Faites-moi confiance.

De l'autre côté de l'Atlantique, Jean-Christophe se demandait comment interpréter les propos sibyllins de son fils. Thérèse, qui avait entendu la conversation, intervint en faveur de son mari.

— Tu ne devrais pas laisser Pierre agir à sa guise. Il risque de mettre en péril tout l'édifice que tu as patiemment construit depuis tant d'années. S'il échoue aux Etats-Unis, c'est toute l'entreprise Rochefort qui en souffrira. Les retombées seront catastrophiques et tu iras au-devant de difficultés insurmontables. Tu aurais dû le faire seconder par un de tes hommes de confiance.

Au fond d'elle-même, Thérèse avait désapprouvé le mariage de Pierre avec Judith Malorie. Elle conservait toujours l'espoir de le reprendre sous sa coupe, le jour où il rentrerait en France. Sa jalousie l'aveuglait. Sa détermination à vouloir à tout prix récupérer le bien familial légué par son père l'obsédait.

Absorbé par ses affaires, Pierre avait tendance à délaisser son épouse. Jusqu'à présent, celle-ci ne le lui avait jamais reproché, pensant qu'il s'agissait d'une attitude passagère. Elle souffrait en silence de ses absences, mais elle s'inquiétait de ses relations. Pierre, en effet, invitait parfois à sa table Hervé Maréchal. Dans leurs conversations, les deux hommes évoquaient à demi-mot les personnages douteux auxquels ils s'étaient liés. Discrète, Judith n'intervenait jamais. Mais elle finit par deviner que son mari se mettait en danger.

Un soir, il rentra de l'usine plus tôt qu'à son habitude, l'air soucieux. Dans l'après-midi, Judith était allée consulter son médecin de famille et était revenue comblée de bonheur. Pierre s'affala dans un fauteuil et, sans faire cas de sa femme, ordonna à sa domestique de lui préparer un double scotch.

Judith se planta devant lui, vexée du peu d'égards qu'il lui témoignait.

— En fait, j'avais quelque chose d'important à t'apprendre, lui dit-elle. Mais es-tu seulement disposé à m'écouter ?

— Bien sûr, ma chérie ! Qu'as-tu de si intéressant à me dire ? Après les remontrances de mon père, je peux tout entendre.

Judith hésita. Le moment était mal choisi.

Elle se faisait une telle joie de lui annoncer l'heureux événement.

— Alors ? insista ce dernier. Parle.

— Je suis enceinte. Tu vas être papa.

Loin d'exulter, Pierre ne trouva rien d'autre à dire que :

— Tu aurais pu attendre !

31

Retrouvailles

1937

Faustine s'inquiétait pour sa sœur Elodie. Celle-ci en effet craignait que son mari Pietr ne commette l'irréparable erreur de sacrifier sa famille pour la cause qu'il défendait. Les trotskistes étant de plus en plus malmenés en Europe, Pietr songeait sérieusement à s'expatrier pour rejoindre Léon Trotski dans son nouvel exil. Ce dernier, après avoir été expulsé de Norvège, s'était réfugié au Mexique au mois de janvier[1]. Reçu par le président mexicain, Lazaro Cardenas, qui lui avait offert l'asile politique, il s'était installé dans la maison du couple de peintres Diego Rivera et Frida Kahlo en compagnie de son épouse. Il y travaillait activement en vue de la création de la IVe Internationale.

— Les amis de Léon Trotski sont très surveillés par la police, se plaignait Elodie devant sa sœur. Partout ils sont considérés comme des fauteurs de troubles. Pietr

1. Le 9 janvier 1937.

m'a appris que le propre fils de Trotski, Léon Sedov, a été condamné à mort par contumace en URSS et qu'il est pourchassé ici, en France, par les agents de la Guépéou. Le siège de sa permanence a été saccagé.

— Je suis au courant de ce qu'il se passe en Russie. Vincent m'en parle souvent. Il suit cela de près. C'est terrifiant. Staline pratique de grandes purges au sein de son parti et de l'armée.

— Les procès de Moscou ne font que commencer, m'a affirmé Pietr. Après Boukharine, c'est au tour de Toukhatchevski et des généraux de l'Armée rouge. Il y a des vagues de déportations et même d'extermination. Staline ne s'arrêtera pas là. Il traquera les alliés de son adversaire jusqu'au dernier. En Russie comme à l'étranger.

— Tu crains pour ton mari ?

— J'ai peur qu'il ne lui arrive malheur. Il se compromet trop. Je n'en peux plus de vivre constamment dans la terreur. Je ne me sens plus en sécurité dans ma propre maison.

— A mon avis, à Montpellier, vous ne risquez pas grand-chose.

— Détrompe-toi, les agents de la Guépéou sont infiltrés partout, dans toute l'Europe. Ils sont même en Espagne dans les Brigades internationales pour contrôler les Soviétiques qui se battent aux côtés des républicains.

Faustine avait du mal à croire sa sœur.

— Staline a des agents dans le monde entier, continua Elodie. Cet homme ne vaut pas mieux qu'Hitler. C'est un monstre assoiffé de sang.

— Pourquoi ne viendrais-tu pas t'installer à Anduze, chez maman ? Elle apprécierait beaucoup d'avoir sa fille à ses côtés. Elle serait rassurée. Quant à Pietr, il poursuivrait son travail à la banque et te rejoindrait discrètement chaque fin de semaine. Tes enfants iraient au lycée d'Alès. Tu vivrais plus tranquille.

— Et si Pietr me demande de le suivre au Mexique ?

Faustine réfléchit.

— Je ne te conseille pas d'accepter. Ta place n'est pas en exil. Tu as déjà donné et beaucoup souffert. Convaincs-le de rester en France. Notre pays n'est quand même pas un réduit de bolcheviks au service de Staline ! Ici, dans les Cévennes, nous sommes loin du tumulte du monde. Viens donc vivre avec nous à Anduze. La famille est encore notre meilleur refuge.

— Tu oublies Jean-Christophe. Il ne m'a jamais beaucoup appréciée. Surtout depuis que je suis mariée avec un communiste. Révolutionnaire de surcroît !

— Notre frère ne te laissera jamais tomber, quelles que soient tes opinions. Tu te souviens quand il prenait la défense de Sébastien contre la volonté de notre père ? Il l'a toujours soutenu et l'a accueilli sous son toit à Nîmes pour qu'il puisse passer une adolescence sans problèmes.

— Oui, je sais. Mais depuis Jean-Christophe a bien changé.

— Pas tant que ça. Certes, ses idées sont souvent outrancières, parfois même sectaires. Il ne s'encombre pas de scrupules. En ce sens, il ressemble à papa, mais ce n'est pas un homme dénué de principes, surtout quand il s'agit de la famille. On peut compter sur lui, j'en suis sûre. Si tu te sens menacée, n'hésite pas à te confier à lui. Il saura vous protéger, toi et tes enfants.

— C'est pour eux que je tremble. Or Pietr ne semble pas conscient du danger qu'il leur fait courir… Je vais réfléchir à ton idée de venir m'installer chez maman, au Clos du Tournel. Et en parler à Pietr.

Elodie parvint à convaincre facilement son mari du bien-fondé de la proposition de sa sœur. Quant à Elisabeth, elle accueillit l'aînée de ses filles à bras ouverts. Elle fit préparer les plus belles chambres du Clos du Tournel pour elle, Igor et Natacha, et leur consacra une grande pièce pour qu'ils puissent se sentir chez eux sans souffrir de sa présence.

— Ainsi nous serons chacun chez nous, leur dit-elle dès leur arrivée.

Pietr, appelé à Paris pour affaires, n'avait pas accompagné sa femme et ses enfants. En réalité, Elodie n'était pas dupe. Elle devinait qu'il ne se rendait jamais dans la capitale uniquement pour son travail. Il y rencontrait toujours des amis venus des quatre coins de l'Europe, il y prenait ses dernières consignes, participait au projet de la IVe Internationale – chose dont il ne s'était jamais caché devant elle.

Il revint cinq jours après son départ et s'arrêta à Anduze, porteur d'une nouvelle qui allait attrister sa femme. Celle-ci le devina immédiatement à son expression.

— Tu vas m'annoncer quelque chose de déplaisant, lui dit-elle aussitôt.

Pietr ne put dissimuler longtemps la vérité. Ses amis avaient souhaité sa présence auprès de Trotski. Léon Sedov en personne lui avait demandé de rejoindre son père qui avait besoin de ses plus fidèles lieutenants pour parachever au plus vite le texte qu'il préparait en vue du congrès de l'année suivante.

— Je ne peux pas me dérober, expliqua-t-il. Trotski se sent fatigué. Je dois aller le soutenir et l'aider. Staline gagne trop de terrain. Si nous ne parvenons pas à nous constituer en une force internationale d'envergure, notre unité et notre mouvement risquent de s'affaiblir.

Elodie n'avait plus le courage de suivre son mari dans sa lutte. Vingt ans plus tôt, elle n'avait pas hésité à franchir de terribles obstacles et à mettre sa vie en danger pour accompagner Ivan Federovitch puis son ami Pietr dans leur combat. Mais à cinquante ans, elle n'avait plus l'âme aventurière et aspirait à une existence calme et rangée.

Elle laissa partir Pietr par un beau matin de printemps. C'était un lundi, le 26 avril. Il lui promit de rentrer dès son devoir accompli. Les adieux ne s'éternisèrent pas. Elle n'aimait pas s'attendrir. Il voulait se montrer fort et digne.

Quand, une fois seule, elle alla se réfugier chez sa sœur au Chai de La Fenouillère, Faustine ne lui laissa pas le temps d'entrer.

— L'aviation allemande a rasé un village entier en Espagne, lui apprit-elle. La légion Condor a détruit Guernica au Pays basque. C'est une catastrophe. Sébastien vient de m'avertir. Il repart tout de suite pour la frontière espagnole.

L'année s'assombrissait en dépit du retour des beaux jours, effectif depuis plusieurs semaines. Le monde était entraîné dans un tourbillon infernal. Hitler et Mussolini se montraient de plus en plus belliqueux. L'Espagne plongeait dans l'horreur d'une guerre civile partie pour durer. Barcelone était déchirée, en pleine anarchie. Les

Japonais menaçaient la Chine où les communistes de Mao Tsé-toung gagnaient du terrain. Des menées indépendantistes commençaient à faire trembler la France dans ses possessions algériennes et tunisiennes.

Vincent lisait le journal et ne cessait de s'étonner de la folie des hommes, quand le téléphone sonna dans le salon. Il ne réagit pas, plongé dans sa lecture de l'actualité.

— Tu ne réponds pas ? s'étonna Faustine.

Vincent obtempéra sans se précipiter. Qui cela peut-il être à cette heure-ci ? se demanda-t-il.

Il songea à son beau-frère Sébastien qui lui avait promis de l'avertir lorsqu'il serait arrivé en Espagne.

Il décrocha le combiné et attendit une fraction de seconde.

A l'autre bout du fil, une voix hésitante lui parvint à l'oreille.

— Bonjour. Je… suis-je bien chez monsieur Vincent Rouvière à Tornac ?

— Oui. C'est moi-même… C'est pour quoi ?

Il entendait une respiration saccadée. Visiblement, son interlocuteur était sous le coup d'une forte émotion.

— Que puis-je pour vous ? insista Vincent.

— Je m'appelle Raphaël Mazel. Je suis le pasteur Mazel.

Vincent faillit lâcher le combiné. Il saisit la chaise qui se trouvait juste derrière lui. S'assit. La parole coupée.

Faustine, qui s'était approchée, s'inquiéta de voir son mari blanc comme un linceul.

— Ça ne va pas ? Tu te sens mal ? Qui est-ce ?

Vincent ne réagissait pas. Elle lui prit le téléphone des mains.

— Allô ! Qui êtes-vous, monsieur ?

— Excusez-moi de vous surprendre de la sorte et à une heure si tardive. Mais je viens de débarquer du bateau et je ne voulais pas attendre davantage pour vous prévenir. Je suis le pasteur Mazel… Raphaël Mazel.

Faustine ne put, à son tour, retenir son émotion.

— Monsieur Mazel ! Vous… vous débarquez du bateau, répéta-t-elle comme si elle avait mal entendu. Vous arrivez de… de Polynésie ?

— Oui, tout cela est exact. Je vais passer la nuit dans un hôtel au Havre et demain matin à la première heure, je prendrai le train pour Nîmes. Je vous téléphone pour vous avertir et vous demander si vous auriez l'amabilité de venir me chercher. Je suis très encombré de bagages.

— Mais… bien sûr. Il n'y a pas de problème. Mon mari viendra vous accueillir à la gare Feuchères.

Vincent semblait tétanisé. Après la lecture de tant de mauvaises nouvelles, cette annonce sonnait en lui comme un heureux présage, prémices d'une éclaircie sur l'horizon assombri du monde.

— Je vais rencontrer mon père ! ne faisait-il que répéter. Je vais enfin connaître l'auteur de mes jours.

Ses yeux larmoyaient. Sa gorge se nouait. Sa voix hésitait.

— Il faut prévenir ta mère, suggéra Faustine. Tu devrais l'appeler.

— Non. C'est trop tôt. Elle risque d'être trop émue. Et puis, elle n'a peut-être pas envie de le revoir. Attendons d'avoir fait connaissance avec le pasteur Mazel. Nous ne savons pas qui il est ni ce qu'il est devenu.

Faustine se rapprocha de son mari et lui demanda :
— Tu ne m'en voudras pas, n'est-ce pas ?
— Pourquoi t'en voudrais-je ?
— C'est moi qui ai écrit à ton père après que tu as renoncé à aller le rencontrer à Tahiti. Je croyais que ma lettre s'était perdue, n'ayant pas reçu de réponse. J'ai bien fait, dis-moi ?
Vincent enlaça sa femme et l'embrassa longuement.
Lucie et Matthieu avaient entendu la sonnerie du téléphone. Ils n'étaient pas encore couchés. Curieux, ils s'étaient avancés à pas de loup jusqu'à la porte du salon et écoutaient en toute indiscrétion leurs parents discuter. Matthieu ne put se retenir.
— Oh, les amoureux ! Oh, les amoureux !
Lucie tenta de le faire taire. Faustine se retourna dans leur direction et les convia à se joindre à leur bonheur.
— Approchez, les enfants. Nous avons une grande nouvelle à vous annoncer.
— On va avoir un petit frère ? demanda Lucie ingénument.
Vincent prit sa fille dans ses bras.
— Vous allez bientôt rencontrer votre grand-père.
— Mais il est mort depuis longtemps !
— Papé Anselme est mort, dit Faustine, mais pas le père de votre papa.
— Mais si, il est mort, papé Donatien ! Qu'est-ce que tu racontes ?
Faustine emmena ses enfants dans leur chambre et leur narra succinctement l'histoire mystérieuse de la naissance de leur père.
— Donc, si je comprends bien, releva Lucie, après une troisième grand-mère avec mamie Adèle, nous

allons avoir un troisième grand-père ! Nous en avons de la chance !

— C'est à peu près ça.

Le lendemain soir, Vincent se rendit à la gare de Nîmes. Celle-ci grouillait de monde, car plusieurs trains étaient attendus en provenance de Marseille et de Paris. Il consulta le panneau des arrivées et rejoignit immédiatement le quai.

Son émotion était à son comble. A quoi ressemblait son père ? Adèle ne lui avait pas souvent parlé de l'homme qu'elle avait aimé. Elle lui avait seulement avoué avec pudeur qu'il était d'une grande beauté et avait un regard d'une profondeur qui envoûtait tous ses paroissiens. Il a dû changer depuis, se dit-il. Il est peut-être chauve, barbu, bedonnant…

Il s'attendait à découvrir un homme âgé, buriné par le soleil. Il réfléchit : Adèle avait dix-huit ans à sa naissance. Elle était née en 1880. Le pasteur avait quelques années de plus, d'après ce qu'elle lui avait confié, vingt-cinq ou vingt-six ans. A présent, il devait donc avoir soixante-cinq, soixante-six ans.

Le train de Paris fut bientôt annoncé. Quelques secondes plus tard, il entra en gare. Un flot de voyageurs sortit aussitôt des voitures en se bousculant. Le train ne s'arrêtait que trois minutes à Nîmes et filait ensuite sur Marseille.

Il se posta au milieu du quai afin d'observer les passagers, portant son attention sur les hommes lourdement chargés. Quand tous eurent disparu dans le souterrain qui donnait accès à la salle des pas perdus, il se retrouva seul, étonné de ne pas avoir trouvé celui qu'il cherchait. Il temporisa pour regagner l'intérieur de la gare, demanda au chef de quai si c'était bien le train en provenance de Paris qui venait de repartir.

— Parfaitement, lui confirma ce dernier.

Dépité, il s'engagea à son tour dans les escaliers.

Dans le hall de gare, un homme, d'allure svelte, au visage bronzé, à la belle chevelure argentée, attendait, l'air égaré, ses valises autour de lui. Vincent hésita. L'observa du haut des marches. Leurs regards se croisèrent. En l'espace d'une fraction de seconde, telle une fulgurance, ils comprirent tous les deux qui ils étaient. Vincent s'approcha. L'homme lui tendait déjà la main.

Vincent s'arrêta à un mètre de lui, laissant son bras en suspension.

— Je suis Vincent, annonça-t-il simplement.

— Et moi, Raphaël. Raphaël Mazel.

Le trouble les empêchait d'amorcer le dialogue. Pourtant, Vincent s'était préparé à cette rencontre. Sur la route qui l'amenait à Nîmes, il avait répété à voix haute, au volant de sa voiture, ce qu'il allait lui dire pour ne pas tomber dans les banalités du genre : « Bonjour, je suis votre fils… Alors vous êtes mon père… Avez-vous fait bon voyage ? La traversée a dû vous paraître longue… »

Raphaël rompit le premier la glace.

— Je vous aurais reconnu entre mille.

— J'avoue que j'ai failli vous laisser passer sans vous voir. Je vous attendais sur le quai. Quand tout le monde a disparu, j'ai cru que je m'étais trompé d'heure.

— J'ai pris l'escalier à l'extrémité de la voie. Avec mes lourdes valises, c'était plus près. Quant à moi, je ne pouvais pas vous manquer. Vous ressemblez tant à votre mère. Dès que je vous ai aperçu, j'ai retrouvé son regard. Je ne l'ai pas oubliée en dépit de toutes ces années.

Les premiers émois surmontés, Vincent convia Raphaël à se rendre à Tornac.

— Faustine et mes enfants ont hâte de vous connaître.

Le Chai de La Fenouillère se trouva d'un seul coup plongé dans un bonheur immense. La présence du pasteur Mazel était un événement exceptionnel. Elle signifiait la fin d'une longue histoire, celle de Vincent Rouvière, de cet enfant orphelin, adopté, puis élevé comme un fils par une famille de paysans dévoués, jusqu'à la découverte de sa mère, Adèle Vigan.

Constance Rouvière demeurait en retrait de la conversation. Elle n'osait intervenir et se contentait de répondre aux questions de Raphaël. L'amour donné à ce fils qu'elle avait considéré comme le sien inondait toujours son cœur. Sa voix frêle et tremblotante trahissait son émotion. Maintenant que Vincent avait retrouvé et sa mère et son père, ne devait-elle pas laisser sa place en toute discrétion, s'effacer, comme après avoir accompli son devoir, un devoir que Dieu lui avait assigné par un matin ensoleillé de 1905 ? A l'époque, ne pouvant plus avoir d'enfant, elle avait offert le plus beau cadeau qu'une épouse puisse faire à son mari : adopter un petit garçon. Ainsi Donatien avait-il eu le fils qu'il espérait tant. Elle se voyait encore à l'orphelinat des sœurs de la Charité, à Nîmes, devant la supérieure, sœur Angèle, à répondre à ses questions. « Ah, vous êtes protestante ! » « Vous avez déjà trois filles ! » Vincent avait sept ans quand ils l'accueillirent à La Fenouillère. C'était un enfant sauvage, qu'il fallut apprivoiser, mettre en confiance. Mais quel bonheur il leur avait donné en retour de l'affection qu'ils lui portèrent tous sans partage, elle, Donatien et leurs trois filles qui le considérèrent aussitôt comme leur frère !

Raphaël Mazel apprenait tout cela pour la première fois et éprouvait beaucoup de respect et de reconnaissance pour Constance. Il n'avait pas de mots assez justes pour lui signifier à quel point elle s'était conduite en mère exemplaire, une vraie mère pour ce fils qu'il découvrait si tardivement dans la force de l'âge.

— J'ai conscience de la faute que j'ai commise, regretta-t-il le soir du deuxième jour, tandis qu'il finissait de raconter sa propre histoire et qu'il allait demander si Adèle était au courant de son retour. Si je m'étais davantage soucié d'elle, je ne l'aurais pas laissée partir dans l'état où elle était.

— Vous ne pouviez pas deviner qu'elle était enceinte, l'excusa Faustine. Elle vous l'avait caché pour ne pas vous mettre dans l'embarras. Elle pensait que vos paroissiens ne vous l'auraient jamais pardonné.

— Je l'ai attendue longtemps. Mais je n'ai pas eu le courage de remuer ciel et terre pour la retrouver. Alors, quand on m'a proposé les îles polynésiennes pour aller évangéliser les populations autochtones, j'ai accepté. Je croyais qu'elle m'avait oublié et que, loin d'elle, je finirais moi aussi par l'oublier. Mais je me suis trompé.

— Vous êtes marié ? osa demander Vincent. Vous avez d'autres enfants ?

— J'aimerais qu'on ne se vouvoie plus, Vincent. Si tu me considères réellement comme ton père, rompons cette barrière qui me gêne.

— Je ne peux pas vous appeler papa ni même père. C'est… c'est Donatien Rouvière mon père, vous… tu comprends, j'espère.

— Bien sûr, c'est naturel. Comment appelles-tu ta mère ?

— Ma mère, c'est Constance. Adèle, je l'appelle par son prénom.

— Alors, pour toi, je suis Raphaël… Pour répondre à ta question… non, je ne me suis jamais marié en Polynésie et je n'ai pas d'autre enfant que toi… A mon âge, il était temps que je l'apprenne !

Pendant plusieurs jours, les discussions furent incessantes. Vincent était curieux de tout savoir sur ce père surgi du fin fond de l'Océanie. Il s'intéressa à ces îles paradisiaques qui lui semblaient inaccessibles, à leurs populations, à leurs souverains locaux, au travail d'évangélisation des pasteurs. Puis, à son tour, il raconta à Raphaël sa propre histoire, dans tous ses détails, sans omettre les derniers rebondissements qui le ramenaient à un autre Raphaël, ce Raphaël Simon qu'on avait si longtemps pris pour le fils d'Adèle Vigan.

— Et maintenant il y a Alexandre Muller, ajouta-t-il, le mari de la nièce de Faustine qui prétend, dans les flashs qui lui traversent l'esprit, qu'il s'appelle Raphaël Simon !

Le pasteur Mazel reconnut que l'histoire des Rochefort était très compliquée et bien étrange, et qu'à vingt mille kilomètres de distance, sous les tropiques, il était loin de deviner que le fils qu'il avait laissé derrière lui se trouvait au cœur d'un si grand mystère.

— Souhaitez-vous rencontrer Adèle ? finit par s'enquérir Faustine. Depuis votre arrivée, vous n'avez pas soulevé la question.

— Je n'osais vous le demander. Je ne veux pas l'embarrasser. Sait-elle que je suis revenu en France ?

— Nous ne lui avons pas encore dit. Mais je pense qu'il ne faut pas le lui cacher.

Raphaël réfléchit quelques secondes.

— Je ne suis pas rentré pour me dérober. Prévenez-la. En fonction de sa réaction, je la rencontrerai, ou non.

Dès le lendemain, Vincent partit à Avignon, se demandant comment Adèle prendrait la nouvelle. Elle ne lui semblait pas prête à remuer le passé. Son bonheur actuel résidait dans le seul fait d'avoir retrouvé son fils vivant et d'être entourée à présent, comme la plupart des femmes de son âge, de petits-enfants qu'elle adorait et qui l'adulaient.

Toutefois, contrairement à la crainte qu'il avait ressentie en se mettant en route, il fut surpris de ses premiers propos.

— Ton père ! Tu as revu ton père et tu me demandes si je souhaite le rencontrer ! lui dit-elle dans un grand élan de joie. Depuis le temps que j'espérais cet instant béni !

Adèle n'hésita pas une seconde à accompagner son fils à Tornac où l'homme qu'elle avait aimé quarante ans auparavant l'attendait avec appréhension. Raphaël en effet n'osait croire qu'Adèle accepterait aussi facilement de renouer avec un passé qui – il en était bien conscient – ne pouvait que lui procurer de douloureux regrets, voire des remords. Les années nous ont changés tous les deux, pensait-il tandis que Vincent était sur le chemin du retour.

Quand il entendit ce dernier rentrer, Raphaël se réfugia dans le salon, mort de peur. Comment va-t-elle me trouver ? se demanda-t-il. Vieux et moche, complètement différent du jeune homme qu'elle a connu ? Nous ne rattraperons jamais le temps perdu, celui que nous n'avons pas partagé. Alors, à quoi bon ?

Le doute s'était emparé de son esprit. Au dernier moment, Raphaël était prêt à se défiler.

Par convenance, Vincent frappa à la porte du salon, l'ouvrit discrètement.

— Elle est arrivée, lui annonça-t-il. Je la fais entrer ?

Raphaël ne pouvait plus reculer.

— Euh… oui, bien sûr.

Par coquetterie, il jeta un rapide coup d'œil dans le miroir de la cheminée, arrangea sa coiffure. Douta de lui.

Vincent introduisit Adèle et s'éclipsa pour les laisser dans une intimité qui devait leur permettre de renouer le fil perdu de leurs jeunes années.

Ce qu'Adèle Vigan et Raphaël Mazel s'avouèrent dans les heures émouvantes qui suivirent, les silences qu'ils respectèrent entre deux confessions, les mots qu'ils ne prononcèrent pas autant par pudeur que par timidité en dépit de leur âge, derrière la porte qui les séparait, Faustine et Vincent les devinèrent. Assis tous les deux dans la salle à manger voisine, ils n'osaient bouger de peur de troubler ces retrouvailles si longtemps espérées par Adèle dans le secret de son cœur. L'homme qu'elle avait aimé et qui l'avait sortie de l'enfer était revenu. Il ne l'avait pas oubliée.

La vie d'Adèle reprenait un sens.

32

Parenthèse

Sébastien était à peine rentré du Pays basque que son devoir l'appelait à nouveau dans la péninsule Ibérique où les franquistes gagnaient chaque jour du terrain. Las de s'absenter de chez lui, il décida toutefois de prendre un peu de repos et de se consacrer à l'écriture de son prochain roman, une œuvre qu'il voulait en symbiose avec l'actualité fébrile.

Pauline ne put que lui donner raison et lui proposa d'aller se mettre au vert à Anduze, au Clos du Tournel. Il hésita à imposer sa présence à sa mère, sa sœur Elodie y étant installée avec ses deux enfants.

— La maison est assez vaste pour tous nous accueillir, objecta Pauline. De plus, l'année scolaire est presque terminée, Rose pourrait nous accompagner sans dommage pour ses études. Cela lui ferait le plus grand bien avant son départ pour l'Angleterre.

— Il faut d'abord en parler à ma mère. A son âge, elle est peut-être fatiguée.

— Appelle-la, tu verras ce qu'elle te répondra.

Comme Pauline s'y attendait, Elisabeth se réjouit à l'idée de recevoir son fils et sa belle-fille.

— Et Ruben ? s'enquit-elle aussitôt. Il vous accompagnera ?

— Non, il travaille. Il n'y a pas assez longtemps qu'il est embauché au *Populaire* pour avoir droit à des congés. Et puis, l'actualité est trop brûlante. Avec l'absence de Sébastien au journal, leur rédacteur en chef compte sur sa présence. Je crois qu'il a même l'intention de l'envoyer en Chine.

— En Chine ! Mais pour quoi faire ?

— Les Japonais menacent de l'attaquer.

Elisabeth s'était mis dans l'idée de présenter à son petit-fils une jeune fille dont elle avait fait la connaissance et qui, souhaitait-elle, lui plairait beaucoup. Elle ne s'en était ouverte qu'à Elodie au cours d'une conversation à propos des récents mariages de ses autres petits-enfants.

— C'est la petite-fille d'une amie de longue date, lui avait-elle avoué. Elle s'appelle Camille Soboul. Ses parents habitent Nîmes. Ce sont des commerçants en tissu de la rue de l'Aspic. Jeanne, sa grand-mère, est l'épouse d'un industriel nîmois qui était un ami de ton père. C'est par ce dernier que nous nous sommes connues, elle et moi. Nous avons participé aux mêmes œuvres caritatives. C'est ce qui nous a rapprochées à l'époque. Aujourd'hui, nous sommes toutes les deux veuves et plusieurs fois grand-mère. Nous nous revoyons de temps en temps.

— Et cette fille est un cœur à prendre, si je vous comprends bien, avait demandé naïvement Elodie.

— Oui. Elle est encore jeune, elle n'a pas vingt ans. Mais elle est si gentille et si convenable ! J'ai tout de suite songé à Ruben.

— Vous êtes prête à jouer les entremetteuses, maman ! avait plaisanté Elodie.
— Je ne souhaite que le bonheur de mes petits-enfants, voyons !

Quand Sébastien et Pauline arrivèrent au Clos du Tournel, Elodie prit prétexte – par un petit mensonge – de la santé précaire d'Elisabeth pour demander à son frère d'insister auprès du rédacteur en chef de son journal pour qu'il accorde quelques jours de congé à Ruben. Elle craignait d'échouer, Sébastien avait été précis sur les raisons de l'absence de son fils. Il accepta cependant d'intervenir. Il appela *Le Populaire* et, contrairement à son attente, Robert Deluc agréa sa requête.
— Huit jours, pas plus, lui signifia-t-il au téléphone. Je l'avertis immédiatement. C'est bien parce que sa grand-mère est souffrante ! ajouta-t-il.
— Euh… ne lui racontez pas cela, il va s'affoler. Je préfère le prévenir moi-même.
Trop heureux de pouvoir passer quelques jours en famille, Ruben prit le train le jour même et débarqua au Clos du Tournel. Elisabeth ne s'y attendait pas. Elle en pleura de joie.
— Comme j'aime être entourée de toute ma famille ! ne cessait-elle de répéter. Ah ! si seulement mon petit Pierre était là, lui aussi, ainsi que Thibaud.
Alix s'était annoncée pour la deuxième quinzaine de juillet. Mais son frère jumeau, lui, avait prévenu qu'il ne pourrait pas, cette année, venir dans les Cévennes au cours de l'été. Il devait étudier en vue de passer en septembre ses derniers examens de théologie, après lesquels il serait nommé pasteur dans une paroisse allemande.

La situation en Allemagne inquiétait sa famille. Le pays devenait une menace pour la paix de plus en plus évidente et les étrangers n'y étaient pas spécialement bien considérés. La xénophobie et l'antisémitisme échauffaient les esprits et faisaient de nombreuses victimes.

— Thibaud ne restera pas en Allemagne si ça tourne mal, n'est-ce pas ? espérait Elisabeth. Il pourrait venir exercer son ministériat dans les Cévennes. Ici, c'est une terre de protestantisme. Il y serait beaucoup plus en sécurité que dans un pays gouverné par un dément.

Personne ne lui donnait tort.

Louise, la mère des jumeaux, était de tous celle qui se préoccupait le plus de ce qui pouvait arriver à son fils. Certes, depuis qu'elle avait rencontré Hermann et Hilde Rochefort à l'occasion de son mariage, elle était rassurée. Mais devant la montée grandissante des périls, elle craignait que Thibaud et Romy ne soient emportés dans la tourmente de toute une nation endoctrinée.

Alain, son mari, qui collaborait maintenant au journal *Le Provençal*, ne pouvait lui cacher la vérité.

— Ça finira mal, lui répétait-il. Hitler veut la guerre sous couvert de sauvegarder la paix et de lutter contre le bolchevisme. Il a amadoué Chamberlain, le Premier ministre britannique, qui pense pouvoir le contrôler. Ce dernier se berce d'illusions. Personne ne parviendra jamais à tenir tête à Hitler, sinon par la force. Il n'est pas trop tard pour s'opposer à ses ambitions en lui montrant les dents, et non en allant lui serrer la main et en lui faisant des courbettes.

Les remarques d'Alain faisaient craindre le pire à Louise. Celle-ci écrivait souvent à son fils pour lui demander des nouvelles et lui laisser entendre qu'il devrait rentrer en France pendant qu'il était encore temps.

Mais Thibaud ne croyait pas à l'imminence d'une guerre et pensait qu'Hitler ne demeurerait pas éternellement au pouvoir. Son beau-père soutenait qu'il n'était que la marionnette des hommes de la finance et de l'industrie, et que ces derniers le lâcheraient dès qu'il deviendrait dangereux pour leurs intérêts.

L'été commençait dans une molle léthargie ensoleillée. Les travailleurs avaient repris, pour la seconde fois, la route des vacances. Les campings se remplissaient allègrement, mais le cœur n'y était plus depuis la démission de Léon Blum en juin. Le Front populaire était de plus en plus contesté, y compris dans son propre camp. Les attaques de l'extrême droite avaient affaibli plusieurs personnalités du gouvernement, jusqu'à Léon Blum lui-même, victime d'une campagne antisémite de grande ampleur.

— *L'Action française* et *Gringoire* jouent un jeu dangereux, se plaignait Alain Dubreuil dans ses discussions avec son beau-frère Sébastien. Ils ont eu la peau de Salengro[1]. S'ils continuent, ils pousseront aussi Blum au suicide et bien d'autres après lui. A force de salir les gens honnêtes, ils finiront par leur miner le moral.

---

1. Roger Salengro s'est suicidé le 17 novembre 1936, n'ayant pas supporté d'avoir été à tort accusé de désertion pendant la Première Guerre mondiale.

— Blum ne se laissera jamais abattre par les menées fascistes.

— Il est juif et fait l'objet de critiques calomnieuses. En cette période où l'antisémitisme gagne de plus en plus de terrain, même chez nous, cela pourrait l'entraîner à sa perte. Souviens-toi de l'affaire Dreyfus au début du siècle. Quand le peuple est déçu ou se sent trahi, il cherche toujours des boucs émissaires. Si la rue se déchaîne, l'extrême droite trouvera un boulevard devant elle.

— Il est vrai que la presse française est très partagée et s'affronte violemment. Nous en savons quelque chose tous les deux.

Alain et Sébastien étaient parfaitement conscients que leurs journaux respectifs participaient au divorce des Français. Si *Le Populaire*, *Le Provençal*, *L'Humanité* ou *Marianne* soutenaient le gouvernement, d'autres, comme *L'Action française*, *L'Ami du peuple*, *Gringoire* ou encore *Le Temps*, s'y opposaient viscéralement et entretenaient le mécontentement en échauffant dangereusement les esprits.

Quand, le 21 juin, le radical Camille Chautemps succéda à Blum, il décida de reprendre, en le ralentissant, le rythme des réformes. Mais il se heurtait déjà à la dégradation de la situation économique.

Sébastien n'entendait pas gâcher ses vacances par les mauvaises nouvelles diffusées sur les ondes et répercutées par la presse. Aussi demanda-t-il à son entourage de ne plus lui parler de l'actualité afin de se plonger totalement dans son nouveau roman qu'il avait intitulé « La Décennie des tyrans », souhaitant malgré tout s'inspirer de ce que le monde était en train de vivre depuis le début des années trente.

Avec l'accord de sa belle-mère, Pauline lui avait aménagé un bureau ouvert sur les vignes par une grande baie vitrée à travers laquelle le soleil illuminait sa table de travail du matin au soir.

Levé avec le jour, Sébastien aimait écrire dans le silence de la maison, alors que tous dormaient encore. Il ouvrait la porte-fenêtre, se laissait bercer par le chant des oiseaux qui s'en donnaient à cœur joie dans la fraîcheur de l'aube, humait comme une drogue les fragrances de lavande qu'exhalait un champ voisin, s'évadait par le regard vers les premières collines où il imaginait les troupeaux de brebis s'écouler au printemps, en longs fleuves de laine, sur les drailles ancestrales. Les images qui s'ancraient dans son esprit lui rappelaient son enfance, quand son père Anselme l'emmenait avec son frère à La Bastide, dans sa propriété lozérienne, une fois par an, en été. A l'époque, il n'aimait pas ces vacances à la montagne. Le mas manquait de confort et il s'ennuyait de n'avoir d'autre spectacle que celui des bergers et de leurs moutons en transhumance. Adulte, il regrettait de ne pas avoir su apprécier ce temps béni de l'insouciance, alors qu'à son âge beaucoup de garçons peinaient dans les usines, dans les mines ou dans les champs avec leurs parents. A l'époque, il ne pensait qu'à sa liberté, à l'aventure, à s'émanciper de la tutelle de son père à qui il ne voulait surtout pas ressembler.

Tous ces moments de nostalgie, Sébastien ne se privait pas d'en faire profiter ses lecteurs quand il écrivait certains chapitres où il se laissait aller à la confidence et dévoilait, sous les traits d'un personnage, l'adolescent qu'il avait été et l'homme qu'il était à présent. Même les articles qu'il rédigeait pour son journal et qui faisaient sa gloire étaient signés à l'encre des victimes de la folie humaine. La presse exigeait en effet des phrases trempées dans le malheur des peuples. Aussi ses héros naissaient-ils, pour la plupart, des conflits qui enflammaient le monde.

L'été se déroulait comme si le pays était devenu un îlot de tranquillité au milieu d'un océan où soufflait la tempête. De l'autre côté de la barrière pyrénéenne, les Espagnols s'entre-déchiraient. Au-delà de l'arc transalpin, les Italiens accordaient toute leur confiance à un Mussolini arrogant dont la notoriété était au plus haut. Les Allemands subissaient leur Führer sans se rebeller. Staline poursuivait ses grandes purges en toute impunité. L'empereur du Japon lançait ses généraux dans une guerre impérialiste à grande échelle visant à faire de la Chine sa colonie exclusive.

Pendant ce temps, Ruben courtisait Camille Soboul que lui avait présentée sa grand-mère. Il n'avait pas pu refuser de faire la connaissance de cette jeune fille « bien comme il faut », selon les mots d'Elisabeth. Celle-ci avait mis tant d'ingéniosité à leur préparer une rencontre en tête à tête qu'il n'avait pu se défiler. Sur le moment, il avait accepté dans le seul but de lui faire plaisir. Mais, lorsqu'il découvrit Camille pour la première fois, il sentit que leur relation n'allait pas demeurer seulement sur le plan de l'amitié. Son cœur ne fut pas long à chavirer. Camille lui apparut tellement touchante avec son air de petite fille modèle et sa vivacité d'esprit, ses cheveux blonds coupés à la garçonne et sa jolie frimousse, qu'il s'y attacha immédiatement.

Elle était venue accompagnée de sa grand-mère, sur l'invitation d'Elisabeth. Celle-ci les avait conviés à prendre place sous la tonnelle du jardin, à l'ombre d'une glycine. Puis elle s'était éclipsée, entraînant son amie au salon pour bavarder et évoquer leurs souvenirs d'une époque révolue. Ruben ne parla pas beaucoup de lui-même. Il se contenta de répondre aux questions de la jeune fille. Elle le trouva modeste et plein d'humilité, ce qui ne fit que renforcer l'attirance qu'elle éprouva pour lui dès le premier instant. Ruben jouait volontiers de son charme en se laissant découvrir. Il s'intéressa à ce qu'elle pensait, aux études qu'elle poursuivait, à ce qu'elle aimait, à sa famille.

Le temps passa trop rapidement à leurs yeux. Ils se promirent de se revoir en dehors du giron familial. Ruben se rendit à Nîmes trois fois dans la semaine. Ils revisitèrent ensemble les hauts lieux de la cité augustéenne. Des jardins de la Fontaine à la tour Magne, de la Maison Carrée aux arènes. Ils déambulèrent dans les ruelles du vieux Nîmes, main dans la main, comme jadis Vincent et Faustine à la barbe d'Anselme Rochefort qui avait interdit à sa fille de fréquenter le fils adoptif des Rouvière. Pour l'occasion, Ruben refusa de se faire héberger par son oncle Jean-Christophe, ne tenant pas à lui révéler sa nouvelle liaison.

Quand arriva le jour de quitter Camille, il regretta sincèrement :

— Travaillant à Paris, je ne pourrai pas venir à Anduze comme je le voudrais. Mais je te promets d'y descendre dès que j'en aurai l'occasion.

Camille lui apprit qu'à la rentrée, elle s'était inscrite à la Sorbonne pour y achever ses études de lettres classiques.

— Alors, fit Ruben, transporté de joie, on se reverra bientôt.

Ils se quittèrent avec cette promesse de se retrouver à Paris aussi vite que possible.

Quand Elisabeth vint aux nouvelles, Ruben s'empressa de lui raconter ce qu'il s'était passé entre Camille et lui pendant la semaine.

— Tu m'as tendu un piège, grand-mère. Et je crois bien que je me suis laissé prendre.

— Voudrais-tu dire que tu es tombé amoureux de la petite Camille ?

— Elle est tellement… comment… ?

— A ton goût !

— Oui, elle est vraiment charmante et si belle sous ses allures de gamine effrontée.

— Je n'avais pas remarqué ce détail. Elle m'a paru plutôt réservée !

— Ce n'est qu'une apparence.

— Vous allez vous revoir ?

— Oui, à Paris. Elle est inscrite à la Sorbonne pour octobre.

Elisabeth se réjouit intérieurement. Son but était atteint. Pourvu que ça marche ! espéra-t-elle.

Ruben repartit pour Paris comme prévu. Il n'avait pas dit à Camille que son journal l'envoyait en Chine où la guerre sino-japonaise venait de commencer, un conflit qui allait durer des années et qui mettrait l'équilibre du Sud-Est asiatique en péril. La jeune fille ne vivait que dans l'espoir de monter à la capitale et de le rejoindre au plus vite.

Elle ne se doutait pas que Ruben était parti pour des horizons lointains…

Il s'était bien gardé de lui dire que Robert Deluc l'avait désigné correspondant de presse du *Populaire* pour tout l'Extrême-Orient. Son point de chute serait Saïgon, en Indochine, d'où il transmettrait ses informations.

— Je vous envoie sur les traces de votre père, lui dit-il en lui faisant ses adieux. Sébastien a commencé en tant que correspondant en Cochinchine. Mais, un conseil : ne faites pas comme lui. Ne vous amourachez pas d'une Annamite, et ne nous filez pas entre les pattes en vous réfugiant au beau milieu du Pacifique. Ne prenez jamais parti. Revenez-nous vivant. Votre père m'en voudrait éternellement, s'il vous arrivait malheur.

Ruben quitta Paris à la fin du mois de juillet.

Dans le train qui l'emmenait à Marseille, il épluchait la presse du jour mais son esprit voguait ailleurs, au-dessus des collines d'Anduze et des vignes qui entouraient Le Clos du Tournel. Il se revoyait assis sous la tonnelle tout près de Camille, enivré de son parfum sublimant les notes éclatantes de la rose centifolia et du patchouli. Il l'entendait rire de ses plaisanteries, le questionner sur ses activités, sur ses premiers reportages, s'émerveiller du destin qui se dessinait devant lui. Les articles défilaient sous ses yeux sans que ceux-ci s'accrochent vraiment à ce qu'ils révélaient de l'état du monde.

Tout à coup, son attention fut attirée par l'un d'eux paru dans *Le Figaro*, dont la une titrait : « Attentat de l'IRA contre le roi George VI ».

Cela le ramena brutalement à la réalité. Même les Britanniques étaient touchés par la violence. Devant le refus des loyalistes de l'Irlande du Nord de s'unir à l'Etat libre d'Irlande, les indépendantistes de l'IRA exprimaient leur colère en faisant sauter des bombes dont la dernière avait failli coûter la vie au couple royal en visite à Belfast.

Pourvu que mon père ne soit pas rappelé là-bas ! se dit-il en refermant son journal.

Ruben s'inquiétait surtout pour sa mère qui tremblait toujours quand son mari partait couvrir les événements dans les points chauds du globe. Il ne songeait déjà plus à Camille et aux promesses qu'il lui avait faites.

33

Orages

1938

Un an après son mariage, Pierre se comportait déjà en mari distant et volage. Il entretenait des relations douteuses avec certaines collaboratrices d'Hervé Maréchal et s'absentait de plus en plus souvent de chez lui. Il ne prêtait guère attention à l'état de sa femme qui attendait son enfant pour le début de l'année. La grossesse de Judith, au lieu de le ramener à la raison, l'éloignait davantage. Il trouvait son épouse tellement difforme et empotée qu'il n'éprouvait plus d'attirance pour elle et ne se privait pas de le lui dire. Quand elle se plaignait de sa froideur à son égard, il lui répondait :

— Comment pourrais-je avoir envie de te faire l'amour avec ton gros ventre ? Et puis, je ne voudrais pas faire mal au bébé.

Il avançait tous les prétextes pour éviter le lit conjugal, au point que la plupart du temps, il faisait chambre à part.

Judith mettait son comportement sur le compte de sa grossesse et s'efforçait de croire que, dès que son enfant serait né, son mari reviendrait à de meilleurs sentiments.

Barbara, sa mère, s'était vite aperçue que le couple rencontrait des difficultés. Elle s'en ouvrit à sa fille sans tarder.

— Si Pierre te reproche ton état, c'est qu'il ne t'aime plus. Un homme doit se réjouir d'avoir un enfant. Es-tu sûre de ne pas l'avoir blessé ?

Judith ne comprenait pas pourquoi sa mère doutait de sa parole. En vérité, Barbara ne pouvait pas croire que le protégé de son mari puisse délaisser sa fille après lui avoir fait si bonne impression.

— Ce garçon portait tous nos espoirs ! reconnaissait-elle. Il est issu d'une riche famille, il a de grandes compétences, il est jeune et a l'avenir devant lui. Que s'est-il donc passé ?

En réalité, Pierre ne souhaitait pas se laisser enfermer dans le schéma classique de la famille. Son mariage ne représentait à ses yeux qu'une étape dans le but qu'il s'était assigné, en accord avec son père. Sa réussite sur le territoire américain valait bien quelques efforts, mais il n'avait nullement l'intention de se sacrifier sur l'autel de la respectabilité en se comportant en gendre idéal. Il avait toujours éprouvé pour les femmes une forte attirance et ne s'était jamais privé de multiplier les aventures. Ce n'était pas son union avec Judith qui allait changer sa manière de considérer la vie.

En ce sens, la lignée d'Anselme Rochefort n'était pas éteinte.

En janvier 1938, Judith accoucha d'un petit garçon. Pierre était absent, parti à Chicago pour affaires. En réalité, il devait rencontrer un représentant de la mafia, un des lieutenants d'Al Capone qui, lui avait assuré Maréchal, lui ouvrirait toutes les portes et activerait leurs démarches concernant le vol de la formule du Nylon.

— Le gouvernement et le peuple américain ont cru qu'en incarcérant Al Capone après son jugement d'octobre 1931, son gang s'effondrerait, avait expliqué Maréchal à Pierre qui était peu au courant des démêlés du gangster américain avec les autorités. Tous se sont trompés. Le nouveau parrain de la mafia de Chicago c'est Frank Nitti. C'est l'un des meilleurs lieutenants de Capone, à qui il s'était fié pour ses compétences de direction et son sens des affaires. Avec lui et ses relais dans toutes les grandes villes de l'Union, on est assurés d'aboutir rapidement.

Pierre avait accepté d'aller en personne rencontrer Frank Nitti. S'il avait connaissance du gigantisme et de la puissance de la pieuvre créée par Al Capone, mise en difficulté par Eliot Ness et ses Incorruptibles à l'époque de la Prohibition, il n'avait pas conscience, néanmoins, du danger qu'il courait en ayant recours à un tel milieu.

Quand il revint à Richmond, Judith se trouvait chez ses parents avec son enfant. Pierre se sentit fautif de l'avoir laissée accoucher seule, et se montra faussement attentionné :

— Comment allons-nous l'appeler ? lui demanda-t-il en soulevant le bébé dans ses bras.

— Il s'appelle Jimmy, comme mon grand-père, lui répliqua sèchement Judith.

— Tu ne m'as pas consulté !

— Trop tard. Tu as préféré t'absenter alors que j'avais besoin de toi. J'ai déclaré le nom de notre enfant. On ne peut plus revenir en arrière.

Pierre ne dit mot. Il reposa son fils dans son berceau et laissa sa femme à son amertume.

Le soir même, Jack Malorie le retint dans son bureau.

— Je ne sais pas exactement ce que vous manigancez, Pierre. Mais je n'aime pas du tout vos fréquentations. A ma place, je suis très bien informé de tout ce qui se passe dans ma ville. J'ai aussi de très bonnes relations à la Maison Blanche, en dépit de mes opinions adverses. On m'a appris que vous êtes allé à Chicago et que vous avez rencontré un ancien lieutenant d'Al Capone. Méfiez-vous, Pierre. Ces gens-là ne vous lâcheront plus dès lors que vous aurez partie liée avec eux. Vous leur serez toujours redevable. Vous êtes mon gendre. Vous devez faire honneur à la famille qui vous a accueilli. Personnellement, je ne pactise jamais avec la mafia. Et je vous interdis de salir ma réputation en vous compromettant avec ces hommes du Milieu. M'avez-vous bien compris ?

Pierre ne répondait pas, abasourdi par la tirade de son beau-père.

Celui-ci poursuivit :

— Si jamais j'apprends que vous vous êtes mouillé avec ces gangsters, je vous laisserai tomber sans hésiter et j'exigerai votre divorce. Ma fille ne peut avoir épousé un truand !

Pierre répéta les paroles menaçantes de Jack Malorie à Hervé Maréchal.

Cynique, ce dernier lui répliqua :

— Si votre beau-père se met en travers de notre route, il pourrait le regretter… Un accident est vite arrivé ! Nos nouveaux amis ne s'encombreront pas de scrupules.

Pierre commençait à craindre d'être allé trop loin. Mais, au stade où en étaient ses tractations, il était un peu tard pour reculer.

Maréchal devina ses doutes.

— Faites-moi confiance. Tout se passera bien. De toute façon, vous ne pouvez plus abandonner. Tout recul de notre part nous vaudrait de graves ennuis. Nous avons engagé une grosse somme d'argent, nous leur devons encore la moitié à l'issue du contrat. Nous devrons nous en acquitter, quelle qu'en soit l'issue. Si vous vous défaussez, je ne donne pas cher de votre peau.

Pierre se sentit pris au piège de sa propre légèreté.

— Je ne vous ai pas dit que j'abandonnais. Je souhaite seulement qu'il n'y ait pas mort d'homme dans cette histoire. Je ne me le pardonnerais pas.

— Il fallait y songer avant. Vous êtes sacrément naïf. Je vous envoie rencontrer un des meilleurs parrains du moment et vous chiez dans votre froc à la seule idée qu'un homme pourrait y laisser la vie pour concrétiser notre projet ! Vous me décevez, Rochefort. Je croyais que vous étiez un homme d'envergure, qui ne renonce pas devant les difficultés. Comme votre père et comme votre grand-père.

— Mon père n'a jamais commandité un crime à son profit. Mon grand-père, pas davantage.

Désemparé devant l'irrémédiable, Pierre se résolut à attendre le résultat de ses démarches. Il se rapprocha de sa femme, feignit de s'intéresser à son enfant, s'efforça de prendre son nouveau rôle de père au sérieux. Mais le cœur n'y était pas. Il devait l'admettre : il n'aimait pas Judith, il était dépourvu de sentiments paternels. Il n'avait qu'une hâte : quitter les Etats-Unis et rentrer en France afin d'échapper à la machine infernale qu'il avait lui-même mise en route.

Sébastien était reparti en Espagne au mois de novembre précédent après avoir écrit une dizaine de chapitres de son nouveau roman. Robert Deluc lui avait proposé d'y rester le temps nécessaire pour assurer à nouveau la couverture de la guerre civile. A la demande d'un ami de Saint-Hippolyte-du-Fort, il avait accepté de ramener dans son pays un jeune républicain catalan qui, devant l'avancée des troupes franquistes, voulait se rapprocher de sa famille[1]. Son fils les avait accompagnés malgré les craintes de Pauline.

Ruben n'était pas parvenu à s'embarquer pour l'Extrême-Orient. Le train dans lequel il avait pris place dérailla malencontreusement entre Paris et Lyon à la suite d'un incident ferroviaire qui fit de nombreux blessés. Sérieusement commotionné, il fut hospitalisé pendant plusieurs jours et dut annuler son départ. Robert Deluc le remplaça aussitôt par un autre de ses reporters et lui recommanda de se soigner avant de reprendre du service. Alors, Ruben put, tout à loisir, revoir Camille quand celle-ci monta à Paris pour sa rentrée universitaire. Les deux jeunes gens renouèrent leur relation interrompue en juillet, jusqu'au moment

1. Voir, du même auteur, *Le Goût du soleil*.

où Ruben décida de redescendre dans les Cévennes, avec l'idée de seconder son père en Espagne. Camille comprit qu'elle ne parviendrait jamais à le retenir et qu'il agirait sans doute toute sa vie en électron libre. Elle le laissa à nouveau s'éloigner avec la certitude que s'achevait ainsi une belle histoire de vacances sans lendemain.

L'âpreté des combats auxquels Sébastien et Ruben assistaient les empêchait de songer à quitter le territoire espagnol. Ni l'un ni l'autre ne souhaitaient manquer un épisode de la tragédie qui se déroulait sous leurs yeux, dans l'indifférence apparente des gouvernements occidentaux.

A Tornac, pendant ce temps, Vincent reprenait espoir. Léon Blum, rappelé une seconde fois au gouvernement à la suite de la démission de Camille Chautemps partisan d'une politique d'austérité, avait formé un second ministère d'union soutenu par les communistes et les radicaux.

— Le Front populaire est reparti de plus belle, affirmait-il. La droite n'est pas près de revenir. Les Français ont compris qu'en ces temps difficiles, seule la gauche peut les sortir de l'ornière. Quand on voit ce qu'il se passe à nos frontières, il vaut mieux ne pas tenter le diable. L'extrême droite est aux aguets. La gauche doit rester soudée.

Ni Pauline qui, à Anduze chez sa belle-mère, attendait avec impatience le retour de son mari et de son fils, ni Faustine ne montraient autant d'optimisme que Vincent. Entre elles, elles ne cessaient d'affirmer que le monde courait à sa perte si les grandes puissances ne réussissaient pas à s'entendre et à mettre hors d'état de nuire les dictateurs qui menaçaient la paix.

Pietr, le mari d'Elodie, rentré du Mexique après trois mois d'absence, se voulait lucide.

— Ni Blum ni Chamberlain ne parviendront à neutraliser Hitler, Mussolini et Franco. Quant à Staline, j'ai bien peur qu'il ne se débarrasse de son rival d'un jour à l'autre. Ses agents ne se priveront pas d'aller l'assassiner là où il s'est réfugié. C'est une question de temps. Or le temps est avec eux. Les trotskistes ne sont pas près de prendre le pouvoir en Russie.

Le pessimisme rongeait les esprits les mieux informés.

Quand Blum fut contraint de démissionner moins d'un mois après avoir constitué son nouveau cabinet, Vincent se rendit à l'évidence, gagné à son tour par le doute et la crainte pour l'avenir.

— Le Front populaire est définitivement mort. Et avec lui, l'espoir d'un monde meilleur pour toute la classe ouvrière. Il faut s'attendre à présent à des lendemains douloureux.

Outre-Rhin, Thibaud exerçait son nouveau ministère dans la banlieue nord de Stuttgart. Il avait réussi brillamment ses épreuves de théologie à l'université de Heidelberg et avait été nommé pasteur dans la paroisse de Feuerbach, petite commune récemment rattachée de force à Stuttgart. Dans le centre, certaines de ses rues et de ses places avaient été rebaptisées en l'honneur d'Adolf Hitler. La population semblait totalement acquise au Führer.

Thibaud craignait qu'il ne lui soit pas facile en tant que pasteur d'origine française de se faire accepter par les habitants.

— Tu parles parfaitement allemand, l'avait rassuré Romy. Cela devrait t'aider. Entre protestants, il ne saurait y avoir de sentiments d'ostracisme. Tu es des leurs.

— Je ne suis pas allemand, encore moins nazi !

— Tous ne le sont pas.

Romy, quant à elle, devait poursuivre ses études pendant un an avant de passer le concours de professeur. Elle devrait donc se rendre à Heidelberg et laisser son mari seul pendant la semaine, tandis qu'elle fréquenterait les bancs de la faculté.

Ils avaient emménagé dans une modeste maison de village à deux pas du temple. Leur vie commençait dans la simplicité mais cela ne les effrayait pas. Ils avaient conscience qu'ils sacrifiaient le confort et le bien-être que leurs familles auraient pu leur offrir s'ils avaient fait un choix différent. Mais ils se sentaient si forts ensemble face à l'adversité qu'ils étaient prêts à renoncer à tous les privilèges de leur rang social.

Tous deux avaient décidé de se mettre discrètement au service des exclus et des opprimés. Ils avaient conscience du danger qu'ils affronteraient en agissant à la lumière, mais ils avaient la foi chevillée à l'âme.

Romy et Thibaud amorçaient un combat qui ne faisait que commencer.

Hitler avait reconstitué son gouvernement en y plaçant des hommes à sa solde. Dorénavant, tous les rouages de l'Etat lui étaient inféodés, les derniers éléments conservateurs de l'état-major militaire et de l'administration ayant été éliminés. Hermann Rochefort était consterné. Il se sentait trahi par les siens, ceux de sa classe politique attachés à une certaine idée du pouvoir. Visiblement, la réaction qu'il attendait des hauts dirigeants de l'économie n'était plus à l'ordre du jour. En outre, Hitler les avait intelligemment convaincus qu'il n'était pas l'ennemi de la grande industrie et de la finance. Hermann ne croyait donc plus à un retour en arrière possible, tant les nazis tenaient à présent les rênes du pays.

— Hitler a gagné son pari ! se plaignait-il. Il est parvenu à abattre ses adversaires et ses concurrents potentiels sans que le peuple s'y oppose.

Prudent, Thibaud évitait d'abonder dans son sens, mais il craignait lui aussi que les Allemands acceptent sans sourciller tout ce que le Führer leur dicterait, y compris la guerre. En mars, lorsque la Wehrmacht s'empara de l'Autriche sans coup férir, la joie submergea une grande partie de la population du Reich qui voyait ainsi se réaliser son rêve de réunification des deux nations germaniques. Devant le fait accompli, la France et l'Angleterre se turent. La non-intervention avait été décidée, autant par les Britanniques que par les Français, en Espagne comme en Autriche dont le territoire venait d'être purement et simplement annexé par Hitler.

Déjà plus de 150 000 Juifs autrichiens se retrouvaient à la merci des nazis allemands. Leur exode ne faisait que commencer dans des circonstances dramatiques.

En avril, quatre semaines à peine après cette réunification – l'Anschluss –, la population de la nouvelle Grande Allemagne fut conviée par référendum à donner son avis sur la question. Hermann fulminait de devoir se plier à une parodie de démocratie dans la pire dictature que l'Europe ait jamais connue. Mais il ne pouvait s'abstenir de voter, de crainte d'aller au-devant de graves ennuis.

Lukas le prévint :

— Surtout, père, en ce moment, évite de t'exposer. Cela pourrait nuire à tes affaires et te mettre en danger.

— C'est toi qui me tiens un tel discours ! s'étonna Hermann. Toi, un membre de la SS !

— Je ne souhaite pas que ma famille se compromette.

— C'est dans ton propre intérêt que tu m'avertis ainsi ? Tu crains qu'on te reproche l'hostilité de ton père au régime et que cela desserve ta carrière !

— Tu te trompes, père. Je ne veux que ta sécurité.

Le jour du référendum, Hermann faillit s'étrangler de colère en prenant connaissance du choix proposé aux citoyens allemands et autrichiens. Sans se départir de son courage, il décida de ne pas collaborer à une telle mascarade et déposa un bulletin blanc dans l'urne.

Le soir, il ne put se retenir devant Thibaud et Romy, venus aux nouvelles.

— Tenez, lisez ce qui nous a été demandé, dit-il en présentant un bulletin de vote. Il y a deux questions en une seule, sur la politique hitlérienne en général et sur l'annexion de l'Autriche.

Thibaud se saisit du bulletin et le déchiffra à haute voix :

— « Es-tu d'accord avec la réunification du Reich allemand avec l'Autriche opérée le 13 mars ; es-tu par ailleurs d'accord et approuves-tu la liste présentée par notre Führer Adolf Hitler ? »

Thibaud ne pouvait que se rendre à l'évidence. Hitler et les nazis cherchaient un plébiscite pour avoir davantage encore les coudées franches.

— Hitler a été appelé au pouvoir tout à fait légalement, poursuivit Hermann. Maintenant, il veut le plein consentement de son peuple pour pouvoir prouver le caractère démocratique de sa politique. Ainsi, il coupe court à toute velléité de contestation et justifie la répression qu'il a déjà mise en place.

Les résultats du référendum, hélas, ne firent que confirmer les craintes d'Hermann. Ils furent sans appel. Les Allemands votèrent « oui » à 99 %, les Autrichiens à 99,7 %.

Dans les jours qui suivirent, Hermann apprit que le descendant des empereurs d'Autriche, Otto de Habsbourg, l'une des personnalités autrichiennes les plus en vue, avait été arrêté et n'avait pu prendre part au vote.

— Le tribunal de Vienne, à la solde des nazis, a délivré contre lui un mandat d'arrestation, s'insurgea-t-il. Il est soupçonné de haute trahison à cause de son appel au monde, dans un journal français, demandant aux grandes puissances de réagir rapidement contre l'agression allemande. Voilà où nous en sommes !

— Tu ne devrais pas te mettre dans cet état, tentait de le calmer Hilde. Ça ne sert à rien.

Depuis plusieurs jours, Lukas avait tendance à se montrer plus conciliant vis-à-vis de son père. En outre, il évitait de se présenter dans son uniforme, qui, il en était conscient, choquait les siens. Il ne faisait plus l'éloge de ses idées. Devant Thibaud et Romy, il faisait preuve de plus de civilité, de compréhension quand ceux-ci reconnaissaient qu'il ne leur était pas facile de s'intégrer dans la communauté protestante de leur paroisse. Il avait même proposé à son beau-frère de l'aider en allant en personne convaincre ses fidèles qu'ils n'avaient rien à craindre de leur nouveau pasteur.

Certes, de son côté, il continuait à œuvrer dans la Waffen-SS où il avait acquis le grade de lieutenant. Avec ses hommes, il s'occupait plus spécialement de l'ordre public dans la ville de Stuttgart, supervisant ainsi les autorités de police municipale qui dépendaient directement du maire. Les agents de la Gestapo le secondaient et procédaient aux arrestations de tous les individus suspects ou jugés indésirables. Mais il semblait prendre de plus en plus de distance avec ses amis et osait même parfois émettre certaines critiques.

Thibaud s'était aperçu de son changement de comportement. Il s'en était ouvert à Romy.

— Ne te laisse pas prendre dans ses filets, lui avait-elle conseillé. Je connais Lukas. C'est mon frère. Il faut se méfier de lui. Il tente de savoir ce que nous pensons. Surtout, ne lui révèle jamais tes idées. Il te ferait arrêter.

Un samedi soir, sa famille étant réunie, Lukas demanda à parler à son père dans son bureau, en toute discrétion.

— Je ne veux pas qu'on puisse nous entendre, lui dit-il, énigmatique.

— Qui pourrait nous entendre hormis ta mère, ta sœur et ton beau-frère ? s'étonna Hermann. Je n'ai rien à leur cacher.

— Il y a les domestiques.

— Te méfierais-tu d'Ingrid à présent ? Je te croyais proche d'elle !

— Précisément. Surtout elle.

— Parle donc. Ici, nous sommes à l'abri des oreilles indiscrètes.

Lukas n'était plus le même homme. Ses yeux d'acier s'étaient adoucis. Son air martial avait disparu au profit d'une attitude plus chaleureuse. Sa voix gutturale avait pris des accents plus humains. Hermann ne fut pas insensible à cette étrange transformation. Il reconnut dans ce fils qui voulait se confier le jeune garçon qu'il avait élevé, l'enfant qu'il avait choyé.

Il parla le premier pour briser la glace qu'il sentait s'épaissir entre eux.

— Qu'as-tu à me dire de si important, mon garçon ? Je te trouve bizarre tout à coup. Je suis encore ton père, tu sais. Qui que tu sois devenu et quoi que tu fasses, je le reste et le resterai.

Mis en confiance, Lukas s'expliqua.

— Voilà… tu risques de ne pas me croire. Mais je voulais te prouver que je ne suis pas celui que je parais à tes yeux. Je ne supporte plus que ma propre famille me juge mal et me condamne pour ce que je ne suis pas réellement.

Hermann ne laissait pas transparaître son étonnement.

— Que souhaites-tu me dire ?

— J'appartiens à la Waffen-SS…

— Ça, je ne le sais que trop ! Je ne t'ai jamais donné mon assentiment dès lors que tu t'es inscrit aux Jeunesses hitlériennes. Tu connais ma position à ce sujet. Je ne m'en suis jamais caché. Si c'est pour me conseiller de me taire que tu désires me parler, sache que je ne renierai jamais mes opinions.

— Père, ne te fâche pas. Je voulais seulement t'avertir que, sous couvert de mon uniforme, je tente avec mes modestes moyens de venir en aide aux Juifs qu'on persécute partout dans le Reich. Et qu'il faut cesser de me considérer comme un monstre.

Hermann demeurait pantois. Jamais il ne se serait attendu à de telles révélations. Il ne mit pas une seconde en doute les aveux de son fils. Il y avait dans le ton de sa voix tant de sincérité qu'il le crut sur-le-champ.

34

Lueur d'espoir

A Paris, Alix et Alexandre coulaient des jours heureux et savouraient enfin la plénitude de leur bonheur sans se soucier du lendemain. Alix attendait un enfant pour la fin du mois d'août. Alexandre s'était résolu à faire table rase de son passé.

La jeune femme avait obtenu un poste à responsabilité au musée du Louvre. Elle s'occupait de l'organisation des expositions temporaires, tâche qui lui convenait parfaitement, car elle pouvait ainsi aborder toutes les formes de l'art et toutes les époques, en évitant la spécialisation qu'elle jugeait sclérosante. Pour sa première mission, on lui avait proposé de mettre sur pied une exposition sur l'œuvre de Paul Gauguin inspirée par la Polynésie. Aussi n'avait-elle pas hésité à entrer en relation avec le pasteur Mazel qui, depuis son retour en métropole, n'avait plus quitté Adèle.

Après quelques semaines d'atermoiement, ceux-ci s'étaient enfin décidés à reprendre leur belle histoire là où ils l'avaient laissée quarante ans plus tôt. Ils s'étaient établis à Saint-Jean-du-Gard, dans la commune où ils s'étaient rencontrés et aimés pour la première fois. Raphaël avait tenu à habiter non loin du temple de son premier ministériat, afin de remercier Dieu de leur avoir permis de se retrouver.

Lorsqu'il reçut l'invitation d'Alix à se rendre à Paris pour l'aider à monter son exposition, il n'hésita pas un instant. Grand amateur d'art polynésien, il ne connaissait pas les toiles de l'impressionniste français qui avait recherché l'inspiration dans les îles Marquises où il était enterré. Il proposa à Adèle de l'accompagner. Celle-ci émit quelques réticences.

— Je ne voudrais pas abuser de l'hospitalité d'Alix et d'Alexandre, prétexta-t-elle. C'est toi qu'ils ont invité.

Raphaël finit par décider Adèle à ne pas le laisser partir seul.

— Gauguin est le premier peintre à s'être intéressé aux arts primitifs. Sa passion pour la culture polynésienne a révolutionné la peinture. Tu ne peux pas rater une telle exposition. Ça ne se renouvellera pas de sitôt.

Adèle suivit Raphaël à Paris. Elle n'avait jamais quitté sa région. C'était son premier grand voyage.

— Nous en ferons d'autres, lui promit Raphaël. Nous avons beaucoup de temps à rattraper.

Quand ils arrivèrent chez Alix et Alexandre, ils trouvèrent porte close. Personne ne les attendait. Sur le moment, ils crurent s'être trompés d'adresse. Mais sur la boîte aux lettres de l'immeuble, le nom d'Alexandre et Alix Muller était bien indiqué.

— Ils ont dû s'absenter, suggéra Adèle.

Ils sonnèrent plusieurs fois. En vain. A force d'insister, ils attirèrent l'attention d'un voisin de palier.

— Ce n'est pas la peine de faire tant de bruit, leur dit-il. Ils ne sont pas chez eux. La petite dame est partie en urgence à l'hôpital pour accoucher. Son mari l'a accompagnée.

Ils n'étaient pas au courant de l'imminence de l'événement. Pris de court, ils ne surent que faire. Après quelques minutes de réflexion, ils décidèrent de se rendre auprès d'Alix.

Ils arrivèrent à la maternité une heure seulement après son accouchement. Alexandre faisait les cent pas dans le couloir, l'air inquiet. Il les prévint que la naissance du bébé s'était déroulée avec quelques complications et que l'enfant, un garçon, était prématuré.

— Il est sous surveillance médicale, leur expliqua-t-il. Les médecins ne peuvent encore se prononcer.

— Et Alix ? s'enquit aussitôt Adèle.

— Elle est très fatiguée mais elle a le moral.

— Nous n'aurions pas dû venir. Ce n'était pas le moment. Vous auriez dû nous avertir.

— La naissance n'était pas prévue avant cinq semaines. Alix pensait pouvoir réfléchir à son exposition avant d'accoucher. C'est pourquoi elle vous a invités. Mais tout ira bien. Je lui fais confiance. Elle est forte et déterminée.

Huit jours plus tard, Alix quitta la maternité affaiblie mais hors de danger. Le bébé devait rester à l'hôpital une bonne semaine supplémentaire afin de mettre toutes les chances de son côté. Les médecins avaient rassuré ses parents.

— Certes, il n'est pas gros, reconnut le pédiatre, mais il s'en sortira. Il faudra bien l'alimenter, ne pas l'emmener trop vite à l'extérieur, ne pas hésiter à nous consulter en cas de problème.

Alix se rendit tous les jours auprès de son bébé. Adèle s'offrit à l'accompagner, laissant Raphaël avec Alexandre. Ceux-ci en profitèrent pour avancer le travail d'Alix au Louvre.

— Elle ne doit pas abandonner, reconnut Alexandre. C'est sa première mission. On ne lui donnera pas une seconde chance. Cette exposition devait prouver ses compétences. C'est moi qui la lui ai obtenue.

— Nous allons l'aider.

Ils imaginèrent une nouvelle façon de présenter les œuvres de Gauguin, destinée au grand public.

— Il faut sensibiliser le néophyte à la passion de Gauguin pour la Polynésie, expliqua Alexandre. Faites donc découvrir à Alix la culture polynésienne à travers ce que vous connaissez de l'art primitif maori. Et gardez à l'esprit que Gauguin visait toujours l'authenticité. Il appréciait une nature simple et préservée. Ses couleurs sont très intéressantes et sortent de l'académisme : un chien orange, une plage rose… Il ne cherchait pas le réalisme mais à créer des émotions. Le public ne doit pas être choqué par ce que nous allons lui présenter.

Raphaël se mit aussitôt à l'œuvre et, une semaine après, alors qu'Alix ramenait son bébé chez elle, il put affirmer :

— Tout est prêt, Alexandre et moi avons bien travaillé… Mais, en fait, vous ne nous avez pas dit comment vous avez appelé votre enfant !

Alix et Alexandre se regardèrent, effarés.

— Nous en avions discuté, avoua Alix, mais nous n'avons pas encore fait notre choix. Dans la précipitation des événements, c'est un énorme détail qui nous a échappé !

— Parents indignes ! plaisanta Raphaël. Mais il n'est pas trop tard pour rectifier cet oubli…

Alix et Alexandre semblaient hésiter, comme pris en faute.

Alors Alexandre eut une nouvelle fois un éblouissement. Devant ses yeux, tout se brouilla dans un éclair de lumière phosphorescente. Il tituba, s'appuya au rebord de la table, chercha une chaise. Raphaël, surpris, le soutint et le guida vers le fauteuil le plus proche.

— Ça doit être la fatigue, avança-t-il. Et la chaleur n'arrange rien.

— Il ne s'agit pas de fatigue, rectifia Alix. Ça lui arrive de temps en temps. Il perçoit des flashs de son passé qui le perturbent, comme si sa mémoire tentait désespérément de revenir sans y parvenir. Mais vous avez raison, il doit se reposer.

Alexandre reprenait petit à petit ses esprits. A la surprise de tous, il se redressa sans aucune hésitation, s'approcha du berceau de l'enfant, annonça :

— Notre fils s'appelle Rodolphe.

Adèle et Raphaël ne parurent pas étonnés mais Alix ne put dissimuler sa stupéfaction.

— Rodolphe ! Pourquoi ce prénom ? Nous n'en avions jamais parlé auparavant.

Alexandre temporisa quelques secondes.

— Mais… parce que c'est le prénom du grand-père de Raphaël Simon ! Le capitaine Rodolphe Lavalette. Oui… c'est bien cela. C'est donc le prénom de mon ancêtre.

Alix s'effondra dans un fauteuil. Ses yeux se remplirent de larmes. A son tour, elle prit son enfant dans ses bras, l'embrassa, lui chuchota à l'oreille :

— Bienvenue chez nous, petit Rodolphe. Tu es le dernier héritier des Rochefort.

De toute évidence anéanti, Alexandre s'éclipsa et alla s'allonger sur son lit.

Une heure plus tard, quand il ressortit de sa chambre, tout hébété, il demanda ce qui lui était arrivé. Alix ne lui dissimula pas la vérité.

— Tu as eu une nouvelle crise. Mais rien de grave. Te souviens-tu du prénom que tu as donné à ton fils ?

Alexandre hésita une fraction de seconde.

— Non, avoua-t-il. Nous devions le décider ensemble.

— Notre fils s'appelle Rodolphe. J'aime beaucoup ce prénom.

— Moi aussi. Mais pourquoi ce choix ?

— Pourquoi pas ? biaisa Alix.

En cet été 1938, l'actualité devenait brûlante. Depuis plusieurs mois, la tension montait dans la région des Sudètes en Tchécoslovaquie. Après l'Autriche, Hitler affichait sans vergogne ses visées sur ce pays où la minorité germanique souhaitait être rattachée à la Grande Allemagne.

Pauline se tenait bien informée des événements. Son mari était toujours en Espagne avec son fils, tous deux plongés au cœur de la guerre civile. Elle recevait régulièrement de leurs nouvelles. Parfois, Sébastien revenait en France, pour une courte visite, le temps de récupérer et de faire le point avec son rédacteur en chef. Il en profitait alors pour aller se ressourcer à Anduze. Mais il ne restait jamais en place. Après quelques jours de repos, il trépignait d'impatience et ne pensait qu'à repartir, sans se soucier du danger encouru. Il était parti avec un jeune républicain catalan, Emilio Alvarez, qu'il avait aidé à retrouver sa famille. Ensemble, ils avaient vécu de terrifiants moments dans la tourmente de Teruel au cours du mois de janvier. Emilio était devenu presque un second fils pour lui. En avril, Sébastien et Ruben avaient été témoins à son mariage avec Maria.

Pauline espérait qu'ils rentreraient bientôt à Paris. Quand elle reçut la lettre dans laquelle Sébastien lui signifiait sa décision de demeurer en Espagne avec Ruben, elle s'angoissa. Elle connaissait les risques qu'ils affrontaient. Or l'armée franquiste gagnait de plus en plus de terrain et les morts se comptaient par milliers dans les deux camps. De nombreux journalistes, correspondants de guerre, tombaient tous les jours sous les balles et les bombes.

Son fils et son mari seraient-ils les prochaines victimes ? Quand viendrait-on lui apprendre la fatale nouvelle ?

Pour chasser ses idées noires, Pauline se replongea à corps perdu dans le travail. Elle reprit sa rubrique dans le magazine féminin auquel elle collaborait. On lui confia en plus l'éditorial. Ses articles tentaient d'intéresser son lectorat aux tendances actuelles de la mode, sujets qui pouvaient paraître bien futiles en ces temps obscurs.

Seule à Paris depuis le départ de sa fille Rose en Angleterre à l'automne précédent, elle rendait souvent visite à Alix et Alexandre. Ils représentaient les seuls liens avec la famille de son mari. Les Rochefort étaient pour elle comme un refuge dans lequel elle se sentait en sécurité. Avec eux, elle pouvait évoquer Sébastien et ses enfants sans craindre de les importuner. Ils étaient toujours à son écoute et savaient la rassurer lorsqu'elle envisageait le pire. Depuis la naissance du petit Rodolphe, elle trouvait d'autres motifs pour aller rendre visite à sa nièce et se réjouissait de retrouver le pasteur Mazel et Adèle hébergés par Alix. En présence de Raphaël, elle aimait discuter de Tahiti où Rose avait vécu les premières années de sa vie avant le décès prématuré de sa mère. Elle était curieuse de connaître ces îles lointaines où Sébastien s'était réfugié après l'Indochine, au début de sa carrière journalistique.

Devant Alexandre, elle évitait d'aborder son passé. Lui-même n'en parlait plus. Toutefois, un soir, alors qu'ils s'inquiétaient tous ensemble du sort de Thibaud et de Romy en Allemagne, elle émit une idée à laquelle personne n'avait jamais songé.

Elle hésita d'abord à dévoiler sa pensée. Puis elle profita de l'absence d'Alexandre, descendu acheter des cigarettes, pour faire part de sa réflexion.

— Depuis longtemps, vous évoquez ce Raphaël Simon. Alexandre ne sait pas qui est cet homme ni comment il a pu connaître son nom, et pourtant il s'assimile à lui dans ses moments de trouble.

— Oui, c'est exact, répondit Alix. Nous ne sommes jamais parvenus à comprendre les raisons de ces étranges réminiscences. Raphaël Simon n'est pas un inconnu pour les Rochefort. Or, jamais Alexandre n'a pu le rencontrer. Tout ce qu'on a appris de sûr, c'est qu'Alexandre est alsacien-allemand et qu'il a été incorporé en tant que tel dans l'armée du Reich pendant la Grande Guerre. Puis, traumatisé au combat, il a perdu la mémoire.

— Je sais tous ces détails. Sébastien me les a racontés. Mais avez-vous pensé au fait que, si Alexandre parle de Raphaël Simon, c'est qu'il a sans doute croisé son chemin de son vivant ?

— C'est impossible, puisque Raphaël est mort à la bataille du Chemin des Dames en 1918 et qu'Alex est devenu amnésique à la même période.

— Qu'est-ce qui certifie que Raphaël Simon a été tué ? demanda le pasteur Mazel que la conversation intéressait beaucoup.

— Raphaël fait partie de ces malheureux soldats disparus dont on n'a jamais retrouvé la trace. Ils sont des milliers dans ce cas. Leurs dépouilles sont rassemblées dans d'immenses ossuaires sur les lieux des grandes tragédies de la guerre. Il est probable que ses restes reposent dans l'un d'eux. Personne ne le saura jamais.

Pauline se montrait sceptique.

— Qu'est-ce qui te chagrine ? s'enquit Alix.

— Pour moi, Alexandre a connu Raphaël Simon vivant. Ce dernier n'est peut-être pas mort au moment où nous parlons. Les deux soldats ont dû se rencontrer et il s'est passé ensuite quelque chose qui les a séparés. Alexandre ne s'en souvient pas. C'est cette possibilité qui m'intrigue.

— Le peu que je sais de cette histoire troublante, ajouta Raphaël Mazel, me pousse à penser comme Pauline. Rien ne prouve vraiment la mort de Raphaël

Simon. Une disparition à la guerre n'est pas un acte de décès.

— Alors, vous aussi, vous supposez que Raphaël pourrait encore être vivant ?

— C'est une éventualité qu'il ne faut pas écarter. Vous vous êtes tous rangés derrière une évidence que rien de certain n'est jamais venu corroborer !

— En Allemagne, objecta Alix, Lukas Rochefort et Thibaud ont fait des recherches de leur côté, comme Sébastien en France. Ils n'ont retrouvé aucune trace d'un Raphaël Simon, ni même d'un Raphaël Vigan. Cet homme ne se trouve nulle part. Il n'y a aucun doute, il est mort.

— A moins qu'il ne porte un autre nom, commenta Adèle qui se tenait à l'écart de la discussion mais n'en perdait pas une parole.

Tous la regardèrent avec incompréhension. Adèle eut la sensation d'avoir proféré une sottise.

Elle s'excusa d'être intervenue dans une discussion qui, au premier abord, ne la concernait pas.

— Euh… pardonnez-moi, je ne voulais pas vous interrompre. Ne prêtez pas attention à ce que j'ai dit. Ce n'était qu'une réflexion personnelle.

Alix allait lui répondre quand Alexandre rentra, une cartouche de Gauloises à la main.

— J'ai dû faire le tour du quartier pour trouver un buraliste ouvert, soupira-t-il sans s'apercevoir qu'il coupait une conversation dont il était l'objet. Vous savez ce que j'ai appris ?

— Encore une catastrophe ! fit Alix en prenant un air amusé.

— Tu ne crois pas si bien dire. Le gouvernement, à la suite de la Grande-Bretagne, a décrété la mobilisation partielle[1]. On a déjà eu droit à la distribution de sacs de sable pour se protéger des bombardements, maintenant on appelle la troupe à se tenir prête à toute éventualité.

— C'est en rapport avec ce qui se passe en Tchécoslovaquie ? demanda Raphaël Mazel.

— Je suppose. Hitler devient de plus en plus menaçant et ne cache plus ses intentions. Il veut annexer tous les territoires où vivent des minorités allemandes. Après les Sudètes viendra le tour de la Pologne, puis de la Hongrie et pourquoi pas de notre pays. Il ne doit pas digérer la réintégration de l'Alsace-Lorraine à la France depuis le traité de Versailles. On ne va pas quand même recommencer comme en 14. Personnellement, si je me trouvais à nouveau en Alsace, je refuserais de me faire enrôler dans la Wehrmacht. Une fois, cela suffit ! Je déserterais.

Tous échangèrent des regards étonnés. Alexandre laissait penser qu'il se souvenait parfaitement des moments qui avaient précédé son incorporation dans l'armée allemande pendant la Première Guerre.

— Tu te rappelles les circonstances de ta mobilisation ? demanda Alix.

— Parfaitement. Ma famille n'a jamais été progermanique. Nous nous sentions français et nous évitions de parler allemand à la maison.

Alix fixa Faustine, les yeux remplis de larmes. Son émotion était visible et l'empêchait de poursuivre ses questions. Alexandre, de son côté, ne semblait pas avoir conscience de ce qu'il lui arrivait. Il évoquait sa famille, en Alsace, comme si de rien n'était.

1. 26 septembre 1938.

— Quand la guerre a éclaté, j'ai failli déserter et me rendre de l'autre côté de la frontière pour rejoindre l'armée française. Mais quelque chose m'a retenu. Je ne sais plus quoi exactement. Ça se brouille dans mon esprit.

Alexandre faisait des efforts pour se remémorer cet épisode de sa vie. Jamais auparavant il n'y avait fait allusion avec autant de précision. Il s'affala dans un fauteuil du salon, se prit la tête dans les mains, ferma les yeux.

— Je ne veux plus connaître ça ! balbutia-t-il en se frottant le visage comme pour sortir d'un mauvais songe. Plus jamais !

Alix s'approcha de lui, l'entoura de ses bras.

— Alex, ta mémoire commence à refaire surface. Te rends-tu compte de ce que tu viens de nous raconter ? Tu te souviens de ta famille en Alsace, des circonstances de ton incorporation dans l'armée allemande… Il faut te reposer à présent. Peut-être que demain d'autres souvenirs te reviendront.

— Raphaël ! Où est Raphaël ?

Sur le coup, Raphaël Mazel crut qu'Alexandre l'interpellait. Il allait intervenir quand Alix, lui posant la main sur le bras, lui fit comprendre de laisser parler Alexandre.

Celui-ci continuait à explorer sa mémoire. Des flashs de lumière l'aveuglaient et le rendaient sourd aux remarques d'Alix.

— Raphaël Simon, mon frère, où es-tu ?

— Il faut l'allonger sur son lit, conseilla le pasteur Mazel, et appeler un médecin. A Tahiti, j'ai assisté à de telles crises chez certains sujets qui avaient perdu conscience d'eux-mêmes. On doit leur administrer rapidement un calmant afin qu'ils retrouvent la paix. Sinon, ils peuvent sombrer dans la folie.

Alix se saisit aussitôt du téléphone et appela le docteur Mayen qui suivait Alexandre depuis le début de ses problèmes.

Alexandre finit par s'apaiser. Quand le médecin arriva, il avait repris ses esprits et s'était assoupi sans réaliser l'émotion qu'il avait suscitée.

— A la moindre rechute, avertit le docteur Mayen, prévenez-moi sans tarder.

Le soir, une fois le calme revenu, Pauline fut la première à estimer la situation.

— Il a amorcé le chemin du retour, le chemin qui va lui permettre de se retrouver.

Alix, inquiète, ajouta :

— Pourvu que la vérité ne soit pas pire que l'incertitude !

Adèle poursuivit :

— Moi, je crois que votre Raphaël Simon doit vivre quelque part sous un autre nom.

A nouveau, tous la regardèrent, cette fois d'un air interrogateur.

— Que veux-tu dire, Adèle ? demanda le pasteur Mazel.

— Cherchez bien qui était Raphaël Simon. Il n'était pas mon fils, cela, nous en sommes certains maintenant. Mon fils, c'est Vincent. Raphaël le savait quand il est parti à la guerre. La religieuse, sœur Angèle, lui avait révélé le secret de sa naissance avant de mourir. Il était donc parfaitement au courant qu'il était le petit-fils adoptif d'Anselme Rochefort, donc le fils de Catherine… Pourquoi aurait-il gardé ce nom de Raphaël Simon si celui-ci lui rappelait de mauvais souvenirs, et même de Raphaël Vigan puisque je ne suis pas sa mère ? Vous me suivez ?

Ni Alix ni Pauline, les premières concernées, ne comprenaient ce qu'Adèle cherchait à démontrer.

— Je connais tous les détails de cette histoire tragique au cœur de laquelle je me suis trouvée moi-même impliquée pendant des années. Vincent m'a tout raconté.

— Dites-nous à quoi vous pensez, Adèle, et ce qui nous aurait échappé.

— Je vous le redemande : de qui Raphaël Simon était-il le fils ?

— Vous venez de nous le rappeler, répondit Alix, impatiente de percer le mystère entretenu par Adèle. Raphaël était le fils de Catherine Rochefort.

— Erreur ! Il était le fils de Catherine Letellier, elle-même fille naturelle d'Eléonore Letellier, première épouse d'Anselme Rochefort. Ce dernier n'avait fait qu'adopter Catherine. Et n'oubliez pas, Eléonore Letellier a conçu sa fille Catherine avec le capitaine Rodolphe Lavalette mort au combat en Algérie avant de pouvoir l'épouser.

— Rodolphe Lavalette ! s'étonna Alix. J'avais oublié ce détail… Mais alors… ça expliquerait pourquoi Alexandre…

— Ça n'explique pas pourquoi ton mari a pensé appeler votre fils Rodolphe, la coupa Pauline. Je ne vois pas le rapport.

— Sauf si Alexandre et Raphaël Simon se sont rencontrés et que ce dernier a raconté toute sa vie à votre mari, ajouta Adèle.

— Cette histoire me paraît très compliquée, releva Raphaël Mazel. Où veux-tu en venir, Adèle ? Tu vas finir par tous nous embrouiller.

— Simplement au fait suivant : il faut rechercher un certain Raphaël Letellier, à défaut un Raphaël Lavalette pour avoir une chance de savoir si votre Raphaël est encore vivant et si celui dont se souvient Alexandre est bien cet homme-là. Ce sont les noms de sa mère et de ses grands-parents. Il serait légitime qu'il ait repris l'un ou l'autre pour refaire sa vie après la guerre. Après tout ce qu'il a vécu, chacun d'entre nous peut comprendre qu'il a peut-être eu envie de disparaître et de renouer les liens avec sa vraie famille par le biais de l'un de ces deux patronymes.

Interloqués, tous se turent, laissant leur réflexion échafauder des hypothèses.

— Alors, fit Alix la première, tout espoir n'est pas perdu. Il faut absolument se remettre à l'ouvrage…

35

Retour

Jean-Christophe ne décolérait pas. Alors qu'il avait assaini ses affaires en créant sa ligne de prêt-à-porter, son fils Pierre, à Richmond, remettait en cause tous ses efforts.

Depuis le départ de ce dernier, il n'avait eu de cesse de développer son unité de vêtements féminins axée essentiellement sur la lingerie fine dont l'essentiel reposait sur la confection des bas en rayonne au Vigan. Il avait aussi lancé une collection de slips pour homme. Son entreprise n'avait plus rien de commun avec celle qu'il avait héritée de son père. La fabrication de la toile de Nîmes ne représentait plus qu'une partie de ses activités. Il en réservait la destination à l'usine de Richmond mise sur pied par son fils aux Etats-Unis.

Aussi, quand il apprit les démêlés de Pierre avec les agents du FBI, à la suite de ses manigances avec le milieu de Chicago, il eut peur de voir tous ses espoirs anéantis à cause de la stupidité de son fils. Celui-ci lui avait pourtant donné l'assurance qu'il détiendrait bientôt le secret de fabrication d'une nouvelle matière synthétique révolutionnaire lui permettant de doubler tous ses concurrents dans le domaine de la confection de bas. Le Nylon – il lui avait révélé le nom de cette nouvelle fibre – serait aux bas ce que la toile de Nîmes avait été aux blue-jeans dont la mode se répandait rapidement dans toutes les couches de la société américaine.

Jean-Christophe escomptait créer le produit avant tout le monde et devenir ainsi le maître du marché. Mais les mauvais choix de Pierre remettaient tout en question.

La firme Du Pont de Nemours l'avait pris de court et avait déposé le brevet avant que les hommes auxquels il s'était adressé aient pu en dérober la formule. De ce fait, il se retrouva dans l'incapacité de lancer au nom de la société Laroche & Co l'invention de l'année. Les bas en Nylon seraient à tout jamais une création américaine et ceux qui allaient tenter l'aventure demeureraient financièrement dépendants de l'entreprise qui en possédait le brevet.

Mais le pire restait à assumer. Pierre s'était engagé à verser une grosse somme à ses commanditaires. Devant l'échec de son initiative frauduleuse, il refusa de payer son dû. Frank Nitti n'apprécia pas son comportement et ordonna à son homme de main, Tony Maggiore, de faire pression sur Pierre Rochefort. Inconscient du danger qu'il courait à vouloir défier les maîtres de Chicago, Pierre s'entêta. Jusqu'au jour où une explosion mit le feu à son usine de Richmond, occasionnant des dégâts irréparables. A la suite d'une première enquête menée par la police du comté, le FBI fut saisi de l'affaire car les accointances de Pierre avec la mafia avaient été rapidement mises au jour.

Jack Malorie n'avait pas tardé à informer son ami français, Jean-Christophe, des démêlés de son fils avec les autorités. Lui-même se sentait touché par cette sombre histoire qui pouvait lui coûter sa future élection à la candidature de son parti si les agents fédéraux parvenaient à prouver les liens l'unissant à son gendre.

Loin de Richmond, Jean-Christophe ne pouvait apprécier à sa juste valeur la gravité des faits qu'on reprochait à son fils. Son avenir semblait compromis aux Etats-Unis si Pierre tombait dans les filets de la justice américaine.

Thérèse tentait de minimiser l'affaire.

— Je te conseille de rappeler Pierre sans tarder, ne cessait-elle de préconiser à son mari. Il devrait rentrer en France avant d'être inquiété par la police.

— Et comment gérerons-nous les avoirs que nous avons investis à Richmond ? Il n'y aura plus personne de confiance pour me représenter. Vu le comportement de Pierre envers Malorie, je ne peux plus compter sur ce dernier. Il m'a grillé auprès de mon meilleur appui en Amérique.

En réalité, Thérèse voulait retrouver Pierre pour le contrôler à nouveau. Certes, il était marié et avait un enfant. Mais elle ne s'embarrasserait pas de tels scrupules, si elle devait en refaire son amant.

Consciente que son mari n'avait plus devant lui qu'une petite dizaine d'années avant de céder sa place, elle avait planifié depuis longtemps les étapes de sa mainmise sur les Etablissements Rochefort. Les héritiers potentiels étaient au nombre de trois : Pierre, le fils légitime, déjà en place, mais par ses agissements ne risquait-il pas de se faire désavouer, voire déshériter par son père ? François ensuite ; Jean-Christophe aurait soixante-dix ans quand il atteindrait sa majorité ; cette éventualité paraissait tout à fait envisageable, elle était ce qu'elle pouvait espérer de mieux ; ainsi, à cinquante ans, elle parviendrait à son but : le patrimoine des Fournier demeurerait dans sa famille. Jimmy enfin ; si par la suite Pierre se dérobait au profit de son fils, alors tout lui échapperait. Certes, cette alternative était peu probable, pensait-elle, mais il ne fallait pas l'écarter. Aussi lui était-il vital de renouer le plus rapidement possible avec son beau-fils. Il était la clé de son avenir et de celui de son propre fils François. Celui-ci n'était-il pas le fruit de leur union secrète ?

A Richmond, Jack Malorie avait eu la visite de trois agents du FBI. Ceux-ci l'avaient aussitôt mis au courant de la tentative de vol de la formule du Nylon par un espion commandité par Tony Maggiore. Le directeur général du département de recherche de Du Pont de Nemours avait très vite réagi quand sa propre équipe de sécurité avait pris le gangster en flagrant délit dans le laboratoire où les échantillons étaient soigneusement gardés. Interrogé, l'homme avait avoué pour qui il travaillait. De fil en aiguille, la preuve avait été faite de la collusion de Pierre avec le Milieu. Dans un premier temps, Jack Malorie prit la défense de son gendre, davantage pour se laver lui-même de tout soupçon que pour contribuer à le disculper. L'enquête suivait son cours, mais il demeurait persuadé que Pierre avait joué avec le feu et qu'il l'avait dangereusement compromis.

Aussi décida-t-il d'exiger réparation.

Pierre ne nia pas longtemps. Il reconnut les faits, dans l'espoir que son beau-père lui viendrait à nouveau en aide. Mais, cette fois, le sénateur se montra inflexible.

— Je vous avais fait confiance, Pierre. Je vous ai donné ma fille en mariage après vous avoir assuré de tout mon soutien afin que votre entreprise puisse décoller et prospérer sur le sol américain. Vous avez trahi ma confiance. Je ne veux plus vous voir traîner chez moi.

— Je vais faire l'objet d'une mise en examen et je risque de passer devant les tribunaux.

— Il fallait y songer avant. Je ne peux plus rien pour vous. J'ai averti votre père à Nîmes.

— Je suis marié avec votre fille et nous avons un enfant, votre petit-fils !

— C'est un peu tard pour y penser. D'abord, vous allez divorcer. Rendre sa liberté à ma fille. Judith ne peut continuer à vivre avec un voyou de votre espèce. Puis vous allez déguerpir. Le plus rapidement possible. Tout ce que je peux faire pour vous sauver la mise, c'est vous permettre de prendre le large, de quitter le territoire des Etats-Unis. Vous embarquerez sur le premier paquebot pour la France dès votre divorce prononcé… si vous parvenez à échapper aux poursuites judiciaires.

Pierre fut sidéré de la condamnation sans appel de son beau-père. Son avocat d'affaires lui-même, Hervé Maréchal, l'avait laissé à ses démêlés avec le FBI, ne tenant pas à être soupçonné de complicité. Quant à Judith, déçue de son mariage, elle se consolait comme elle le pouvait en se consacrant à corps perdu à son enfant qu'elle souhaitait soustraire à l'influence néfaste de son père. Elle craignait que Pierre fasse prévaloir ses droits paternels et essaye de repartir en France en emmenant Jimmy.

— Je ne lui en laisserai pas l'occasion ! la rassura Jack Malorie. S'il montre des velléités à s'emparer de ton fils, il saura qu'aux Etats-Unis on ne défie pas impunément la justice. Je lancerai mes avocats à ses trousses.

Pierre finit par se rendre à la raison. Il accepta le divorce et régla ses affaires afin de pouvoir quitter le sol américain en toute discrétion, grâce à l'aide ultime du sénateur Malorie. Il abandonna femme et enfant sans le moindre sentiment de culpabilité.

Quand, à New York, il se retrouva sur le pont du bateau qui l'emmenait vers Le Havre, regardant la statue de la Liberté s'éloigner dans la brume matinale, il pensa à ce qu'il laissait derrière lui et se dit : « Le rêve américain de mon père s'achève, mais je n'ai pas dit mon dernier mot. Les Etablissements Rochefort reprendront un jour ce flambeau que La Fayette a laissé en cadeau sur cette terre. »

Loin de se dire qu'il ne verrait sans doute plus jamais son fils, il songea alors à celui qu'il avait laissé à Nîmes entre les mains de Thérèse et de Jean-Christophe. A vrai dire, pendant ces trois années aux Etats-Unis, il n'avait pas souvent pensé au petit François considéré comme le fils de son père. Il prit conscience, pour la première fois, que sa vie partait dans tous les sens.

En fermant la page sur sa mésaventure américaine, il décida de redresser la tête et d'adopter une attitude que personne ne pourrait plus lui reprocher.

C'est un homme aigri, désabusé mais déterminé qui débarqua au Havre le 1er octobre 1938 au soir. A peine parvenu dans le centre-ville où se trouvait son hôtel, il fut aussitôt plongé dans l'agitation à laquelle donnaient lieu les derniers événements. Les unes des journaux titraient toutes sur l'inquiétante nouvelle de l'invasion allemande des Sudètes, après la capitulation des gouvernements français et britannique face à Hitler. L'avant-veille, à Munich, ceux-ci avaient fait confiance au Führer dans sa volonté de sauvegarder la paix en lui abandonnant la Tchécoslovaquie.

Pierre ne s'intéressait plus depuis longtemps à ce qui se passait en Europe. Tout à coup, la réalité s'imposait à nouveau et lui rappelait qu'il avait toujours été partisan de l'ordre et de l'autorité, ne serait-ce que pour assurer la bonne marche de ses affaires. Le lendemain, au buffet de la gare où il attendait son train pour Paris, quand il entendit les commentaires critiques envers l'Allemagne conquérante que certains ne se gênaient pas de proférer à la cantonade, il ne put réprimer un sentiment d'exaspération. Il s'immisça dans la conversation et affirma sans se rendre compte de l'incongruité de ses propos :

— C'est un homme comme Hitler qu'il faut aux Français. Un homme à poigne qui les mènerait à la baguette.

Personne ne lui répondit. Les regards se détournèrent de lui.

Décidément, pensa-t-il, la France n'a pas changé pendant mon absence.

Tandis que son frère Pierre se dépêtrait dans ses déboires, à Stuttgart Thibaud menait son ministériat en prenant chaque jour de plus en plus de risques. Avec Romy qui avait obtenu un poste de professeur de français dans un grand lycée de la ville, il participait dans l'ombre à un réseau de passeurs de Juifs au-delà des frontières du Reich. Clandestinement, il s'était mis en relation avec le bureau de secours aux chrétiens non aryens ouvert par le pasteur Heinrich Grüber, la *Bekennende Kirche* fondée en 1938.

Hitler avait encore durci les conditions d'existence des citoyens juifs de son Etat. Depuis le début de l'été, une loi de confiscation des productions d'« art dégénéré » avait été suivie par un décret ordonnant l'enregistrement des entreprises appartenant à des Juifs. L'instauration d'une carte d'identité spéciale avait été décidée pour mieux les mettre au ban de la société. Les mesures antisémites se multipliaient, rendant la vie de nombreuses familles de plus en plus aléatoire. Dans les pays annexés, on assistait à des migrations obligatoires, organisées afin de faire place nette.

Dans sa paroisse, Thibaud pouvait compter sur la complicité d'un ancien combattant de la Grande Guerre dont le fils aîné Hans était marié à une jeune israélite. Hans et son épouse, Sarah, avaient avoué à Thibaud qu'ils étaient prêts à fuir le Reich si on leur en donnait l'occasion. Depuis les lois de Nuremberg de septembre 1935, en effet, les Juifs avaient perdu leur nationalité allemande et les mariages mixtes étaient interdits. Les unions antérieures avaient été dissoutes d'office. Légalement, Hans et Sarah n'étaient donc plus mariés et étaient victimes de mesures discriminatoires de plus en plus oppressantes.

Quand Thibaud apprit par son beau-père que Lukas n'était pas l'horrible nazi qu'il laissait paraître, mais qu'il œuvrait en toute discrétion pour permettre aux Juifs d'échapper aux persécutions, il n'hésita pas à s'en remettre à ses soins. Il lui révéla à son tour qu'il faisait partie d'un groupe d'opposition et lui demanda d'intervenir en faveur de ses protégés.

— Je ne peux t'assurer qu'ils parviendront à fuir en toute sécurité, lui expliqua Lukas. Mon rôle, au sein du réseau auquel j'appartiens, est d'organiser les moyens logistiques pour convoyer les familles juives des pays annexés vers l'étranger. Je n'ai pas le pouvoir de superviser les transferts venant d'Allemagne. Il s'agit d'une autre filière avec laquelle je n'ai aucun lien. Tous les réseaux sont très cloisonnés. Chacun d'entre nous opère dans son secteur afin de ne pas mettre les autres en danger au cas où l'un de nous serait démasqué.

Thibaud était surpris de constater combien Lukas paraissait impliqué dans la résistance au nazisme, alors qu'il portait toujours l'uniforme SS. Son beau-frère devina ce qu'il pensait.

— Ça t'étonne, n'est-ce pas, que je puisse assumer deux facettes si opposées de ma personne ? Quand je suis entré aux Jeunesses hitlériennes, j'espérais sincèrement que le Führer allait permettre à notre nation de retrouver sa grandeur perdue. Il nous fallait un homme décidé, respecté, pour le redresser. J'avoue que je n'avais pas lu *Mein Kampf*. La lecture n'a jamais été mon fort. Au sein de cette organisation, je me trouvais comme dans une seconde famille, entouré de jeunes de mon âge, tous animés du même idéal. Nous croyions en l'avenir, alors que le pays sortait d'une crise catastrophique. J'étais un enfant quand la misère s'est abattue sur le peuple allemand juste après la guerre. Mais j'ai toujours en mémoire des images terribles de gens qui quémandaient de quoi manger dans la rue, d'enfants qui tendaient la main sur notre passage, à la sortie du culte du dimanche matin. Toute cette détresse me révoltait. Lorsque j'ai commencé mes études, Hitler est parvenu au pouvoir. J'ai adhéré aux Jeunesses hitlériennes sans penser qu'il s'agirait là d'une organisation d'endoctrinement aux idées dangereuses. Je ne voyais que l'émulation des esprits, l'ambiance de franche camaraderie, l'avenir de notre pays. Nous étions le fer de lance du redressement. Mais quand j'ai pris conscience – un peu tard, je le reconnais – de ce qu'Hitler attendait de nous, je me suis senti trahi. Alors, je n'ai plus songé qu'à prendre une sorte de revanche.

— Et tu t'es dit que tu serais plus utile à l'intérieur du système qu'à l'extérieur.

— Exact. C'est pourquoi, lorsqu'on m'a proposé d'entrer dans la SS, je n'ai pas hésité. Je savais que cela pouvait être extrêmement dangereux. Pour moi, c'était une manière d'expier la faute que j'avais commise en me laissant entraîner dans la mouvance hitlérienne. J'ai fait croire à tous ceux qui m'entouraient, y compris ma famille, que j'adhérais totalement aux thèses nationales-socialistes afin que personne ne se doute du double jeu que j'avais décidé de mener au péril de ma vie. Ingrid m'a fourni un parfait alibi. Elle est totalement impliquée chez les nazis. Avec elle, je passe pour un fervent défenseur de la race aryenne. Il n'y a pas plus antisémite qu'elle !

Thibaud attendait cette explication depuis longtemps. Les paroles de Lukas finirent par le rassurer complètement.

— Tu as parlé de tout cela à Romy ?

— Je te charge de le faire à ma place. Je préfère ne pas trop m'étendre. Je n'aime pas revenir sur mon passé pour justifier mes actes.

— Et tes parents, t'ont-ils cru facilement ?

— Mon père a compris quel fils j'étais en réalité. Il m'a seulement dit : « Je ne doutais pas de toi. »

Lukas réussit à exfiltrer Hans et Sarah vers la Suisse, par la filière à laquelle il appartenait depuis le début de son engagement dans la SS. Pour leur sécurité, il les achemina vers la frontière autrichienne afin qu'ils se joignent à un groupe de fugitifs venus des montagnes de Bohême. Les deux transfuges et leur enfant parvinrent à Zurich au bout de deux semaines d'un long périple. Ils ne devaient jamais revoir leur pays natal. Réfugiés en France peu avant la déclaration de guerre, ils furent arrêtés en juillet 1942 à Paris lors de la rafle du Vélodrome d'Hiver et déportés à Auschwitz.

Kurt Schlessinger, le père de Hans, se sentant redevable envers Thibaud, lui proposa de collaborer à son travail clandestin. Il lui amena très vite plusieurs amis. Ainsi Thibaud constitua autour de son temple un petit groupe de réfractaires qui se mit aussitôt en relation avec la Ligue d'urgence des pasteurs de Martin Niemöller. Créée dès 1933, celle-ci était l'organisation de résistance protestante la plus importante du Reich. Theophil Wurm, évêque de l'Eglise régionale évangélique du Wurtemberg, en avait pris la direction. Rassemblée dans « l'Eglise confessante », une minorité de protestants osait ainsi s'opposer au régime.

Thibaud se montrait très discret dans son action souterraine. Quand il avait besoin d'entrer en relation avec l'un des membres de son réseau, il dépêchait Romy qui, à bicyclette, se rendait aux adresses qu'il lui indiquait et déposait dans les boîtes aux lettres des messages codés afin d'avertir les prochains candidats au départ de l'heure et du lieu de leur rendez-vous avec leur passeur.

Lukas n'intervenait jamais mais veillait de son côté à ce que la Gestapo n'aille pas fouiller dans les affaires de la paroisse de son beau-frère. Mais plus le temps s'écoulait, plus il sentait monter la tension.

Déjà victimes des ignobles injustices et exactions de la part du régime et d'une partie de la population, les Juifs n'avaient pas encore subi le pire. Depuis le début de l'année, les exclusions des Juifs allemands de la vie publique faisaient d'eux de véritables parias. Avec l'Anschluss, l'Autriche connaissait une explosion de haine raciale qui dépassait en violence ce que l'Allemagne elle-même avait vécu jusqu'alors.

Après les terrifiants événements de la Nuit de Cristal, les 9 et 10 novembre 1938, pendant laquelle, dans tout le pays, des groupes d'enragés menés par des contingents de SA organisèrent un pogrom généralisé, la déportation de plusieurs dizaines de milliers de Juifs vers les camps de concentration fut ordonnée par Hitler.

Dans les semaines qui suivirent, Lukas s'aperçut que l'étau se resserrait autour du temple de Thibaud. Les esprits étaient tellement excités qu'on voyait des Juifs partout et que les dénonciations, souvent abusives, se multipliaient. Des citoyens au-dessus de tout soupçon avaient averti la Gestapo de Stuttgart que des inconnus passaient étrangement par le temple protestant alors qu'ils n'étaient pas membres de la paroisse. Lukas conseilla à son beau-frère de cesser immédiatement son activité et de disparaître, le temps que ses amis de la police secrète se lassent et relâchent leur surveillance.

— Emmène Romy loin d'ici. Vous n'êtes plus en sécurité. Vous avez été dénoncés. La Gestapo va débouler chez vous d'un instant à l'autre. Si vous êtes arrêtés, je ne pourrai pas intervenir. La chasse aux sorcières n'a jamais été aussi intense. Tous ceux qui sont suspectés d'aider les Juifs sont systématiquement jugés et déportés.

— Et toi, tu ne risques rien ? s'inquiéta Thibaud.

— Personne ne me soupçonne. J'agis en conséquence. Ne te soucie pas de moi. Je suis engagé dans une mission importante. Je dois trouver le moyen de la détourner de son but. Je dois me rendre en Autriche d'un moment à l'autre. Une fois parti, je ne pourrai plus rien pour vous.

— Où veux-tu que nous allions ? Pas chez tes parents ! Ils nous y retrouveraient immédiatement et nous les mettrions en danger. De plus, mon départ précipité sera vu comme un abandon de poste et prouvera ma culpabilité aux yeux de mes délateurs.

— Je n'entrevois qu'une seule solution. Si tu le souhaites, je peux assurer rapidement ton retour en France. Par la Suisse. Comme pour Hans et Sarah.

Thibaud n'avait pas envisagé une telle éventualité. Depuis son installation en Allemagne, il s'était fait à l'idée d'y demeurer quoi qu'il pût arriver.

— Pense à Romy et à l'enfant qu'elle attend.

Thibaud s'étonna. Il fit répéter Lukas.

— Qu'est-ce que tu dis ? Romy attend un enfant, et je l'ignore !

— Elle me l'a annoncé par téléphone il y a une heure à peine. Elle ne pouvait plus taire cette bonne nouvelle. Elle voulait t'en faire la surprise à son retour du lycée… Que décides-tu ? Je peux vous sauver des griffes de la Gestapo. Mais si tu hésites trop longtemps, il sera trop tard.

— Je vais être père ! exultait Thibaud qui semblait ne plus entendre les recommandations de son beau-frère. Mon Dieu, mais c'est un cadeau du ciel !

— Alors, protège-le ! Regagne la France pendant qu'il en est encore temps.

Thibaud fixa Lukas dans les yeux, s'approcha de lui, le prit dans ses bras.

— Dire que je t'avais mal jugé ! Je boucle nos valises et, quand Romy rentrera, nous te suivrons. Tu peux organiser notre retour chez moi.

La séparation avec les Rochefort fut douloureuse. Romy ne s'était pas préparée à une telle déchirure. Mais elle ne souhaitait pas mettre la vie de son mari ni celle de son futur enfant en danger en repoussant la proposition de son frère. La Gestapo avait procédé à des milliers d'arrestations et de déportations à travers tout le pays. Les camps de concentration regorgeaient de Juifs, de communistes, d'opposants de toutes catégories. Les disparitions ne se comptaient plus. La vie en Allemagne devenait un enfer pour tous ceux qui refusaient de se soumettre.

Lukas promit à sa sœur de veiller à ce qu'il n'arrive rien à leurs parents. Certes, lui-même n'était pas à l'abri d'une délation et d'une condamnation à mort pour haute trahison. Beaucoup d'ennemis du Reich avaient déjà été décapités, pendus ou fusillés. Mais il gardait d'excellentes relations qui lui faisaient entièrement confiance. En cas de danger, il saurait protéger les siens et disparaître avant qu'il ne soit trop tard.

Au moment des adieux, Thibaud revint vers lui pour le remercier.

— J'ai encore quelque chose à te demander.

Lukas regarda sa sœur, puis Thibaud, l'air intrigué.

— C'est Romy ? Elle se fait du souci pour moi ?

— Oui, bien sûr. Mais il ne s'agit pas de cela... J'ai reçu une lettre d'Alix. Elle souhaite qu'on tente de retrouver en Allemagne un certain Raphaël Letellier ou Raphaël Lavalette. C'est peut-être sous ce nom que se cache Raphaël Simon, l'homme que nous n'avons pas découvert lors de nos premières recherches... Mais il est un peu tard, non ?

— Partez l'esprit tranquille, fit Lukas. Je m'en charge.

36

Angoisse

1939

A Anduze, le retour de Pierre, suivi de celui de Thibaud et de Romy, avait plongé les Rochefort dans l'émoi. Elisabeth voyait son vœu exaucé, celui de rassembler tous les siens autour d'elle. Entourée de ses filles Elodie et Faustine, non loin de son fils Jean-Christophe, elle ne déplorait que l'absence de Sébastien, toujours retenu par son devoir de reporter.

La guerre d'Espagne n'en finissait pas. Les troupes républicaines battaient en retraite et étaient acculées à la barrière pyrénéenne, prises en étau entre les soldats franquistes et la frontière que le gouvernement français hésitait à ouvrir.

Sébastien tenait sa femme au courant de sa propre progression. Il avait failli périr dans la traversée de l'Ebre en compagnie des miliciens républicains auxquels il s'était joint. Il ne dut son salut qu'à la bravoure d'un autre journaliste, l'Américain Ernest Hemingway, qui, à la force des bras, avait mené leur embarcation sur la rive opposée, échappant ainsi au naufrage dans les eaux mugissantes du fleuve.

L'année nouvelle avait à peine débuté que la joie des Rochefort fut ternie par l'annonce de la blessure de Ruben, touché à la jambe droite peu après son passage du Sègre. Sébastien le fit rapidement évacuer sur Perpignan. Ruben fut ensuite transféré à l'hôpital de Montpellier pour y être opéré. Ses jours n'étaient pas en danger, mais, pour lui, la campagne d'Espagne était terminée. Après deux semaines de convalescence, il rentra à Anduze avec son père.

Elisabeth s'inquiétait.

— Tout va bien, grand-mère, lui déclara aussitôt son petit-fils. On m'a certifié que je remarcherais bientôt.

— Qu'avais-tu besoin de partir dans un pays en guerre ! Tu n'aurais jamais dû écouter ton père.

— Mère, releva Sébastien, Ruben m'a suivi de son plein gré. Je ne l'ai pas forcé. C'est lui qui a insisté.

— J'espère que vous n'allez pas y retourner. Que ce qui t'est arrivé te serve de leçon !

— Je crains que ma jambe, même rafistolée, ne m'empêche dorénavant de parcourir les champs de bataille… Promis, je ne repartirai plus. Cette guerre civile m'a épuisé. Il faut maintenant que je pense à ma rééducation. Avec le temps, les médecins m'ont affirmé que je ne garderai aucune séquelle. Je ne boiterai même pas. A l'hôpital Saint-Charles, le chirurgien a fait des miracles.

— Et toi, Sébastien ? poursuivit Elisabeth. As-tu l'intention d'y retourner ?

Ce dernier ne répondit pas. Il détourna la conversation.

— Au fait, que font Vincent et ma sœur Faustine en ce moment ? J'ai hâte de les revoir.

Ruben prit son mal en patience. Devant l'irrémédiable, il tenta d'oublier ce qu'il avait vécu.

— Tu as plus de veine que moi, lui dit Vincent, venu aux nouvelles. Pendant la guerre, la chirurgie n'était pas aussi pointue qu'aujourd'hui. Je garde toujours un morceau de ferraille dans la jambe, et je boite. Quand le temps s'y met, mes douleurs se réveillent et me rappellent de mauvais souvenirs.

Dans son malheur, Ruben reconnaissait qu'il s'en était bien sorti.

— J'espère qu'Emilio, sa femme et leur enfant auront évité le pire. Ils devaient essayer de franchir la frontière. Ils sont des centaines de milliers dans leur cas, à fuir les troupes de Franco. J'ignore ce qui leur est arrivé depuis que j'ai été blessé.

Sébastien avait perdu de vue son jeune protégé. Il l'avait laissé à Montserrat, son village natal, auprès de Maria et de leur bébé. Après une semaine passée dans les Cévennes au sein de sa famille, il raccompagna son fils à Paris où sa femme Pauline les attendait avec impatience. Lorsqu'il apprit la chute de Barcelone, le 26 janvier 1939, il s'inquiéta pour Emilio dont il n'avait plus de nouvelles. Il gardait néanmoins l'espoir que son ami ait échappé aux troupes franquistes.

— C'est un Catalan ! disait-il quand il évoquait les durs moments qu'ils avaient vécus ensemble dans l'enfer espagnol. Et les Catalans sont comme les Cévenols : ils ne baissent jamais la tête face à l'oppresseur.

Peu après, Sébastien repartit en Espagne pour retrouver Emilio. Il pensait que celui-ci devait se trouver sur le chemin de l'exode et qu'il chercherait à franchir la frontière par l'un des points de passage obligés à travers la montagne ou par la côte. Après avoir surveillé en vain les afflux de réfugiés au col du Perthus, il se dit qu'Emilio serait peut-être tenté de s'infiltrer par la route la plus difficile pour multiplier ses chances de passer inaperçu. Alors, il se dirigea vers Prats-de-Mollo en plein cœur des Pyrénées catalanes.

Une fois de plus, Pauline se retrouva seule à Paris. Elle recevait régulièrement des nouvelles de sa fille Rose qui étudiait à Oxford. Elle avait rencontré un jeune homme de très bonne famille, David Pascoe, fils d'un lord, baron du comté de Birmingham. De deux ans son aîné, il étudiait à la même université et envisageait comme elle une carrière diplomatique. Rose en était rapidement tombée amoureuse et ne pouvait dissimuler à sa mère ses sentiments.

Pauline se réjouit pour sa fille, mais lui enjoignit de se montrer prudente.

> *Tu es encore bien jeune pour engager ta vie*, lui écrivit-elle. *Songe d'abord à tes études. Ne commets pas d'imprudences irréparables. Je te sais sérieuse et je te fais confiance. Quand viendront les vacances, j'espère que ton ami pourra venir nous voir en France. Sa famille le laissera sans doute t'accompagner à Paris ou dans les Cévennes où nous serons tous très heureux de l'accueillir.*

Rose vivait sur un nuage et était à cent lieues de se douter du drame qui se nouait en Europe centrale où la menace de guerre se précisait de jour en jour.

Thibaud et Romy étaient rentrés à Anduze. Leurs papiers étant en règle, et n'étant pas encore suspectés, ils passèrent la frontière sans difficulté. Lukas avait pris soin de les faire transiter par l'Autriche où ils durent d'abord rejoindre Vienne. De là, ils prirent un train pour Paris via la Suisse, munis d'un *Ausweis* spécial pour ressortissants étrangers regagnant leur pays. Thibaud était censé se rendre à un synode de l'Eglise réformée de France, accompagné de sa femme.

A leur arrivée au Clos du Tournel, la gorge nouée, Thibaud ne put retenir son émotion.

— Je n'aurais jamais pensé devoir rentrer chez moi de cette manière, avoua-t-il. J'ai l'impression d'avoir abandonné ceux qui avaient besoin de moi et qui comptaient sur mon aide pour échapper à cet enfer nazi. De m'être enfui comme un voleur.

Romy avait beau lui répéter qu'il valait mieux avoir sauvé leur vie plutôt que de s'être retrouvés enfermés dans un camp de concentration, réduits à l'impuissance, il ne parvenait pas à accepter sa nouvelle situation.

— Que vais-je faire à présent ? Diriger une paroisse sans histoire où je n'aurai d'autre but que d'entretenir la foi de mes fidèles en leur servant chaque dimanche des sermons auxquels ils ne prêteront même plus attention une fois sortis du temple !

— Attends d'abord d'avoir obtenu une nouvelle affectation, lui conseilla Romy, chagrinée par l'état d'esprit de son mari. Tu pourras alors te faire une idée précise de ton futur ministère. Réjouissons-nous d'être sains et saufs, et pensons à l'enfant que nous aurons bientôt.

Louise, sa mère, ses tantes Elodie et Faustine les entourèrent immédiatement de toute leur attention. Ils avaient assisté en Allemagne à de si terrifiants événements !

Comme beaucoup de Français, elles craignaient qu'Hitler finisse par déclencher un conflit généralisé. La Wehrmacht avait envahi en mars la Bohême et la Moravie, ne provoquant qu'une réaction symbolique du reste de l'Europe. L'URSS de Staline elle-même risquait d'entrer en guerre si l'Allemagne menaçait son territoire. Enfin, la victoire de Franco en Espagne en ce mois de mars 1939 laissait présager le pire.

— Les démocraties ont abandonné les républicains espagnols à leur triste sort, déplorait Pietr, le mari d'Elodie. Ce n'est que le premier épisode d'une guerre officieuse.

Depuis son retour du Mexique, Pietr n'avait plus contacté ses amis trotskistes. Il ne s'absentait plus à Paris, comme s'il tentait de se faire oublier. La menace pesait sur les éléments les plus exposés. Plusieurs d'entre eux avaient déjà été éliminés par les agents du NKVD. L'année précédente, en février, Léon Sedov, le propre fils de Trotski, était mort mystérieusement dans une clinique parisienne à la suite d'une opération de l'appendice. Ses amis soupçonnaient un assassinat commandité par la police politique de Staline. Aussi Pietr se tenait-il tranquille et ne parlait plus à Elodie de ses fréquentations. Quand Pierre se trouvait en sa présence, il ne dissimulait pas ses opinions en faveur des régimes forts qui sévissaient aux frontières de la France. Il aimait polémiquer et profitait de l'absence de son oncle Sébastien pour avancer sans vergogne ses idées extrémistes. Louise souffrait des prises de position de son fils aîné.

— Je ne comprends pas comment il a pu devenir si enragé, se plaignait-elle devant Alain. Parfois il me fait honte. Heureusement que son frère ne lui ressemble pas.

— Il a subi l'influence de ton premier mari. Jean-Christophe est très à droite politiquement.

— Certes, mais pas autant que Pierre. Il n'a jamais souhaité la victoire de l'Allemagne en Europe ! C'est un ancien combattant soucieux de l'ordre dans son pays.

— Pour ses affaires !

— Il faut le comprendre.

— On dirait que tu le défends à présent !

Louise n'accusait jamais son premier mari de tous les maux. A ses yeux, il demeurait le père de ses trois enfants et elle ne tenait pas à entretenir avec lui de mauvaises relations. Elle faisait même de gros efforts pour se montrer agréable avec sa seconde femme, Thérèse, bien qu'elle ne la trouvât pas des plus sympathiques.

— Pierre finira par se calmer, lui dit Alain. En ce moment, il doit digérer son échec aux Etats-Unis. Et reprendre sa place auprès de Jean-Christophe. Dans quelques mois, on les retrouvera tous les deux fiers de nous vanter leur entreprise. J'ai lu dans la presse que la société Laroche & Co connaissait un franc succès dans le domaine du prêt-à-porter. C'est une réussite dont Jean-Christophe peut s'enorgueillir. Au moins, pour lui, l'année commence sous de bons auspices.

En réalité, tous se voilaient la face. Les récentes pressions allemandes sur la Pologne et la décision solennelle des gouvernements français et britannique de soutenir les Polonais par tous les moyens ne laissaient plus de doute sur l'imminence d'un conflit. Comme avant 1914, les deux camps resserraient leurs positions. Le 22 mai 1939 à Berlin, Hitler et Mussolini avaient signé le Pacte d'acier, un accord d'assistance mutuelle, tandis que, de leur côté, la France et la Grande-Bretagne proposaient à l'URSS une convention tripartite de défense.

L'angoisse s'emparait des esprits. Dans la société française, les partisans de l'ordre redressaient la tête. Les pleins pouvoirs octroyés à Daladier, le président du Conseil, ne leur suffisaient plus. Ils réclamaient la mise au pas des ennemis de la république, dont les socialistes et les communistes qui ne se privaient pas de critiquer le gouvernement pour sa diplomatie désastreuse vis-à-vis de l'Allemagne.

Pierre ne cachait pas sa satisfaction, alors que son frère Thibaud se demandait comment il pourrait agir maintenant que, dans son propre pays, il sentait la tension monter, comme en Allemagne quelques années plus tôt, lors de son arrivée.

— J'ai l'impression d'avoir fui un danger qui nous a poursuivis jusque chez nous, avoua-t-il à Romy. J'espère que nous n'allons pas connaître à nouveau les mêmes tourments.

— La France est trop attachée à la démocratie pour accepter à sa tête un dictateur. Le Congrès a réélu Albert Lebrun président de la République, un homme on ne peut plus modéré. On est loin de la situation de l'Allemagne de 1933.

— Certes, mais nous avons reconnu officiellement le gouvernement de Franco en Espagne. Pétain y a été nommé ambassadeur. Moi, je vois se profiler insidieusement une mise en conformité de notre nation avec les pays totalitaires qui nous entourent. Si la guerre éclate, je ne donne pas cher de nos libertés en cas d'invasion de notre territoire.

— Tu n'as pas l'intention de reprendre le combat que tu as abandonné à Stuttgart, n'est-ce pas ? N'oublie pas que tu seras bientôt papa !

Aux yeux de Romy, cette heureuse échéance effaçait toutes les affres de la vie quotidienne. Le bonheur se lisait déjà sur son visage. Sa grossesse se déroulait sans problème. Elle rayonnait auprès de son entourage et diffusait un savoureux parfum d'espérance.

— La famille va encore s'agrandir, se réjouissait Elisabeth. Un petit héritier de plus pour renforcer la lignée des Rochefort, le premier issu de la réunion des deux branches jadis séparées… Pour quand attends-tu ton bébé, Romy ?

— Il devrait naître aux environs du 3 septembre.

— Il faudra marquer cette date sur le calendrier. Ce sera le plus beau jour de ma vie.

Malgré les dangers qui ne cessaient de se préciser, Elisabeth était loin de se douter que ce jour-là serait à noter dans les annales, mais pour une tout autre raison.

37

Les visiteurs

Le quotidien d'Elisabeth s'enrichissait.

Depuis février, elle jouait à l'arrière-grand-mère. Certes, elle avait appris la naissance de son arrière-petit-fils américain, Jimmy, à Richmond. Dès les premiers jours, Pierre la lui avait annoncée par courrier. Mais, l'enfant étant séparé d'elle par la distance, elle ne pouvait se sentir attachée à lui. De plus, le divorce de son petit-fils et son retour en France avaient définitivement réduit à néant son espoir de voir un jour le dernier-né des Rochefort. Aussi attendait-elle la venue du bébé de Romy et de Thibaud avec impatience et avait-elle commencé à tricoter de la layette.

Mais un autre événement éclairait maintenant son existence. A peine reparti en Espagne, Sébastien était revenu en urgence accompagné d'un enfant en bas âge, Inès, la fille d'Emilio Alvarez et de son épouse Maria, abattue sur les chemins de l'exode par un avion allemand. Il avait retrouvé son protégé à son passage à Prats-de-Mollo et avait sauvé *in extremis* son bébé d'une dramatique séparation, lui promettant de le placer en lieu sûr chez sa sœur Faustine.

Depuis, Sébastien avait connu quelques ennuis. Blessé à son tour, mais sans gravité, il avait fait quelques allers-retours entre Anduze et la frontière où il cherchait toujours à sortir son ami catalan des camps de réfugiés.

Inès faisait le bonheur de tous, tant à Anduze qu'à Tornac. Faustine et sa fille Lucie s'en occupaient comme si elle était la petite dernière de la famille, dans l'attente de l'arrivée de son père. Chaque fois qu'elle en avait l'occasion, Elisabeth se rendait au Chai de La Fenouillère afin de dorloter l'enfant qu'elle avait fini par considérer comme sa propre arrière-petite-fille.

— Prends garde de ne pas trop t'attacher, lui conseillait Faustine. Cette enfant n'est pas une Rochefort. Dès que son père sera de retour – et je ne doute pas de la réussite de Sébastien –, il repartira avec elle.

Faustine avait beau avertir sa mère, celle-ci n'entendait rien et ne pouvait contenir les effusions qu'elle prodiguait à la petite Inès. Entre elle et sa petite-fille Lucie, le bébé, âgé seulement de quelques mois, ne manquait pas d'affection en dépit de la mort de sa mère et de l'absence de son père retenu dans le camp d'Argelès.

Quand, en avril, Sébastien rentra à Anduze en compagnie d'Emilio, sains et saufs tous les deux, Elisabeth fut la première à vouloir fêter leur retour. Son fils avait fini sa longue et périlleuse mission en Espagne. Au reste, le général Franco, reconnu chef du nouvel

Etat ibérique, avait officiellement déclaré la guerre terminée.

Tous, une fois de plus, se retrouvèrent au Clos du Tournel, y compris Pauline, Alix et Alexandre qui, tenant à faire corps autour de la doyenne de la famille, descendirent de Paris ensemble par le train.

Avril resplendissait de lumière. Le printemps était au rendez-vous. Les beaux jours allégeaient la chape d'inquiétude qui pesait sur l'horizon. Dans le parc du manoir, une grande table était dressée sous les tilleuls. Chacun souhaitait faire honneur au jeune républicain espagnol qui avait risqué sa vie pour défendre la liberté de son pays. Certes, la tristesse se devinait sur son visage. Emilio ne pouvait oublier la mort tragique et récente de son épouse. Mais la présence de son enfant lui redonnait goût à la vie, après avoir connu le désespoir dans les camps de réfugiés.

Sébastien ne put éviter un discours. Il parla longuement d'Emilio, de son courage, de sa force de caractère, de sa générosité. Il ne s'éternisa pas sur son implication personnelle ni sur celle de son fils Ruben, ne tenant pas à se mettre en valeur. Comme lors d'un mariage, il parla de chacun des convives, insista sur ce qu'ils avaient réalisé de particulier, n'oubliant personne ni aucun détail de leur engagement, de leurs succès, de leurs projets. Il rappela à la mémoire de tous le rôle qu'avait joué son père Anselme dans l'ascension des Rochefort, gommant les dissensions qui les avaient parfois opposés. Il mit adroitement sa mère au centre de cette réussite, la présentant comme le pivot sur lequel chacun était soudé et uni aux autres. Il complimenta ceux qui, par leur mariage, étaient venus se greffer à cette grande famille qui pouvait à présent s'enorgueillir d'avoir retrouvé outre-Rhin la branche germanique de la lignée. Romy se sentit tout intimidée et se serra dans les bras de Thibaud quand les regards se dirigèrent vers elle.

Tous étaient réconfortés par les paroles de Sébastien. Même Pierre qui avait abandonné sa superbe et son envie de polémiquer avec ceux qu'il ne cessait de critiquer : Pietr, pour son engagement révolutionnaire ; Vincent, pour ses origines obscures trop tardivement éclaircies ; Sébastien, pour ses idées de gauche affirmées ; son frère Thibaud, pour son hostilité à Hitler, un grand homme à ses yeux ; cet Emilio Alvarez, que l'on considérait comme un héros et qui représentait ce que la France n'aurait jamais dû accepter : l'accueil de plus de cinq cent mille immigrés dont on n'était pas certains des bonnes intentions – la plupart n'étaient-ils pas de dangereux anarchistes ou communistes ? Thérèse enfin à qui il reprochait de s'être servie de lui et d'avoir provoqué son départ précipité aux Etats-Unis.

Sébastien s'approcha enfin de son frère aîné et s'émut de le voir si attentionné auprès du petit François.

— Nous sommes une belle famille, n'est-ce pas ? lui dit-il. Les enfants gomment tous nos différends. Je t'envierais presque !

La fête de famille battait son plein, quand, en fin d'après-midi, alors que Faustine et Vincent avaient raccompagné Emilio et sa fille chez eux, au Chai de La Fenouillère, une voiture s'arrêta devant la grille du manoir. Un homme d'une quarantaine d'années en sortit, ainsi qu'une femme plus jeune et deux enfants.

Thibaud avait mis un soixante-dix-huit tours de Charles Trenet sur le tourne-disque. La chanson

Y a d'la joie emportait les cœurs et les esprits. Personne ne prêta attention. Alix fut la première à entendre la cloche sonner. Elle prévint sa grand-mère.

— Nous n'attendons personne, releva celle-ci. Qui cela peut-il être ?

Alexandre se dévoua pour aller voir qui était à la grille.

Quand il parvint à une vingtaine de mètres de celle-ci, il s'arrêta net au milieu de l'allée. Il dévisagea l'homme parmi les quatre inconnus. Se cacha les yeux derrière les mains. Vacilla. Chercha un appui en s'approchant d'un arbre.

Alix ne restait jamais sans garder un œil sur son mari. Toujours sur le qui-vive, elle l'observait discrètement pour intervenir au moindre signe de défaillance de sa part. Elle le vit en train de tituber. Comprit aussitôt qu'il faisait un nouveau malaise. Se précipita vers lui.

— Qu'est-ce qui se passe ? s'inquiéta Thibaud en lui emboîtant le pas.

— Alexandre. Ça doit le reprendre.

Tous deux allèrent lui porter secours et aperçurent derrière la grille les quatre visiteurs.

Tandis qu'Alix s'occupait de son mari, Thibaud vint à leur rencontre.

Alexandre ne réagissait plus. Il tenait à peine debout et était muet.

— Alex, réponds-moi, lui dit Alix. Appuie-toi sur moi. Je vais t'aider à rentrer à l'intérieur.

Alexandre se laissa guider vers la maison, blanc comme la craie.

Alix comprit qu'il subissait une nouvelle crise, que son cerveau avait été en proie à de douloureuses réminiscences. Elle se retourna vers la grille. Thibaud discutait avec les inconnus et semblait, lui aussi, pour le moins très surpris.

Personne n'avait remarqué l'incident. Dans le parc, les chansons de Charles Trenet créaient une bonne humeur que chacun appréciait à sa juste valeur.

— Ah, comme ces chanteurs nous changent les idées ! releva Elisabeth. Ils nous font passer d'agréables moments et égaient notre quotidien. Charles Trenet et Maurice Chevalier sont merveilleux.

— Moi, je préfère Tino Rossi, lui opposa Louise. Il est moins loufoque et ses chansons d'amour sont tellement romantiques !

Sébastien finit par s'inquiéter de l'absence d'Alix et de Thibaud. Celui-ci avait invité les quatre inconnus à entrer. Dans le salon, tous entouraient Alex qui avait repris conscience. Les mystérieux visiteurs ne bougeaient pas. L'homme regardait Alex en souriant. En retrait, la femme tenait ses enfants par la main. La scène parut étrange à Sébastien. Presque surnaturelle. Que faisaient ces gens autour d'Alex ? Quel était le but de leur visite ?

Alexandre demeurait muet. Son visage avait repris des couleurs mais son émotion l'empêchait toujours de s'exprimer.

Sébastien comprit que le mari de sa nièce avait eu un malaise.

— Vous êtes médecin ? demanda-t-il à l'inconnu en se rapprochant du canapé sur lequel Alexandre s'était allongé.

L'homme se retourna vers lui, se troubla, bredouilla :

— Non, pas du tout… Nous sommes…

— Je te présente Raphaël, le coupa Thibaud. Raphaël Letellier. Et voici sa femme, Helena, et leurs deux enfants, Kurt et Julia.

Alexandre mit de longues minutes à revenir totalement à lui. Lorsqu'il s'était approché de la grille du parc, il avait ressenti une étrange impression de déjà-vu. L'homme qui attendait de l'autre côté ne lui était pas inconnu. Contrairement à ce qui se passait dans sa tête au moment de ses troublantes fulgurances, il n'eut pas d'éblouissement, mais une sensation d'être subitement aspiré en arrière, dans ses années de jeunesse. Sur le moment – quelques secondes –, il crut mourir.

Reprenant connaissance sur le canapé du salon, il rouvrit les yeux et fit le calme dans son esprit. Alix était penchée au-dessus de lui et le rassurait. A côté d'elle, l'homme lui souriait, l'air avenant. Un flash traversa alors son esprit. Pendant une fraction de seconde. Il reconnut celui qui le hantait depuis tant d'années et le faisait délirer au point qu'il s'assimilait à lui.

Raphaël.

Raphaël Simon.

Il était devant lui. En chair et en os. Il le regardait. Comme jadis lorsqu'ils s'étaient rencontrés. Mais les rôles semblaient s'être inversés. Cette fois, c'était lui qui souffrait et avait besoin d'aide.

La scène lui revint.

C'était la guerre. Il était de garde dans les tranchées avec ses compagnons. La nuit était tombée. Les Français n'étaient qu'à quelques dizaines de mètres, au-delà des barbelés. L'assaut avait été meurtrier et les obus avaient éventré les collines alentour. Le Chemin des Dames… Vision dantesque. Paysage lunaire. Une fois de plus, il s'en était sorti.

La nuit lui permettait toujours de reprendre des forces et du courage. Car il en fallait de l'abnégation pour repartir au combat le lendemain ! Plusieurs fois, il avait songé à déserter, à se rendre dans le camp français. Il était alsacien. Il parlait français aussi bien qu'allemand. Il avait été incorporé dans la Wehrmacht contre son gré. On l'aurait fait prisonnier et, après l'armistice, il serait resté en France, quel qu'ait été le résultat de la guerre.

Le destin en décida autrement.

Peu avant l'aube, alors qu'il finissait sa garde, il entendit du bruit à deux pas de sa tranchée. Il saisit son fusil. Lança les sommations d'usage. Personne ne répondit.

Sur le qui-vive, il attendit, l'arme en joue. Alors il perçut une voix affaiblie, en français. Un appel.

— Ne tirez pas, les gars. Je suis des vôtres. J'ai été soufflé par l'explosion d'un obus. Je suis blessé mais ça peut aller.

Quand le soldat parvint devant Alexandre, il comprit son erreur. Croyant regagner son camp, il s'était trompé de direction et avait rampé jusqu'aux lignes ennemies.

Alexandre et ses camarades le firent prisonnier. Ce dernier se dénommait Raphaël Simon et appartenait à un régiment français d'infanterie. Mis aux arrêts, il fut soigné par un médecin allemand et laissé à la surveillance d'Alexandre, le temps d'être renvoyé à l'arrière dans un camp de prisonniers.

C'est pendant les huit jours qu'ils passèrent ensemble qu'Alexandre et Raphaël fraternisèrent. Les deux hommes se lièrent d'une amitié sincère. Alexandre lui raconta librement son attachement à la France, regrettant d'avoir été incorporé dans l'armée allemande. Il lui avoua qu'il avait failli déserter de nombreuses fois, comme Raphaël lui-même. Ils se sentirent vite très proches l'un de l'autre.

Quand, à son tour, Raphaël narra son tragique destin d'enfant rebelle, depuis l'erreur commise lors de son adoption jusqu'à son arrestation par les gendarmes à la suite de son évasion de la maison de redressement d'Aniane, et à sa mobilisation, Alexandre eut l'impression d'avoir rencontré un frère, un double de lui-même. Car lui aussi était issu d'un orphelinat et avait passé toute sa jeunesse dans une famille d'accueil. En revanche, il n'avait pas vécu le pire comme Raphaël. Ses parents adoptifs, sans lui montrer beaucoup d'affection, ne l'avaient pas maltraité. Néanmoins, il avait toujours souffert de ne pas connaître ses origines.

Alexandre se taisait, comme perdu dans le vide de sa mémoire.

Alors, Alix expliqua les problèmes d'amnésie de son mari.

— Dans ses moments de réminiscence, il se prend souvent pour vous. Maintenant, je comprends pourquoi…

— Si je me souviens bien, la coupa Raphaël, à l'époque il ne s'appelait pas Alexandre Muller mais Laurent Schönenberger. Un nom bien alsacien.

Alexandre sursauta. Ce nom, il le reconnaissait. C'était le sien. Celui d'avant !

Il revint complètement à lui. Prit conscience de ce qui lui arrivait et des personnes qui l'entouraient.

Après quelques secondes d'hésitation, pendant lesquelles Alix craignit le pire, il fixa Raphaël du regard et, lui tendant les bras, dit :

— Raphaël Simon, enfin !

Epilogue

Certaines zones d'ombre subsistaient dans la mystérieuse histoire qui unissait Alexandre et Raphaël. Sur le moment, personne parmi les Rochefort n'osa demander au nouveau venu de s'étendre davantage sur les événements qui avaient suivi la rencontre des deux hommes.

Encore sous le choc, Alexandre ne semblait pas vouloir forcer sa mémoire.

— Il faut lui laisser le temps de retrouver ses repères, expliqua le psychiatre de Montpellier appelé par Sébastien.

Alexandre accepta de s'en remettre à lui avant de parler à ses proches. Fragile, il se sentait à bout de forces. Seule Alix obtenait de sa bouche les premières confidences qui lui permettaient enfin de rassembler les pièces du puzzle de son existence.

Si tous connaissaient à présent le parcours de Raphaël Simon jusqu'à sa rencontre avec Alexandre à la bataille du Chemin des Dames, ils étaient maintenant impatients d'entendre la suite de leurs aventures.

Que s'était-il passé en effet après la semaine que les deux soldats avaient vécue ensemble, en plein cœur de la tourmente ?

Petit à petit, Alix découvrit la fin de l'histoire de son mari.

Alexandre Muller, de son vrai nom Laurent Schönenberger, reprit le combat, après avoir abandonné Raphaël parmi les prisonniers français. Mais il n'éprouvait plus aucune envie d'en découdre avec ceux qu'il considérait comme ses véritables compatriotes. Raphaël avait fini de le convaincre qu'il était absurde de s'affronter entre frères.

— Nous nous entre-tuons pour le bonheur des marchands de canons, lui avait-il affirmé dans l'intimité de leurs conversations. Cette guerre est injuste. Les Russes ont eu raison de se révolter et de cesser le combat. Nous devrions les imiter. Depuis un an, les désertions se multiplient. Je comprends les camarades qui déposent les armes et désobéissent aux ordres. J'aurais dû en faire autant.

A la différence de Raphaël, Alexandre se serait contenté d'être fait prisonnier. Dans ce cas, il se serait retrouvé du bon côté, celui qu'il rejoindrait s'il désertait.

Chaque soir après les combats acharnés de la journée, il ressassait les paroles du soldat français. Jusqu'au jour où, n'en pouvant plus, il décida d'en finir. Profitant d'un moment de solitude après une garde, il s'écarta de ses camarades et se débarrassa de tout ce qui pouvait permettre de l'identifier, notamment ses papiers militaires et sa plaque d'immatriculation. Il ne garda que son uniforme. Puis par une nuit sans lune, il s'éclipsa discrètement et s'enfonça dans l'obscurité, avec l'espoir de tomber sur les lignes ennemies le plus vite possible. Mais il n'y était pas encore parvenu que les tirs d'obus redoublèrent. L'aube se levait à peine.

Pris sous un déluge de feu, entre l'artillerie des Français et celle de son propre camp, il ne sut plus dans quel sens se diriger. Les explosions l'étourdissaient. L'enfer se dressait autour lui, terrifiant.

Il ne se rappelait plus comment il avait été blessé et avait perdu connaissance. Mais il se souvenait très bien de s'être réveillé dans une sorte d'hôpital de campagne, des infirmiers et un médecin autour de lui. Puis d'avoir été transféré à l'arrière dans une véritable unité de soins.

La suite de ce qui était arrivé à Alexandre, Alix la connaissait. Tout s'éclaircissait à ses yeux. Alexandre avait été touché et traumatisé par l'explosion d'un obus. Celle-ci l'avait rendu amnésique. Retrouvé par ceux de son camp, et dépourvu de tout ce qui aurait permis de l'identifier, il se trouva incapable de s'expliquer. Son esprit était trop perturbé. Il ne cessait d'affirmer qu'il était alsacien et que la France était sa véritable patrie.

Il fut soigné pendant plusieurs semaines dans un hôpital militaire, puis envoyé dans une famille d'accueil, les Weber. On lui donna le nom d'Alexandre Muller, le seul sous lequel on le connaissait dès lors.

Après l'armistice et les traités de paix, l'Alsace étant redevenue française, une fois rétabli, il fut transféré en France et abandonné à lui-même.

Le parcours d'Alexandre Muller était à présent retracé.

Patiemment, Alix avait renoué avec lui les fils de son existence qui s'étaient distendus au point qu'il en avait perdu tous les jalons.

— Je m'appelle donc Laurent ! s'étonnait-il chaque fois qu'ensemble ils rassemblaient les morceaux de sa mémoire qui refaisaient surface après avoir été engloutis pendant plus de vingt ans. Laurent Schönenberger… Ce nom ne me va pas. Je ne le reconnais pas.

— C'est pourtant le tien, celui de ta famille, en Alsace. Elle doit encore y vivre.

— Tu oublies que j'ai été abandonné et que j'ai été élevé dans une famille d'accueil. Même s'il s'agit de mon vrai nom, il ne me convient plus. Je me rappelle la vie que j'ai menée dans cette famille. Je n'ai pas été malheureux. Mais je ne peux pas dire non plus que je m'y suis épanoui. Mon père adoptif était menuisier, je m'en souviens fort bien maintenant. Après l'école, il exigeait que je l'aide afin d'apprendre le métier. Mais je préférais étudier. J'avais beaucoup de facilités et j'étais excellent en dessin. J'adorais regarder les illustrations dans les livres.

— Tout s'explique ! Ce n'est pas un hasard si tu es devenu directeur d'une galerie d'art.

— Je voudrais conserver le nom que je porte. Alexandre Muller. C'est sous cette identité que nous nous sommes rencontrés et que j'ai refait ma vie.

— Je n'y vois aucun inconvénient. Et je ne crois pas que l'état civil s'y oppose.

Alexandre sortait de l'anonymat. Il était enfin parvenu au bout du tunnel où il s'était engouffré.

— Dire que je m'étais identifié à Raphaël Simon ! s'étonnait-il en souriant. La mémoire nous joue bien des tours ! En fait, sait-on ce qu'il faisait en Allemagne ?

L'existence de son ami, en effet, restait troublante. Pourquoi Raphaël Simon avait-il abandonné la France pour demeurer en Allemagne ?

Les Rochefort connaissaient maintenant le dénouement de l'histoire.

A la demande de Romy, Lukas s'était lancé à la recherche d'un certain Raphaël Letellier ou d'un possible Raphaël Lavalette. Les services de renseignement du Reich étaient bien organisés. Tous les citoyens étaient répertoriés, leur ascendance enregistrée ainsi que leurs lieux de naissance et de résidence. Les fichiers se recoupaient et étaient centralisés.

Lukas s'adressa directement à Berlin. On ne le laissa pas longtemps sans réponse. Il s'avéra vite qu'un Raphaël Letellier vivait à Cologne. Personne ne portait le même nom associé au même prénom. De plus, aucun parmi ses homonymes n'était un ressortissant français. Il n'y avait donc aucun doute : le Raphaël Letellier que les services de renseignement de la Gestapo lui signalèrent était celui que recherchaient Alix et Alexandre.

Lukas se rapprocha immédiatement de Raphaël à Cologne. Celui-ci habitait une petite maison près de la cathédrale. Il était marié à une femme d'origine juive, Helena. Ils avaient deux enfants et menaient une existence paisible, jusqu'à ce que la chasse aux Juifs vînt les inquiéter. Raphaël s'apprêtait à mettre les siens en sécurité. Il avait déjà contacté des hommes de l'ombre pour gagner la France, où, croyait-il, grâce au travail qu'il exerçait dans les chemins de fer, il pourrait plus aisément acheminer sa famille.

Lukas lui facilita la tâche comme il le faisait pour ses propres transfuges.

C'est ainsi que Raphaël et Helena Letellier purent sans trop de difficulté passer en France et se rendre à

Anduze à l'adresse que leur avait fournie Lukas avant leur départ.

Quand Alexandre s'entretint à tête reposée avec son ami, il lui fit plusieurs fois répéter ce qui lui était arrivé après leur séparation. Il voulait savoir s'ils s'étaient revus ou s'ils avaient eu l'occasion de se tenir au courant de ce qu'il advenait d'eux.

— Je ne me souviens pas de ces détails, avoua-t-il.

— Non. On s'est perdus de vue, expliqua Raphaël. Je n'ai plus jamais reçu de tes nouvelles. J'ai été transféré dans un camp de prisonniers au nord de Cologne. Une fois la paix signée, les prisonniers ont été progressivement libérés. Après ce que j'y avais vécu, je n'avais plus envie de rentrer en France. Je ne tenais pas à remuer le passé, faire prévaloir mes droits en tant que petit-fils adoptif d'Anselme Rochefort. Tu connais sans doute cette histoire maintenant. J'ai préféré disparaître. Renaître sous un autre horizon. J'ai seulement pris le nom que j'aurais toujours dû porter, celui de ma mère, Catherine Letellier. Et j'ai gardé mon prénom en souvenir de cette femme qui avait beaucoup souffert et qui avait cru voir en moi son propre fils.

— Adèle Vigan ?

— Oui. Pendant un certain temps, nos destins se sont croisés. Mon prénom, je le lui dois. Elle n'a rien fait de mal dans sa vie. Au contraire.

— Elle a retrouvé son fils, Vincent Rouvière, et, depuis peu, le père de ce dernier, le pasteur Mazel.

Raphaël se réjouit. Jamais il n'aurait pensé que cette surprenante histoire puisse ainsi se terminer.

— Donc, tu es resté en Allemagne et tu y as refait ta vie ? poursuivit Alexandre.

— Je me suis fondu dans la population. Puis j'ai rencontré Helena. Nous nous sommes plu. Tu devines la suite.

Raphaël et Alexandre étaient revenus au commencement de leur existence.

Quand il se retrouva seul devant Elisabeth Rochefort, Raphaël ne put retenir un sanglot.

— Ainsi, vous êtes l'épouse d'Anselme Rochefort, lui dit-il, ému. La grand-mère qui aurait pu bercer toute mon enfance.

Elisabeth se sentit gênée. Elle n'avait jamais oublié la terrible décision de son mari au moment où leur fille Catherine – celle qu'ils considéraient comme telle – avait accouché. A l'époque, elle ne s'était pas opposée à sa volonté d'abandonner son enfant à l'orphelinat des sœurs de la Charité. Elle n'osait pas contredire Anselme. Depuis, les remords ne l'avaient jamais quittée. Aussi avait-elle toujours mis sa vie au service des pauvres et des opprimés, en souvenir de cet acte qu'elle condamnait et dont elle s'était faite complice.

— Pourrez-vous un jour me pardonner ? lui demanda-t-elle.

— Je ne vous juge pas, madame. J'ai vu trop de malheurs autour de moi pour en vouloir au destin. L'essentiel n'est-il pas que nous nous soyons retrouvés ?

— Vous êtes des nôtres à présent, Raphaël, autant que mes enfants et petits-enfants. Vous êtes tous les héritiers du secret de mon défunt mari.

Début septembre, la petite Théa, l'enfant de Romy et de Thibaud, vint encore élargir le cercle familial. Une nouvelle héritière était née.

Invité à fêter l'événement en compagnie de tous les Rochefort, Raphaël ne put s'empêcher de constater :

— Les Rochefort sont une belle et grande famille. Je suis fier et heureux d'en faire partie.

Il dissimula dans sa poche de veste le journal dans lequel il avait lu, le matin même, l'annonce de la déclaration de guerre de la France et de la Grande-Bretagne à l'Allemagne et se mêla aux autres, se sentant enfin réconcilié avec son passé.

Saint-Jean-du-Pin,
10 décembre 2015-30 juillet 2016

Table

Composition et mise en pages
Nord Compo à Villeneuve-d'Ascq

Imprimé en France par

MAURY IMPRIMEUR
à Malesherbes (Loiret)
en décembre 2019

N° d'impression : 241539
S29474/01